Jane Riley

Die außergewöhnlich ungewöhnlichen Vorsätze des Oliver Clock

Jane Riley

Die außergewöhnlich ungewöhnlichen Vorsätze des Oliver Clock

Roman

Aus dem Englischen
von Sabine Thiele

PIPER

Mehr über unsere Autoren und Bücher:
www.piper.de

Wenn Ihnen dieser Roman gefallen hat,
schreiben Sie uns unter Nennung des Titels
»Die außergewöhnlich ungewöhnlichen Vorsätze des Oliver Clock«
an *empfehlungen@piper.de*, und wir empfehlen Ihnen gerne
vergleichbare Bücher.

Unser Versprechen für mehr Nachhaltigkeit
- Klimaneutrales Produkt
- FSC®-zertifiziertes Papier
- Hergestellt in Europa

FSC www.fsc.org MIX
Papier aus verantwortungsvollen Quellen
FSC® C083411

ISBN 978-3-492-06188-9

Titel der englischen Originalausgabe: »The Likely Resolutions of
Oliver Clock«, Lake Union Press, Seattle 2020

Redaktion: Eva Stadler
Satz: Fotosatz Amann, Memmingen
Gesetzt aus der Adobe Garamond
Druck und Bindung: CPI books GmbH, Leck
Printed in the EU

Für Mum und Dad

Teil eins

Ich muss weniger Kuchen essen.
Ich muss aufhören, Infomercials zu schauen.
Ich muss mir ein Hobby zulegen –
Modellflugzeuge bauen vielleicht?
Ich muss einmal im Monat ins Kino gehen,
auch wenn ich keine Begleitung habe.
Ich muss die Liebe finden.
Kann ich das überhaupt?

Das gelbe Notizbuch

Man sagt, alte Gewohnheiten lassen sich schwer ablegen. Das stimmt. Aber man kann sich auch ganz schnell neue Dinge angewöhnen, wenn man allein lebt. Mit sich selbst zu sprechen, zum Beispiel. Oder die Vorräte in der Speisekammer alphabetisch zu sortieren, die Socken in der Schublade nach Farben. Man kauft Mikrowellengerichte für eine Person, obwohl man doch besser kochen sollte, weil man das eigentlich wirklich gern macht. Man fertigt Listen mit Dingen an, die man gerne unternehmen möchte, stellt sich ein ganz neues Leben vor – alles vom gemütlichen Sofa aus.

Meine Listen klingen wie Neujahrsvorsätze. Allerdings schreibe ich sie das ganze Jahr über, wenn ich glaube, dass mein Leben ein bisschen frischen Wind braucht – ich kritzle sie in ein gelbes, eselsohriges Notizbuch, das ich schon seit Jahren habe. Eine angenehme Art der Abendgestaltung, wenn man sonst kaum etwas zu tun hat und auch niemanden, mit dem man seine Zeit verbringen könnte. Außerdem kann ich dabei gut von meiner Arbeit als Bestattungsunternehmer abschalten.

Eines Abends saß ich wieder mit Rotwein und einem mittelprächtigen Mikrowellen-Chicken-Cacciatore auf dem Sofa und träumte vor mich hin. Ich stellte das Essen auf den Couchtisch und nahm mein Notizbuch, schlug eine neue Seite auf und begann zu schreiben.

Du sollst nicht so dick werden, dass du nicht mehr bequem in einen Sarg in Standardgröße hineinpasst. (Ich muss endlich Sport machen.)

Ich weiß nicht, warum ich plötzlich mit leicht biblischer Anmutung schrieb, aber mir gefiel der gebieterische Ton, den ich bisher noch nie verwendet hatte. Es war irgendwie faszinierend, eine unbestimmte Menge von Menschen anzusprechen, auch wenn das Gebot nur an mich selbst gerichtet war. Es vermittelte mir die Hoffnung, dass ich es dieses Mal vielleicht wirklich vom Sofa schaffen und etwas von dem in die Tat umsetzen könnte, wonach ich mich sehnte.

Du sollst nicht so penibel auf Ordnung achten. (Ich darf auch mal schlampig sein.)

Prompt stupste ich gegen einen meiner Hausschuhe und starrte ihn an, wie er willkürlich und schief dastand, nicht mehr parallel zu seinem Gegenstück. Ich wusste, dass mir der Anblick keine Schweißausbrüche bereiten sollte, aber es war immerhin ein Anfang.

Du sollst dein Sozialleben ausbauen. (Ich muss mir Freunde suchen, die noch nicht gestorben sind.)

Mein Beruf brachte es mit sich, rund um die Uhr im Einsatz zu sein, was engere Kontakte zu anderen erschwerte. Potenzielle Dates kennenzulernen oder gar zu treffen wurde auch nicht leichter, denn mit der Zeit hatten alle meine früheren Singlefreunde geheiratet und Kinder bekommen. Dampfte man das Problem ein, wie beim Reduzieren einer Soße, ging es darum: Ich sehnte mich zutiefst nach einer Partnerin. Nach Liebe. Und am besten beides gleichzeitig.

Ich kaute am Stiftende und fragte mich erschrocken, ob mir nur noch eine Datingplattform blieb. *Quelle horreur,* wie Mum sagen würde. Doch falls ich mich irgendwo anmelden sollte, wie würde ich mich beschreiben? Junggeselle, neununddreißig Jahre, ausreichend fit für Spaziergänge (maximal), mit einigen überzähligen Pfunden und leicht gebückter Haltung. Gutes Herz und guter Zuhörer. Hält sich für einen Feinschmecker (abgesehen vom heutigen Mikrowellenessen und den sechs anderen Gerichten, die noch im Kühlschrank lagern). Menschen sterben, um ihn zu treffen, doch er sucht nach einer gleichgesinnten – lebenden – Frau, die die Liebe in sein Leben bringt.

Seufz.

Tatsächlich hatte ich bereits ein Auge auf jemanden geworfen, und das schon sehr lange. Wenn Marie nur wüsste, dass sie die gleichgesinnte Frau meiner Träume war, die mein Leben verschönern sollte. Wahrscheinlich gab es nur eine Möglichkeit, diese Hoffnung wahr zu machen.

Du sollst einen Weg finden, dass Marie mit dir ausgeht.

Marie mochte ja verheiratet sein, aber hatte sie nicht vor ein paar Wochen gesagt, dass sie unglücklich war? Die Vorstellung, sie nach einer Verabredung zu fragen, war so ungeheuerlich, dass ich lachen musste. Und nicht wieder aufhören konnte. Erst ein bestrumpfter Fuß, dann der zweite zuckte in die Luft, als ich unkontrolliert kichernd auf das Sofa zurückfiel und mich köstlich über die Dreistigkeit meines letzten Vorsatzes amüsierte.

»Gutes neues Jahr!«, sagte ich laut, auch wenn es ein feuchter Februarabend war, während ich dem unglaublichen Gedanken nachhing, mich auf ein Date mit der Frau zu treffen, die ich seit vierzehn Jahren insgeheim anbetete.

Dann stellte ich die Füße zurück auf den Boden, nahm die Fernbedienung und zappte durch die Sender. Nichts fesselte mich. Schließlich entschied ich mich für eine Dokumentation über Sterne und Galaxien, den Ton schaltete ich aus. Während ich den Wein austrank, wanderten meine Gedanken immer wieder zu Marie. Mein Geist klickte und surrte wie der alte Deckenventilator über mir, als könne er sich nicht entscheiden, ob er langsamer oder schneller werden wolle. Ein passender Vergleich. Will ich, oder will ich nicht? Soll ich mich zurückhalten oder mich hineinstürzen? Langsamer oder schneller werden?

Unsterbliche Liebe

Am nächsten Morgen fuhr ich zur selben Zeit wie immer zur Arbeit (um acht Uhr) und kam dort zur selben Zeit an wie immer (zwölf Minuten nach acht), parkte auf dem kleinen Hof hinter unserem Gebäude, wo vier Stellplätze für das Bestattungsinstitut Clock & Son reserviert waren, und ging zum Hintereingang. Ich schloss die Eingangstür auf, drehte das Schild auf »Geöffnet« und trat auf den Gehweg, um wie immer die Umgebung zu betrachten und mir einen kurzen Moment lang die Schönheit des quirligen Lebens in der Innenstadt zu vergegenwärtigen, das im Gegensatz zu dem Tod hinter den schweigenden Mauern meiner Firma stand.

Ich atmete den vertrauten Geruch von Abgasen und Kaffee ein, während sich der dichte Morgenverkehr auf der King Street zu einem angenehmen Fluss entspannte. Die Wolken formten Bremsschwellen am Himmel. Der Wind peitschte alles um mich herum in neue Formen. Ich nickte den Passanten zu, doch sie schienen mich nicht wahrzunehmen. Es war mir egal. Ich bin niemand, der die Aufmerksamkeit auf sich zieht, und habe die

Kunst des Zuhörens gelernt – eine notwendige Eigenschaft in meinem Beruf.

Ich ging hinein und sah in der Leichenhalle nach unserer neuesten Klientin, die unser Thanatologe Roger Dewfield gestern fertig hergerichtet hatte. Anne Mulligan lag geborgen in einem unserer massiven Eichensärge, der mit weißem Satin ausgeschlagen war. Ich strich ihre Jacke glatt, zupfte den Kragen zurecht und schob eine Haarsträhne an ihren Platz. Man würde niemals vermuten, dass die Frau an einem anaphylaktischen Schock durch einen Bienenstich gestorben war, den sie sich beim Rasenmähen zugezogen hatte. Wie gelassen sie nun wirkte. Verschwunden waren die Angst wegen des Stichs und die Schwellungen. Ihr Kopf lag so, wie es sich gehörte, die Muskeln waren völlig entspannt, die Lippen umspielte ein leises Lächeln, die Haut war glatt und weich. Ihr Gesicht war herzförmig – das Kinn ein wenig spitz –, und darauf lag ein fürsorglicher Ausdruck.

Ich weiß, es klingt albern, aber ich unterhalte mich gern mit Leichen. Wenn ich ehrlich sein soll, lindert es meine Einsamkeit, und manchmal hilft es mir auch, die Dinge klarer zu sehen. Die unsinnigen Gedanken von den annähernd vernünftigen zu unterscheiden, die in meinem Gehirn herumrollen wie Smarties in einer fast leeren Packung. Mit Marie und Vorsatz Nummer vier war ich ins Bett gegangen und auch wieder aufgewacht. Die beiden waren mir in die Dusche gefolgt, mir aus meiner Unterwäscheschublade entgegengesprungen und auf meinem Toast gelandet, als hätten sie sich in Marmelade verwandelt. Würde mich dieser eine Vorsatz so lange verfolgen, bis ich etwas unternahm, mich in den Hintern piken und am Ärmel zupfen wie ein nerviges Kleinkind?

Bei unserem letzten Gespräch hatte Marie durchblicken lassen, dass sie unzufrieden in ihrer Ehe war, was mich zum Nachdenken gebracht hatte. War sie wirklich ernsthaft unglücklich, oder war es nur eine beiläufige Bemerkung, die auf so etwas wie die ärgerliche Angewohnheit ihres Ehemanns anspielte, beim Frühstück eine halbe Banane in der Küche liegen zu lassen? Oder dass er seine Kleidung auf den Schlafzimmerboden fallen ließ, was wirklich äußerst enervierend sein konnte, wenn es regelmäßig vorkam?

Marie war die Lieblingsfloristin von Clock & Son, schon seit Eröffnung ihres Ladens *Alchemy Flowers* vor vierzehn Jahren. Da war sie vierundzwanzig. Damals wie heute erinnerte sie mich an Kleopatra mit ihren schwarzen Haaren, den eindrucksvollen, mit schwarzem Kajal umrandeten Augen und der porzellanweißen Haut. Sie trug ihre Nägel kurz geschnitten, und ihre Finger waren lang und schlank, hier und da ein wenig von Dornen zerkratzt. Als wir uns kennenlernten, hatte sie gerade eine Beziehung hinter sich; ich war Single. Vier Monate später kam sie mit Henry zusammen und heiratete ihn etwa zwei Jahre danach. Vier Monate! Für die meisten Menschen wäre das genug Zeit gewesen, um auf den anderen zuzugehen. Ich hingegen? Tat nichts. Wo ich jetzt wohl wäre, wenn ich damals ein Blütenblatt oder zwei von meinem Mut gepflückt hätte? Ach, nicht auszudenken. Ich erinnere mich sogar noch, wie sie ihr erstes Bouquet vorbeibrachte: ein wunderschön symmetrisches Blumenarrangement in leuchtenden Farben, das *de rigueur* für die frühen Nullerjahre war. Und sie war pünktlich – genau wie ich. Bei unserem letzten Treffen in einem Café an der Hauptstraße, das zwischen unseren beiden Läden lag, besprachen wir ihren Auftrag für die Beerdigung des Präsidenten der Gesellschaft für Kakteen und Sukkulenten.

»Der Klient hat vor seinem Tod festgelegt, dass der ganze Sarg mit Kakteen und Sukkulenten bedeckt werden soll«, erklärte ich, »außerdem wünscht er sich große Skulpturen in Form seiner Initialen aus denselben Pflanzen. Also nicht die üblichen pastellfarbenen Gebinde.«

Marie nickte und machte sich Notizen. Aus Kakteen Buchstaben zu formen brachte sie nicht aus der Fassung.

»Du hast nur ein paar Tage«, fügte ich hinzu.

»Schau nicht so besorgt, Oliver. Ich mag Herausforderungen«, sagte sie. »Besser ein kniffliges Blumenarrangement als ein anstrengender Ehemann.«

Sie lachte dabei, doch als ich sie ansah, wandte sie den Blick ab. Da begann ich mir Gedanken zu machen, was sie damit gemeint haben könnte und wie unglücklich sie wohl wirklich war. Ich muss gestehen, dass ich mich für Henry nie hatte erwärmen können. Ich hatte angenommen, dass seine brüske, ziemlich arrogante Art eine weichere Seite verbarg, die nur ihm nahestehende Menschen zu sehen bekamen. Doch was war, wenn es gar keine weiche Seite gab und Marie genug hatte? Deshalb fragte ich: »Ist alles in Ordnung?«

»Ach, du weißt schon …«, meinte sie und winkte ab.

»Wenn du reden möchtest, bin ich ganz Ohr.«

»Danke, Oliver. Es ist nur … Nun, manchmal …«

Ich wollte mich noch weiter vortasten, doch da klingelte ihr Handy, und die Gelegenheit wurde aus dem Fenster in den Müllwagen gesogen, der gerade über die Straße rumpelte. Das Thema kam nicht mehr auf, aber ich musste ständig darüber nachdenken.

Konnte ich derjenige sein, der das Glück in ihr Leben zurückbrachte?

Ich warf erst einen Blick hinüber zu Anne, dann auf meine Uhr. Jean kam normalerweise nicht vor neun, weshalb ich Zeit hatte. Anne schien nichts dagegen zu haben, als Übungsobjekt zu dienen, und wenn ich mir vorstellte, sie sei Marie …

»Also«, begann ich und ging ans Ende des Sargs, um Anne anzusehen. »Ich habe mich gefragt …«

Nein, viel zu unsicher. Ich drehte eine Runde durch den Raum.

»Hey«, sagte ich beiläufig, »wollen wir bei Gelegenheit was trinken gehen?«

Nein. Wir gingen oft nach der Arbeit etwas trinken, und es war nie mehr als genau das: ein Drink nach der Arbeit.

Wie wäre es mit: »Ich hoffe, du nimmst es mir nicht übel, aber weißt du noch, als du gesagt hast, dass du nicht glücklich bist? Mit Henry und so? Nun, vielleicht, also, ich könnte … Wir könnten …« Ich zuckte ganz entspannt mit nach oben gedrehten Handflächen mit den Schultern, um zu zeigen, dass es mir egal war, ob sie zustimmte oder ablehnte, weil ich noch genügend andere Frauen hatte, die ich nach einem Date fragen konnte. Ha! Dann erhaschte ich in dem alten Spiegel am anderen Ende des Raums einen Blick auf meine Pantomime. Idiot. Ich schob die Hände in die Hosentaschen und ging zu Anne zurück.

Oder ich könnte ihr geradeheraus sagen, dass ich sie liebte. Es verkünden, als hätte ich alles Recht der Welt dazu.

»Ich liebe dich, Marie. Ich liebe dich, mehr gibt es nicht zu sagen.«

Oder vielleicht: »Verlass Henry für mich!« Ich wiederholte den Satz, mit der Betonung auf »Verlass« und »mich«.

Ich war Romeo. Figaro. Oder war es Don Giovanni? Ich war der umwerfende Verehrer, der Marie aus ihrer schrecklichen Ehe und vor ihrem abscheulichen Ehemann erretten würde und der ihr ein weitaus besserer Partner sein könnte als jeder andere. Ich riss die rechte Hand aus der Hosentasche. »O ja, Marie, ich liebe dich!« Dabei stieß ich jedoch gegen den offenen Sargdeckel. Ich jaulte auf – zweimal – und betastete meine Knöchel. Ein roter Fleck breitete sich auf der Haut aus wie Farbe, und ich packte meine Hand fest, damit sie nicht abfiel. *Vielleicht muss ich ins Krankenhaus.*

»Was machst du da?«

Ich drehte mich um. Jean, unsere langjährige Verwalterin, stand in der Tür.

Verblüfft sagte ich das, was mir in den Sinn kam: »Du bist früh dran.«

Wie immer war ihre Frisur mit Haarspray betoniert und eine Brosche an ihrem linken Jackettaufschlag befestigt. Heute trug sie den silbernen Umriss eines Fahrrads. Nicht gerade das, was man bei einer Frau ihres Alters erwarten würde, doch Jean war immer für eine Überraschung gut.

»Alles in Ordnung?«, fragte sie.

Ich versuchte zu lächeln, was eher zu einer Grimasse geriet. »Verdammte Särge«, meinte ich.

»Mr Mulligan ist hier. Er wartet draußen.«

Ich nickte. Jean ging. Ich ließ meine Hand los und verdrängte den Gedanken, Marie meine Liebe, bis dass der Tod uns scheide, zu verkünden und widmete mich meiner Arbeit.

Systematische Anleitung zur Organisation einer Beerdigung, Seite drei

Nachdem Mr Mulligan gegangen war, kam eine Ms Castor, dann ein Mr und eine Mrs Robertson. Ich stellte ihnen allen dieselben Fragen, die auf dem Fragenkatalog basierten, den mein Vater als Teil seiner *Systematischen Anleitung zur Organisation einer Beerdigung* 1977 in einem Ordner zusammengestellt hatte, als er selbst Clock & Son übernommen hatte. *Wie heißen Sie? Wer ist der oder die Verstorbene? In welcher Beziehung stehen Sie zu ihm oder ihr? Wie ist der Tod eingetreten? Ist eine Erd- oder Feuerbestattung gewünscht? Möchten Sie den Afternoon Tea für zwanzig Dollar pro Kopf oder den für fünfzig Dollar? Spargelsandwiches oder Miniquiches?* Die Liste ging noch weiter. Sie enthielt sogar Trauerfloskeln, die meiner Ansicht nach von Hallmark-Grußkarten stammten. Man dürfe sich ruhig daraus bedienen, hatte Dad mir einmal erklärt, »wenn du nicht weißt, was du sagen sollst«.

Als ich das Unternehmen erbte, folgte ich der *Anleitung* aufs Wort, bis ich herausfand, dass ich eigentlich bereits wusste, was ich sagen sollte. Nachdem ich den Ordner so oft durchgelesen hatte, wurde mir klar, dass ich jede Grußkartenbotschaft und jedes tröstende Wort darin auswendig konnte. Sie glitten mir so geschmeidig von der Zunge wie meine neu erworbenen Putzschuhe aus Mikrofaser über den staubigen Boden. Außerdem wusste ich nicht nur, was ich sagen sollte, sondern auch, wann. Dank Dads Ordner voller Ratschläge, meiner angeborenen Empathie und meines Mitgefühls konnte ich den Seelen meiner Kunden Hilfe bieten.

Nach den Robertsons hatte ich gerade noch genug Zeit, die übrig gebliebenen »Trostkekse« zu essen – jede Woche waren es andere, je nachdem, worauf Jean gerade Lust hatte, oder, wenn Mum sich darum kümmerte, was gerade im Angebot war – und meine E-Mails zu lesen, bevor um vier Uhr eine Leiche gebracht und ich um sechs zu einem Pflegeheim gerufen wurde. Ich freute mich, dass ich die Frau eines Zahnarztes aufgeheitert hatte, der die Münder der meisten Menschen in der Gegend gekannt haben dürfte, indem ich vorschlug, bei der Trauerfeier Zahnseide zu verteilen. Außerdem erwähnte ich Maries Idee, den Blumenschmuck in verschiedenen Weißtönen zu gestalten. Ein ganz normaler Tag also.

Eine Woche später musste ich immer noch ständig an Marie denken und wie um alles in der Welt ich mein Dilemma lösen sollte. Mein drängender Wunsch, ihr näherzukommen, hatte unappetitliche Begleiteffekte: Mein Blutdruck stieg, und ich hatte Schmetterlinge im Bauch, was nicht nur verwirrend, sondern geradezu beunruhigend war. Da ich unter Stress oft zu Schokolade griff, kaufte ich eines Morgens auf dem Weg zur Arbeit einen Mars-Riegel. Ich wollte ihn später allein im Versorgungsraum essen, an den Einbalsamierungstisch gelehnt und die Ruhe genießend.

Zur Mittagszeit, als niemand anders im Geschäft und der Raum frei von Roger und seiner Arbeit war, eilte ich an meinen

Rückzugsort. Ich wickelte den Riegel aus und biss mit geschlossenen Augen hinein, um den Geschmack auszukosten. Ich weiß nicht, wie viele Mars-Riegel ich im Lauf der Jahre gegessen habe, aber jedes Mal läuft mir schon beim Anblick das Wasser im Mund zusammen. Der saftige Karamell, der hohe Zuckergehalt und die cremige Konsistenz verlangen danach, die Delikatesse langsam zu verspeisen. Die Rettung in stressigen Situationen.

»Oliver?«

Ich riss die Augen auf. Ein Tropfen Schokoladenspeichel rann mir aus dem Mundwinkel. Mum stand in der Tür. Ich überlegte, ob ich so tun sollte, als würde ich den Versorgungsraum inspizieren, nachdem Roger in letzter Zeit etwas nachlässig geworden war. Vor Kurzem hatte er sogar ein Apfelgehäuse in der Perücke einer siebenundneunzigjährigen Dame vergessen. Oder sollte ich ihr einen Bissen anbieten? Doch Mum war schneller.

»Ein Mann möchte dich sprechen«, sagte sie.

»Mr Muir?«

»Er entschuldigt sich, dass er zu früh ist.«

»Kein Problem.« Abgesehen davon, dass ich noch einen halben Mars-Riegel vor mir hatte.

»Kauf beim nächsten Mal einen für mich mit«, fügte Mum hinzu und tippte sich an den Mundwinkel, um mich auf den ungehörigen Schokoladenrest hinzuweisen. Ich wickelte den Riegel in ein Papierhandtuch, steckte ihn in meine Tasche und schaltete in den Arbeitsmodus.

Mr Muirs Frau war überraschend mit fünfundsechzig Jahren im Fitnessstudio an einem Herzinfarkt gestorben. Körperlich zwar in Topform, aber trotzdem durch und durch gestresst wegen ihres fordernden Berufs als Anwältin sowie einer Herzkrankheit, die in der Familie lag. Die arme Frau hatte die Figur einer Vierzigjährigen, jedoch das Herz eines fettleibigen Achtzigjährigen. Ich holte ihren Mann am Empfang ab, schüttelte ihm die Hand und führte ihn in mein Büro.

»Darf ich Ihnen einen Tee oder Kaffee anbieten, Mr Muir?«, fragte ich.

»Richard, bitte. Auf die Formalitäten können wir verzichten. Und nennen Sie meine Frau bloß nicht ›die Verstorbene‹, falls Sie das vorgehabt haben sollten. Sie heißt Shirley. Egal, ob tot oder lebendig.«

»Natürlich, Richard«, antwortete ich gemäß Seite drei aus Vaters *Systematischer Anleitung*, laut der man den Wünschen der Kunden unbedingt entsprechen musste, solange diese sich im Rahmen des Gewerbes und im Einklang mit dem Gesetz bewegten.

»Ich würde einen Tee nehmen«, sagte Richard.

Ich rief Jean und bat sie um zwei Tassen Tee und einen Teller mit Keksen. Das Macadamia-Shortbread hatte mir besonders geschmeckt, das sie letztens aufgetrieben hatte. Ich lächelte Richard zu und hätte den Mann, trotz seines Hustens, gern umarmt. Doch Seite zwei des Ordners machte unmissverständlich klar, dass man unbekannte Männer oder Frauen nicht umarmte oder küsste oder auf sonstige Art Zuneigung zeigte. Typisch Andrew Clock. Und doch fragte ich mich, ob eine Umarmung nicht manchmal das Richtige und – entgegen der Überzeugung meines Vaters – sehr willkommen gewesen wäre. Während ich noch überlegte, ob Richard wohl der Typ dafür sein könnte, klatschte er mir eine handgeschriebene Liste auf den Schreibtisch.

»Also«, sagte er. »Den Imbiss habe ich schon festgelegt.« Er schob den Zettel näher zu mir. »Aber ich kann mich nicht für ein Foto für das Sterbebild entscheiden. Mir persönlich gefällt das hier, von unserer ersten Begegnung. Es ist körnig und schwarzweiß, aber es zeigt die Frau, mit der ich verheiratet bin. Sie hat sich nicht verändert. Oder nur wenig.« Er lehnte sich zurück und schniefte. Vielleicht fand er Umarmungen doch nicht gut. »Dann dachte ich, das hier wäre schön, es wurde in Italien aufgenommen. Da sind wir eine Woche nach ihrer Pensionierung hingefahren. Auf unseren Reisen ist sie immer aufgeblüht. Sie war so ein freier Geist. Oder dann hätte ich noch das hier, es ist recht neu; so werden die meisten Menschen sie wahrscheinlich in Erinnerung behalten.« Mit heruntergezogenen Mundwinkeln breitete er die Bilder auf dem Tisch aus.

»Warum nehmen wir nicht alle drei?«, schlug ich vor. Richard kratzte sich am Bart, und man sah geradezu, wie es in seinem Gehirn arbeitete. »Ich weiß, wie schwer eine Wahl unter solchen Umständen fällt. Deshalb sollte man sich gar nicht erst mit Entscheidungen konfrontieren.« (Das war mein Satz, nicht Dads, und auch wenn er eher nach Küchenpsychologie klang, brachte ich ihn gerne an, und ich wünschte, er wäre mir früh genug eingefallen, um in die *Anleitung* aufgenommen zu werden. Manchmal wich ich von den Ordnervorgaben ab, um die Dinge nach meinen Vorstellungen zu gestalten; nicht zu ausgefallen, aber ich hielt es vor Mum geheim, falls sie es missbilligen sollte.)

»Warum eine Auswahl treffen, wenn Ihnen alle gefallen?«, fuhr ich fort. »Wir könnten sie alle auf die Vorderseite drucken oder nur Ihr Lieblingsbild und die anderen beiden innen?«

Richard nickte, seine Miene so düster wie ein Montagmorgen. Ich zog die oberste Schreibtischschublade auf und holte eine Mappe mit Vorlagen für Sterbebilder hervor. »Sehen Sie, wir haben diverse Möglichkeiten.« Ich lächelte, weil ein Lächeln immer die Stimmung hebt, wenn auch nur ein kleines bisschen.

Richard blätterte durch die Seiten, schien sie aber nicht wahrzunehmen. »Wie machen Sie das nur jeden Tag?«, fragte er. »Das ist doch scheiße, oder?«

»Der Beruf wäre sicher nicht für jeden das Richtige, aber er ist sehr befriedigend. Ich – *wir*«, sagte ich und deutete auf Jean, die mit Tee und Keksen gekommen war, »versuchen mit unserer Arbeit es den Hinterbliebenen leichter zu machen. Das … Beschissene erträglicher werden zu lassen.«

»Aber jeden Tag Trauer ausgesetzt sein? Ich wette, niemand kommt fröhlich hierher. Und wenn, dann zeigen sie es nicht.«

»Wir urteilen nicht darüber, wie Menschen trauern«, erklärte ich. Auch wenn wir das natürlich manchmal taten. Wie auch nicht, wenn ein Kunde hastig hereinstürzt, unser Mitgefühl ignoriert und den Eindruck erweckt, als würde hinter der ernsten Fassade gefeiert, und man könne den Gang zum Notar gar nicht abwarten.

Richard schnaubte, dachte über meine Antwort nach und sagte dann: »Na gut, dann nehmen wir das hier auf die Vorderseite.« Er deutete auf das Schwarz-Weiß-Porträtfoto von Shirley. Sie trug das Haar zum Bienenkorb frisiert und lächelte schüchtern. »Drucken Sie es groß. Die anderen beiden nehmen wir auf die Innenseite. Die Bilder will ich aber zurück, und bitte zerknicken Sie sie nicht.« Er fuhr mit der Hand über die Fotos, als wolle er die Trauer herausstreichen.

»Natürlich«, versicherte ich. »Sie wird so großartig aussehen wie im Leben.«

»Wann kann ich sie sehen?«

»Morgen. Roger richtet sie heute Nachmittag her. Und wenn Sie ihr etwas in den Sarg legen möchten …?«

Richard zuckte mit den Schultern.

»Sie müssen nicht.«

»Ihr Personal Trainer findet, ich sollte ihr eine kleine Hantel mitgeben. Sie hat schließlich gern trainiert. Aber dann dachte ich, dass der Sarg ja dann noch schwerer wäre, wegen der armen Teufel, die ihn schleppen müssen, und was ist mit der Feuerbestattung, und brennt Metall überhaupt …?« Richard verstummte.

»Kein Problem. Wir können allen Wünschen nachkommen. Bringen Sie morgen mit, was Sie möchten. Vielleicht etwas Leichteres, etwa ein Handtuch oder Socken? Benutzt oder neu, das ist egal.«

»Tut mir leid, dass ich Ihren Job als scheiße bezeichnet habe. Das war unhöflich.«

Ich winkte ab. Es war unwichtig. Menschen sind nie sie selbst, wenn sie zu mir kommen.

»Bis morgen dann also«, sagte Richard.

Ich wollte ihm eigentlich die Hand schütteln, entschied mich dann aber für einen Klaps auf den Rücken. Er wirkte eher wie so ein Typ.

Familienerbe

Das Bestatten liegt in unserer Familie wie bei anderen Glatzköpfigkeit, Anfälligkeit für Gicht oder Hasenzähne. Ich würde es weniger eine Neigung, sondern vielmehr eine Vorherbestimmung nennen, eine unausweichliche Folge, wie der Tod selbst. Man braucht ein gutes, robustes Herz und die Fähigkeit, in der Dunkelheit auch das Heitere zu sehen.

Alles begann, als mein Urgroßvater John Clock, ein Schreiner, anfing, Särge zu tischlern und sich dadurch während der Kommerzialisierung des Bestattungswesens in der zweiten Hälfte des neunzehnten Jahrhunderts eine Nische schuf. Doch erst sein Sohn James dachte über das reine Handwerk hinaus und gründete 1939 das Bestattungsinstitut Clock & Son, kurz vor Ausbruch des Zweiten Weltkriegs. Diesen zeitlichen Zufall kommentierte mein Urgroßvater folgendermaßen: »Mit einem solchen Unternehmergeist stehen der Firma großartige Zeiten bevor.« Zweiundvierzig Jahre später starb James an einer Lungenentzündung, und mein Vater übernahm das Geschäft. Auch die nächsten sechsundzwanzig Jahre florierte Clock & Son. Als mein Vater vor zwölf Jahren starb, vererbte er mir die Leitung und meiner Mutter Doreen einen finanziellen Anteil. Seither führe ich den Betrieb.

Eigentlich wollte ich früher einmal Journalist werden. Ich stellte mir vor, wie ich die Straßen des Viertels auf der Suche nach Neuigkeiten durchstreifte, Augenzeugen an Tatorten interviewte, die Knüller an Land zog und meinen Namen in der Zeitung sehen würde. Meiner Meinung nach war ich der perfekte Kandidat dafür: Ich hatte den Tod gesehen, weshalb er mich nicht schockieren würde, und meine Englischlehrerin hatte gesagt, ich hätte eine Begabung fürs Schreiben. Doch das Schicksal hatte etwas anderes mit mir vor. Mit dreizehn trug ich Zeitungen aus, musste aber trotzdem im Familienunternehmen mithelfen. Während der Ferien und manchmal nach der Schule faltete ich Broschüren, brachte den Müll raus, kaufte riesige Vorräte an Teebeuteln und Keksen und verputzte in unserer kleinen Küche selbst gemachte Vanilleschnitten oder, ein besonderer Leckerbissen, einen Windbeutel aus einer Konditorei. Als der Schulabschluss näher rückte, schrieb mich Dad für eine Reihe von Kursen ein, von »Bestattungsorganisation« bis zu einer Ausbildung zum Thanatologen. Man ging davon aus, dass ich übergangslos bei Clock & Son einsteigen würde.

In vielerlei Hinsicht machte mir das nichts aus. Mich meinem Schicksal zu ergeben erschien mir die einfachere, weniger riskante Alternative. Der Beruf war mir vertraut, die Stelle sicher, und den Chef kannte ich auch schon. Meine Zukunft lag ausgebreitet vor mir wie chirurgische Instrumente auf einem Einbalsamierungstisch, und dabei wurde mir ganz warm im Bauch wie von einem Hot Toddy mit einem ordentlichen Schuss Brandy.

Mit neunzehn wurde ich also Bestattungsassistent und erkannte, dass ich familiär bedingt Talent für die Arbeit besaß. Ich konnte die Sorgen anderer Menschen besser lindern als meine eigenen, und weil ich keine Geschwister hatte und anderen Kindern gegenüber immer schüchtern gewesen war, konnte ich überdurchschnittlich gut zuhören. Mir gefiel das systematische Arbeiten, rechtlich und bestatterisch, und ich war zufrieden damit, Anweisungen zu erhalten und mich der historisch gewachsenen Hierarchie des Geschäfts unterzuordnen, in der mein Vater an der Spitze stand und ich am unteren Ende. Meine Mutter, die Teilzeit arbeitete, war irgendwo in der Mitte. Ihre Aufgaben, die sie erfüllte, als sei sie die Erbin des Unternehmens und nicht ihr Mann, waren der Kundenservice und die effiziente Abwicklung der Verwaltung, wozu sowohl die Verschönerung des Empfangsbereichs als auch die Aufsicht über die Mitarbeiter gehörten. Das Clock-Familientrio funktionierte als eine Einheit, geschmeidig, professionell und ohne Stocken, bis Dad plötzlich mit vierundsechzig starb. Da war ich siebenundzwanzig.

Was für ein Erdbeben das war. Mum und ich fanden uns in einem auf höchster Stufe laufenden Mixer wieder, inmitten von Schock, Kummer und Trauer. Ein Herzinfarkt raffte ihn dahin, sein unersättlicher Appetit auf Mums buttertriefende Küche war sein Untergang – mit Marmelade gefüllte Donuts, Vanilleschnitten und fettige Fish 'n' Chips am Freitagabend. Noch tragischer war sein Tod durch die Tatsache, dass sein erster Herzinfarkt zu keinen Änderungen in der Ernährung der Clocks geführt hatte, was ihn vielleicht gerettet hätte.

Den ersten Herzanfall erlitt er an einem Sonntagnachmittag. Ich reinigte gerade meine Bodenleisten mit einer Zahnbürste, als Mum panisch anrief. Dad hatte sich auf seinem Stuhl versteift, ließ einen Arm wie gelähmt hängen, mit verzerrtem Gesicht, als hätte er sich an einer Erdnuss verschluckt.

»Oliver, komm sofort«, befahl sie mir am Telefon.

»Ich komme«, sagte ich, ließ die Zahnbürste auf dem Boden liegen und griff nach dem Autoschlüssel.

Es war das einzige Mal, dass ich in einem Vorort die Höchstgeschwindigkeit massiv übertrat und halsbrecherisch durch die Straßen raste. Zum Glück für Dad trafen die Sanitäter vor mir ein.

Die zweite Herzattacke ereignete sich um sieben Uhr fünfzehn am Abend. Ich knabberte gerade Erdnüsse – grundsätzlich immer ein gefährlicher Snack –, als Mum anrief und mich zur Arbeit zurückbeorderte.

»Dein Vater ist auf dem Weg ins Geschäft«, erklärte sie. Ich dachte, weil Dad mich für einen Fehler tadeln und sie mich vorwarnen wollte. Aber nein. Er war gestorben.

Die Erdnüsse, die ich in der Hand hielt, warf ich ins Spülbecken und sagte Mum, ich wäre gleich da. Ich stand unter Schock, fühlte mich aber ruhig, als wäre ich in meine Rolle als Bestattungsassistent geschlüpft und würde mich nun auf die Abläufe konzentrieren, die befolgt werden mussten.

»Der Krankenwagen wird *tout de suite* dort sein«, fuhr sie fort. Sie liebte französische Ausdrücke, weil sie hoffte, dadurch gebildeter zu erscheinen. »Ich komme gleich danach.«

Erst als wir das Büro später am Abend verließen, brach sie bei der Erkenntnis in Tränen aus, dass sie nicht mit Dad nach Hause fahren würde. Es war das zweite Mal, dass ich Mum weinen sah. Selbst Dad hatte ich im Lauf der Jahre öfter mit Tränen in den Augen gesehen als Mum – meist, wenn wir Kunden hatten, bei denen ein geliebter Mensch unter besonders traumatischen Umständen gestorben war. Mum rieb ihm vielleicht kurz den Rücken, doch dann sagte sie ihm, er solle sich zusammenreißen. »Unsere Kunden dürfen dich nicht so sehen.« Sie war sehr geschickt darin, einen türlosen Iglu um ihr Herz herum zu errichten, zu dem niemand Zutritt hatte, am wenigsten sie selbst. Wohingegen Dad wie eine Praline mit Erdbeercremefüllung war, mit einer harten Ummantelung und einem weichen Kern. Mum war Schokoladentoffee – durch und durch hart. Aber ich glaube nicht, dass sie immer schon so war. Ich bin mir sicher, dass sie, als ich kleiner und sie jünger war, mehr wie zähflüssiger Karamell war.

Auch wenn mein Vater nicht über eine stabile Gesundheit verfügte, war er eine eherne Stütze unserer Gemeinschaft, mit einer Würde, von der wir – und zweifellos auch andere – dachten, sie würde ihn vor der unausweichlichen Nebenwirkung des Lebens bewahren: dem Tod. Denn weder Mum noch ich hatten je wirklich darüber nachgedacht, wie das Unternehmen ohne ihn aussehen würde. Erst nach Tagen konnte ich akzeptieren, dass mein Vater nicht hier war, um mich auf seine übliche lärmende Art herumzukommandieren, sondern still und unauffällig hereingerollt wurde, leblos und kalt auf einer Bahre. Dass sein Tod unerwartete, tief vergrabene Gefühle wachrief, von deren Existenz ich nichts gewusst hatte. Die Trauer erwischte mich mit der vollen Kraft eines Cricketballs und brachte mich zum Straucheln, als würde ich im tiefen Meer Wasser treten, voller Angst, in der Traurigkeit zu ertrinken.

Als die Tränen getrocknet waren und Mum mir sagte, ich solle weitermachen, wurde mir bewusst, was »weitermachen« genau bedeutete. Es war mir nie in den Sinn gekommen, das Geschäft mit siebenundzwanzig erben zu können. Ich hatte generell nicht daran denken wollen, dass ich es erben könnte. Ich schluckte die Panik hinunter, bis ich Bauchkrämpfe bekam, und die Vorstellung, die Führung übernehmen und Entscheidungen treffen zu müssen, jagte mir eine Heidenangst ein. Ich hatte mich gern hinter meinem Vater versteckt, wo ich mich sicher gefühlt hatte. In seine Fußstapfen zu treten war eine zutiefst verstörende Aussicht, auf die ich mich nicht vorbereiten konnte. Der einzige Trost war, dass Mum nun einen zwanzigprozentigen Anteil am Geschäft hielt und die Option hatte, so lange sie wollte weiterzuarbeiten. Und das wollte sie. Außerdem half die Überzeugung gegen die wachsende Panik, dass das Unternehmen aufgrund seiner Geschichte weiterlaufen würde wie in den letzten achtundsiebzig Jahren, ohne dass ich allzu viel dazutun musste. Denn das war die Schönheit, die in der Unausweichlichkeit des Todes lag.

Ich hatte einmal im Wirtschaftsteil der Zeitung gelesen, dass bei traditionsreichen Familienunternehmen normalerweise die dritte Generation alles in den Sand setzte, aus Gier oder übertriebenem Ehrgeiz. Doch so war ich nicht. Warum etwas ändern, wenn keine Notwendigkeit bestand? Man beließ besser alles beim Alten, bevor man etwas vermasselte. Und genau das tat ich: Ich beließ alles beim Alten.

Das letzte Date

Nach Mr Muir hatte ich noch einen Kunden – den Mann einer Grundschullehrerin aus dem Ort, die auch mich früher einmal unterrichtet hatte. Mrs Hetherington wurde von Eltern und Schülern geliebt und verehrt, und ich war sehr stolz über die ehrenvolle Aufgabe, ihre Beerdigung zu organisieren. Bevor wir uns den praktischen Fragen widmeten, musste ich gegenüber Mr Hetherington einfach in meiner Zeit als Grundschüler schwelgen. Seine Frau hatte uns zum Beispiel am Montagmorgen immer ein Bild von unserem Wochenende malen lassen. Was man zeichnete, war egal, solange es etwas mit unseren Erlebnissen zu tun hatte. Oder sie hatte immer zu singen angefangen, wenn die Klasse ruhig sein sollte. Manchmal sang sie »Happy Birthday«, auch wenn gerade gar niemand Geburtstag hatte, oder sie spielte einen Tierlaut auf ihrem Kassettenrekorder ab, und wer als Erstes das Tier erriet, bekam ein Bonbon. Zu meiner Erheiterung erfuhr ich, dass sie das auch mit Mr Hetherington gemacht hatte, worauf wir lauter lachten, als man es normalerweise in der gedämpften Atmosphäre eines Bestattungsinstituts erwarten würde. Doch dadurch kam ich auf eine Idee, wegen der mir Mr Hetherington vor lauter Freude härter auf den Rücken klopfte als wahrscheinlich beabsichtigt. »Bauen wir einen Maltisch auf«, schlug ich vor, »damit die Kinder, die zur Trauerfeier kommen, ihr zu Ehren Bilder malen können. Und warum spielen wir nicht das Lied, das sie immer so gern zum Unterrichtsschluss gesungen hat?« Mr Hetherington ging als glücklicher Mann, und ich war ein glücklicher Bestatter.

Doch nach diesem Termin flaute es ab. Ich suchte eine Weile im Internet nach heruntergesetzten Krawatten und ordnete bis zum Feierabend die Unterlagen auf meinem Schreibtisch. Als ich nach Hause kam, führte mein erster Weg wie immer in die Küche. Dort öffnete ich den Kühlschrank und zog meine Hose hoch, die sich zurzeit nie entscheiden konnte, ob sie ober- oder unterhalb meines Bauches sitzen wollte. Kühle Luft strich über mein Gesicht. Ich besah mir das Angebot. Eine Reihe halb leerer, der Größe nach sortierter Würzsoßen starrte mir vom obersten Fach entgegen und aus dem mittleren verschiedene angebrochene Käsesorten, eine Packung Schinken, ein Becher Rhabarberjoghurt und ein Glas Oliven. Ein langweiliger, wenn auch schmackhafter Ausschnitt aus meinem Leben. Ich schob den Joghurt zurecht, damit er in einer Reihe mit seinen Nachbarn stand, nahm den extrareifen Cheddar und eingelegte Zwiebeln und stöberte im Vorratsschrank noch eine halb volle Flasche Rotwein auf.

Gerade wollte ich mir ein Glas einschenken, als es mich plötzlich überkam. Ich weiß nicht, warum, aber ich hielt die Flasche weit vor mich, als versuchte ich, das Etikett ohne Lesebrille zu entziffern, und stellte mir vor, sie wäre Marie und dies unser erster Tanz. Ich machte Schritte zur Seite und nach vorn, drehte mich im Kreis, wiegte die Schultern, das Kinn hoch erhoben. Wer weiß schon, was ich da zusammentanzte – eine Mischung aus einem Walzer und einem Tango vielleicht? –, aber das war egal, weil ich mit Marie tanzte, sie über den Küchenboden wirbelte, als wären wir Kandidaten bei *Let's Dance.* Sie sah mir in die Augen und überließ mir die Führung. *O, Marie, willst du die Meine sein?*

Dann kam mir die Arbeitsfläche in die Quere, rammte sich in meinen Bauch, und ich rutschte beinahe darüber wie ein Pinguin auf einem vereisten Abhang. Der Move ohne Namen. Mit dem Knie traf ich den »Auftauen«-Knopf an der Mikrowelle unter der Arbeitsfläche, und ich dachte, dass ich nicht strumpfsockig tanzen sollte. Doch ich ließ Marie nicht fallen. Ich packte sie in einem letzten Akt der Tapferkeit an der Taille und stellte sie sanft ab.

Zeit für Wein.

Mir durfte kein Fehler unterlaufen. Warum hatte Dad nicht eine *Systematische Anleitung zum Umwerben von Frauen* geschrieben? Doch wem machte ich etwas vor? Dad wäre der letzte Mensch gewesen, mit dem man über so etwas hätte sprechen können, denn laut Mum hatte sie ihn damals nach einer Verabredung gefragt, nachdem es ihr zu dumm geworden war, darauf zu warten, dass der »nette junge Mann«, der ihr jeden Freitagabend beim Tanzen interessierte Blick zuwarf, dies jemals selbst tun würde. Dad hatte mit Romantik nichts am Hut. Oder zumindest war es mir nie aufgefallen. Er sprach nicht darüber und verhielt sich auch nicht so. Als junger Mann lernte ich mich in der schlüpfrigen Welt der Liebe ohne die Hilfe meines Vaters zurechtzufinden.

Ich nahm mein Glas Wein und den Teller mit Käse, Kräckern und eingelegten Zwiebeln mit zum Esstisch.

Es musste doch einen Weg geben, mit Marie noch einmal über das Thema »Glück« zu sprechen.

Vielleicht bei meinem nächsten Besuch in ihrem Laden? Wenn sie zwischen den Eimern mit Blumen, üppigem Blattwerk und übergroßen, knotigen Zweigen stand, eine waldgrüne Schürze umgebunden, ihr Gesicht von dem schwarzen Bob eingerahmt und mit einem breiten, einladenden Lächeln auf den Lippen? Ich trank einen großen Schluck Wein. Da lag das Problem. Marie wirkte so gut wie nie unglücklich. Normalerweise war sie immer fröhlich und lächelte. Ich musste sie in einem schwachen Moment erwischen. Wenn es zu anstrengend war, die sonnige Fassade aufrechtzuerhalten.

Oder ich könnte ihr eine Blume schenken. Marie scherzte immer, dass man sie an einem Stock befestigen und in einen Eimer mit Wasser stellen könnte, und es sähe nicht mal seltsam aus. Sie war wie eine Rose, eine einzelne, voll erblühte Rose. Wenn ich ihr eine schenkte, könnte ich dann ihr Herz erobern und sie glücklich machen?

Oder ich könnte ihr ein Buch über das Geheimnis des Glücks kaufen und es mit einer Widmung versehen. Würde ich mit »Liebste Marie« beginnen oder »Meine liebe Marie«? Und am Ende »Liebe Grüße« oder »Alles Liebe, Oliver« schreiben? Wirkten zwei Küsse echter oder weniger zärtlich als vier? Würde sie die Botschaft überhaupt verstehen?

Mehr Wein.

Wenigstens würde ich Marie meinen Beruf nicht erklären müssen.

Was auch vor bald zwei Jahren, als ich mein letztes Date – mit Jeans Nichte Shelley – gehabt hatte, sehr hilfreich gewesen war und weshalb ich der Verabredung überhaupt zugestimmt hatte. Frühere Versuche, meinen Beruf zu erklären, waren selten von Erfolg gekrönt gewesen. Die üblichen Reaktionen auf meinen Witz – »Die Toten finanzieren mein Leben« – waren ein starrer Blick und leichtes Zusammenzucken. Außerdem ist man rund um die Uhr auf Abruf. Gestorben wird immer. Die wenigsten wollen beim gemeinsamen Abendessen vom Tod eines Fremden gestört werden. »Ein Anruf aus dem Jenseits«, pflegte ich zu scherzen. In mein Lachen stimmte nie jemand ein.

Shelley würde nicht zusammenzucken, das Gesicht verziehen oder sich wegdrehen, dachte ich. Und wenn doch, dann hätte es nichts mit meiner Arbeit zu tun.

Das Date stand also schon vorher unter einem guten Stern, und zur Feier des Anlasses kaufte ich in der Mittagspause Kerzen. Rot, lang und oben spitz zulaufend. Dafür musste ich mir Kerzenhalter von Jean ausleihen, die mich für eine Frau ihres Alters geradezu lächerlich oft anstupste und mir zuzwinkerte. Ich besorgte auch einige Käsesorten – einen runden Stinking Bishop, einen reifen Cheddar und einen milden Stilton –, dazu Kräcker, Weintrauben, Servietten (auch rot) sowie eine Coldplay-CD, um meine Musiksammlung etwas zu modernisieren. Ich überlegte, dass wir uns erst im Kino einen Film ansehen und Popcorn essen und dann zu Käse und Wein zu mir gehen könnten. Nichts Besonderes. Ein völlig entspannter, normaler Abend, an dem wir, falls uns die Gesprächsthemen ausgehen sollten, immer noch über den Film reden konnten. Ich hatte sogar vor, meine Segelschuhe bei der Ankunft abzustreifen und sie einfach liegen zu lassen, um zu zeigen, was für ein entspannter, lässiger Typ ich doch war.

Doch ich hätte mir vorher den Trailer ansehen sollen. Mir gefiel der Film zwar, aber ich hatte den Anteil an Gewalt unterschätzt. Plötzliche Amputationen, explodierende Gehirne und durchgeknallte Charaktere trieben die schüchterne Shelley dazu, sich über weite Strecken die Augen zuzuhalten. Ich leitete einen raschen Rückzug während des Abspanns ein und entschuldigte mich wortreich, sobald uns das helle Licht im Foyer blendete. Shelley, die Gute, meinte, ich solle mir keine Sorgen machen, und wusste sogar etwas Positives zu sagen: »Die Story an sich war gut, und die Schauspieler auch. Glaube ich.«

Die Aussicht auf mein gemütliches Wohnzimmer, eine Flasche teuren Wein und eine sorgfältig arrangierte Käseplatte sollte die perfekte Medizin für hochgradig angespannte Nerven sein. Auch wenn ich sofort den Kauf des Stinking Bishop bereute, dessen Aroma mir beim Öffnen des Kühlschranks entgegenschlug. Wieder entschuldigte ich mich bemüht locker.

»Er schmeckt ganz wunderbar, das versichere ich dir«, rief ich aus der Küche, als ich die vorbereitete Platte aus dem Kühlschrank nahm. »Ich liebe guten Käse und treibe mich viel zu oft im Delikatessenladen an der Ecke herum.«

»Was ist mit der Feinschmecker-Eisdiele?«, rief Shelley zurück. Ob sie wohl wegen des Gestanks im Wohnzimmer geblieben war?

»Da war ich auch schon«, antwortete ich, während ich zwei Käsemesser einander gegenüber auf die Platte legte. Ich überprüfte meine Frisur in der Glasscheibe der Backofenklappe und wischte die Arbeitsfläche ein zweites Mal sauber.

»Das Pannacotta-Eis ist köstlich. Warum gehen wir da nicht mal hin?« Shelleys Stimme webte ein Netz aus Wärme um mich. Der Film fiel sicher gar nicht weiter ins Gewicht.

Belebt von der Aussicht, dass Shelley mich nicht komplett abgeschrieben hatte und dass sie meine Liebe zu gutem Essen teilte, entschied ich, dass wir im Wohnzimmer essen sollten, trotz meiner Angst, Kräckerkrümel könnten sich zwischen die Sofakissen verirren. Doch als ich gerade die Platte hochhob, erloschen die Lichter. Der Kühlschrank hörte auf zu summen. Aus dem Wohnzimmer erklang ein überraschter Ausruf.

»Ich glaube, der Strom ist ausgefallen«, rief ich. »Hab keine Angst.« Es wäre mir unhöflich vorgekommen, sie nicht zu beruhigen.

»Brauchst du Hilfe?«, fragte sie. Ich hörte, wie sie aufstand.

»Nein, schon okay. Bleib nur. Irgendwo habe ich eine Taschenlampe, ich suche sie gerade.«

Ich durchwühlte meine Krimskramsschublade nach einer Taschenlampe, dann fielen mir die Kerzen ein, und ich lobte das gute Timing des Stromausfalls. Ich nahm sie mit ins Wohnzimmer und zündete sie auf dem Couchtisch an, wobei ich versuchte, Shelley nicht mit der Taschenlampe zu blenden. Sie sah hinreißend aus im Kerzenschein, doch ich konnte den Moment nicht genießen, aus Angst, sie könnte sich wegen des Lichts wie bei einem Verhör fühlen. Ich eilte zurück in die Küche, um Käse und Wein zu holen. Zwei weitere Gänge später – ich hatte die Servietten vergessen – setzte ich mich endlich.

»Irgendwas muss ja immer sein«, sagte ich verlegen.

»Du hast dich unter diesen misslichen Umständen hervorragend geschlagen«, erwiderte sie und hob ihr Glas. Ihr Pullover passte zu ihren Augen, ein schmutziges Olivgrün, das im weichen Licht recht schmeichelhaft war. Wir stießen mit leeren Gläsern an.

»Soll ich dir einschenken?«, fragte ich lachend. Sie kicherte ebenfalls, bis ich ihr zu lange in die Augen sah und zu viele Sachen gleichzeitig machen wollte. Unsere Arme kamen sich ins Gehege, die Gläser klirrten, eine Kerze schwankte im Leuchter. Die Flamme versengte Shelleys Pony in erschreckender Geschwindigkeit. Ich tat das Erste, was mir in den Sinn kam: Ich schüttete ihr Rotwein ins Gesicht, um die kokelnden Strähnen zu löschen, und sie drückte sich hektisch eine Serviette gegen die Stirn. Sie quietschte und sah mich verblüfft an. Wein tropfte von ihrer Nase, und der Geruch von versengtem Haar übertraf noch den des Stinking Bishop.

»O mein Gott, was ist mit meinen Haaren passiert?« Sie betastete panisch die Reste ihres Ponys.

Mein Magen zog sich zusammen, und mir blieb der Mund offen stehen. Ich wollte nicht sagen, dass sie jetzt ein bisschen wie Bruder Tuck aussah.

»Ich brauche einen Spiegel. Wo ist das Badezimmer?« Sie sprang auf und tastete sich zwischen Sofa und Couchtisch hindurch Richtung Flur. Ich leuchtete ihr mit der Taschenlampe den Weg.

»So schlimm ist es nicht!«, rief ich und folgte ihr.

»Ich brauche Licht«, sagte sie und scheuchte mich ins Badezimmer.

Ich stand hinter ihr und hielt die Taschenlampe ein Stück unter ihr Kinn, was ihr Gesicht in ein geisterhaftes Licht tauchte. Mit den wenig schmeichelhaften Schatten und ihren von Tränen geröteten Augen sah Bruder Tuck jetzt eher wie Herman Munster von der Addams Family aus. Sie schluchzte auf, und ich legte den Arm um sie.

»Das wächst wieder«, versuchte ich zu trösten. Sie schüttelte mich weinend ab. »Es tut mir wirklich leid.«

Sie nickte und ließ sich von mir zurück ins Wohnzimmer bringen, zurück aufs Sofa. Den angebotenen Käse lehnte sie ab. Ich aß zwei Stücke, dann ging das Licht wieder an, und ich musste unbedingt sauber machen. Mit einem warmen Tuch und einem Messer rückte ich den rasch hart werdenden Wachstropfen auf dem Couchtisch zu Leibe, tupfte an dem Weinfleck auf dem Sofa herum und saugte die Krümel vom Teppich. Shelley sah mir zu und hob die Füße, damit ich auch unter dem Sofa saugen konnte. Sie bot mir ihre Hilfe an und fragte nach einem Wischtuch, doch ich sagte ihr, sie solle sitzen bleiben, ich sei gleich fertig, und dann wäre alles wieder so wie vorher. Doch es kam anders.

Vielleicht war die offene Viss-Flasche, die ich auf dem Couchtisch stehen gelassen hatte, mein Untergang, deren zitroniger Reinigungsmittelgeruch sich mit dem des verschütteten Weins vermischte. Oder vielleicht tupfte ich auf ihrer Jeans ungeschickt nahe an der Innenseite ihres Oberschenkels herum? Ich wollte doch nur nicht, dass es aussah, als hätte sie sich bekleckert. Egal, woran es lag, dieses Date war vollends den Bach hinuntergegangen. Keine Entschuldigung würde es jetzt noch retten können. Shelley saß an der Sofakante, während ich versuchte, Konversation zu machen, und zu schnell mehr Wein trank, als gut für mich war. Aber es half nichts. Wir wussten beide, dass der Abend gelaufen war. Als sie entschuldigend murmelte, sie müsse »morgen früh raus«, hätte ich sie vor Erleichterung umarmt, wenn das nicht unangebracht gewesen wäre. Ich rief ein Taxi, das gar nicht schnell genug kommen konnte.

Seit Shelley hatte ich mich mit niemandem mehr getroffen. Das Erlebnis hatte mich meines Selbstvertrauens beraubt und meine Nerven erschüttert. Ich hatte Angst vor einem weiteren kollabierten Date, das ich nicht wieder zum Leben erwecken konnte. Aber wenn Marie unglücklich war, konnte sich das Blatt dann vielleicht für mich wenden?

Der Tanz

Ständig musste ich an Marie denken. Oder besser gesagt daran, dass ich mit ihr ausgehen wollte. Das sah mir gar nicht ähnlich. Normalerweise redete ich mir Sachen aus, sagte mir, dass etwas nicht möglich war, dass ich es nicht konnte. In diesem Fall sprachen zwei Argumente gegen meine innere Stimme: Marie war immer noch verheiratet, und ich wollte keine Affäre. Marie war nicht so unglücklich, dass sie ihren Mann für mich verlassen würde, außerdem empfand sie für mich nicht dasselbe wie ich für sie. Nur weil ich kein Fan von Henry war, musste das nicht heißen, dass sie nicht mit ihm verheiratet sein konnte. Dass er unglaublich viel Zeit in der Arbeit verbrachte und dann Verabredungen zum Essen vergaß (wie erst vor ein paar Monaten), schien mich sogar mehr zu ärgern als Marie, die entweder resigniert hatte oder ihre Missbilligung gut verbergen konnte. Ich musste auch in Betracht ziehen, dass meine mangelnde Begeisterung für Henry auf reiner Eifersucht gründete und sonst nichts. Denn ich konnte die Tatsache nicht ignorieren, dass er ein außerordentlich gut aussehender Mann mit dem Bizeps eines Sportlers war, der

Marie mit Schmuck verwöhnte, den ich mir wahrscheinlich gar nicht leisten konnte. Ich weiß nicht, ob das seine Arroganz rechtfertigte, aber darüber konnte ich mir kein Urteil anmaßen. Das alles sagte ich mir, als ich in der Kirche eintraf, wo wir die Beerdigung eines bekannten Kunsthändlers planen sollten, der unerwartet und kontrovers aus dem Leben geschieden war. Es war das erste Mal, dass ich Marie nach dem Wiedererwachen meiner Sehnsucht, mit ihr zusammen zu sein, sah. Doch ich musste professionell bleiben. Wir würden nicht allein sein. Das hier war schließlich eine geschäftliche Angelegenheit.

Als ich eintrat, traf mich der Geruch. Auch wenn »Aroma« wahrscheinlich die bessere Bezeichnung war; bei »Geruch« ging man von etwas im besten Fall Neutralem aus, weder besonders anziehend noch besonders abstoßend, etwa wie gerade gewaschene, nicht parfümierte Haut oder Milch. Dieser Duft vereinte nach Eiche riechende Sitzreihen mit Lilien, Levkojen, Hortensien, Rosen, Farn- und Eukalyptusblättern. Pikant und frisch kombiniert mit holzig und alt. So wäre Marie als Duft – ein ziemlich gewagter Gedanke, den ich nicht gerade hegen wollte, während ich sie in einer Kirche begrüßte. Doch ich konnte nur an Marie als ein Parfüm denken, das ich auf der Haut trug. Was für eine Vorstellung! Ich, wie ich mir Marie auf den Hals tupfte, auf die Handgelenke. Wie ich nach Marie roch und sie überallhin mitnahm und eine wohlriechende Spur des Erstaunens hinter mir herzog. Fühlte es sich so an, wenn man ohnmächtig wurde?

Ich hielt mich an einer Bank fest. Holte ein paarmal tief Luft. Dann sah mich Marie. Sie ging den Mittelgang entlang und hieß mich mit ausgestreckten Armen und einem breiten Lächeln willkommen, wie immer. Sie schien nicht zu bemerken, wie schwindelig mir vor Ergriffenheit war. Ich beschwor eine Aura der Professionalität herauf und setzte meine offizielle Miene auf, hinter der ich verbarg, wie sehr ich mich nach einem Date mit ihr sehnte. Hinter der ich die Vorstellung von ihr als genau auf sie abgestimmtes Parfüm versteckte. Ich rückte meinen Krawattenknoten zurecht und zupfte die Jackettaufschläge gerade. Ich gab ihr einen raschen Kuss auf die Wange, bevor sie mich in ihre Arme ziehen konnte und ich mich nie wieder daraus lösen wollte, und begrüßte dann Maries Assistentin Sarah und den Organisten, der die geplanten Stücke proben wollte.

In die Augen konnte ich ihr immer noch nicht sehen, denn ich durfte mich nicht von einer Welt verschlingen lassen, zu der ich keinen Zutritt hatte. Ich holte meine Liste hervor und besprach mit dem Pfarrer den Ablauf am nächsten Tag. Eine gewisse Anspannung lag in der Luft, da uns allen klar war, dass es sich um keine normale Beerdigung handelte, sondern um die eines Menschen mit einem gewissen Bekanntheitsgrad, weshalb sie unter dem scharfen Auge der Medien und der Familie vonstattengehen würde, deren Name nach Geld und Niedertracht stank. Eine halbe Stunde arbeiteten wir fleißig, während die Akkorde der Orgel die Kirche erfüllten, bis hoch zu den Buntglasfenstern, als wollten sie sie zerspringen lassen.

Als Peter, der Organist, fertig war, klatschten wir alle, und Marie rief: »Darf ich mir ein Lied wünschen?«

Ich starb beinahe, als sie meine Hand nahm. Wir standen so nahe beieinander, dass wir uns hätten küssen können. Ich war ihr nahe genug, um ihr Parfüm zu riechen, auch wenn ich so überfordert war, dass ich gar nichts roch.

»Na los, Oliver, tanzen wir.«

Ich dachte an die halb volle Flasche Wein, mit der ich letztens so wunderschön getanzt hatte, wie ein Profi. Es wäre unser zweiter Tanz. Als Peter in die Pedale trat und das fröhliche Kirchenlied »All Things Bright And Beautiful« ertönte, verschränkten sich unsere Hände zu Sarahs Gesang ineinander, und Marie führte mich in einen leicht arrhythmischen Walzer vor der Kanzel. Ich spürte ihren Atem, ihre Schultermuskeln. Ich hätte an ihrem Ohr knabbern können, wenn ich das gewollt hätte. Ich zwang mich, mich auf alles zu konzentrieren außer ihr höchst verlockendes Ohr: die hölzernen Kirchenbänke, die Stufen zur Sakristei, die Sammelbüchse für die Kollekte, den Mittelgang. Als das Lied zu Ende war, erklang ein neues – »Be Thou My Vision«. Der Titel hätte nicht passender sein können, doch die Melodie ließ unseren Walzer zu einem statischen Schwanken werden. Marie lächelte mich an. Ich sah ihr in die Augen, ohne es zu wollen, und erwiderte das Lächeln.

»Das macht Spaß, nicht wahr?« Sie lächelte wieder. »Die Arbeit sollte nie zu ernst werden, oder was denkst du?«

»Du hast völlig recht«, sagte ich und fixierte ihren Pony.

»Das Leben ist sowieso schon ernst genug.«

Wir schwankten wie ein Metronom hin und her. Ich fragte mich, was sie mit ihrer letzten Bemerkung meinte. Doch statt nachzuhaken, erwiderte ich lachend: »Tut mir leid, ich bin kein guter Tänzer.«

»Du bist besser als Henry. Du versuchst es wenigstens.«

»Vielleicht fühlt er sich unwohl«, versuchte ich ihren Mann besser dastehen zu lassen und sie aufzuheitern.

»Oder vielleicht auch nicht«, murmelte sie.

Noch so ein Satz, der wie Nebel in der Luft waberte. Dann war das Lied zu Ende, und sie gab mich frei, um Peter zu applaudieren. Wir alle klatschten, und der Moment war vorbei. Der Moment, in dem ich unfähig gewesen war zu reagieren. Der Moment, in dem ich mehr hätte herausfinden können. Mein bester Freund Andy, den ich seit der Highschool kannte und mit dem ich in meinen Zwanzigern zusammengewohnt hatte, hätte gewusst, was zu tun war. Er war der Freigeist, der Frauen völlig anders begegnete als ich. Er war einer dieser Typen, die Frauen anzogen, ohne es überhaupt zu merken. Oder vielleicht wusste er es und ließ es darauf ankommen, was mir eine viel zu komplizierte Strategie erschien. Was auch immer er für eine Taktik verfolgte, er verströmte Charme und täuschte gleichzeitig Gleichgültigkeit vor. Nonchalance war sein zweiter Vorname.

Einmal versuchte ich ein Experiment, weil ich Andys angeborenes und doch beiläufiges Charisma verstehen wollte, und welche Pheromone seine Poren verströmten. Einen Monat lang sprühte ich mich mit seinem Aftershave ein, wenn ich glaubte, an dem Tag oder Abend vielleicht in Gesellschaft passender Frauen zu sein. Ironischerweise lernte ich meine letzte feste Freundin Claire an einem Tag kennen, an dem ich das Aftershave vergessen hatte.

Der Power Walk

Die Beerdigung des Kunsthändlers war ein Erfolg, so wie es sich gehörte. Eine Beerdigung ist erst gelungen, wenn die Trauernden weinen, der Bestatter Komplimente bekommt und die Blumen nicht aus den Gestecken fallen. Bei Marie löste sich nie eine Blume, niemals.

Da war sie schon wieder. Ich musste immer noch ständig an sie denken. So sehr, dass ich zwei Tage später etwas Unerhörtes tat. Ich kletterte in einen Sarg. Mein erster Vorsatz ließ mir keine Ruhe – *Du sollst nicht so dick werden, dass du nicht mehr bequem in einen Sarg in Standardgröße hineinpasst, also mach Sport.* Für Marie könnte ich abnehmen, dachte ich. Ich würde sie erst bitten, mit mir auszugehen, wenn ich nicht mehr ganz so beleibt wäre. Die überflüssigen Kilos um die Mitte kamen von Käse mit Kräckern vor dem Essen, Schokolade nach dem Essen und gelegentlichem Käsekuchen am Nachmittag. Außerdem von Wein, Port, cremiger Pasta und Gulasch … Die Liste ließe sich endlos fortführen. Während ich abnahm, könnte ich in Ruhe Maries Situation einschätzen, mich in Form bringen und üben, wie ich sie am besten nach einer Verabredung fragte. So motiviert war ich noch nie, fit zu werden.

Deshalb holte ich, als gerade niemand da war – Roger machte Mittagspause, und Jean war bei der Bank –, einen Stuhl und stellte ihn neben einen Mahagonisarg im Ausstellungsraum, der auf einem Gestell mit Stoffüberzug stand. Der Deckel war offen und gab den Blick auf die weiße Seidenauskleidung frei. Es würde keinen Schaden anrichten, wenn ich mich kurz hineinlegte, um zu überprüfen, wie leicht ich darin eintauchen konnte, und wie eng die Sargwände um mich herum waren. Wer brauchte schon Maßbänder, wenn man es einfach testen konnte? Ich sah rasch am Empfang, in der Küche und im Flur nach, ob ich immer noch allein war. Die Luft war rein, also eilte ich in den Ausstellungsraum zurück, streifte Schuhe und Jackett ab, stieg auf den Stuhl und in den Sarg. Ich achtete darauf, die Seide nicht mit den Füßen zu beschädigen, während ich mich hineingleiten ließ und auf den Rücken legte. Meine Hüften stießen an den Seitenwänden an, meine Arme lagen eingequetscht daneben, ich starrte zur Decke. Gerade wollte ich mich ein wenig bewegen und testen, wie gut ich hineinpasste, als jemand meinen Namen rief. Der Schock, aus nächster Nähe eine menschliche Stimme zu hören, ließ mich hochfahren. Oder zumindest versuchte ich mich erschrocken aufzusetzen. Ich konnte nur den Kopf heben, was gleichzeitig meine ursprüngliche Frage beantwortete. Ja, ich musste abnehmen.

»Oliver?« Mum. Wo kam sie nur auf einmal her? Ich hätte sie erst später erwartet. »Was machst du da?« Sie klang besorgt.

»Hallo«, sagte ich und versuchte so zu tun, als sei alles in bester Ordnung und als hätte ich nicht gerade dem Käse in meinem Kühlschrank abgeschworen sowie den gesalzenen Erdnüssen im Vorratsschrank, und als hätte Mum mich nicht gerade erwischt, wie ich fröhlich in einem Sarg herumlag … O nein, wie peinlich.

»Du liegst in einem Sarg.« Sie hatte die Hände in die Hüften gestemmt, trug eine Strickjacke um die Schultern und einen Gürtel, der auf der Suche nach ihrer Taille war.

»Eine Kundin hat gefragt, wie bequem die Särge sind, und ich wollte sichergehen, dass ich ihr ehrlich geantwortet habe. Du weißt ja, wie wichtig wir den Kundenservice nehmen.«

»Du musst da rauskommen.«

»Ja, Mum«, erwiderte ich. »Hilfst du mir bitte?«

Später sagte Mum, ich sei »unprofessionell«.

»Stell dir vor, du hättest einen Schokoriegel gegessen. Alles hätte verschmiert sein können. Deshalb mochte ich es noch nie, wenn du Schokolade irgendwo anders als in der Küche gegessen hast.«

Als Kind hätte mich Mum gezwungen, alles, was irgendwie klebrig oder schmierig war, in der Badewanne zu essen, wenn das als akzeptable Erziehungsmethode gegolten hätte. Doch jetzt war es ihr egal, dass ich keine Süßigkeiten genascht und außerdem meine Schuhe ausgezogen und die Innenverkleidung des Sarges nicht beschädigt hatte. Sie sollte sich freuen, dass ich keine Spuren meiner Anwesenheit hinterlassen hatte, nachdem ich mich aus meinem Gefängnis befreit hatte, und dass ich abnehmen wollte. Stattdessen jammerte sie, wer denn dann ihre Schokoladehaferschnitten essen würde, wenn nicht ich. Ich sagte ihr, sie solle sie einfach nicht mehr machen. Das fand sie nicht so gut. Nachdem wir Staub gewischt und die Taschentuchboxen in allen Räumen aufgefüllt hatten, ging sie, und ich googelte »Sport für Anfänger«.

Yoga mit seinen langsamen Bewegungen im Gegensatz zu anstrengendem Gehopse, mit Stretching als Hauptaktivität, klang interessant, und Gleichgewicht war schon immer eine meiner Stärken gewesen. Gab es hier in der Nähe nicht ein Yoga-Studio? Ich war mir sicher, kürzlich irgendwo ein Schild gesehen zu haben. Ah, da war es schon. Eine ansprechende Website mit Bildern von geschmeidigen, gebräunten Körpern, die sich in Positionen verrenkten, die ich nicht für möglich gehalten hätte. Ich rief die Unterrichtszeiten auf. Über Mittag gab es einen Anfängerkurs – bald – sowie einen Rabatt, wenn man zehn Stunden vorabbezahlte. Ich stellte mir vor, wie ich diskret ganz hinten im Unterrichtsraum stand und sich vor mir ein Meer aus buntgekleideten Hintern erhob. Dann stellte ich mir meinen eigenen Hintern in schweißabsorbierenden Sportshorts vor, wie ich sie seit der Schulzeit nicht mehr getragen hatte, und beschloss, stattdessen spazieren zu gehen.

Ich musste all meine Selbstbeherrschung aufbieten, um nicht schnell in die Küche zu schlüpfen, als ich um halb sieben nach Hause kam. Nicht an den übrigen Wein in der Flasche im Vorratsschrank zu denken, die Dips im Kühlschrank, die Käsestangen in einer Dose. Entschlossen ging ich ins Schlafzimmer und zog mir ein altes T-Shirt und lange Surfshorts an, die ich seit mindestens zwei Jahren nicht mehr in der Hand gehabt hatte. Sie kamen Sportkleidung in meiner Garderobe noch am nächsten. Im Badezimmer trank ich Wasser aus der Leitung – so durstig, wie ich war, durfte ich auf gar keinen Fall in die Küche gehen – und verließ das Haus in Richtung eines nahe gelegenen Parks.

Es war immer noch heiß, und es wehte kein Lüftchen. Nur sehr selten würde ich gern am Meer leben, aber jetzt war so ein Moment, was ein bisschen ironisch war, da ich ja Surfshorts trug. Doch statt eine frische Brise vom Wasser her zu atmen, musste ich mich mit der stickigen Luft voller Abgase, Dreck und den Dämpfen des China-Imbisses zufriedengeben, die sich an der

Straße festklammerten, inmitten von eng beieinanderstehenden, hoch aufragenden Gebäuden, von denen die Farbe abblätterte.

Ich hätte den hinteren Weg nehmen sollen. Trotzdem zwang ich mich weiter, schwang die Arme Richtung Grün und offener Fläche. Ich bahnte mir meinen Weg durch Pendler, die gerade aus einem Bus ausstiegen, wich einem großen Hundehaufen aus und schaffte es, auf dem unebenen Gehsteig nicht zu stolpern. Als ich einen Blick in eine Seitengasse warf, sah ich neidisch, wie sich zwei tätowierte Teenager küssten. Ihre Jugend oder ihre Tätowierungen waren nicht das Problem. Sondern mir fiel auf, wie lange ich schon nicht mehr geküsst hatte. Besser nicht darüber nachdenken. Und dennoch tat ich es. Meine verdorrten Lippen, denen keinerlei romantische Aufmerksamkeit zuteilwurde, mein Mund, der nur zum Trost anderer Menschen taugte, was allen anderen half, nur mir nicht. Ich weiß, das war egoistisch von mir, aber so ist das nun mal, wenn man neidisch ist. Einen Vorteil hatten diese Gedanken allerdings, denn ich ging schneller, weg von den knutschenden Teenagern, trieb die Luft in meine Lungen, den Schweiß auf die Stirn.

Als ich im Park ankam, war ich so außer Atem, dass ich mich auf eine Bank setzen musste. Ein Mädchen, das zu jung aussah, um Mutter zu sein, schob ein Kleinkind auf einer Schaukel an, während es auf seinem Handy herumtippte. Eine Chipstüte wurde im Sand zu ihren Füßen herumgeweht. Ein leichter Wind war aufgekommen und raschelte in den Bäumen, kühlte mich aber nicht ab. Ich stand auf. Ich sollte nicht herumsitzen. Ich musste abnehmen, für Marie. Energisch marschierte ich um den Park und dachte wieder darüber nach, was ich ihr schenken könnte. Meine bisherigen Überlegungen – eine Rose oder ein Buch – hatte ich verworfen.

Wie wäre es mit Schmuck?

Claire hatte ich einmal ein Armband gekauft. Doch das war einfach gewesen, denn sie hatte es mir in einem Laden in der Stadt gezeigt, und ich war dann ohne ihr Wissen noch einmal hingegangen und hatte es geholt. Es war so eine Art Überraschung. Dann hatte ich Jean einmal eine Brosche zu ihrem zweiundfünfzigsten Geburtstag vor dreizehn Jahren gekauft. Stundenlang hatte ich nach Broschen recherchiert und konnte mich nicht zwischen einem alten, perlenbesetzten Exemplar und einem moderneren entscheiden. Schließlich gab ich auf und ging in ein paar Schmuckläden. Claire nahm ich zur Unterstützung mit, auch wenn sie genauso ratlos war wie ich.

»Ich will aber keine Entscheidung treffen müssen«, sagte sie. »Du kennst sie viel länger.«

»Ja, aber du bist eine Frau. Du trägst Schmuck«, erwiderte ich.

»Keine Broschen. Niemand trägt Broschen.«

»Jean liebt sie und trägt sie jeden Tag. Sie muss Dutzende haben.«

»Dir kann man garantiert nicht vorwerfen, gedankenlos zu sein, Oliver«, sagte sie. »Das ist wirklich bewundernswert.«

Ich konnte mich noch an ihren exakten Wortlaut erinnern. Ich hatte sie damals angesehen und in einer Wärme gebadet, als wäre ich gerade aus einem gekühlten Käseraum gekommen und hätte den Kopf in einen geheizten Pizzaofen gesteckt. Da hatte ich mir vorgestellt, wie wir gemeinsam einen Ring kauften – wie Claire aufgeregt in die glänzenden Vitrinen sah, ich ihre Hand halten würde und es mir egal wäre, welcher ihr gefiele. Viel wichtiger wäre gewesen, dass sie sich einen wünschte. Doch da hatte ich mich von meinen Gefühlen mitreißen lassen, denn später sollte ich herausfinden, dass man in Claires Welt auch zu umsichtig und rücksichtsvoll sein konnte. Als unsere Beziehung nur noch an einem dünnen Faden hing, wie ein Mantelknopf, der gleich abfallen würde, sagte sie wieder Dinge, an die ich mich bis heute deutlich erinnere, auch wenn es mir anders lieber wäre: »Es ist schön, dass du an mich denkst, Oliver, aber manchmal machst du dir zu viele Gedanken. Bitte versteh das nicht falsch, aber du erstickst mich mit deiner Nettigkeit.«

Das war der Anfang vom Ende. An der Nettigkeit konnte ich nichts ändern, so war ich einfach. Und wie konnte man sich überhaupt beschweren, dass jemand zu nett war. Wie Andy gesagt hatte: Wenn sie mit Nettigkeit nicht zurechtkam, war ich ohne sie besser dran. Doch ihre Worte hatten so weh getan wie jede Kritik, ob berechtigt oder unberechtigt. Sobald etwas ausgesprochen ist und sich im eigenen Kopf festgesetzt hat, lässt es sich nur schwer wieder entfernen, wie Ölflecken aus dem Lieblingshemd. Rückblickend hat mir die ganze Sache ziemlichen Schaden zugefügt, und mit siebenundzwanzig zog ich mich kleinlaut aus der Welt der Beziehungen zurück. Als dann Dad starb und ich neue berufliche Verantwortung trug, hatte ich sowieso genug zu tun.

Davor, während Maries viermonatiger Datingpause und ihrer ersten Arbeiten für Clock & Son, hätte ich sie fast gefragt, ob sie mit mir ausgeht. Die ersten drei Monate brauchte ich, um meine Gefühle für sie zu erkennen – dass die verschwitzten Handflächen und das klopfende Herz in ihrer Gegenwart keine Symptome einer schweren Krankheit waren, sondern Verliebtheit. Den nächsten Monat überlegte ich, wie ich sie fragen könnte. Doch weil ich viel zu akribisch über einen plausiblen Grund nachdachte und das Ganze vor mir herschob, verpasste ich meine Chance. Denn kurz danach erzählte sie, dass sie einen Mann – Henry – kennengelernt hatte, der alles zu sein schien, was ich meiner Meinung nach nicht war: spontan, charmant, charismatisch, gut aussehend, und sie betete ihn an, wie sich ein Gläubiger in blinder Verehrung vor seiner Gottheit zu Boden wirft. Ich erkannte erst später, dass diese vier Monate eine einzige verpasste Gelegenheit gewesen waren. In diesem Moment hätte ich mich am liebsten geschlagen. Ein paar Monate später lernte ich Claire kennen, und auch wenn ich mich mit so viel Enthusiasmus, wie ich nur aufbringen konnte, in die Beziehung stürzte, erloschen meine Gefühle für Marie nie vollständig.

Ich hatte einen guten Rhythmus gefunden, mit strammen, ausgreifenden Schritten und schwingenden Armen. Als ich zum dritten Mal an der Schaukel vorbeikam, war das Mädchen mit dem Kleinkind gegangen. Ich war allein. Ich drehte noch eine vierte Runde, was bemerkenswert klang und mich auch selbst beeindruckte, doch ehrlicherweise war der Park klein, und selbst die Bezeichnung »Park« war zu hoch gegriffen. Es war eher eine Grünanlage zwischen Häusern, wie ein Bindestrich zwischen zwei Wörtern. Ich beschleunigte meinen Schritt für einen letzten Gehsprint bis zur Bank, wo ich einen Moment Pause machte, um zu Atem zu kommen.

Als es langsam dämmerte und die Straßenlampen aufleuchteten, stand ich auf. Eine Windbö ließ die lose Rinde am Stamm eines Gummibaums flattern, als würde sie mir zu meinem befriedigenden Tagwerk gratulieren. Auf dem Weg nach Hause überlegte ich, ob ich das Chicken Parmigiana von gestern gleich essen durfte, weil es Verschwendung wäre, es wegzuwerfen. Und ob ich jemals wissen würde, was ich wegen Marie unternehmen sollte.

Doch ich musste mir nichts überlegen. Marie nahm mir die Entscheidung ab, indem sie sich ein paar Tage später meldete.

Ein Geständnis

Ich aß gerade ein Vollkornsandwich mit Ricotta, Tomate und Salat, als Marie anrief. Sie wollte mich treffen. Natürlich sagte ich zu, betastete aber meinen Hosenbund und fragte mich, ob man schon eine Veränderung sah. Doch das war unwahrscheinlich. So lange hielt ich schließlich noch nicht Diät. Ich legte das Sandwich beiseite und nahm mir vor, nur die Hälfte zu essen.

»Gibt es ein Problem?«, fragte ich und überlegte, ob sich die Arrangements für die Beerdigung eines Gemeinderats als kompliziert erwiesen – was in Anbetracht der Tatsache, dass die Witwe gern Mahagoni hätte, sich aber nur Sperrholz leisten konnte, nicht verwunderlich wäre. »Dir sind doch nicht die Blumen ausgegangen oder so?« Ich lachte.

»Nein, überhaupt nicht«, antwortete sie, stimmte aber nicht in mein Lachen ein oder sagte mehr dazu. »Heute Abend um fünf?« Sie war kurz angebunden, ganz untypisch für sie.

»Klar.«

Marie war definitiv traurig, entschied ich. Vielleicht lief es daheim wirklich nicht gut. *Vielleicht will sie dieses Mal mein »Ohr«*

und allen Rat und tröstende Worte, die ich ihr anbieten kann. Ich werde ihr ergebenes Ohr sein, das ihr so zuhört, wie sie will, dass man ihr zuhört, das ihre Hand streicheln und in der Zeit der Not helfen kann.

»Soll ich bleiben oder soll ich gehen?«, wird sie fragen, und ich werde ihr sagen, dass sie ihrem Herzen folgen muss.

»Wenn du fürchterlich unglücklich bist, dann musst du gehen«, werde ich ihr raten. »Du hast ja schließlich keine Kinder, an die du denken müsstest, nur dich selbst, und du musst dir treu bleiben.«

Ich werde ihr sagen, dass ich die ganze Zeit für sie da sein werde. Ich werde ihr anbieten, mit ihr ins Kino zu gehen und zum Essen, um sie vom Scheitern ihrer Ehe abzulenken und zu trösten. Ich werde sie nicht küssen oder nach einem Date fragen. Nein. Noch nicht. Es wird rein platonisch sein, offen und ehrlich. Ich werde der perfekte platonische Freund sein. Bis sie bereit ist.

Ich war so erfreut, dass ich nicht nur mein Problem gelöst, sondern auch eine ehrenhafte Entscheidung getroffen hatte, die zu dem Mann passte, für den ich mich hielt, dass ich genüsslich beide Hälften des Sandwiches verspeiste. Nicht einmal ein welkes Blatt Salat blieb übrig. Doch das war egal. Mein Entschluss gewährte mir mehr Zeit für Diät, sodass ich mich von einem beleibten Freund in einen gemeißelten Beau verwandeln konnte. Nun, gemeißelt war vielleicht ein wenig übertrieben, aber man durfte ja wohl träumen.

Ich hoffte, dass die Zeit schnell verging, doch wir bekamen keine neuen Kunden und mussten auch nicht in letzter Minute ausrücken. Der Nachmittag zog sich. Ich zwang mich zu Büroarbeit. Mum sortierte Akten neu. Jean bezahlte Rechnungen. Roger ging früher, nachdem er seine Instrumente poliert hatte.

Endlich war es halb fünf. Ich kämmte meine Haare und band die Krawatte neu, weil ich so gut wie möglich aussehen wollte.

Um Viertel vor fünf fuhr ich zu der Café-Bar, in der wir uns oft trafen und über die Arbeit sprachen. Im Gegensatz zu unseren anderen Treffen war ich nervös.

Marie saß an einem Tisch am Fenster. Ich winkte vom Gehsteig aus. Sie hob eine Hand. Ich musste mich kurz beruhigen und mir die Haare noch mal mit den Fingern kämmen, bevor ich zu ihr ging.

»Ich habe Wein bestellt, ich hoffe, das ist in Ordnung«, sagte sie.

»Das weißt du doch«, antwortete ich. »Also, wie läuft es mit den Blumenarrangements?« Doch bevor sie etwas sagen konnte, plapperte ich schon weiter, wie schwierig Mrs Dalgleish, die Frau des Gemeinderats, sein konnte, oder besser gesagt penibel wegen der Details; wie trocken das Wetter gewesen war und dass ich hoffte, dass es die Blumenqualität nicht beeinträchtigte, und ob ich mir Sorgen machen müsste, dass diese Woche sich als eine der umsatzschwächsten herausstellte, an die ich mich erinnern konnte. Es waren die Nerven. Zum Glück unterbrach Marie mich.

»Oliver …«, sagte sie.

»Ja?« Ich fühlte mich wie der letzte Idiot.

»Ich wollte eigentlich nicht über die Arbeit reden«, fuhr sie fort.

Natürlich nicht.

»Ich muss dir nämlich etwas sagen«, begann sie, doch dann kam der Kellner mit dem Wein. Sie sah aus dem Fenster, das Kinn auf eine Hand gestützt, die Lippen zusammengepresst. Der Kellner stellte zwei Gläser mit Wein auf den Tisch, griff nach der Wasserflasche und schenkte uns ein. Die Flüssigkeit plätscherte langsam in die Gläser. Er fragte, ob wir noch etwas wollten, und ich sagte zu Marie: »Wie wäre es mit ein paar Oliven?«, doch sie antwortete nicht, weshalb ich uns Oliven bestellte, wobei ich sehr zufrieden mit mir war, dass ich nicht auch noch Nüsse orderte. Als der Kellner davonging, sah sie mich wieder an.

Ich lächelte und stieß mein Weinglas gegen ihres. Die Oliven wurden gebracht. Ich bot sie ihr an, doch sie lehnte ab. Sie hatte immer noch nicht von ihrem Wein getrunken, ich dagegen schon zwei große Schlucke. Ich hatte das Gefühl, etwas sagen zu müssen, da sie unsicher zu sein schien, wie sie anfangen sollte, doch sie sollte wissen, dass es mir nichts ausmachte, dass ich ihr Freund war und dass alles, was sie mir erzählen wollte, unter uns bleiben würde.

»Ich weiß nicht, wie ich es sagen soll«, brachte sie schließlich heraus.

Instinktiv nahm ich ihre Hand und gab ihr eine Serviette. »Ist schon okay«, beruhigte ich sie. »Lass dir Zeit.«

Als sie sich wieder gefasst hatte, sprach sie weiter. »Ich ertrage nur das ganze Gerede über die Beerdigungen anderer Menschen nicht so gut, wenn ich über meine eigene sprechen muss.« Sie lachte – gut, in der Rückschau war es eher ein bitteres Kichern – und kaute auf ihrer zitternden Lippe.

Ich starrte sie an. Das hier lief nicht nach Plan. Sie konnte doch keine Witze über ihre eigene Beerdigung machen.

»Ich bin krank, Oliver. Richtig krank. So sehr, dass man nichts mehr tun kann.«

Die Worte, die aus ihrem Mund drangen, waren verstörend. Das hier lief ganz und gar nicht nach Plan.

»Was meinst du damit, du bist krank?«, fragte ich.

»Das, was jeder heutzutage bekommt. Ich kann es nicht mal aussprechen.«

Da fiel es mir auf. Warum hatte ich es bisher nicht bemerkt? Die dunklen Ringe unter ihren Augen, die eingesunkenen Wangen, die hervorstehenden Schlüsselbeine. Make-up kaschierte nicht alles. Ich umklammerte ihre Hand und nahm mir eine Serviette. Ich sagte jede Trostfloskel, die mir einfiel, doch die Worte klangen hohl und unzureichend.

»Es tut mir so leid, Marie. So unendlich leid.«

»Ich weiß.« Sie drückte meine Hand.

»Du lässt dich doch behandeln, oder?«, fragte ich.

Sie schüttelte den Kopf, zuckte mit den Schultern. »Es ist zu spät.«

»Zu spät?«, würgte ich heraus.

Wieder schüttelte sie den Kopf, zuckte mit den Schultern.

»Überhaupt keine Behandlung? Ich kann es nicht glauben.«

»Nur noch palliativ.«

Beinahe gab ich die Oliven wieder von mir.

»Es tut mir leid, ich glaube, ich muss schon wieder weinen«, sagte sie. »Ich dachte, wenn ich es dir in der Öffentlichkeit erzähle …«

Sie packte meine Hände, und wir hielten einander fest, während sich die Luft um uns herum verdichtete. Geräusche wurden undeutlich. Gerüche schwächer. Es gab nur noch Marie und mich.

Wenn wir doch nur für immer so hätten bleiben können.

Die Ellipse des Lebens

Ich wusste nicht, wie lange wir so saßen. Vielleicht nur ein paar Sekunden, vielleicht auch eine oder zwei Minuten. Genauso wenig, wie ich wusste, wie ich die nächsten Monate überstehen sollte. Wenn mein Leben ein Satz wäre, dann existierte ein Großteil meiner Welt im Punkt. Oder eher im Raum nach dem Punkt. Und für mich war das in Ordnung. Ich hatte so viel Zeit mit den Toten verbracht, dass es für mich völlig natürlich war. Ich wusste, wie man mit einem Toten umgehen musste – dass man ihn schieben und nicht anheben durfte, wie man Augenkappen unter die Lider einsetzte, um ein Einsinken zu verhindern, wie man die Leichenstarre aus den Gliedmaßen massierte, um den Einbalsamierungsprozess zu unterstützen. Das mag grausig klingen, doch für jemanden vom Fach ist es das nicht. Wir verstehen, dass dieser Mensch nicht mehr er selbst ist, dass die Person, die er einmal war, nicht mehr da ist. Die Überreste sind wie eine Muschel am Strand, deren Bewohner längst ausgezogen ist und die wir gesäubert und gewaschen aufheben wollen. An diesen Teil des Lebens bin ich gewöhnt: das Finale, die Auflösung, die Pointe.

Wenig Erfahrung hingegen hatte ich mit der Ellipse des Lebens. Der Abschnitt vor dem Ende, von dem niemand etwas wissen will, die Zeit, in der man um Worte ringt, über sie stolpert oder sie gar nicht ausspricht und man nur noch wartet. Wenn sich die Lebenden aufs Sterben vorbereiten. Ich navigierte durch Maries letzte drei Monate und ihren Tod wie eine gestotterte, unvollständige Frage. Wäre ich ein Satz, hätte dieser aus abgebrochenen Wörtern bestanden, Auslassungen und zahlreichen Fragezeichen. Ein schrecklicher Satz, der sinnlos war, bedeutungslos. Nichts, was ich tat, konnte ihr helfen; nichts, was ich sagte, konnte die Zukunft ändern. Wenn ich nur die Zeit hätte anhalten können.

Zuerst arbeitete Marie noch weiter, doch schon bald war die Erschöpfung stärker, dann der Schmerz, die Appetitlosigkeit, die wachsende Antriebslosigkeit. »Oh, Oliver, es ist grässlich. Ich fühle mich, als hätten mich fremde Mächte übernommen.«

Ich nahm ihre Hand und konnte ihr nur zustimmen und mitfühlen. Selbst als sie nicht mehr arbeitete, wollte sie immer noch ein Teil des Geschäfts sein. Sie liebte ihren Beruf und wollte nicht einfach damit aufhören. Der Laden war ihr Leben. Sarah und ich besuchten sie zu Hause, ich zeigte ihr Bilder der Blumenarrangements, die Alchemy Flowers für uns angefertigt hatte, und holte ihren Rat für zukünftige Bouquets und Kränze ein. »Vergiss nicht, immer geschickt zu mischen«, sagte sie. »Mach nicht das Offensichtliche. Du könntest Gänseblümchen mit Roten Akazien zusammenstecken oder Schleierkraut mit pinkfarbenen Gerbera und Palmblättern. Und egal, was du machst, pass auf den Geruch auf. Rittersporn passt auf keinen Fall zu Gummibaumblättern, die leicht zitronig riechen; Levkojen nicht zu Calla-Lilien.« Sarah wusste das alles sicher, doch ich bekam dadurch einen wöchentlichen Crashkurs in Floristik. Ich bat Sarah, ihr eine Miniausgabe aller Bouquets zu binden, die Alchemy Flowers für Clock & Son anfertigte, damit sie sich als Teil davon fühlen konnte. Marie liebte die kleinen Gestecke so sehr. Ich sorgte dafür, dass immer eine Sicherheitsnadel dabei war, damit sie sie anstecken konnte.

Auch wenn wir hauptsächlich über die Arbeit sprachen, fühlte ich mich Marie so nah wie noch nie. Nicht nur hielt ich mich in ihrem Haus auf, ich wärmte auch die mitgebrachte Suppe auf *ihrem* Herd auf, kochte Tee in *ihrer* Küche, steckte sogar wenn nötig *ihre* Kleidung in die Waschmaschine oder den Trockner, da Henry in Haushaltsdingen weniger aufmerksam war, als ich es als ihr Ehemann gewesen wäre. Sie sagte, sie wolle nicht, dass ich mir Mühe machte oder glaubte, ich müsse ihre Haushaltshilfe werden, aber ich merkte, dass ihr die Aufmerksamkeit guttat. Oder vielleicht half es ihr auch, dass jemand da war, mit dem sie reden konnte, und dass das Haus nicht so leer war.

Es ging allerdings nicht immer um die Arbeit. Manchmal schaute ich unter dem Vorwand bei ihr vorbei, etwas Geschäftliches mit ihr besprechen zu wollen, wenn ich mich eigentlich nur mit ihr unterhalten wollte – um mich über Mum zu beschweren oder ihr von einem Film zu erzählen, den ich am Wochenende gesehen hatte, oder um ihr einfach nur ein paar handgeschöpfte Pralinen vorbeizubringen, die ich in dem neuen Delikatessenladen um die Ecke gefunden hatte. Wenn ich an ihrem Bettende saß – *ihrem* Bett, mit *ihrer* weißen Leinenbettwäsche –, fühlte ich mich ihr so viel näher als je zuvor. Und es fühlte sich nicht falsch an, sondern sehr, sehr schön. Einmal scherzte ich, dass die Bettwäsche ein Bügeleisen vertragen könnte und ob ich das nächste Mal meine tragbare Dampfbürste mitbringen sollte. Ich wollte gar nicht lustig sein, doch sie lachte so sehr, dass sie sich danach ausruhen musste und mir voll Trauer klar wurde, wie schmal der Grat zwischen Spaß und tiefer Erschöpfung war, wenn man an einer tödlichen Krankheit litt. Ich nahm mir vor, sie beim nächsten Mal nicht mehr so aufzuregen. Besser Marie öfter kurz zum Lachen bringen und sie dafür länger haben.

Henry war die ganze Zeit eine rätselhafte Gestalt im Hintergrund. Wenn wir Marie zu Hause besuchten, war er normalerweise in der Arbeit, oder er ging uns aus dem Weg. Ich spürte, dass er wenig Lust hatte, mit mir zu sprechen, was ich auf meinen Beruf schob. Ich schätze, er hatte mich unter »Arbeitskollege meiner Frau« abgespeichert, und die Tatsache, dass ich rund um die Uhr mit Toten zu tun hatte, ließ mich noch weniger als potenziellen Freund erscheinen als sonst vielleicht. Er murmelte für gewöhnlich »Ach, du schon wieder«, wenn er mich kommen sah, und machte dann einen Witz darüber, dass er das schmutzige Geschirr für mich im Spülbecken stehen gelassen hatte. Ich dankte ihm immer fröhlich, als ob auch ich seinen Versuch, witzig zu sein, lustig fand, selbst wenn ich verstimmt war, wie gering er von mir dachte. Doch wenn ich ehrlich war, war mir die Situation sehr recht, da ich es genoss, Marie für mich zu haben, und mir wenigstens für einen kurzen Moment einreden konnte, dass ich sie immer für mich haben würde. Als sie in ihrer letzten Woche ins Hospiz ging und ich sie jeden Tag besuchte, sah ich Henry auch kaum. Wir waren Schatten, die im Flur aneinander vorbeihuschten. Ein paarmal versuchte ich ihn in ein Gespräch zu verwickeln, doch er wirkte noch entrückter, finster und mürrisch, was natürlich völlig nachvollziehbare Emotionen für einen Mann in seiner furchtbaren Situation waren.

Doch selbst dann wollte Marie über die Beerdigungen informiert sein.

»Komm her«, sagte sie und klopfte auf den Bettrand, damit ich den Stuhl heranzog und mich neben sie setzte. »Erzähl mir alles.«

Selbst wenn sie zu müde war, um die Augen offen zu halten,

wollte sie zuhören, sich wohl vorstellen, dass sie immer noch an allem beteiligt war, wollte sich von ihrer neuen Realität ablenken. Sie bat mich, ihr Rosen mitzubringen, also kaufte ich eine einzelne oder einen ganzen Strauß, was ich gerade bekam. Ihre Lieblingssorte war Fragrant Plum, eine opulente, süß duftende Rose, deren Blütenblätter hell-lavendelfarben mit lilafarbenen Rändern waren. Sie atmete den Geruch jeder Rose ein, hielt sich wahrscheinlich an allem fest, was sie verkörperte. Ich bemühte mich um einen leichten Ton, brachte sie mit Erzählungen von Kundenmarotten zum Lachen oder Mums Wahn, unbedingt hübsche Taschentuchbehälter kaufen zu wollen. Und sie lachte. Sie lachte so gut sie konnte, bis es zu Ende war.

Und dann war es so weit: Marie starb.

Ich will nicht länger bei diesem Tag verweilen, es reicht, wenn ich sage, dass ich bei der Beerdigung Haltung bewahrt habe. Auch wenn Clock & Son alles organisierte, sorgte Mum dafür, dass ich mich um nichts kümmern musste. Sie wusste, wie eng ich mit Marie zusammengearbeitet hatte (aber nicht, wie nahe ich ihr wirklich hatte sein wollen). Ich hielt mich an der Kirchenbank fest und tat so, als würde hier jemand anders beerdigt; ich war körperlich anwesend, jedoch nicht geistig – unfähig, mich zu konzentrieren, unfähig, mich zu erinnern.

Als ich an diesem Abend nach Hause kam, fühlte ich mich so allein wie noch nie zuvor. Niemand wusste von meiner Liebe zu Marie, und wahrscheinlich würde es auch nie jemand erfahren. Und jetzt hatte es ja auch keinen Sinn mehr, wenn ich es jemandem erzählte. Ich musste allein für mich trauern und das Ausmaß meiner Qualen verbergen.

Denn unerwiderte Liebe und Trauer sind unangenehme Bettgefährten.

Und genau da wollte ich hin, an diesem Freitagnachmittag im Mai. Ich wollte mich unter der Decke einrollen und meinen Verlust betrauern. Ich konnte den Anzug gar nicht schnell genug ausziehen. Es war, als würde ich den Tag abstreifen, die Beerdigung, die Tiefe meiner Trauer, und alles auf den Boden werfen. Vor lauter Eile sprang ein Hemdknopf ab, prallte gegen das Fenster und fiel neben die Bodenleiste. Ich starrte lange darauf und hatte das Gefühl, mich selbst anzusehen: den einsamen Typen in der Ecke. Ich wandte mich ab und kroch ins Bett.

Dann wachte ich auf, und mein erstes Wochenende ohne Marie lag vor mir, das letztendlich fast wie jedes andere Wochenende auch war, bis auf die Leere, die mich begleitete. Mir war nicht klar gewesen, wie viel Platz sie in meinem Kopf eingenommen, wie sehr ich mich darauf konzentriert hatte, sie um ein Date zu bitten, wie sehr die letzten Monate von ihrer Krankheit bestimmt gewesen waren und der Frage, wann ich Zeit mit ihr verbringen konnte. Meine wenigen Freunde waren alle mit Nachwuchs beschäftigt, neuen Frauen oder Unternehmen, die sie gerade aufbauten, weshalb ich die Wochenenden meist allein verbrachte. Ich machte gelegentlich ein wenig Small Talk mit dem Barista in meinem Stammcafé, wenn ich mir Samstagmorgen einen Kaffee und ein Croissant holte, nickte jemandem auf der Straße zu, der unbedingt vergessen wollte, dass er oder sie mich kannte, weil ich eine viel zu schreckliche Erinnerung an einen erlittenen Verlust war. Alternativ akzeptierte ich eine Umarmung von quasi Fremden, die mir sagten, wie sehr sie schätzten, was Clock & Son für sie getan hatte, aber das waren oberflächliche Begegnungen mit Menschen, die ich kaum kannte. Danach ging ich immer allein nach Hause. Ich las die Zeitung allein, ich räumte allein auf, ich kochte allein, ich recherchierte allein Urlaube, die ich nie antreten würde, verbrachte mehr Zeit als nötig damit, die beste Marmelade zu meinem Croissant zu finden, fuhr allein zu Sterbefällen. Ich könnte die Liste unendlich weiterführen.

Was noch schlimmer war: Der Knopf, der so nutzlos auf dem Teppichboden lag, schien mein Leben zu symbolisieren. Unter normalen Umständen hätte ich ihn einfach so schnell wie möglich wieder angenäht. Doch an diesem Wochenende erkannte ich verzweifelt, wie diese einfache Handlung die perfekte – in diesem Fall schreckliche – Metapher für mein Leben war. Eine einzelne Nadel mit einem einzelnen Faden, die immer wieder durch einen einzelnen Knopf stach. Immer wieder. Das war ich, der Mann mit seinem einsamen Leben, der immer wieder dasselbe machte. Allein.

Bei der Arbeit musste ich so tun, als hätte ich alles unter Kontrolle. Dafür sorgen, dass meine sichtbare Trauer meinem Status als Maries Kollegen-Freund angemessen war, nicht einem Kollegen-Liebhaber. »Lächeln und durchhalten« traf es nicht mal annähernd. Ich grinste mit zusammengebissenen Zähnen und ertrug es überhaupt nicht. Ich trauerte um eine Gelegenheit, die nie wiederkehren würde. Auch wenn mir diese Gelegenheit vielleicht nicht zugestanden hatte, doch ich hatte Marie geliebt und die schönen Seiten des Verliebtseins, selbst aus der Ferne, nicht voll genießen können. Vielleicht war das so schwer zu ertragen. Ich fühlte mich betrogen und bereute so viel. Wenn ich es doch gewagt und sie nach ihrer Ehe gefragt hätte, dann hätten wir vielleicht eine Chance gehabt. Doch jetzt würde ich es nie herausfinden. Meine Träume von uns als Paar waren und würden immer nur reine Fantasie bleiben. Nie wieder würden sie mich trösten oder mir Hoffnung geben können, und dadurch fühlte ich mich noch einsamer als je zuvor.

Dann wurde Clock & Son immer unwichtiger. Um ehrlich zu sein, wurde eigentlich alles unwichtig.

Maltesers

Einen Monat später prasselten Graupelschauer vom Himmel und brachten für die Jahreszeit ungewöhnlich kalte Temperaturen. Der Sommer war der trockenste seit Beginn der Aufzeichnungen gewesen, und jetzt stand uns laut Wetterbericht eine Regenperiode bevor. Am ersten nassen Tag wachte ich auf und beschloss, dass der Wetterwechsel ein guter Anlass war, mich nicht mehr zu rasieren. Na gut, das war nicht der wahre Grund, warum ich mir einen Bart wachsen ließ. Ich konnte mich einfach nicht zu einer Rasur aufraffen. Erst ließ ich einen Tag aus, dann den nächsten, bis der Flaum an meinem Kinn dichter geworden war und sich schließlich auch auf meinen Wangen ausgebreitet hatte.

Andy sagte, ich sähe wie ein Forscher aus, ein Entdecker, was ich als Kompliment nahm und von Orten träumte, an die ich gern reisen würde, wie die romantischen Straßen von Paris und die wilden Landschaften Englands. Dann scherzte er, dass ich bisher nur das Innere von Leichen erforscht hätte, worüber ich normalerweise gelacht hätte. Doch jetzt dachte ich an all die Orte, die zu besuchen ich mir vorgenommen, diese Pläne ich aber nie umgesetzt hatte. Wie weit entfernt ich von einem echten Abenteurer war – ich besaß nicht mal einen modischen Rucksack für die Stadt, geschweige denn einen Tourenrucksack mit Wasserschlauch und Kompasstasche – und wie schwer es in meinem Beruf war, sich freizunehmen, um überhaupt irgendetwas zu erkunden. Mum, der meine Gesichtsbehaarung missfiel, erklärte ich, dass sie mich wärmte. Deshalb trimmte ich den Bart. Aber nur, wenn es mir nicht völlig egal war.

Ich lockerte auch mein Abnehmprogramm. Jetzt musste ich mich nicht mehr quälen als nötig, fand ich. Eine Veränderung sollte nachhaltig sein, und ich war ziemlich zufrieden damit, dass ich nachhaltig mehr Gemüse in meinen Speiseplan integriert hatte und weniger gesalzene Erdnüsse aß. Doch nach wie vor liebte ich Süßes, dagegen konnte ich nichts tun. Zucker war immer ein Allheilmittel gewesen, und Mum und Jean waren auch keine Hilfe mit ihrem Gebäck am Nachmittag, einer beständig gefüllten Trostkeksdose und einem großen Glas mit Jelly Beans, das seit Neuestem am Empfang stand. Das war Jeans Idee gewesen, weil »bunte Farben und ein Zuckerschock bei gedrückter Stimmung Wunder wirken«. Für jeden Kunden, der eine Bohne nahm, aß ich zwei. Aber warum auch Diät halten, wenn Marie doch tot war? Warum mich an einen meiner letzten Vorsätze halten, wenn sie mich nicht mehr unwissentlich antreiben konnte? Ich ging zwar mit vollem Bauch zur Arbeit, fühlte mich aber leer. Ich war ein Reifen mit einem Loch, ein Mars-Einwickelpapier ohne den dazugehörigen Riegel, ein Toast ohne Marmelade. Früher hatte ich immer gewitzelt, dass ich mich durch die Arbeit mit den Toten lebendiger fühlte. Doch jetzt war es genau umgekehrt. Als ob ich zwar am Leben wäre, aber nicht lebendig. Es war ein sehr seltsames Gefühl, das mich erschütterte. In ein paar Monaten würde ich vierzig werden, und ich hatte nie gedacht, dass ich diesen Meilenstein mutlos und ohne Liebe im Leben erreichen würde, mit Anzeichen zunehmender Vernachlässigung. Wer auch immer den Ausdruck »mit vierzig beginnt das Leben« geprägt hat, hatte fürchterlich unrecht.

Vor lauter Selbstmitleid verlor ich allen Sinn für den mitfühlenden Umgang mit den Kunden. Ich weiß nicht, ob es daran lag, dass ich mich auf etwas bizarre Weise aufzumuntern versuchte, oder ob ich vor Trauer kurzzeitig verrückt wurde, aber ich beschloss, den Kunden zu zeigen, dass Beerdigungen keine traurigen Veranstaltungen sein mussten. Jeans Jelly Beans waren erst der Anfang.

Am ersten Morgen nach dem Regen kam ein älteres Paar zu uns. Ich nahm an, dass sie verheiratet waren. Mein erster Fehler.

»Guten Tag, Mr und Mrs …?«, begrüßte ich sie.

»Wir sind nicht zusammen«, antwortete die Frau. »Ich heiße Judith, und das ist mein Bruder Brian.«

»Bitte entschuldigen Sie. Schön, Sie kennenzulernen.« Ich reichte ihnen die Hand. »Bitte, kommen Sie herein.«

Die Lider ihrer Französische-Bulldoggen-Augen waren dick mit hellblauem Lidschatten bemalt, ein Look, den wir unseren weiblichen Klienten zuletzt in den späten Achtzigern verpasst hatten, und ihr Bruder hatte dunkle Ringe unter den Augen. Ein Zeichen von Schlaflosigkeit oder zu viel Alkohol.

»Wir sind wegen unserer Mutter hier«, sagte sie.

»Mein Beileid zu Ihrem Verlust«, antwortete ich. Mein zweiter Fehler. Judith zeigte nicht die normale, erwartbare Trauer beim Tod eines Elternteils.

»Das ist nicht nötig. Sie hat sich länger ans Leben geklammert, als nötig gewesen wäre, nicht wahr, Brian?«

Brian wischte sich über ein Auge, erwiderte jedoch nichts. Ich spürte eine gewisse Spannung zwischen den Geschwistern.

»Also, Jude«, versuchte ich, die Stimmung aufzulockern. »Darf ich Sie Jude nennen?« Mein dritter Fehler.

»Ich heiße Jud-ith«, sagte sie überdeutlich.

Ich entschuldigte mich. Brian zuckte mit den Schultern. Ich machte weiter, öffnete im Geist Dads Ordner und stellte die Standardfragen. Als Judith die Vorliebe ihrer Mutter für Süßigkeiten und Schokolade erwähnte, wurde ich hellhörig.

»Wir könnten Maltesers, diese kleinen Schokokugeln, um sie herum verteilen«, schlug ich vor.

»Wie bitte?« Judith hob das Kinn.

»Es müssen ja keine Maltesers sein. Wir können auch Smarties nehmen oder Minzbonbons, Roses-Pralinen oder Lindt-Kugeln.«

»Das ist doch lächerlich.«

Da hätte ich aufhören, meine Niederlage einsehen und akzeptieren sollen, dass meine Idee, zu Ehren der Mutter etwas in den Sarg zu legen, auf wenig Gegenliebe stieß.

»Wir können alles Mögliche hinzugeben. So können wir das Ganze wunderbar personalisieren.«

»Für wen?«

»Für Sie.«

»Sie hatte bei ihrem Tod einen Zahnabszess.«

»Das tut mir leid.«

»Den hätten Sie auch, wenn Sie so viel Süßes essen würden, wie sie es getan hat.«

»Um Himmels willen, Judith, der Mann versucht doch nur zu helfen.«

Brian hatte ich fast vergessen. Er blickte auf, die Augenbrauen zu einem fast schon festgewachsenen Bogen hochgezogen, als würde das Leben ihn überraschen, oder vielleicht auch nur seine Schwester. Er schien die Idee mit der Schokolade nicht so schlecht zu finden.

»Ich mag Bananen, aber ich will nicht, dass sie neben mir verfaulen, wenn ich einmal nicht mehr bin«, sagte sie.

»Wem schadet es denn? Mum hat es geliebt.«

Judith sah Brian an, als würde sie ihm gleich eine Ohrfeige verpassen.

»Wie wäre es mit einem anderen Vorschlag«, schaltete ich mich ein, um sie daran zu erinnern, dass sie nicht allein waren. »Wir könnten eine Schüssel mit Süßigkeiten am Kircheneingang platzieren, aus der sich die Gäste bedienen können, bis die Zeremonie beginnt.«

»Das ist keine Kindergeburtstagsparty, Mr Clock.«

»Mum hat Geburtstage geliebt«, bemerkte Brian verträumt, als ob er sich an einen besonders rührenden Geburtstagsmoment erinnerte.

»Genau darum geht es«, meinte ich. »Sich daran zu erinnern, was der oder die Verstorbene geliebt hat, diese Dinge in den Abschied zu integrieren und vielleicht sogar in Ihr Leben zurückzubringen. Erinnerungen halten einen aufrecht, wenn jemand gestorben ist. Sie sind sehr mächtig.«

»Das ist meine Rückhand auch«, erwiderte Judith und stand auf.

Ich konnte nicht glauben, dass sie das gesagt hatte. Brian auch nicht. Er sah sie erschrocken an und ließ sich im Stuhl zurücksinken, als hoffte er, dieser würde ihn von hier wegtransportieren.

»Ich werde Ihre Dienste nicht in Anspruch nehmen«, verkündete sie. »Ich werde Mutter zu einem anderen Institut verlegen lassen. Komm, Brian.«

»Bitte gehen Sie nicht«, sagte ich, auch wenn mein Flehen sicherlich vergebens war. »Das waren doch nur Vorschläge. Wir müssen nichts machen, was Sie nicht wollen. Wir könnten stattdessen ein wunderschönes Bouquet aus cremeweißen Rosen –

vielleicht die Schneewittchen-Sorte – binden lassen, das perfekt zu ihrer Bluse passen würde«, fügte ich etwas hinzu, das Marie möglicherweise vorgeschlagen hätte.

»Zu spät. Ich habe bereits ein Bild von Lindt-Kugeln vor Augen, das ich lieber nicht hätte, und das war meine Lieblingssüßigkeit. Guten Tag, Mr Clock.«

Ich sah Judith und Brian nach, wie sie – und der dazugehörige Umsatz – durch die Tür nach draußen gingen, und tat nichts dagegen. Ich glaubte immer noch, Mrs Cummings Senior hätte nur zu gern Schokolade um sich herum im Sarg gehabt, und fragte mich, ob ich den Vorschlag hätte diplomatischer vorbringen können. Mein Bedauern wuchs wie der Stapel noch zu bezahlender Rechnungen.

Dann war da die Kundin, der gegenüber ich zu viel offenbarte. Viele sagen zwar, dass sie Recycling und Upcycling unterstützen, aber sie wollen trotzdem nicht unbedingt wissen, dass die Hüft- und Knieimplantate ihrer Verwandten eingeschmolzen und zu Verkehrsschildern und Autoteilen verarbeitet werden. Ich hatte die Frau namens Tessa falsch eingeschätzt, die für mich mit ihren weiten Haremshosen mit Elefantenmotiv und dem langen Haar so aussah, als würde sie Nachhaltigkeit unterstützen.

»Das ist ein Witz, oder?«, sagte sie, nachdem ich ihr erklärt hatte, dass die zwei Hüftprothesen ihres Vaters noch für ganz andere Dinge gut sein konnten, als nur die maroden Gelenke ihres Dads zusammenzuhalten.

»Es würde dem Allgemeinwesen zugutekommen«, antwortete ich. »Niemand will sinnlos sterben.«

»Das ist er auch nicht. Er war vierundachtzig und hatte ein gutes Leben.« Die Frau saß jetzt auf der Stuhlkante und drehte ihren Ring hin und her.

»Nein, natürlich nicht, aber der Tod muss doch mehr sein, als einfach nur zu verschwinden und sich, puff, in Luft aufzulösen.« Ich weiß nicht, warum ich das gesagt habe. Die Worte strömten aus mir heraus, und mein Gehirn konnte sie nicht aufhalten. Ich dachte ständig an Marie und wie sinnlos ihr Tod war, auch wenn sie sich nicht für irgendwas engagiert und nicht gegen den Krebs hatte kämpfen können. Es war so unglaublich sinnlos.

»Hören Sie, ich bin nicht hier, um zu philosophieren, und verdammte Verkehrsschilder sind mir egal.« Tessa wurde zunehmend aufgebrachter.

»Das verstehe ich.« Ich nickte. Ich empfand echtes Mitgefühl, aber das erkannte sie vielleicht nicht. Vielleicht strahlte ich nicht genug Empathie aus. »Mein Beileid zu Ihrem Verlust«, fügte ich also hinzu und tadelte mich innerlich, dass ich mich nicht an den Ordner gehalten hatte. *Weiche nie wieder, unter gar keinen Umständen, von der Routine ab, Oliver Clock.*

»Und wie soll ich mir sicher sein, dass Sie nicht heimlich Dads Hüftprothesen entfernen, wenn ich nicht hinschaue?«

Ich war zutiefst schockiert und versicherte ihr, dass das nicht unsere Art war. »Wir machen nichts, worum Sie uns nicht bitten«, sagte ich.

»Aber wie kann ich mir da sicher sein?«

»Ich werde das Kästchen nicht ankreuzen.«

»Welches Kästchen?«

»Dieses hier.« Ich deutete auf die Checkliste auf Seite zwei vor mir.

Die Frau starrte mich an, als ob ihr Gesicht einen Moment eingefroren wäre, dann brach sie in Tränen aus. Ich griff nach den Taschentüchern, doch sie stand auf und ging. Ich eilte ihr mit der Schachtel nach, wedelte damit wie mit einer weißen Flagge und versuchte hektisch, irgendeinen aufmerksamen Marie-Vorschlag zu formulieren, doch so schnell fiel mir nichts ein.

»Tessa … Ms Ritchie … bitte«, rief ich hinter ihr her. Sie drehte sich nicht mehr um, sondern verließ das Geschäft so stürmisch, dass das »Geöffnet«-Schild gegen die Tür schlug, als sie diese schloss.

»Oliver? Was ist los?« Mum tauchte aus dem Schrank hinter dem Empfang auf.

»Nichts, Mum, alles in Ordnung. Sie ist nur aufgewühlt wegen ihres Vaters.«

»Das waren aber keine Tränen der Trauer. Ich bin schon lange genug hier, um das unterscheiden zu können. Ich hoffe, du hast nichts Unangemessenes gesagt.«

»Natürlich nicht. Sie braucht einfach Zeit.« Ich griff beherzt in das Jelly-Bean-Glas und ging zurück in mein Büro, mit der unheilvollen Ahnung, dass Tessas Vater uns schon sehr bald verlassen würde.

Nägel zum Sarg

Früher hatte ich immer gescherzt, dass meine Eltern nur deshalb wollten, dass ich in das Familienunternehmen einsteige, damit sie den Namen nicht ändern mussten. Ich war ein Einzelkind. Allerdings nicht schon immer. Ich hatte eine kleine Schwester gehabt, Lily, die mit zwei Jahren gestorben war; ich war damals vier. Sie wurde in unserem Garten von einem Blitz getroffen, was schier unglaublich und wie eine Geschichte klingt, die ein Einzelkind mit einer lebhaften Fantasie erfinden würde, um Aufmerksamkeit und Mitleid zu erregen, weil es keine Geschwister hat.

Es war eine Tragödie, an der einzig Mutter Natur Schuld hatte. Es regnete, große, schwere Tropfen aus großen, schweren Wolken, die tief am Himmel hingen. Lily wollte im Regen tanzen – kichern und herumhopsen, wie sonst, wenn sie Musik hörte. Doch an diesem Tag kicherte und hopste sie im Sturm zur falschen Zeit im falschen Teil des Gartens. Ein paar Sekunden früher oder später, und sie würde heute noch tanzen. Da man mir damals keine vernünftige Erklärung gab, was eigentlich passiert war, suchte ich sie in den darauffolgenden Wochen überall im Haus – im Schrank, hinter Türen, im Spielhaus im Garten. Die Orte, an denen wir immer Verstecken gespielt hatten. Meine Eltern weigerten sich, mitzumachen, was ich seltsam und gefühllos fand. Normalerweise bestärkten sie mich in meiner Liebe zum Versteckspielen. Ich nervte sie eine Weile lang, doch dadurch wurden sie nur wütend und ich noch verwirrter. Wo war Lily und warum kam sie nicht zurück? »Sie ist nicht mehr da, mehr gibt es dazu nicht zu sagen«, bekam ich zu hören, und damit war das Thema beendet, was für Mum damals ungewöhnlich knapp und abweisend war. Sie war immer eine Mutter gewesen, die alles ausführlich erklärte, als sei sie eine Mitarbeiterin der Encyclopaedia Britannica. Danach war es, als hätte Lily nie existiert, und ich wuchs als Einzelkind auf, das nie ein Geschwisterkind gehabt hatte.

Ich weiß nicht, wie viel Zeit seit Lilys Tod vergangen war – es konnten sechs Tage gewesen sein, sechs Wochen oder auch sechs Monate –, als Mum alle Erinnerungen an die Tochter, die sie verloren hatte, zusammenpackte. Eines Tages erwischte ich sie in Lilys Zimmer mit einem Stapel säuberlich gefalteter Kleider, Kuscheltieren und Bettwäsche auf dem Fußboden. Ich erinnere mich vor allem an das viele Rosa, überall Rosa, dieselbe Farbe wie in einem Lakritzgummi.

»Was machst du da?«, fragte ich sie. Ich wühlte durch die Stofftiere – aus reiner Neugier, soweit ich mich erinnere.

»Hör auf damit, Oliver«, schimpfte sie mich. »Wir brauchen sie nicht mehr.«

»Warum?«

»Das weißt du doch. Geh und spiel mit deinem Lego.« Als sie sich umdrehte und die Kommode weiter ausräumte, musterte ich einen grauen Elefanten, der aus dem ganzen Rosa herausstach, schob ihn unter mein Oberteil und rannte nach draußen. Nicht, um Lego zu spielen, sondern um den Elefanten hinter einer Reihe

Spielzeug auf dem Regal über meinem Bett zu verstecken. Jahrelang bereitete mir der Elefant mehr Freude, als ein Stofftier einem Kind eigentlich bereiten sollte. Es war weniger die kindische Freude, Mum hintergangen zu haben – auch wenn das ein wenig mit hineinspielte –, als vielmehr das Glück, ein kleines Stück von Lily in der Familie bewahrt zu haben.

Jetzt hinterging ich Mum schon wieder. Denn ein paar Wochen, nachdem Tessa Ritchie hinausgestürmt war, belog ich sie erneut. Ich tat es nicht gern, aber sie sollte sich keine Sorgen machen. Dieselbe Lüge erzählte ich Jean, die fragte, warum wir Kunden verloren und nicht hinzugewannen. Ich konnte ihnen einfach nicht sagen, dass einige unserer neuen Kunden unfairerweise Anstoß an einigen meiner Vorschläge genommen hatten – Vorschläge, die ich für völlig vernünftig hielt, wenn nicht sogar herrlich fantasievoll –, was bedeutete, dass wir nicht nur Kunden verloren, sondern Geld. Warum konnten diese Menschen nicht mal über ihren Tellerrand schauen? Ein Herr, von dem ich dachte, wir verstünden uns hervorragend, fühlte sich beleidigt, als ich fragte – nachdem ich erfahren hatte, dass er Feuerwerkskörper importierte –, ob seine Frau in einer Rakete in den Himmel geschossen werden sollte. Das Traumszenario eines Verkäufers.

»Das ist ganz neu in unserem Land«, sagte ich. »Eine tragbare Kanone, mit der man Asche verstreuen kann. Aus Amerika, welche Überraschung. Hören Sie mir zu«, fuhr ich fort, als er sein Gesicht vor Abscheu verzog. »Sie schießt die Asche des geliebten Menschen einundzwanzig Meter in den Himmel – oder in welche Richtung sonst gewünscht ist. Natürlich nicht auf einen anderen Menschen oder in den Gegenwind. Sie können sogar Konfetti hinzugeben.« Ich lächelte. Man hätte mich für einen Vertreter halten können. »Ich kann gern für Sie den Kontakt zu der Firma herstellen. Mein Freund hat letztens ein Fotoshooting für ihren

Werbekatalog gemacht. Er hat gesagt, sie seien ›verdammt cool‹, bitte verzeihen Sie den Ausdruck.«

Andy hatte mir davon erzählt, nachdem er zwei Raketen gekauft hatte, um sie auf dem Dachboden zu lagern, bis sie gebraucht wurden. Eine für ihn und eine für seine neue Frau Lucy.

Der Mann sah mich an; seine Haut war so grau geworden wie die seiner Frau. »Nur weil ich mit Feuerwerkskörpern handle, heißt das noch lange nicht, dass ich so was haben will, wie auch immer man es nennt«, sagte er.

»Aber Sie müssen zugeben, dass es passen würde.« Ich zwinkerte. Hatte ich wirklich gezwinkert? Was war nur los mit mir?

Er stand auf, verließ das Geschäft und nahm seine Frau mit.

Dann hatte ich eine Idee, von der ich dachte, ich sollte sie mir patentieren lassen oder zumindest sehen, ob sie produktionstechnisch machbar war. Schneekugeln. Die liebt doch jeder, oder? In der Weihnachtszeit sogar Erwachsene. Ein leichtes Schütteln, und der Schnee rieselt über eine weihnachtliche Szenerie, versetzt einen zurück in die Kindheit, romantisiert die Feiertage. Was machte es schon, dass es Sommer war? Schneekugeln waren immer beliebt. Jetzt stelle man sich mal eine »Aschekugel« mit einem Foto des oder der geliebten Verstorbenen vor, umgeben von den Dingen, die ihn oder sie ausmachten. Eine schwungvolle Bewegung, und die Asche wirbelt um alles herum. Man könnte sie quasi verstreuen, so oft man wollte. *Die Idee hat was,* dachte ich. *Etwas sehr Verkäufliches.*

Das Problem war nur, dass das niemand sonst so sah.

Vor allem Mum, die hörte, wie ich es einem anderen Kunden gegenüber erwähnte. Ich hoffte auf drei Mal »Aller guten Dinge sind drei«. Oder eher wie drei mal drei, weil »Aller guten Dinge sind drei« beim ersten Mal nicht funktioniert hatte.

»Oliver, was hat es mit diesen Aschekugeln auf sich, von denen du redest?«, fragte sie.

»Das ist eine neue Erfindung, Mum.«

»Davon habe ich noch nie gehört.«

»Es gibt sie auch noch nicht. Ich dachte, ich könnte eine mit Marie als Prototyp machen.«

»Sei nicht albern.«

»Das bin ich nicht«, wehrte ich mich. »Ich glaube, wir brauchen bessere Möglichkeiten, der Menschen zu gedenken, sich an sie und ihr Leben zu erinnern.«

»Es ist aber unsensibel und unhöflich.«

Ich rieb mir das bärtige Kinn, was mir beim Denken half, und bereute, dass ich so lange ein haarloses Kinn gehabt hatte. »Das ist ganz schön abfällig, Mum.«

»Also, ich weiß nicht, was in dich gefahren ist, Oliver, aber du warst in letzter Zeit nicht du selbst, und es ist sicher kein Zufall, dass das Geschäft gerade nicht gut läuft.«

»Dem Geschäft geht es gut. Wir haben nur ein paar Kunden verloren, das ist alles.«

»Warum machst du nicht mal Urlaub? Jean, Roger und ich kommen zurecht.«

»Das kann ich nicht.«

»Warum?«

»Ich habe noch nie Urlaub gemacht.«

Aber ich war tatsächlich versucht, es zu tun. An dem Abend ging ich nach Hause und dachte über Mums Vorschlag nach. Ich könnte eine Woche lang versuchen, ein Entdecker zu sein. Irgendwo hinfahren, wo ich noch nie war. Das war nicht schwer, denn ich war noch nicht viel herumgekommen. Wie wäre es mit Russland im Winter? Ich las einen Artikel in der Wochenendbeilage der Zeitung über Peru. Stellte mir eine Schifffahrt auf dem Rhein vor. Aber mit wem sollte ich fahren? Wollte ich allein reisen, und war eine Woche ausreichend, um ein Entdecker zu werden? Ich kratzte meinen Bart. Fragte mich, ob ich ihn abrasieren sollte. Doch ich konnte mich immer noch nicht dazu aufraffen und dachte an all die Gründe, warum Urlaub nicht infrage kam. Ich müsste zu viele Dinge im Vorfeld organisieren, und dann würde ich mir Sorgen um den Betrieb machen. Es war zu riskant und schrecklich neu für mich. Ich mochte daheim ja einsam sein, aber zumindest konnte ich mich auf eine eingespielte Routine verlassen, trotz der Rufbereitschaft. Letztendlich wurde mir die Entscheidung abgenommen. Roger meldete sich am nächsten Tag krank.

»Ich habe mir eine Lebensmittelvergiftung eingefangen«, erklärte er mir am Telefon, seine normalerweise feste Stimme klang schwach und zittrig. »Tut mir leid, Oliver, mir geht es hundeelend. Ich kann nichts bei mir behalten. Der Arzt sagt, ich muss eine Woche daheimbleiben. Ich bin schon ganz dehydriert und kann zuschauen, wie ich abnehme.«

»Das tut mir sehr leid, Rog«, antwortete ich. »Mach dir keine Gedanken wegen der Arbeit. Werd schnell gesund!«

Ich legte auf, insgeheim beruhigt, dass ich doch keinen Urlaub machen musste. Das Schicksal hatte entschieden. Meine Träume mussten wie üblich zurückstehen.

Ich war erleichtert bis zu dem Zeitpunkt, an dem ich eine komplette Einbalsamierung durchführen sollte. Sollte ich meinem Vater dafür danken, dass ich das Verfahren hatte lernen müssen, was bedeutete, dass ich keine Vertretung suchen musste, oder ihn verfluchen, weil er meine Chance auf einen Urlaub ruiniert hatte, als ich mich gerade an die Idee zu gewöhnen begann? Letztendlich verfluchte ich beides. Nachdem ich in letzter Zeit wenig Leichen hergerichtet oder komplett die sogenannte hygienische

Totenversorgung erledigt hatte, hatte ich die Vorteile von Rogers Geruchsblindheit unterschätzt. Die Widerstandsfähigkeit meines Magens wurde auf die Probe gestellt, meine Nase an ihre Grenzen gebracht, meine fleischigen Finger gaben ihr Äußerstes. Nach der ersten Leiche änderte ich meine Vorgehensweise. Um meine Zeit im Versorgungsraum zu reduzieren, wandte ich die Kunst des Abratens an und teilte den Kunden, die danach fragten, mit, dass Ganzkörpereinbalsamierungen heutzutage viel seltener gemacht wurden, sehr viel teurer und schlecht für die Umwelt waren. Ich forderte auch Jeans Hilfe bei Kleidung und Make-up für diejenigen an, die die Möglichkeit vorübergehender Konservierung in Anspruch nahmen.

Drei Wochen später war Roger immer noch nicht zurück. Ich war es leid, Nasen und Münder zu verstopfen, als würde ich ein ziehendes Haus abdichten, und Körperflüssigkeiten abzuleiten wie Altöl aus einem Auto. Selbst Jeans Enthusiasmus schwand, obwohl sie es nach eigener Aussage liebte, Lippenstift und Nagellack aufeinander abzustimmen und Haare zu frisieren. Doch lieber würde sie das bei sich selbst tun als bei einem toten Menschen, den sie nicht kannte. Mum drängte mich zwei Tage lang, ich solle Roger anrufen, doch ich wollte keinen kranken Mann nerven – einen Mann, der sowieso schon dünn genug war, auch ohne eine Lebensmittelvergiftung, durch die er noch mehr abnahm.

Schließlich meldete sich Roger von sich aus. Ich war erleichtert, wie viel fröhlicher er klang.

»Dir geht's also besser, Roger? Das ist toll!«, sagte ich.

»Tatsächlich musste es mir erst schlechter gehen, damit es mir besser gehen konnte.«

»Wie meinst du das?«

»Ich war schon fast gesund, als ich gestürzt bin. Ich bin in der

Küche in meinen Hausschuhen auf etwas Wasser ausgerutscht und habe mir den Hinterkopf am Rand der Arbeitsfläche angeschlagen. Hat mir völlig die Lichter ausgeschaltet. Als ich aufgewacht bin, hatte ich eine Riesenbeule am Schädel. Christine hat sich mächtig Sorgen gemacht, wie du dir vorstellen kannst. Sie dachte, ich würde die Augen nicht mehr aufmachen. Allerdings hat sie nicht daran gedacht, meinen Puls zu überprüfen, aber das nur nebenbei. Was danach passiert ist, ist der Knackpunkt.« Er machte eine Kunstpause. »Mein Geruchssinn ist zurück.«

Mein perfekter Thanatologe war plötzlich nicht mehr so perfekt geeignet für den Job.

»Das klingt völlig unglaublich, ich weiß«, fuhr er fort, »aber der Arzt hat gesagt, dass das schon mal passieren kann. Man weiß noch nicht genau, wie es funktioniert, aber das ist ja auch egal. Ich kann wieder riechen, und ich kann dir gar nicht sagen, wie großartig das ist. Ich dachte immer, es würde mir nichts ausmachen, keinen Geruchssinn zu haben, aber es ist verdammt viel cooler, als ich es in Erinnerung hatte. Ich bin völlig begeistert. Christine kocht himmlisch, und jetzt verstehe ich auch, warum du meine Gemüsesäfte immer so eklig fandest. Sie stinken höllisch. Wahrscheinlich wegen der Roten Bete.«

Roger plapperte immer weiter. So gesprächig kannte ich ihn gar nicht. Unaufhaltsam erzählte er von den verschiedenen Dingen, die er gerochen und geschmeckt hatte und dass er auch schon zugenommen hatte, unglaublich, nicht wahr?

»Das ist großartig, Roger«, sagte ich. »Irre, ein Wunder geradezu.«

»Ja, Oliver, es ist ein Wunder.«

»Also …«, begann ich und fragte mich, wie gern er wohl zur Arbeit zurückkommen wollte, da es so wirkte, als hätte er seinen neuen Zustand sehr genossen.

»Also …«, wiederholte er, »da wäre noch was … Ich glaube nicht, dass ich weiter in meinem Job arbeiten kann. Na ja, ich könnte es natürlich, aber ehrlich, ich möchte es nicht mehr.«

Ich machte zustimmende Geräusche, auch wenn ich plötzlich den widerlich süßlichen Geruch von Formaldehyd in der Nase hatte.

»Seien wir ehrlich, ich habe echt ganz schön lange durchgehalten. Fünfundzwanzig Jahre. Es wird Zeit, mal was anderes zu machen.«

Mir wurde ganz schwach vor Enttäuschung. »Da hast du natürlich recht. Ich verstehe dich.«

»Es tut mir wirklich leid, Oliver. Ich will dich nicht hängen lassen, aber seit ich wieder riechen kann, bin ich einfach nicht mehr mit dem Herzen dabei. Es macht dir doch nichts aus, oder?«

»Überhaupt nicht. Du verdienst es, deinen wiedererlangten Sinn voll auszukosten.«

»Ha!« Er lachte. »Ja, immer der Nase nach.«

Ich hielt den Hörer vom Ohr weg, als Rogers bellendes Gelächter mein Trommelfell malträtierte.

»Ich werde auf jeden Fall alles zu Ende bringen, was noch offen ist. Aber unter uns, ich freue mich auf eine Reise nach Italien, wo ich Pizza durch die Nase inhalieren kann.« Wieder lachte er.

Ich stimmte in das Lachen mit ein. Ich freute mich für Roger, doch ich empfand auch eine Spur Neid auf seine plötzliche Befreiung vom Einbalsamieren und hatte das unheilvolle Gefühl, dass sein Abschied ein weiterer Nagel zum Sarg meines langsam sterbenden Unternehmens war.

Der Wettbewerb

Zu meiner Trauer um Marie kam jetzt auch noch der Verlust meines Thanatologen, weshalb ich die nächsten Tage betete, dass kein Kunde eine Einbalsamierung wollte – Gebete, die kein Bestattungsunternehmer jemals aussprechen sollte. Ich tippte sogar heimlich eine Stellenausschreibung für den perfekten Thanatologen für Clock & Son, auch wenn Mum entschieden hatte, dass wir im Moment niemand Neues einstellen mussten, weil ich ja »hervorragend geeignet« sei; außerdem freute sie sich über das gesparte Geld. Doch ich veröffentlichte die Anzeige nicht, weil ich wusste, dass Mum von diesem Verrat erfahren würde und ich ihre Reaktion darauf nicht miterleben wollte. Die Ausschreibung hinter ihrem Rücken zu formulieren war schlimm genug und ließ meinen Blutdruck in beängstigende Höhen steigen, was den sofortigen Verzehr von Schokolade erforderte. Nachdem ich keine Mars-Riegel mehr hatte, musste ich mich mit einem KitKat zufriedengeben.

Als ich gerade meinen Schreibtischständer aus Acryl abstaubte sowie die Büroklammern in einer makellosen Reihe anordnete, stürzte sie in mein Büro wie ein hervorschießender Schachtelteufel.

»Ein neues Bestattungsinstitut hat eröffnet!«, rief sie. »In unserer Gegend!« Ausrufezeichen flogen um sie herum wie Flüche in einem Comic.

Ich versuchte sie zu beruhigen, und Jean kam mit Keksen, als wäre das die Lösung für jede Krisensituation, doch Mum wollte nichts davon wissen.

»Und sie bieten Rabatt an«, verkündete sie aufgebracht und knallte einen Flyer auf meinen Tisch. Ihre Brust hob und senkte sich unregelmäßig, ihre Augenbrauen waren bedrohlich hochgezogen.

Ich nahm den Flyer und las. *Planen Sie jetzt, bevor es zu spät ist. Erhalten Sie die Beerdigung, die Sie sich so sehr wünschen, und sparen Sie bares Geld.*

»Die unterbieten uns, Oliver. Wir werden nicht bestehen können, wenn das so weitergeht. Ich habe mir unsere Geschäftsbücher angesehen. Wir machen Verlust, und jetzt auch noch das!« Sie griff nach einem meiner Stifte und hämmerte damit gegen die Tischplatte.

»Ach herrje«, sagte Jean, während sie über meine Schulter hinweg die Werbung las. »Glaubt ihr, sie kaufen Särge auf Vorrat?«

»Wenn du mich fragst«, erwiderte Mum, »bieten sie eine Standardbeerdigung ohne Extras, damit sie die Klienten möglichst schnell durchschleusen können. Wahrscheinlich verwenden sie nicht einmal richtige Särge, sondern äschern die Leichen am Laufband zu Schnäppchenpreisen ein.« Sie schnappte vor Schock angesichts dieser Möglichkeit nach Luft.

»Ganz bestimmt nicht«, sagte ich. Es war zu ungeheuerlich, um auch nur darüber nachzudenken. War Mum nicht klar, dass mich genug beschäftigte und ich keine weiteren Sorgen brauchen konnte?

»Fürchterlich«, meinte Jean. »Am liebsten würde ich fluchen.«

»Nur zu, Jean. Oliver und ich werden uns das mal anschauen. Komm, Oliver.« Mum bedeutete mir mit einer Hand, mich zu beeilen. »Ich zeige dir, wo sie sitzen. Mit dem Auto ist es nicht weit.«

Ich wollte wirklich nicht aufstehen und mit ihr irgendwohin fahren, aber ich hatte keine Wahl. Wenn ich ihr sagte, dass ich wegen Marie immer noch traurig und sehr wahrscheinlich deprimiert war, würde ich mich damit einem Verhör aussetzen, das ich gern vermeiden wollte. Also gab ich Jean den Flyer und folgte Mum nach draußen.

Mum hatte ihren Wagen – einen kleinen, feuerroten Nissan, den sie gebraucht gekauft hatte (»Damit mich niemand übersieht«, wie sie damals meinte) – mitten auf dem kleinen Parkplatz hinter dem Gebäude abgestellt, sodass niemand hinein- oder hinauskonnte. Ich wäre ja selbst gefahren, wenn ich die Weitsicht gehabt hätte, die Führung zu übernehmen. Doch da hatte Mum mich schon auf den Beifahrersitz gescheucht, die Tür geschlossen und war, so schnell es einer Siebenundsiebzigjährigen möglich war, auf die Fahrerseite gejoggt. Sie hantierte mit Schlüssel, Gas- und Bremspedal, als wüsste sie nicht mehr, in welcher Reihenfolge sie alles bedienen sollte, und schlingerte hastig – viel zu hastig – vom Parkplatz.

»Fahr langsamer, Mum«, sagte ich.

»Ist schon in Ordnung. Ich habe meine Blutdrucktabletten genommen.«

»Hast du sie dabei?«, fragte ich und sah in das Fach zwischen den Vordersitzen.

»Die sind nicht für dich.«

»Aber ich werde sie brauchen, wenn du so weiterfährst.«

»Himmel noch mal, denk nicht ständig an dich. Wir haben einen Konkurrenten in unserem Revier. Wir müssen überlegen, was wir gegen ihn unternehmen.«

Ich sah aus dem Beifahrerfenster, wo die Passanten und Schaufenster vorbeiflogen, ihre Kleidung und die Straßenschilder verschwammen und die Farben ineinander verliefen wie Regen, der an einem Autofenster herabströmt und alles zu einem großen Fleck vermischt. Es war das perfekte Bild für den Weg, den mein Leben gerade nahm, und jetzt schien auch die Firma davon mitgerissen zu werden. Ein Konkurrent in der Nähe war ein weiterer Punkt, um den ich mir Sorgen machen musste. Mums Fingerknöchel waren weiß, so fest umklammerte sie das Lenkrad, und sie beugte sich darüber, als wolle sie die Straße genau unter die Lupe nehmen. Sie fuhr langsamer, als wir von der Hauptstraße in ein ruhigeres Viertel abbogen, mit Gewerbebauten auf der einen und Reihenhäusern auf der anderen Straßenseite.

»Diese Ecke kenne ich«, sagte ich.

»Ja, deine Großeltern haben in der Nummer dreiundvierzig gewohnt.«

Als Kind war ich, wenn ich durfte, auf diesen flachen Bürgersteigen zu dem Tante-Emma-Laden an der Ecke geradelt, um Karamellbonbons für Grandma zu kaufen. Mum spähte mir durch Grandads Fernglas die gesamte Strecke hinterher, bis ich wieder zurück war, ohne mich auch nur eine Sekunde aus den Augen zu lassen. Dann hatte ich einen Fahrradunfall, und sie verbot mir die Ausflüge.

»Da ist es«, sagte ich, als wir an einem weinroten Reihenhaus mit rostigem Balkongeländer und einer vertrockneten Topfpflanze vor der Tür vorbeikamen.

»Vergiss das Haus deiner Großeltern«, tadelte mich Mum. »Konzentrier dich lieber darauf.«

Ich sah in die Richtung, in die sie deutete. Am Ende der Straße, wo früher ein abbruchreifes Gebäude gestanden hatte, erstrahlte ein Neubau wie ein Leuchtfeuer der Zukunft. Ich erkannte den

Namen. Green Light Funerals war eine Kette mit mehreren Filialen in der Stadt und im ganzen Land. Auf dem Hausdach prangte ein Reklameschild, das so groß war wie unser gesamter Empfangsbereich. Es zeigte ein grinsendes Paar im mittleren Alter, das mit seinen alabasterweißen Zähnen viel zu selbstgefällig wirkte. Darüber warb man in riesigen, fett gedruckten Großbuchstaben: *Rund um die Uhr kümmern wir uns mit vollem Einsatz um Sie und Ihnen nahestehende Menschen.* Unter dem Paar stand: *Verabschieden Sie sich von den geliebten Verstorbenen mit einer Beerdigung von Green Light.* Der Laden machte einen aufpolierten Eindruck mit seiner im Sonnenlicht glänzenden Glasfront, in der sich malerisch der Himmel und die Wolken spiegelten. Der McDonald's der Bestattungswelt war in unserem Revier aufgeschlagen und drängte sich unserem unabhängigen Familienbetrieb auf, der der Gemeinschaft seit fünfundsiebzig Jahren hervorragende Dienste leistete, vielen Dank auch. Ich musste ein Würgen unterdrücken. Wir hatten uns noch nie um Konkurrenz Sorgen machen müssen und den Markt für uns gehabt; zumindest war ich bisher davon ausgegangen. Wie sollten wir neben ihnen bestehen können? War es das also? War das der Anfang vom Ende? Lag Clock & Son im Sterben? Würde es keine tröstlichen Gespräche mit Leichen mehr geben, die mich aufrecht hielten?

»Oh, Mum.«

»Ja, Oliver. Das ist überhaupt nicht gut.«

Vielleicht war es Zeit, den Laden dichtzumachen. Nichts mehr mit Einsparungen und noch mehr Einbalsamierungen für mehr Umsatz, wir würden alle in Rente gehen. Mum und Jean waren sowieso in dem Alter. Wenn ich doch nur mit Marie darüber hätte sprechen können. Sie hätte gewusst, was zu tun war, und – mindestens genauso wichtig – die richtigen Worte gefunden, um mich aufzurichten. In solchen Momenten wurde mir immer wieder bewusst, wie sehr Marie Teil meines Lebens gewesen war. Eine wahre Verbündete. Ich konnte nur hoffen, dass ich es auch für sie gewesen war.

»Können wir jetzt zurückfahren?«, fragte ich.

»Wir sollten hineingehen und etwas herumschnüffeln«, verkündete Mum.

»Ich werde nicht herumschnüffeln. Ich habe genug gesehen.«

»Oliver! Was ist nur in dich gefahren?«

»Ich muss zurück, ich habe einen Termin«, log ich.

»Also gut, aber wir müssen uns überlegen, was wir wegen dieser Leute unternehmen«, sagte sie und ließ zögernd den Motor wieder an. »Wir brauchen einen Plan. Wir müssen etwas tun, sonst werden wir abgehängt.«

Schweigend fuhren wir zurück, und Mum ließ mich zum Glück in Ruhe nachdenken, ohne mich gleich mit Aktionismus zu bestürmen. Sie wusste, dass ich Zeit brauchte, um diese neue, unerwartete Entwicklung zu verdauen, dass ich das schnelle Denken und die Spontaneität der Familie Clock nicht geerbt hatte. Sie hielt an der Hauptstraße, tätschelte mein Knie und sagte: »Lass dir alles durch den Kopf gehen, und dann sprechen wir darüber.«

Ich stieg aus und wartete an der Fußgängerampel auf Grün. Aus dieser Perspektive hatte ich unser Gebäude noch nie betrachtet. Normalerweise konzentrierte ich mich auf den Gehsteig, achtete auf fremde Füße, Schlaglöcher und Hundehaufen und war mit den Gedanken ganz woanders. Ich musterte das Haus, als wäre ich ein unbeteiligter Zuschauer, und war nicht beeindruckt. Verglichen mit dem neuen Bestattungsunternehmen, wirkte Clock & Son von außen wie ein müder alter Mann, mit seinen abgestoßenen Kanten und der verblichenen Fassade. Man sah noch, dass das Geschäft früher eine gewisse Erhabenheit ausgestrahlt hatte, die dem Standort an der Hauptstraße angemessen war. Doch jetzt litt es unter seinem fast hundertjährigen Alter und – zugegeben – einer ordentlichen Portion Vernachlässigung. Manche Häuser alterten trotz leichter Baufälligkeit in Würde und Schönheit, doch Clock & Son hatte schlichtweg schon bessere Tage gesehen. Ich konnte mich nicht erinnern, wann das Gebäude zum letzten Mal gestrichen oder das Ladenschild erneuert worden wäre. Auch wenn mein Vater tot war und ich keinen Sohn hatte, hatte ich den ursprünglichen Namen aus reiner Bequemlichkeit beibehalten. Seit ich den Betrieb führte, hatte ich nichts geändert. Ich hatte nicht gedacht, dass es notwendig sein könnte.

Doch jetzt wurde mir klar, dass Clock & Son ein riesiger Staubsauger war, dessen Beutel man seit Jahrzehnten nicht ausgetauscht hatte. Vielleicht hätte ich die Leitung nie übernehmen sollen. Es war ja nicht so, dass ich es unbedingt gewollt hätte. »Die Firma« war mir gegen meinen Willen aufgezwungen worden, was vielleicht etwas theatralisch klang, aber die Wahrheit war. Und jetzt war ich der Beweis für die Richtigkeit der Statistiken. Ich, die dritte Generation, setzte alles in den Sand. An meinem vierzigsten Geburtstag konnte ich ein arbeitsloser, liebesloser, immer noch trauernder Bestatter sein, der das Familienunternehmen nicht hatte über Wasser halten können.

Was für eine fürchterliche, verstörende Vorstellung.

Als es grün wurde, überquerte ich die Straße und steuerte direkt auf das Jelly-Bean-Glas am Empfang zu, um mir einen beruhigenden Zuckerschock zu verpassen. Dabei übersah ich eine Besucherin, die inmitten frisch aufgeschüttelter Kissen auf dem Sofa saß.

Kerzen

Aus dem Augenwinkel bemerkte ich schließlich, wie die Frau aufstand und ihre Hand ausstreckte. Ich erschrak und drehte mich um.

»Hallo, ich heiße Edie«, stellte sie sich vor. »Ich hoffe, es ist in Ordnung, dass ich einfach ohne Termin vorbeischaue.« Sie hatte ein herzförmiges Gesicht, rotblondes Haar, das um ihre Schultern schwang, wenn sie sich bewegte, und ein so strahlendes Lächeln, als wolle sie das Glück über die physischen Begrenzungen ihrer Wangen hinaus verbreiten. Was sollte ich sagen? Dass es tatsächlich nicht in Ordnung war? Dass ich nicht in der Stimmung war, Trauernden mit herzerwärmenden Trostworten zu helfen, weil ich selbst trauerte? Dass mein Geschäft zum Untergang verurteilt war und ihre magere Beerdigung ihm kaum wieder auf die Füße helfen würde? Offensichtlich schwieg ich zu lange, denn bevor ich antworten konnte, hatte sich schon Jean eingeschaltet.

»Das ist überhaupt kein Problem. Tee?«

»Vielen Dank, das wäre sehr nett«, sagte Edie.

»Jelly Bean?« Ich hielt ihr das Glas hin.

»Nein danke.«

»Bitte, entschuldigen Sie, wenn ich mich bediene. Es war ein langer Tag.« Ich schüttelte das Glas, um die Farben zu vermischen, und holte zwei schwarze Geleebohnen heraus, die sich an die Oberfläche vorgearbeitet hatten. Meine Lieblingssorte. Ich warf sie mir in den Mund. »Kommen Sie doch bitte mit in mein Büro.« Ich stellte das Glas zurück auf den Empfangstisch und bedeutete Edie, mir zu folgen.

»Wie kann ich Ihnen helfen?«, fragte ich und hoffte, dass ich diesen ungeplanten Termin in raschen Profit verwandeln konnte. Ich nahm mir fest vor, nichts zu sagen, was sie verschrecken könnte.

»Mein Anliegen ist etwas unkonventionell«, antwortete sie, während ich unsere Checkliste am Computer aufrief. »Sehen Sie, ich fange gerade erst an, und ich weiß nicht, ob meine Idee sich trägt, bis ich tatsächlich losgelegt habe, und ich brauche jemanden, der mich unterstützt.«

Ich wollte gerade fragen, wovon sie eigentlich sprach, als sie schon fortfuhr.

»Moment, ich erkläre es Ihnen. Ich bin ausgebildete Parfümeurin. Mit ausgebildet meine ich, dass ich ein Diplom in Aromatherapie habe und einen Workshop für selbst hergestelltes Parfüm an der Küste absolviert habe. Außerdem habe ich schon oft Düfte komponiert. Darin bin ich Expertin.«

Ich sah ihr in das lebhafte Gesicht und auf das Lächeln, für das ich nicht in der Stimmung war, und dachte, dass ich sie schon am Empfang hätte wegschicken sollen.

»Sie wollen damit also sagen, dass niemand gestorben ist?«, fragte ich zur Sicherheit nach.

»Oh, nein, bitte entschuldigen Sie. Ich bin nicht wegen einer Beerdigung hier.«

Mit zusammengepressten Lippen suchte ich nach einer Antwort. Berufliche Gespräche ohne Verstorbene war ich nicht gewohnt. Und in diesem Moment war mir nicht nach einem Gespräch zumute, am allerwenigsten mit jemandem, der keinen potenziellen Umsatz brachte.

»Ich bin eigentlich Apothekerin«, erklärte Edie, »und arbeite hier in der Nähe, in der Kingsmith Pharmacy – die kennen Sie vielleicht? Ich bin dort seit etwa fünf Jahren. Doch meine Leidenschaft sind Düfte. Wunderschöne Düfte. Ich dachte, wie wunderbar es doch wäre, sie zu erschaffen, und dann hatte ich eine Idee und war sofort fasziniert.«

Ich öffnete den Mund, um sie zu unterbrechen, doch sie war zu schnell für mich.

»Ich habe überlegt, wie es wäre, wenn ich den Geruch eines geliebten Menschen nachbilden könnte, um den Hinterbliebenen das Gefühl zu geben, als wäre der oder die Verstorbene noch bei ihnen, sogar im selben Raum.«

»Hören Sie, es tut mir leid, wenn ich Sie hier unterbrechen muss …«

»Bitte, lassen Sie mich fertigsprechen. Ich rede schnell, es dauert nicht lang«, sagte sie so ernsthaft, dass ich nicht ablehnen konnte. »Je mehr ich darüber nachgedacht habe, desto mehr habe ich mich gefragt, wie ich mein Vorhaben umsetzen könnte. Und dann kam ich darauf, dass die beste Möglichkeit, einem Geruch Form zu verleihen und sich mit ihm zu umgeben, Kerzen wären.«

»Kerzen?«, wiederholte ich.

»Ja, genau. Und da die einzige Verstorbene, die ich kenne und an deren Geruch ich mich erinnern kann, meine Großmutter war, habe ich eine Kerze für sie gegossen. Sie hat nach frischer Wäsche gerochen, nach Rosen und einem scheußlich süßen Parfüm, von dem Mum den Namen wusste. Das alles habe ich dann vermischt, und *voilà,* La Lumière de Edna.« Edie griff in ihre Tasche und präsentierte ein mit Wachs gefülltes Glas, auf dem ein weißes Etikett mit einem Namen prangte, über dem ein schwarzer Engel fröhlich schwebte. »Ich mache mir ganz bewusst die Kraft von Düften zunutze und habe mich für das Medium entschieden, mit dem sie am intensivsten auf unsere Sinne wirken können. Hier, riechen Sie mal.«

Sie hob den Deckel. Ich schnupperte zögerlich; ich war skeptisch, ob man den Geruch einer Großmutter destillieren konnte und wie die Kerze wohl roch, wenn man sie anzündete. Ein kräftiges Aroma nach Talkumpuder und billigem Kölnischwasser stieg mir in die Nase und reizte meine Kehle. Ich unterdrückte ein Niesen.

»Ich weiß, dass Sie sie nicht kannten, aber das ist auch nicht wichtig. Mum sagt, dass ich Großmutter genau getroffen habe. Das Blöde ist nur, dass wir sie nicht anzünden wollen, weil sie sonst nicht mehr da ist.« Edie seufzte und schloss das Glas wieder.

Ich lächelte. Edie musste jetzt wirklich gehen. »Vielen Dank, dass Sie mir Ihre Idee vorgestellt haben …«

»Was halten Sie davon?«

»Es klingt … faszinierend.« Ich sah auf meine Uhr.

»Wirklich?«

»Das sagten Sie doch selbst.«

»Ach ja?«

»Aber für uns ist es leider nicht das Richtige, fürchte ich. Wir müssen uns auf unser Kerngeschäft konzentrieren.«

»Wissen Sie was, ich lasse Ihnen einfach meine Karte da. Ich bin gern bereit für einen kostenlosen Testlauf. Das wäre vermutlich sowieso das Beste, den Markt zu testen, zu sehen, ob den Kunden die Idee gefällt.« Sie wühlte in ihrer Handtasche. »Ah, hier.« Sie legte eine zerknickte Visitenkarte auf den Tisch. »Ich habe mich noch nicht endgültig für einen Namen entschieden. ›Erinnerungskerzen‹ vielleicht oder ›Engelskerzen‹, aber mir gefällt auch ›La Lumière de XY‹.«

Sie knabberte an einem Fingernagel. Ich zwang mich zu einer aufgeschlossenen Miene, als ich aufstand. Sie erhob sich ebenfalls, trank einen letzten Schluck Tee und bat mich, darüber nachzudenken. »Ich meine, was bleibt uns am Ende denn außer Erinnerungen?«, sagte sie, bevor sie ging.

Vor nicht allzu langer Zeit hätte ich mich auf so ein Vorhaben eingelassen, vor allem eines, das schon durchdacht und bereit für einen Testlauf war. Doch ich hatte das Interesse an neuen Angeboten verloren, mit denen man Kunden anlocken konnte, da diese sie eher zu verscheuchen schienen. Mein Unternehmen stand auf der Kippe, mit meiner Schneekugelidee war ich aufgelaufen, und bei allem, was sonst noch los war, hatte ich keine Lust, über Edies Kerzen nachzudenken, geschweige denn, sie auszuprobieren.

Henry

Ich setzte mich wieder an meinen Schreibtisch und legte den Kopf in die Hände. Was für ein Tag. Was für ein schrecklicher, verkehrter Tag, den selbst das akribischste Aufräumen von Schubladen nicht wieder in Ordnung bringen konnte.

Jean kam in mein Büro und fragte: »Haben wir eine neue Beerdigung?«

»Leider nicht.«

»Ach herrje. Und wie war euer Ausflug?«

Ich schüttelte den Kopf. »Es sieht nicht gut aus, Jean.«

»Ach herrje.«

»Wie wäre es, wenn wir heute früher Schluss machen? Was meinst du?«

Jean wollte gerade antworten, als eine Männerstimme vom Empfang ertönte. »Jemand da?«

»Das könnte ein Kunde sein«, flüsterte Jean aufgeregt.

Auch ich wurde einen Moment etwas munterer, bis sich der potenzielle Kunde als Henry herausstellte, Maries Mann, dessen geblähte Nasenflügel nichts Gutes verhießen.

»Da bist du ja, du mieser …«, sagte er. Zuletzt hatte ich ihn bei der Beerdigung gesehen, wo er nach außen hin gefasst gewirkt hatte und wie immer tadellos gekleidet gewesen war. Jetzt jedoch war sein Gesicht gerötet und fleckig, die Augen blutunterlaufen, und das Haar hing ihm über die Ohren. Sein Hemd stand bis zur Brust offen und war ansonsten falsch geknöpft.

»Alles in Ordnung?«, fragte ich und ging zu ihm, auch wenn offensichtlich war, dass etwas nicht stimmte. Wollte er sich über die Beerdigung oder unsere Arbeit beschweren, auch wenn fast drei Monate vergangen waren?

Vielleicht hatte er seine Beanstandungen in sich hineingefressen und konnte sie erst jetzt herauslassen? Wir hatten so hart daran gearbeitet, Marie den bestmöglichen Abschied zu bereiten. Ihre Assistentin Sarah hatte die ganze Nacht an den Blumen gesessen, Jean hatte sogar den Caterer gewechselt, weil der andere statt simpler belegter Schnittchen mehrlagige Club-Sandwiches, selbst gemachte Pasteten und Süßigkeiten angeboten hatte. Ich hatte Henry signifikanten Rabatt eingeräumt – auch wenn ich wusste, dass er sich den ursprünglichen Preis hätte leisten können –, da Marie unbedingt den Sarg haben sollte, den sie sich gewünscht hatte, ein umweltfreundliches Spitzenmodell, über dessen Deckel sich dann wunderschöne Blumengebinde ergießen würden. Wenn Henry mit unserer Arbeit nicht zufrieden sein sollte, wäre das wirklich das Ende von Clock & Son. Dann hatten wir unser Gespür verloren. Wenn mir bei Marie nicht die perfekte Bestattung gelungen war, dann würde sie mir bei niemandem mehr gelingen.

»Setz dich hin, du Hohlkopf«, knurrte Henry, wütender, als ich ihn je gesehen hatte. Er stieß mich mit einem Finger auf das Sofa. Ärgerlicherweise fiel ich so leicht um wie ein Streichholzturm.

»Henry, es tut mir leid, wenn du mit unseren Leistungen nicht zufrieden warst …«, stotterte ich.

»Ich weiß, was du getan hast.« Er verströmte einen übelkeitserregend süßlichen, schalen Gestank nach Alkohol.

»Wir werden dir die Kosten erstatten, nicht wahr, Jean?«, bot ich an. »Und lass uns bitte über deine Beschwerden sprechen, damit wir diese Fehler nicht noch einmal machen. Glaub mir, Kundenzufriedenheit und ein mitfühlender Service sind uns sehr wichtig. Sollen wir in mein Büro gehen …?«

Ich stand auf, doch Henry packte meine Krawatte und zog mich zu sich. Bei den Alkoholdämpfen wäre ich beinahe ohnmächtig geworden. Jean schnappte nach Luft. Unsere Bäuche berührten sich, und mir fiel auf, dass seiner genauso hervorragte wie meiner, allerdings gespannt war wie ein Ballon kurz vor dem Platzen. Da fiel mir Dads Ausspruch über einen der Nachteile des Bestatterberufs ein, dass man die Toten in ihrem besten Zustand sieht und die Lebenden in ihrem erbärmlichsten. Maries Mann war das beste Beispiel dafür.

»Henry, könntest du bitte meine Krawatte loslassen? Das ist mein Lieblingsexemplar.« Ich lachte nervös und hoffte, mit einem Witz seine Wut abflauen zu lassen. Doch er verzog die Lippen vor Abscheu und nicht vor Heiterkeit. Ich änderte meine Taktik und versuchte es mit Mitgefühl. »Ich verstehe, dass du gerade viel durchmachst. Du vermisst Marie ganz bestimmt, und ihr Ableben tut mir von Herzen leid.«

»Oh, da bin ich mir sicher!«, sagte er anklagend. »Und ich dachte, du wärst ein anständiger Kerl.« Er fuhr sich mit der Zunge über die Zähne und blinzelte langsam. »Wenn auch ein bisschen weichlich.« Er riss mich an der Krawatte so nahe an sein Gesicht, dass ich seine Poren zählen konnte. Er schwankte. Ich überlegte, ob er die Krawatte als Stütze brauchte. Doch dann hob er die andere Hand und sagte: »Du hast mich sehr wütend gemacht, Oliver Clock.«

Er würde doch nicht …? Oder doch? Ich schloss die Augen und wappnete mich gegen die Wucht seiner Faust.

»Was tun Sie da? Das geht doch nicht!« Jeans Stimme war ungewöhnlich hoch und zittrig. »Ich rufe die Polizei! Hilfe!«, rief sie, als ob irgendwer in Hörweite gewesen wäre.

Henry lockerte seinen Griff. Ich öffnete die Augen und sah, wie er den Arm sinken ließ. Henry starrte zurück. Jeans Gesichtsausdruck hatte ich noch nie an ihr gesehen. Wenn ich nicht so erschüttert gewesen wäre, hätte ich gelacht. Jean konnte einfach nicht einschüchternd wirken.

Henry nahm die Schultern zurück und streckte die Brust heraus. »Das ist nicht nötig«, sagte er. »Der Mann weiß, was er getan hat. Und ich weiß es auch.« Er ließ meine Krawatte los und presste sie so fest gegen meine Brust, dass ich das Gleichgewicht verlor und wieder auf dem Sofa landete, von dem ich abprallte wie ein Tennisball – oder vielleicht auch wie ein Basketball, der Luft verlor.

»Das reicht, jetzt rufe ich wirklich die Polizei«, verkündete Jean. »Das hier ist ein Bestattungsinstitut, und wir dulden keine Gewalt.«

»Beruhigen Sie sich, ich gehe ja schon«, knurrte Henry und wandte sich zum Gehen.

»Moment, warte mal«, meldete ich mich zu Wort. »Was habe ich denn getan? Ich verstehe nicht. Ich dachte, du wärst wegen der Beerdigung hier.« Ich fragte ihn nicht gern, weil das meine unterlegene Position als Ahnungsloser nur noch verstärkte.

Er gab mir keine Antwort, sondern stürmte nach draußen und ließ den Gestank nach Feindseligkeit und Angst zurück.

»Gütiger Himmel«, sagte Jean. »Worum ging es da gerade

eigentlich?« Sie flatterte mit der Hand vor ihrer Brust, als wolle sie ein rasendes Herz nachahmen.

»Ich weiß es nicht, Jean. Ich habe wirklich keine Ahnung.« Ich war auch nicht klüger als sie.

Pubgespräche

Sobald Henry verschwunden war, verriegelte ich die Tür und sagte Jean, dass wir heute definitiv früher Feierabend machen würden. Sie erhob keinen Einspruch. Ich sagte ihr, dass sie sich auch den nächsten Tag freinehmen konnte, wenn sie wollte, und erwog sogar, auch mir den Tag freizugeben, in Anbetracht der belastenden jüngsten Ereignisse und des zähen Betriebs. Jean nickte. Sie sah immer noch blass aus, und ich fühlte mich schlecht, weil sie ein derartiges Zusammentreffen mit Henry hatte mit ansehen müssen. Henrys Zorn hatte mich erschüttert, aber ich war mindestens genauso verwirrt, was ich eigentlich getan hatte, um so eine Wut zu verdienen. Der Gedanke, dass wir Maries Ehemann offensichtlich enttäuscht hatten, war höchst beunruhigend. Wenn nur – paradox, ich weiß – Marie hier gewesen wäre, dann hätte ich sie gefragt. Das Verhalten ihres Mannes wäre ihr peinlich gewesen, da war ich mir sicher, doch sie hätte vielleicht auch gesagt: »Ach, mach dir keine Gedanken wegen ihm, er ist in letzter Zeit etwas unleidlich«, oder: »Er hat gerade viel Stress in der Arbeit.« Oder vielleicht auch nicht. Nicht einmal ein Snack aus Sesamstangen mit Rote-Bete-Dip konnte meine Unruhe lindern. Da ich sonst nichts zu essen hatte und meiner Gereiztheit nicht entgegenwirken konnte, rief ich Andy an, ob er Lust auf einen Drink im Pub hatte.

»Klar«, sagte er. »Ich kann um fünf auf dem Nachhauseweg vorbeikommen.«

Wunderbar. Andy würde mich von meinen Umsatzsorgen ablenken, da er mit Vergnügen Probleme löste, und ich musste keinen Toast zum Abendbrot essen. Eigentlich hatte ich ihn nicht gleich mit meinen Sorgen überfallen wollen, sobald wir uns hingesetzt hatten, aber es machte ihm sicher nichts aus. Er war ein guter Freund, ein echter Kumpel. Mein bester Kumpel, wenn ich genauer darüber nachdachte, mit dem ich im Lauf der Jahre am meisten Zeit verbracht hatte, erst in der Schule, dann in der gemeinsamen Wohnung, und jetzt lebten wir in benachbarten Vororten. An ihn würde ich mich in einer Krise als Erstes wenden, und ich glaube, andersherum war es genauso. Wir haben einander durch gute und schlechte Zeiten geholfen, waren immer der Vertraute des anderen. Wie damals, als seine Mutter im Koma lag und die Familie fürchtete, sie würde es nicht überleben – mich hat Andy als Ersten angerufen. Oder als er Lucy kennengelernt und mir nach dem dritten Date gesagt hat, dass er sie heiraten würde. Oder als er mich gebeten hatte, ihm zu helfen, sich etwas stilvoller zu kleiden (ein hoffnungsloses Unterfangen, da wir beide wussten, dass »charmant schmuddelig« Teil von Andys DNA war). Und wir waren in unserem Bekanntenkreis die letzten beiden Junggesellen gewesen. Bis Andy letztes Jahr geheiratet hatte und ich sein Trauzeuge war. Ich muss gestehen, dass ich ein wenig neidisch auf ihn war und fürchtete, dass man mich als Vertrauten nun auf den zweiten Platz verwiesen hatte. Wir waren zwar völlig gegensätzlich, doch irgendwie funktionierte es – oder vielleicht gedieh unsere Freundschaft gerade deshalb.

Als er also fragte: »Hattest du einen guten Tag in der Leichenhalle?«, erzählte ich ihm, wie schlecht es gerade wirklich bei Clock & Son aussah: kein Einbalsamierer, minimaler Umsatz, ein neuer Konkurrent, Geldsorgen und dann noch Henrys unerwarteter und beunruhigender Besuch.

»Wow«, antwortete er. »Das ist ganz schön viel auf einmal. Was wirst du tun?«

Ich zuckte mit den Schultern und spürte das Gewicht der Verzweiflung auf ihnen. »Ich weiß es nicht, Andy. Am einfachsten wäre es, in den Ruhestand zu gehen. Clock & Son zu schließen, bevor wir untergehen.« Ich starrte in die Tiefen meiner Bierflasche.

»Was? Das Familienunternehmen wegwerfen? Das kannst du nicht machen. Was würdest du denn gern tun?«

Ich seufzte. Es war einfach alles zu mühselig.

»Was denkt deine Mum?«

»Die will schnüffeln gehen.«

»Ha! Aber man sagt ja auch, Wissen ist Macht.«

»Stimmt, aber Unwissenheit ist ein Segen«, erwiderte ich.

»Willst du denn nicht mehr über das neue Bestattungsinstitut wissen und herausfinden, wieso Henry so sauer ist?«

»Nun, ja ...«

»Dann ist Herumschnüffeln vielleicht eine gute Idee. Und warum schreibst du Henry nicht eine Nachricht? Du hast doch seine Nummer, oder?« Andys Augen leuchteten.

Ich zuckte mit den Schultern, trank mein Bier aus und überlegte, ob ich einen Burger zum Abendessen bestellen sollte.

»Los, das machen wir jetzt gleich.« Andy nahm mein Handy, das ich in der hoffnungsvollen Erwartung eines dienstlichen Anrufs auf den Tisch gelegt hatte, und gab es mir. »Sag ihm, dass es dir leidtut, dass er so aufgebracht ist, und dass du seinen Beschwerden nachgehen willst. Du wirst dich besser fühlen, wenn das geklärt ist.«

Ich fragte mich, ob ich auf diese Weise für Marie überprüfen konnte, wie es Henry ging. So etwas hätte sie für mich bestimmt auch getan, wenn die Situation andersherum gewesen wäre. »Okay«, sagte ich und begann zu tippen. Doch dann bekam ich kalte Füße und konnte die Nachricht nicht zu Ende schreiben. Henrys geblähte Nasenflügel hatten auf einen sehr wütenden Mann hingedeutet. Allein der Gedanke daran war Furcht einflößend. »Vielleicht ist es besser, so zu tun, als sei gar nichts passiert«, sagte ich. »Ich will ihn nicht noch wütender machen.« Ich hielt den Daumen über dem Löschen-Symbol.

»Hör auf, immer so nett sein zu wollen. Du solltest den Grund wirklich herausfinden. Na los, dann schreibe ich.« Andy nahm mir das Telefon aus der Hand und formulierte die Nachricht neu. Und dann war sie weg. In den Äther geschickt, bevor ich sie lesen konnte.

Die Antwort kam sofort, womit ich nicht gerechnet hätte. Noch weniger mit ihrem Inhalt: *Ich habe ihr Tagebuch gelesen. Ich weiß, was los war.*

Ich ließ das Handy auf den Tisch fallen. Marie hatte mich in ihrem Tagebuch erwähnt? Doch sicher nur in beruflichen Zusammenhängen.

»Was? Hat er geantwortet?« Andy nahm das Gerät. »Kumpel …«, sagte er mit offenem Mund und aufgerissenen Augen.

»Ich dachte, er wäre nicht zufrieden mit unseren Leistungen.«

»Was war denn zwischen dir und Marie?«

»Nichts.«

»Bist du dir sicher?«

»Natürlich bin ich mir sicher.« Doch ich spürte, wie ich errötete, und Andys hochgezogene Augenbrauen machten mir klar, dass man Geheimnisse manchmal nicht ewig für sich behalten konnte.

»Hast du noch Zeit für ein zweites Bier?«, fragte ich.

Er wäre geblieben, auch wenn er keine Zeit mehr gehabt hätte, und ich erzählte ihm, wie sehr ich Marie geliebt hatte. Die Erleichterung, nachdem ich es ausgesprochen hatte, war riesig. Es war, als hätte ich den Staffelstab eines belastenden Geheimnisses an Andy weitergereicht, damit er mir einen Teil der Bürde abnahm. Vielleicht fühlten sich Kriminelle so, wenn sie endlich ein Verbrechen gestanden. Sie kamen zwar ins Gefängnis, mussten aber zumindest nicht mehr lügen oder sich verstecken. Das meint man wahrscheinlich mit Ehrlichkeit. Sich öffnen und seine Wunden akzeptieren. Außerdem erschien mir mein Geheimnis, nachdem ich es enthüllt hatte, gleich weniger schlimm. Ich sagte zu Andy: »Nichts ist zwischen uns passiert; ich habe ihr nie gesagt, was ich empfunden habe.«

»Na, du bist mir ja ein stilles Wasser. Jetzt musst du erst recht herausfinden, was in dem Tagebuch steht. Du solltest Henry einen Besuch abstatten.«

Die Vorstellung, bei Henry aufzutauchen, erfüllte mich mit Panik, genau wie damals, als ich mit neun zum ersten Mal beim Schwimmkurs am Rand eines Sprungbretts stand. Zuerst sah ich meine Zehen, die die Kante umklammerten. Dann sah ich das blaue Wasser, das unter mir wogte und dieselbe Farbe wie die Fliesenreihe hatte, die die weiße Wand unseres Badezimmers in zwei Hälften teilte. Eine Sekunde dachte ich, das Brett läge wie ein Surfbrett auf dem Wasser, und ich stünde darauf, ein Surfer in Wartestellung. Bis mir jäh die unüberschaubare Distanz zwischen mir und dem Schwimmbecken klar wurde. Es lag so tief wie ein sechsstöckiges Kaufhaus unter mir, ein ozeanischer Abgrund, der mich verschlingen und nicht wieder zurück an die Oberfläche lassen würde. Einem Besuch bei Henry zuzustimmen war wie der Gedanke an einen Sprung in einen solchen Abgrund. Ich hatte keine Ahnung, wie ich es anstellen sollte und was danach passieren würde.

Der Besuch

In dieser Nacht machte ich kein Auge zu. Ich musste ständig an das Tagebuch denken. Was hatte Marie ihm anvertraut? Warum hatte es Henry so wütend gemacht? Hatte sie etwas für mich empfunden? Hatte sie so an mich gedacht wie ich an sie? Es war eine ungeheuerliche Vorstellung, die ich nicht mehr aus dem Kopf brachte, und der einzige Grund, warum ich zustimmte, dass Andy mich am Vormittag abholte und zu Henry fuhr.

Ich ging meine Garderobe durch, holte drei Hemden, drei Paar Manschettenknöpfe, vier Krawatten und zwei Anzüge heraus und legte alles aufs Bett. Was sollte ich anziehen? Was würde am besten demonstrieren, dass ich es ernst meinte, dass mich Henrys Drohungen nicht einschüchtern würden? Ich holte meine tragbare Dampfbürste und ließ sie über jedes Kleidungsstück gleiten, sogar die Krawatten. Und um die Kissenbezüge kümmerte ich mich auch gleich. Ich wäre die ganze Wohnung damit durchgegangen, wenn ich mehr Zeit gehabt hätte, aber Andy sollte in zehn Minuten kommen. Ich konzentrierte mich und wählte den blauen Anzug, ein weißes Hemd, eine rote Krawatte und die silbernen Manschettenknöpfe in Form eines »O« und eines »C«, die Mum mir zum dreißigsten Geburtstag geschenkt hatte.

Andy trug Jeans und T-Shirt.

»Wow, sieh dich an«, sagte er. »Elegant wie immer.«

Ich holte die Dampfbürste und schaltete sie ein.

»Weg mit dem Ding!« Andy wedelte mit der Hand.

»Dann wärst du wenigstens faltenfrei.«

»Sehr lustig. Fahren wir.«

Ihm war nicht klar, dass ich ihn ganzkörpergedämpft hätte, wenn er mich gelassen hätte.

Im Auto nahm mein Selbstvertrauen rapide ab. In seinem Zustand wäre es Henry wahrscheinlich sogar egal, wenn ich in Badehosen bei ihm auftauchte. Dem Himmel sei Dank für Andy. Er würde wissen, was zu sagen war. Ich könnte ihm das Reden überlassen; wenn ich unter Druck stand, war ich der lebende Treppenwitz – oder, wie Mum in ihrem schlecht ausgesprochenen Französisch gern sagte, *»l'esprit d'escalier«*. Die passende Antwort fiel mir immer erst hinterher ein.

Als wir bei Henry ankamen, ließ ich Andy vorausgehen, während ich mich hinter ihm zu verstecken versuchte. Die Buchsbaumhecke, die den Weg säumte und sonst immer perfekt gestutzt war, wucherte und wies Löcher auf, und das Gras war voller Unkraut. Was für eine Verwahrlosung! Marie wäre darüber gar nicht glücklich gewesen. Henry konnte nicht einmal den Garten in Ordnung halten. Ich ließ das Tor ins Schloss fallen.

»Was, wenn er nicht zu Hause ist?«, flüsterte ich.

»Dann kommen wir morgen wieder.«

Da war ich mir nicht so sicher. Ich war mir gerade wegen gar nichts mehr sicher. Ich eilte an die Hausseite und drückte mich wie im Film flach gegen die Mauer.

»Was machst du da?« Andy folgte mir verwirrt.

»Schh.«

»Du verhältst dich albern.«

»Du weißt nicht, wie Henry ist.«

»Es wird schon gut gehen.«

Die Haustür wurde geöffnet. »Hallo?«

»Ich rede nicht mit ihm.« Ich schüttelte den Kopf, um meinen Standpunkt zu unterstreichen.

»Doch, das wirst du. Komm schon.« Andy zog mich von der Mauer weg und schob mich vor das Haus.

Henry starrte uns finster an. Die Tür schwankte ebenso sehr wie er.

»Was zur ...?«, sagte er. Er trug ein ausgeleiertes Polohemd und schlecht sitzende Jeans. Er sah aus, als wäre er gerade erst aufgestanden. Als wäre die ganze Welt sein Feind. Armer Kerl.

Trotzdem krallten sich meine Zehen um das Sprungbrett von damals. Andy legte eine Hand auf meine Schulter. »Komm schon«, flüsterte er mir ins Ohr und ging auf Henry zu.

»Hallo«, sagte er, »ich bin Andy, ein Freund von Oliver.«

»Ach ja?« Henry sprach verwaschen. Der Türspalt wurde kleiner. Henrys Kopf verschwand allmählich.

»Bitte warten Sie«, sagte Andy. »Wir sind nicht hier, um Ärger zu machen. Wir wollen uns nur unterhalten.«

»Worüber?«

Andy sah zu mir. »Das Tagebuch.«

»Verschwindet.«

»Sie können Oliver doch nicht ohne eine Erklärung einfach so bedrohen.«

»Sind Sie sein Anwalt?« Henry lachte.

»Nein.«

»Ich will nicht darüber reden.«

»Oliver hat ein Recht, es zu erfahren.«

»Hat er seine Stimme verloren?«

Andy stieß mich mit dem Ellbogen an und bedeutete mir zu sprechen.

Ich hob eine Hand und hielt sie wie ein Roboter in die Höhe, dessen Ellbogenscharnier klemmte. »Hallo«, sagte ich.

Henry starrte mich mit blutunterlaufenen und geschwollenen Augen an.

»Wenn Sie das mit dem Tagebuch erklären, fahren wir wieder und vergessen, dass das alles passiert ist«, verkündete Andy.

»Es ist deine Schuld, dass ich es überhaupt gelesen habe.« Henry stieß schwankend einen Finger in meine Richtung. »Ich wollte es in den Sarg legen, bis du vorgeschlagen hast, es als hübsche Erinnerung an sie aufzuheben. Das hat mir ja viel gebracht. Sonst hätte ich nie in das verdammte Ding reingeschaut.«

Henrys Schuldzuweisungen schmerzten. Ich fühlte mich wie ein verschrumpeltes Nichts, ein vertrockneter Trüffel, den man nur noch klein hacken und kochen konnte.

»Verschwindet einfach«, lallte Henry und wollte die Tür schließen. Andy schob einen Fuß in den Spalt.

»Kommen Sie schon, Henry, sagen Sie uns, worum es hier eigentlich geht.« Andy grinste und drängte sein Bein zwischen Tür und Rahmen.

»Ihr gebt nicht so leicht auf, ihr kleinen Scheißer, was?«

Ich wollte kein kleiner Scheißer sein, der nicht so schnell aufgab. Ich berührte Andys Arm, um seine Aufmerksamkeit zu erregen, doch mein Freund ließ sich nicht beirren.

»Wir bleiben«, sagte er. »Wir bleiben den ganzen Tag hier, bis Sie es uns sagen.« Andy war in der Tat ein kleiner beharrlicher Scheißer. Er drückte mit der Hand gegen die Tür, und Henry stolperte.

»Hey!«, rief er.

»Also ...?«

»Was springt für mich dabei raus?«

»Rabatt auf Ihre nächste Beerdigung.« Andy warf mir ein Lächeln zu, das ich nicht erwidern konnte. Ich bewunderte Andys Chuzpe, konnte es ihm jedoch nicht gleichtun, nachdem mein ganzes Leben bisher beschämend arm an Unverfrorenheit gewesen war.

»Das ist doch wohl ein Witz, oder?«, sagte Henry.

»Nein, Oliver ist ein sehr entgegenkommender Mann. Aber warum sollte er Ihnen etwas geben, wenn Sie doch in seinen Laden eingedrungen sind und ihn bedroht haben?«

Henry verdrehte die Augen und seufzte rau. »Na gut, also schön.« Er hielt die Tür auf und ließ uns herein.

»Setzt euch da hin.« Er deutete auf einen Raum zur Rechten der Eingangstür. Ich folgte Andy hinein, und wir setzten uns auf eine samtbezogene Chaiselongue. Lieber hätte ich mich darauf ausgestreckt, statt auf ihrem Rand zu kauern, als müsste ich gleich aus einem Flugzeug springen. Henry verschwand den Flur entlang. Schwere Vorhänge hingen vor dem Fenster, Bücher säumten einen echten Kamin. Eine große Keramikvase stand auffällig leer davor.

Mein rechtes Bein zuckte unkontrolliert. Andy legte eine Hand darauf. »Ganz ruhig«, sagte er.

»Du hast ihn noch nicht in Aktion erlebt.«

»Du hast *mich* noch nicht in Aktion erlebt.«

»Das will ich auch nicht.«

»Er hatte ein paar Drinks, da wird er nicht schwer umzuwerfen sein.« Andy lachte.

»Hier«, sagte Henry, als er zurückkam. Er hatte einen Whisky in der einen und ein gebundenes Tagebuch in der anderen Hand, dessen Schloss aufgebrochen herabbaumelte. Er gab es mir. Ein zarter Duft nach Rosen und ein Hauch von Leder stiegen von dem Buch auf. Ich hätte gern meine Nase an den Einband gedrückt und Marie eingeatmet.

»Glotz es nicht an. Mach es auf.«

Jetzt, da ich es in Händen hielt, konnte ich es nicht öffnen. Wie dumm. Ich fühlte mich zerrissen zwischen dem Verlangen, die Seiten zu lesen, als würde ich gierig Essen hinunterschlingen, und ethischem Respekt, der mich zögern ließ. Ich glaubte nicht, dass es mir zustand, es zu lesen, und ich war niemand, der herumschnüffelte. Und doch fühlte es sich an, als sei meine gesamte Vergangenheit in diesem Tagebuch eingeschlossen. Als würde es irgendwie die Gegenwart verändern und meine Zukunft beeinflussen, wenn ich es aufschlug. Andy nickte mir zu. *Na los,* bedeutete er mir. *Mach schon.* Meine Finger lagen auf der unteren Ecke. *Komm schon, schlag es auf. Tu es.* Oh, die Neugier, wissen zu wollen, was darinstand. Das Verlangen …

Aber nein. Ich konnte es nicht.

»Hör endlich auf, das verdammte Ding anzustarren, und lies«, befahl Henry. Er trank sein Glas aus und hielt sich an einer Stehlampe fest.

Ich war wie gelähmt. So sehr ich wissen wollte, was Marie geschrieben hatte, so sehr wollte ich sie und Henry in Ruhe lassen und nicht noch für weiteren Ärger sorgen. Henry mochte sich ja bei Clock & Son unpassend verhalten haben, aber er war auch betrunken gewesen. Wahrscheinlich schämte er sich wegen seines Benehmens und hatte überreagiert wegen dem, was auch immer er gelesen hatte. Der Mann brauchte mehr Zeit zum Trauern, um das Geschehene zu akzeptieren.

»Um Himmels willen, gib her.« Henry riss mir das Tagebuch aus der Hand. Seine plötzliche Aggressivität ließ mich zusammenzucken. Er tat mir zwar leid, doch er machte mich immer noch nervös. Die Seiten knisterten, als Henry sie rasch durchblätterte. »Hier, den Absatz meine ich.« Er wedelte mit dem Buch vor meinem Gesicht.

»Ich kann nicht«, sagte ich.

Andy stieß mich an.

»Du *kannst nicht,* was?« Henry brüllte jedes Wort, das K blieb wie Schleim in seiner Kehle hängen. »Du verdammter Idiot.«

»Hör mal, Kumpel«, sagte Andy. »Warum erzählst du es uns nicht einfach?«

Henrys Blick wanderte von seinem Glas in die Ferne. Er ließ Schultern und Mundwinkel hängen.

»Ich hatte keine Ahnung.« Er klang niedergeschlagener, gemäßigter. Langsam schüttelte er den Kopf. »Keine. Verdammte. Ahnung.« Er gestikulierte mit seinem Glas. »Keine verdammte Ahnung«, wiederholte er laut und schleuderte das Tagebuch Richtung Kamin.

»Weil ich dachte, dass sie mich liebt. Die ganze Zeit über dachte ich … Vielleicht war ich nicht der beste Ehemann. Vielleicht … Keine Ahnung. Aber ich habe sie geliebt, das habe ich.« Er schwieg. »Aber sie hat mich nicht geliebt, weißt du.« Er verzog das Gesicht, seine Unterlippe war vorgeschoben wie die eines bockigen Kindes. »Nein, *mich* hat sie nicht geliebt. Sondern *dich.*«

Ein seltsames Geräusch drang aus meiner Kehle. Zumindest glaubte ich, dass ich es ausstieß. Vielleicht war es aber auch Henry. Weißes Rauschen dröhnte in meinen Ohren.

»Mach den Mund zu, du alberner kleiner Idiot«, sagte Henry höhnisch. Er deutete mit dem Glas auf mich, kniff ein Auge zu und tat so, als würde er den Abzug einer Waffe betätigen, Geräuschuntermalung inklusive.

Ich sprang leicht hoch. Selbst Andy zuckte zusammen.

»Also schön, ihr könnt jetzt gehen. Die Show ist vorbei«, sagte Henry. Er schwitzte stark unter den Achseln.

Moment mal! Was hatte er damit gemeint, sie hätte mich geliebt? Wirklich von Herzen und nicht nur platonisch? Hatte sie nicht nur die Liebe einer innigen Freundschaft empfunden? Woher wusste Henry das so sicher? Was genau hatte Marie geschrieben? Ich sah zu dem Tagebuch, das aufgeschlagen beim Kamin lag. Andy tat es mir nach. Ich hätte mich darauf stürzen sollen. Oder besser Andy. Er hatte schnell zuckende Muskelfasern, oder zumindest sagte er das immer. *Los, Andy, hol es. Hol es!*

»Zu spät. Raus mit euch.« Henry packte Andys T-Shirt, zog ihn von der Chaiselongue und schob ihn zur Tür.

Ich war der Nächste. Henry riss mich auf die Füße, bevor ich irgendetwas tun oder sagen konnte. »Verschwindet und lasst mich in Ruhe.«

»Aber du uns auch, ja?«, rief Andy zurück. Doch die schwache Antwort beeindruckte Henry nicht. Die Tür fiel scheppernd hinter uns ins Schloss, und *l'esprit d'escalier* folgte uns dicht auf den Füßen.

Andy nestelte fluchend an der Zündung herum. »Das war total irre«, sagte er.

Ich zog mein Jackett aus. Wischte mir über die Stirn. Ich war sprachlos. Stimmte es, dass Marie mich geliebt hatte? Gerade eben war mein Leben noch liebeslos gewesen, jetzt war ich bis obenhin voll davon. Ich sah zu Maries Haus. Es wirkte anders. Die weißen Fensterläden waren weißer, die Sandsteinfassade deutlicher strukturiert, die bunten Topfblumen leuchtender, das Gras und das Unkraut grüner.

»Sie hat mich geliebt. Andy, sie hat mich geliebt.« Ich klang sicher wie ein Volltrottel, aber das war mir egal.

Andy nahm eine Hand vom Lenkrad und legte sie mir auf die Schulter. »Alles in Ordnung?«

»Ich fühle mich, als hätte man mich umgedreht und auf den Kopf geworfen.«

Wir bogen in eine Seitenstraße ab. Ich verdrehte den Hals, bis das Haus außer Sicht war. Ich hatte das Gefühl, als hätte ich ein Stück von mir zurückgelassen, und fragte mich, ob ich es je zurückbekommen würde oder ob ich besser das Unkraut darüber wuchern lassen sollte.

»Ich wünschte, ich hätte das Tagebuch holen können«, fuhr Andy fort. »Ich wollte danach greifen, aber ehrlich gesagt, hat Henry mir dann auch Angst eingejagt.«

War es dumm gewesen, die Seite nicht zu lesen, die Henry mir aufgedrängt hatte? Ich hätte leicht meiner Neugier nachgeben und mein Verlangen befriedigen können, zu wissen, was Marie über mich geschrieben hatte. Waren es tatsächlich Liebesworte, Sätze voller Romantik und Bedauern? Hatte sie wirklich gesagt, dass sie mich liebte? Mein Bauch schmerzte beim Gedanken an unsere gegenseitige Liebe. Wieso hatte ich das nicht gewusst? Ich stützte mich mit dem Ellbogen an der Tür ab und legte den Kopf in die Hand, schloss die Augen und dachte an Marie. Wie gern sie heimlich eine Lindt-Kugel in meiner Jacketttasche versteckt und mich damit überrascht hatte. Wie sie genauso gern Süßigkeiten gegessen hatte wie ich. Wie umsichtig sie gewesen war, voll ruhigem Selbstvertrauen und überströmender Freundlichkeit. Wie gern sie Menschen berührt und wie wunderbar ich mich gefühlt hatte, wenn sie gedankenlos ihre Hand auf meinen Arm gelegt hatte. Wie viel mir ihr professioneller Rat und ihre Ideen bedeutet hatten. Ich wischte eine Träne von der Wange. Geliebte Marie, oh, geliebte Marie.

»Hey, Kumpel, nicht traurig sein«, sagte Andy. »Das ist doch gut, oder? Sie hat dich auch geliebt!«

»Ja, Andy, sie hat mich geliebt.« Ich nickte. Dann konnte ich mich nicht zurückhalten und rief: »Sie hat mich *geliebt!* Sie hat *mich* geliebt! *Sie* hat *mich* geliebt!« Ich betonte verschiedene Wörter, und alle Bedeutungen waren gleich wichtig. Ein abschließender Freudenjuchzer sollte die Melancholie verscheuchen.

»So ist's recht«, sagte Andy. »Freu dich über die Neuigkeiten. Und jetzt weißt du, dass Henrys Wut nichts mit eurer Arbeit zu tun hatte.«

»Nun, ja, das ist auch eine gute Nachricht.« Freude sprudelte in mir hoch.

Und verwandelte sich in Tränen, als sie meine Kehle erreichte. Meine Chance auf echte, gegenseitige Liebe war vertan. Unwiederbringlich verloren, während ich die ganze Zeit gedacht hatte, meine Gefühle seien einseitig gewesen. Dass es in meinem Leben keine Liebe gab, oder noch schlimmer, ich nicht liebenswert war. Doch das stimmte nicht. Ich war geliebt worden. Ich war liebenswert!

Dem Auf folgte jedoch das Ab, wie bei einer altmodischen Balkenwaage. Ich glaubte keine weiteren Nachrichten verkraften zu können – gute wie schlechte. So viel war in letzter Zeit passiert, was mich in meinen Grundfesten erschüttert hatte, dass meine Nerven sicher nicht noch mehr ertragen konnten.

»Oh, Kumpel«, sagte Andy. »Ganz ruhig, ich fahre links ran.«

»Es geht mir gut«, antwortete ich.

Andy hielt den Wagen an und tätschelte mein Bein. »Das ist ganz schön viel zu verarbeiten, und du darfst traurig sein.« Er holte eine Serviette aus dem Fach in seiner Tür und gab sie mir. Sie roch nach altem Muffin.

Ich schnäuzte mich hinein und wischte mir die Augen, doch die Tränen flossen unaufhaltsam. Ich brauchte eine zweite Serviette, aber Andy hatte keine mehr.

»Tut mir leid, Andy«, schluchzte ich.

Er klopfte mir wieder aufs Bein. »Ist schon okay. Alles wird gut. Weißt du was, warum trinken wir nicht auf Marie? Das wird dich aufmuntern.«

Das klang nach einem guten Anfang, weshalb ich zustimmte und wir zum Pub fuhren. Ich trocknete mir das Gesicht mit meinem Jackettärmel und dachte an die vereinten Eigenschaften von heißen Fritten und Bier – tröstliche und zugleich festliche Leckereien. Doch ich wusste jetzt, dass nichts die Endorphin-bedingte Euphorie der Entdeckung, dass die eigene heimliche Liebe erwidert worden war, übertreffen konnte. Die Befriedigung durch salziges, frittiertes Essen kam dem nicht einmal ansatzweise nahe.

Ein Häufchen Elend

Als Andy mich daheim absetzte, wollte ich mich nur in der Wärme der Liebe aalen. Das Gefühl der Freude festhalten, als ob ich meine Angst vor dem Sprungbrett überwunden hätte und jetzt mitten in der Luft mit angezogenen Knien erstarrt wäre, eine menschliche Kugel aus Glück – der blaue Himmel über mir, das blaue Wasser unter mir. Ich saß in einer Blase aus gegenseitiger Wertschätzung, die niemand zum Platzen bringen konnte und in der nichts wichtig war außer Maries Liebe zu mir und meiner Liebe zu ihr. Ich ließ mich in einen Sessel fallen und badete in dem Gefühl. Ich war eine Biene mit einem ganzen Blumenbeet für mich allein. Ich war ein Sommelier in einem Fass Penfolds-Grange-Rotwein. Ich war ein Schokoholiker in einem See aus geschmolzenen Mars-Riegeln.

Bis ich die Augen öffnete und merkte, dass ich wieder einmal allein in meiner Zwei-Zimmer-Wohnung saß und mir niemand Gesellschaft leistete, nicht einmal ein Goldfisch. Einsamkeit und Verzweiflung überwältigten mich. Was hatte es für einen Sinn, von Maries Liebe zu mir zu erfahren, wenn sie nicht mehr da war, um sie mit mir zu teilen? Wenn unsere Liebe füreinander eine

Sackgasse war? Ich hätte meinen eigenen Rat befolgen und in dem segensreichen Zustand der Unwissenheit bleiben sollen. Mindestens eine halbe Stunde brachte ich in dieser benebelten und mutlosen Stimmung zu und tat mir leid. Ein jämmerlicher, einsamer Oliver Clock.

Schließlich stand ich auf, um meinen Anzug abzulegen und in etwas Bequemeres zu schlüpfen. Dann ging ich durch die Wohnung und rückte ziellos Dinge zurecht. Überprüfte, ob die Fernbedienungen parallel zueinander auf dem Couchtisch lagen, versicherte mich, dass die Gewürze im Gewürzregal akkurat mit den Etiketten nach vorne standen und dass die Bilder an der Wand gerade hingen. Normalerweise beruhigten mich diese Tätigkeiten; sie waren kleine Rituale, die mir ein Gefühl von Ordnung und Kontrolle vermittelten. Doch heute fühlte ich mich orientierungsloser als je zuvor, und Symmetrie half nicht dagegen. Ich hatte in einem momentanen Hoch gebadet, das jetzt – zack – vorbei war, und ich fühlte mich geplätteter als ein flach gepacktes IKEA-Paket. Bald würde ich vierzig, und was hatte ich vorzuweisen? Ein sterbendes Geschäft und ein Leben ohne Leben. Ich war ein Bestattungsunternehmer, auf dem ein Erbe lastete, um das er nicht gebeten hatte, sowie eine erdrückende Mutter. Ich war ein Mann ohne Liebste, die sein Hüftgold liebkosen könnte, ohne Geschwister, mit denen ich mich austauschen könnte, ohne Kinder, die ich aufziehen könnte. Ich war ein Mann an der Schwelle zum mittleren Alter ohne Hobbys, kaum vorhandenem Sozialleben und einer unerträglichen Liebe im Herzen zu einer Frau, die gestorben war. Ein Mann, der ihr vor ihrem Tod seine Liebe hätte gestehen können, und vielleicht, ganz vielleicht, wären ihnen dann ein paar kostbare gemeinsame Monate vergönnt gewesen. Doch ich hatte die Gelegenheit verstreichen lassen, und jetzt war es zu spät.

Das erforderte durchschlagendere Maßnahmen. Ich richtete

meine Aufmerksamkeit auf die Bücher im Regal, deren unzureichende Sortierung – weder nach Höhe noch alphabetisch noch sonst irgendwie – überaus störend war. Warum war mir das bisher nicht aufgefallen? Die Bücher nach Einbandfarben in einer bestimmten Abfolge aufzustellen erschien mir am ästhetischsten. So stürzte ich mich mit dem Elan eines im Sand wühlenden Hundes in die Aufgabe, das Bücherregal auszuräumen und neu zu bestücken. Mir war alles recht, was mir vielleicht helfen konnte. Doch dann hatte das Notizbuch mit den Vorsätzen eine Farbe, die nicht zum Rest passte. Das brachte mich aus dem Konzept. Weniger die hellgelbe Farbe, sondern vielmehr der Inhalt: mein Gelöbnis, mich zu ändern, Marie zu bitten, mit mir auszugehen. Die Entschlossenheit, die sich darin spiegelte, zu der ich mich jedoch nie hatte durchringen können. Ich blätterte durch die Seiten. So viele Listen.

Die früheren Vorsätze waren ungenau formuliert, wie etwa: *Du sollst Ferien in Übersee machen. Du sollst ein Abenteuer erleben* (auch wenn ich das nicht genauer ausgeführt hatte). *Du sollst eine Sprache lernen* – Italienisch vielleicht, aber nicht Französisch, weil das Mums Lieblingsfremdsprache war. *Du sollst aufhören, Käse zu essen, und abnehmen.* Dann wurden sie spezifischer: *Du sollst einen Bauchmuskeltrainer aus der Fernsehwerbung kaufen. Du sollst weniger fernsehen. Du sollst dir ein Haustier zulegen.*

Nichts davon hatte ich geschafft. Das meiste hatte ich nicht einmal versucht. Es waren überspannte Vorstellungen eines beleibten Mannes, der viel zu wenig von seinem Sofa herunterkam. Ein Mann, der bald vierzig wurde. Wann genau? Ich zählte rasch an den Fingern ab. Schon sehr bald – in drei Monaten –, und was hatte ich zustande gebracht? Jahrelang hatte ich mir Vorsätze ausgedacht und sie aufgeschrieben. Wie viel Zeit und mentale Energie ich vergeudet hatte. Und wofür? Für nichts!

Diese Erkenntnis brachte den Sortieranfall zum Erliegen. Ich legte das Notizbuch beiseite und hielt mich an einer Ecke des Regals fest. Dann begann das verdammte Ding zu zittern und drohte die ersten Bücher mit rotem Einband, die ich nebeneinandergestellt hatte, abzuwerfen. Ich hätte es doch von einem Schreiner einbauen lassen sollen. Ein Sturm war um mich aufgezogen und drohte meine Ordnung zu zerstören. Ich ließ mich in den Sessel fallen, vergrub den Kopf in den Händen und ließ dem Sturm aus Gefühlen freien Lauf. Tränen liefen mir über die Wangen, mein Körper bebte unter der ungezügelten Wucht von Mutter Natur. Ich war eine geplatzte Wasserleitung aus Kummer, meine Trauer um Marie floss aus mir heraus, mein Selbstmitleid, meine unerwiderte Liebe und der Verlust meiner Träume – wie wunderlich sie auch gewesen sein mochten.

Ich weinte so sehr, dass die Tränen sogar aus meiner Nase kamen. Da ich kein ordentlich gebügeltes Taschentuch hatte, das ich aus einer Jackettbrusttasche hätte ziehen können, musste mein rechter Ärmel genügen. Dann der linke. Dann der Saum meines Hemds, das sich halb aus der Hose gelöst hatte. Als ich schließlich mit geschwollenen Augen und feuchter Kleidung wieder aus dem Sturm auftauchte, fühlte ich mich erschöpft, ausgelaugt, blutleer. Ich konnte mich nicht einmal erinnern, dass ich das Bücherregal neu sortieren wollte, und erst recht nicht dazu aufraffen, es wieder einzuräumen. Ich spritzte mir Wasser ins Gesicht und zog den Schlafanzug an. Dann öffnete ich den Kühlschrank, ob ich dadurch vielleicht Appetit bekam, doch ich konnte nichts essen. Ich legte mich aufs Sofa vor den Fernseher, ein Kissen an die Brust gedrückt. Als ich aufwachte, war es fast Zeit, ins Bett zu gehen. Ich erinnere mich weder, mir die Zähne geputzt noch das Licht gelöscht oder meine Kleider weggeräumt zu haben. Ich wollte nur vergessen, wer ich war.

Ich kroch unter die Bettdecke und träumte, wie das Leben mit Marie hätte sein können. Wie ich tagelang ihre nach Blumen duftenden Hände gehalten, ihre Kirschlippen geküsst und eine gemeinsame Zukunft geplant hätte, in der wir zusammen gearbeitet und gelebt hätten. Ich träumte davon, Clock & Sons Stellung in der Gemeinschaft wiederaufzubauen: ein florierendes Bestattungsunternehmen, das ich stolz an die nächste Generation übergeben konnte. Ich träumte von einer Zukunft für Clock & Son, in der ein Sohn oder eine Tochter das Geschäft übernehmen würde. Ich träumte davon, so viel Käse zu essen, wie ich wollte, ohne zuzunehmen. Ich träumte davon, mit einer Gefährtin in die Weinregionen Frankreichs zu reisen. Ich träumte davon, nicht allein zu sein, einsam, mit einem dem Untergang geweihten Betrieb und einer Zukunft ohne Inhalt. Ich träumte von der nächsten Dekade meines Lebens, in der es eine Frau gab, die mich und meine Eigenheiten liebte, ebenso wie ich sie und ihre Eigenheiten. Wir hatten zwei Kinder, lebten in einem Haus, nicht in einer Wohnung, dessen Einrichtung ich penibel arrangiert hatte. Ein Leben, das in jeder Hinsicht perfekt symmetrisch war. Ich träumte von allem, was ich wollte, aber nicht hatte. Ich weiß nicht, ob ich richtig träumte oder halb wach war. Alles verschwamm, und immer wieder fiel ich in einen alles andere als erholsamen Schlaf.

Rat aus dem Grab

Ich weiß nicht, was schlimmer war: der Zusammenbruch selbst oder erschöpft und leer daraus aufzutauchen. Als ich aufwachte, fühlte ich mich nicht nur körperlich und geistig, als wäre mein gesamtes Inneres ausgespült worden, sondern auch die Wohnung wirkte unheimlich leer. Ziellos wanderte ich herum, jeder Schritt meiner behausschuhten Füße hallte kläglich, mein eigenes Niesen ließ mich zusammenzucken, mein Kiefer knackte hörbar, als ich einen Mars-Riegel kaute. Wie überaus seelenzerstörend.

Es machte mir bewusst, wie schrecklich allein ich jetzt war. Dass meine Träume, dass Marie zu mir ziehen könnte, nie wahr werden würden. Dass meine Wohnung nicht unser beider Zuhause werden, sondern so bleiben würde wie bisher auch: zwei Zimmer für einen alleinstehenden Mann. Selbst der Ausdruck Junggesellenbude war zu hochtrabend. Denn das implizierte einen Ort voll sorglosem Spaß für einen Mann, der das Singleleben genoss, geradezu darin schwelgte. Dieser Mann war ich nicht. Ich hatte nichts, worin ich schwelgen konnte.

Nur ein müdes, altes Doppelbett, dessen Matratze auf einer

Seite durchgelegen war – nicht wegen zu viel Beanspruchung, sondern weil mein volles Gewicht Nacht für Nacht auf derselben Stelle lag. Meine Küche war zwar groß genug, dass zwei Leute darin kochen und eine vierköpfige Familie darin essen könnte, das Wohnzimmer konnte bequem sechs Leute beherbergen, und der Garten war gerade groß genug für einen kleinen Umtrunk (wenn es einem nichts ausmachte, auf Tuchfühlung mit seinem Nachbarn zu gehen und den Gesprächspartner nicht wechseln zu können). Und doch war ich immer allein hier, erhitzte Mikrowellengerichte für eine Person, saß immer auf demselben Mittelteil des Sofas vor dem Fernseher oder kauerte mich auf einen Terrassenstuhl und starrte auf meine Versuche, ein paar Töpfe zu bepflanzen, als ob ich auf Maries Ankunft oder die anderer Gäste wartete.

Lange Zeit hatte ich davon geträumt, wie Marie zu mir kam und nie wieder ging. Hatte mir vorgestellt, wie es wohl wäre zu wissen, dass sie jeden Tag neben mir aufwachen und abends nach der Arbeit zu mir in die Wohnung kommen würde. Wenn ich vor ihr zu Hause gewesen wäre, hätte ich angefangen, das Abendessen zu kochen, und sie mit ihrem Lieblingsdrink empfangen, wenn sie dann zur Tür hereingekommen wäre. Sie wäre hereingestürmt wie ein leuchtender Strauß Pfingstrosen, hätte ihre Schuhe abgestreift, und wir hätten uns geküsst – leidenschaftlich natürlich – und dann über unseren Tag gesprochen. Die Wohnung wäre erfüllt gewesen vom Gespräch zwischen zwei Menschen, die eine Verbindung zueinander hatten, zwischen zwei Liebenden, die wieder zusammen waren. Oh, wie romantisch das alles war. Wie romantisch es hätte sein können. Wie real es mir einst erschienen war – selbst wenn sich alles nur in meiner Vorstellung abgespielt hatte. Jetzt wirkte die Wohnung wie ein verlassener Luftschutzbunker, in dem nur ich überlebt hatte. Die einzigen Schuhe, die jemand abstreifte, waren meine, geküsst wurde nur im Fernsehen, das einzige Gespräch fand zwischen den Gedanken in meinem Kopf statt. Und die Außenwelt war ein furchterregender Ort, an dem ich mich nicht aufhalten wollte.

Also, was tat ich? Nun, ich wusste nicht, was ich mit mir anfangen sollte. Ich wollte die Wohnung nicht verlassen, anderen Menschen begegnen, zur Arbeit fahren und so tun, als wäre alles in Ordnung. Ich wollte allein sein und gleichzeitig aber auch wieder nicht! Ach, die Qualen der Einsamkeit, die Pein der Trauer. Es war ja schließlich kein Wochenende, das ich nach meiner üblichen Routine verbringen konnte. Diese paar Tage waren völlig anders als jeder freie Tag, den ich je gehabt hatte. Es war ein nicht enden wollendes Nichts, in dem ich keine Aufgabe und kein Ziel hatte und auch nichts fertigbrachte. Ich ging in die Küche, um mir eine Tasse Tee zu kochen, und vergaß, den Wasserkocher anzustellen. Ich schaltete sowohl Radio als auch Fernseher als Gesellschaft ein, bis mich die einschmeichelnden Stimmen der Moderatoren und Seifenoperndarsteller nervten und ich alles wieder ausschaltete. In der Dusche stand ich unter dem heißen Wasser, starrte ins Leere und vergaß mich einzuseifen. Ich zog mich an, hörte allerdings nach Unterhose und Jogginghose wieder auf. Kann man obdachlos *aussehen,* obwohl man ein Obdach hat? Kann man sich obdachlos *fühlen,* auch wenn man ein Obdach hat?

Aus eigener Erfahrung kann ich sagen: Ja, man kann.

Als ich schließlich in einer Küchenschublade nach meiner Zahnbürste suchte, die ich zerstreut immer öfter an seltsamen Orten liegen ließ, fand ich einen alten Schlüsselanhänger von Dad, den er selbst entworfen hatte. Ich hatte ihn ganz vergessen. Das Ding war sein ganzer Stolz gewesen, doch die Kunden hatten ihn nicht angenommen. Ein Kundengeschenk in Sargform, aus rostfreiem Stahl und mit dem Schriftzug »Clock & Son« in der Mitte, würde niemals ein Erfolg sein. Wer wollte schon einen Sarg am Schlüsselbund baumeln haben? Nur Dad, und so war er unseres Wissens der Einzige, der ihn benutzte, bis der Ring abbrach. Dann starb er, und ich erbte den Anhänger – noch eine kleine Erinnerung, die ich in eine Schublade geräumt hatte. Der Gedanke machte mich traurig. Nicht, dass ich den Anhänger weggepackt und nie repariert hatte, sondern dass ich nicht mehr Zeit mit Dad gehabt hatte. Ich strich mit dem Finger über den glänzenden Sarg. Dad pflegte immer zu sagen: »Särge sind nicht das Ende, sondern nur ein neuer Anfang.« Diese Ansicht teilten nicht alle, aber auf Dad und seine Einzeiler konnte man sich verlassen. Wie den Kalauer, den er einmal geprägt und gern im Kundengespräch angebracht hatte, wenn es um die Kosten ging, und über den ich als Einziger immer gelacht hatte: »Lassen Sie was springen für die, die nicht mehr springen können.« Mum setzte dem rasch ein Ende und sorgte dafür, dass dieser Einzeiler es nicht in die *Systematische Anleitung* schaffte – Dads wertvollen Ordner voller weiser Ratschläge. Ich hatte ein Exemplar in der Wohnung, denn Dad hatte darauf bestanden, dass wir alle eins mit nach Hause nahmen, nur für den Fall, dass wir nach Feierabend einen Blick hineinwerfen mussten. Oder wie in meinem und dem Fall des Thanatologen, wenn wir mitten in der Nacht zu einem Sterbefall gerufen wurden und unsere mitfühlenden Floskeln auffrischen mussten. Ich holte den Ordner aus der untersten Küchenschublade und schlug ihn bei der Einleitung auf.

Trauer hat viele Gesichter. Sie ist wie der Himmel: Wo gerade noch bedrohliche Gewitterwolken und Regen grollen, können im nächsten Moment Cumulonimben ziehen.

Dad hatte das tatsächlich zu Menschen gesagt, und die meisten waren zu sehr von ihrer Trauer in Anspruch genommen, dass sie nicht bemerkten, dass er von »Cumulonimben« sprach und was das überhaupt bedeutete. Wenn sie verwirrt wirkten, hatte ich ihnen leise zugeflüstert: »dicke Wattewolken«, während Dad seine Analogie weiterführte. Als ich das Geschäft übernahm, verwarf ich die Einleitung als zu meteorologisch, doch jetzt wurde mir klar, wie recht er gehabt hatte. Im Moment fühlte ich mich erstickt von einem Stratus, einer tief hängenden grauen Wolke, die schwer über mir dräute.

Doch irgendwann, das verspreche ich, werden sich die Wolken lichten und auflösen, und der Himmel wird wieder blau sein.

In diesem Moment schien Dad allein zu mir zu sprechen. Mir war gar nicht in den Sinn gekommen, den Ordner auf mich anzuwenden, und ich wette, Dad hätte auch nie gedacht, dass sein Sohn jemals Trost daraus ziehen könnte. Die *Anleitung* war immer nur für andere gedacht gewesen, als ob wir immun gegen die Auswirkungen der Trauer wären.

Ich setzte mich mit dem Ordner an den Küchentisch und lauschte, was Dad zu sagen hatte. *Du musst die verschiedenen Wolkenformationen akzeptieren, sie kommen und gehen, und das vielleicht auch für längere Zeit. Sie sind alle Teil des Prozesses, Oliver. Mach dir keine Vorwürfe wegen der Wolken, mach dir keine Sorgen, wenn sie da sind, ärgere dich nicht, wenn sie Sturm und Regen bringen; lass es zu. Lass zu, dass sie dich waschen, reinigen, erfrischen.* Es war, als spräche er von der Wolke, die gerade über meiner Wohnung hing – welche auch immer das war. Guter, alter Dad. Seine manchmal barsche Art verbarg seine Fähigkeit, uns Dienstleistern im Bestattungswesen zu helfen, feinfühlig mit Trauer umzugehen, selbst wenn sich das in Form einer Geografiestunde mit predigtartigem Ton äußerte.

Tränen sammelten sich in meinem Augenwinkel und bahnten sich plötzlich ihren Weg. Sie fühlten sich anders an als die vom

Tag zuvor; sie waren eher sentimental, weil ich wusste, dass Dad immer noch bei mir war und dass er mir im Tod vielleicht mehr emotionalen Rückhalt gab als je im Leben. Merkwürdig, aber auch immens tröstlich.

Ich weiß nicht, wie lange ich dasaß und seine wolkige Einleitung immer wieder las, bis ich die Worte gar nicht mehr wahrnahm, sondern mich nur noch an Dads Stimme klammerte, doch irgendwann kehrte ich geistig an meinen Platz am Tisch zurück. Ich sah zur Wanduhr; es war zwei Uhr nachmittags. Plötzlich hatte ich Hunger. Im zweiten Fach des Kühlschranks stand ein einsamer Erdbeerjoghurt. Er wäre Frühstück und Mittagessen in einem. Ich nahm ihn heraus, wischte das Fach schnell aus, wenn ich schon dabei war, und löffelte den Joghurt dann direkt aus dem Becher, an die Arbeitsfläche gelehnt. Viel mehr Essen hatte ich auch nicht, das mich reizen könnte, aber mein Appetit war sowieso noch nicht vollkommen zurückgekehrt. Doch etwas hatte sich bereits verändert. Ich würde nicht sagen, dass es mir besser ging, eher, dass die Wolkendecke etwas dünner geworden war. Auch wenn ich weder am heutigen noch am nächsten Tag mein normales Leben wiederaufnahm, gelang es mir ziemlich gut, nicht gegen die Wolke anzukämpfen. Und das war Dads Verdienst.

Gerettet

Nach zwei Tagen, diversen nicht abgehörten Nachrichten auf der Voicemail und ein paar Besuchern an meiner Haustür tauchte Andys Kopf plötzlich vor dem Wohnzimmerfenster auf wie der eines kürzlich erworbenen riesigen Gartenzwergs.

»Kumpel«, rief er und klopfte gegen die Scheibe. »Hey, Oliver.«

Ich öffnete das Fenster. »Was machst du hier?«, wollte ich wissen, auch wenn es völlig klar war: Mum hatte ihn geschickt.

»Alles in Ordnung?«, fragte er.

»Ich habe nur ein paar Tage für mich gebraucht.«

»Willst du darüber reden?«

»Es gibt nichts zu reden.«

»Okay, aber wenn ich schon mal hier bin, willst du mich nicht reinlassen? Wir können uns natürlich auch so weiter unterhalten, ich hier draußen, du da drin mit deinem Wucherbart und alten Jogginghosen, die ich noch nie an dir gesehen habe. Also, was ist los?« Andy wirkte besorgt.

Ich berührte mein Kinn. So borstig hatte es sich noch nie angefühlt. Ich fürchtete eine Ähnlichkeit mit einem überbeanspruchten Katzenkratzbaum.

»Ein Witz«, sagte Andy lachend. »Ich bin nur neidisch. Du weißt, dass mir nicht einmal ein Ziegenbart wächst, und mit achtunddreißig habe ich eine Halbglatze.«

Ich starrte ihn an und stellte ihn mir als Gartenzwerg vor. Vielleicht, wenn er einen dickeren Bauch hätte …

»Lässt du mich jetzt rein?« Er sah mich erwartungsvoll an. Natürlich würde ich ihn hereinlassen. Ich ging zur Tür.

»Himmel, was ist denn hier passiert?«, sagte er und deutete auf meine furchtbar unordentliche Wohnung. Es sah tatsächlich ganz schön schlimm aus, jetzt, wo er mich darauf hinwies. »Das sieht dir nicht ähnlich, Kumpel. Überhaupt nicht.«

»Tee? Bier?«, fragte ich.

»Was du trinkst.« Er schob mit dem Fuß ein paar Bücher zur Seite, um zum Sofa zu gelangen.

Ich reichte ihm ein Bier, und wir saßen ein paar Sekunden schweigend nebeneinander.

»Ist es wegen Marie?«, fragte er.

Ich zuckte mit den Schultern.

»Schon okay, Kumpel, du weißt, dass du mit mir reden kannst.« Dann ließ er die Stille für sich sprechen, die mich drängte, mich zu öffnen.

»Es ist wegen allem, Andy. Marie, dem Geschäft, meinem Leben … Ich bin fast vierzig, und was habe ich vorzuweisen? Nichts, Andy, nichts. Wenn ich vierzig werde, habe ich vielleicht nicht mal mehr einen Job.«

Andy sah mich nachdenklich an. »Weißt du, ich habe dich immer beneidet. Um dein aufgeräumtes, ordentliches Leben, die Sicherheit und Befriedigung eines geerbten Berufs.«

Ich konnte nicht glauben, dass Andy das sagte. Ich hatte *ihn* immer beneidet, um seinen Vater, der ständig an exotische Orte reiste, um seine Künstlermutter, die die Kinder alles tun ließ, solange es legal war, und um die vier Schwestern. Alle Kinder sollten ihren Herzen folgen und hatten eine kreative Laufbahn eingeschlagen. Andy wurde Fotograf. Er war ein Mann, der im Moment leben und ihn genießen konnte, ohne sich darum zu sorgen, was danach kam. Und er besaß die verblüffende Fähigkeit, Ratschläge erteilen zu können. Wahrscheinlich hatte er es gelernt, weil er als Kind von Frauen und Mädchen umgeben gewesen war.

»Du hast einfach immer alles im Griff gehabt«, fuhr er fort. »Du bist gefasst und beinahe schon zu vernünftig, *und* du arbeitest jeden Tag mit dem Tod. Ich könnte das ganz bestimmt nicht.«

»Ich kann ja nichts anderes.«

»Aber warum solltest du auch etwas anderes machen wollen? Du hast einen Job fürs Leben. Gestorben wird schließlich immer, nicht wahr?«

»Das schon, aber die Hinterbliebenen gehen zu anderen Bestattern.« Ich wandte den Blick ab. Wieder stiegen mir Tränen in die Augen. Ich wollte nicht vor Andy weinen, nachdem er mir gerade gestanden hatte, wie sehr er meine Fassung bewunderte. Ein Blitz zuckte über den Himmel und beleuchtete für ein paar Sekunden den Staub auf dem Couchtisch.

»Du darfst nicht vergessen«, sagte Andy, »dass du die Nummer eins bist. Wenn du dir selbst nicht wichtig genug bist, wem sollst du es dann sein? Du musst an dich glauben. Glauben, dass du die Macht hast, alles zum Guten zu wenden, dein Geschäft und dein Liebesleben in Ordnung zu bringen.«

Ich dachte über Andys Worte nach. Ich hatte mich nie als jemanden mit Macht gesehen; dass ich die Möglichkeit hatte, selbst etwas zu ändern, anstatt dass mir die Veränderung aufgezwungen wurde. Der Gedanke ließ mich schaudern, genauso wie der zweite Blitz, der wie ein Schlag in den Nacken war. Der Regen klatschte donnernd Applaus.

»Himmel, du magst Gewitter immer noch nicht, was? Weißt du noch, damals, als ich dich überredete, mal Golf auszuprobieren, und ein Gewitter aufzog? Ich habe dich noch nie so schnell zurück zum Clubhaus rennen sehen.«

»Du hast doch meine Schwester nicht vergessen?«

»Nein, natürlich nicht.«

Ein paar Minuten lauschten wir schweigend dem Donner, der unter dem Gewicht der Wolken grollte, und dem Regen, der zu einem höflichen Beifall abebbte, bis er nur noch nach Regen klang. Andy sah mich nachdenklich an und sagte dann sanft: »Hör mal, ich glaube, du musst dich von der Vergangenheit lösen und etwas Neues ausprobieren. Egal, was. Geh zu einem Date, verändere was in der Arbeit ...«

Ich verstand, was er mir sagen wollte, aber es war schwer, Maries Tagebuch aus dem Kopf zu bekommen und die Frage, was genau sie geschrieben hatte; sich nicht ständig *ihre* Worte über *mich* vorzustellen. Ich wirkte wahrscheinlich nicht so begeistert von Andys Vorschlägen, wie er gehofft hatte, denn er erriet meine Gedanken und fragte: »Denkst du immer noch an das Tagebuch?«

Ich nickte.

»Ich weiß, es war toll, von Maries Gefühlen für dich zu erfahren, aber der Punkt ist«, flüsterte er, als hätte er Angst, uns könnte jemand belauschen, »sie ist nicht mehr bei uns.«

Ich nickte wieder; sprechen konnte ich nicht. Wieder einmal war ich den Tränen nahe. Ich konnte Andy gegenüber nicht zugeben, wie sehr ich sie geliebt und wie sehr ich mir gewünscht hatte, sie wäre meine Freundin, meine Ehefrau, die Frau meines Lebens. Es hätte jämmerlich geklungen. Kraftlos. Als wäre ich ein Loser, der sich nicht einmal in eine Frau verlieben konnte, die Single und noch am Leben war. Denn ich hatte Angst – Angst vor einer Zukunft ohne Marie. Ihre Krankheit und die Frage, ob ich sie um ein Date bitten sollte, hatten mich so in Anspruch genommen, dass ich gar nicht über eine Zukunft ohne sie nachgedacht hatte, was realitätsfern klingen mochte, vielleicht sogar absurd, und doch war es so. Und jetzt stand ich da, ohne Ziel, verloren, der Zukunft beraubt. Ohne jeden Lebenszweck … Ich seufzte, unfähig, Andy eine Antwort zu geben, die für ihn in diesem Moment akzeptabel gewesen wäre.

»Hör mal, es tut mir leid, dass es nicht so gekommen ist, wie du es dir gewünscht hast«, fuhr er fort. »Aber jetzt ist es Zeit, nach vorn zu schauen. Wir müssen deine Zukunft mit neuen Augen sehen, dich aus diesem Tief herausholen.« Es war schön, wie Andy uns als Team bei der Lösung meiner Probleme darstellte. Das musste er nicht, aber ich wusste seinen Rat zu schätzen, auch wenn mir alles gerade unmöglich erschien. Mir war, als wäre ich zwischen zwei Felsen eingeklemmt und könnte mich nicht befreien. Ich wollte mich retten, wusste aber nicht, wie ich das anstellen sollte – ich wusste nur, dass Marie für immer bei mir sein sollte, was leider nicht zu Andys Plan für meine Zukunft zu gehören schien.

»Ich finde«, verkündete er, »dass du überglücklich sein solltest, dass Marie dich geliebt hat, aber auch akzeptieren, dass du nach vorne schauen musst. Und wenn du nicht willst, dass der Laden eingeht, tu etwas dagegen. Versuch etwas Neues. Das gilt auch für dein Leben. Manchmal muss man für eine Veränderung seine Komfortzone verlassen.«

Ich dachte über seine Worte nach, die mich inspirieren und antreiben sollten, dann stieß ich meine leere Bierflasche gegen seine. »Danke, Andy.«

»Das wird schon wieder, Kumpel. Du schaffst das.«

Nachdem Andy gegangen war, fühlte ich mich besser. Er hatte zwar keine Probleme gelöst, aber mir war ein wenig leichter zumute; die Wolke hatte sich weiter zerstreut. Ich fand mein gelbes Notizbuch und blätterte zurück. Es war erschreckend, wie oft ich geschrieben hatte, dass ich Marie um ein Date bitten sollte. Nicht die Tatsache, dass ich den Vorsatz so oft notiert hatte, sondern dass ich ihn nie in die Tat umgesetzt hatte. Die Worte waren inhaltsleere, schrullige Hirngespinste eines apathischen Tagträumers. Irgendwie musste ich vom Fantasten zum Macher werden. Musste die Wolken bändigen und den blauen Himmel finden. Ich rutschte zur Seite, sodass ich nicht an meinem üblichen Platz in der Mitte des Sofas saß. Den Fernseher konnte ich immer noch sehen, wenn auch etwas schief, aber das war nicht das Ende der Welt. Außerdem konnte ich mich auf die Seitenlehne stützen und hatte mehr Platz, um mich auszustrecken, ohne dass der Couchtisch direkt vor mir stand. Eine Minute saß ich so da und genoss meine neue Sitzposition, dann tat ich das Einzige, was ich konnte. Ich nahm das Notizbuch mit den Vorsätzen, schlug eine leere Seite auf und schrieb eine neue Liste. Dieses Mal verspürte ich mehr Entschlossenheit als je zuvor; meine Schrift war deutlicher, die Striche nachdrücklicher, die Vorsätze entschiedener formuliert.

Du sollst das Wissen genießen, dass du geliebt wurdest, und darfst dich davon nicht runterziehen lassen.

Du sollst etwas Neues versuchen.

Du sollst deine Komfortzone verlassen und vielleicht sogar ein Risiko eingehen.

Du sollst Clock & Son nicht pleitegehen lassen.

Ich las alles noch einmal und lächelte. Marie wäre stolz auf mich gewesen.

Teil zwei

Ich muss aufhören, so zu tun, als hätte ich ein aktives Sozialleben.
Ich muss aufhören, so viele Krawatten zu kaufen,
vor allem mit Galaxien als Motiv.
Ich muss für mich einstehen.
Ich muss mir ein spannenderes Leben aufbauen.
Kann man das überhaupt, oder findet einen das Leben?

Die Einladung

Am nächsten Tag wachte ich erschöpft, aber gleichzeitig belebt auf. Dieses Mal war ich fest entschlossen, meine neuen Vorsätze zu verwirklichen, und der erste war der einfachste. Marie hatte meine Liebe erwidert, und dieses freudige Gefühl würde mir durch die anderen Vorsätze hindurchhelfen. Ich ging zur Arbeit, als sei ich nie weg gewesen, und ignorierte Jeans Besorgnis und Mums fragende Blicke. Ich freute mich sogar über eine Einbalsamierung, weil es unser erster Todesfall seit zwei Wochen und daher Anlass zum Feiern war. Zu Hause räumte ich die Bücher nach Farben sortiert zurück ins Regal und legte das Notizbuch mit den Vorsätzen in die Schublade meines Nachttisches. Es war mir sogar egal, dass Edie mit einer neuen Kerze zurückkam. Meine Stimmung hatte sich gebessert, und ich tat ihr den Gefallen, ihr zuzuhören.

»Das ist La Lumière de Monty«, erklärte Edie. Sie hob den Deckel und hielt mir die Kerze hin. Sie hatte wirklich ein reizendes Gesicht, so freundlich und einladend, und sie trug ein hinreißendes schwarzes Kleid mit Blumenmotiv, das wie eine modische Hochglanztapete aussah.

Ich beugte mich vor, um zu schnuppern. Ein durchdringender, süßlicher Geruch stieg mir in die Nase. »Und wer ist das?«

»Meine Katze.«

»Miau.« Hoppla, das war mir so herausgerutscht.

»Ich weiß, ein ungewöhnlicher Duft«, sagte sie. »Es ist mein Geheimrezept. Ich kann so ziemlich jeden Duft mischen, der verlangt wird. Den Geruch einer Katze nachzubilden ist nicht einfach, und normalerweise würde ich es bei Tieren auch nicht versuchen, aber wenn man es richtig macht, hat man beim Abbrennen der Kerze wirklich das Gefühl, als sei das Haustier oder der Angehörige bei einem.« Sie lächelte, als wäre ihre Erklärung etwas völlig Normales.

»Nun, das ist auf jeden Fall einzigartig«, antwortete ich und überlegte, wie ich ihr freundlich absagen konnte. »Sie sind wie meine Floristin, die sehr kreativ war. Sie hat jede Idee in einen Strauß verwandelt.«

»Das Kerzengießen ist für mich eine willkommene Abwechslung zu der sehr unkreativen Welt der Pharmazie, in der ich arbeite.« Sie lachte. »Ich weiß, Sie haben meine Verkaufsargumente schon mal gehört, aber ich würde wirklich sehr gern Kerzen für Ihre Kunden machen. Sehen Sie, Düfte sind so machtvoll. Wenn man sich auf den eigenen Geruchssinn und die Gerüche um einen herum konzentriert, wird alles lebendig. Das Leben wird lebendig. Den meisten Menschen ist das nicht bewusst, und die leben auch nicht. Alles wird deutlicher und nuancierter – so hat es ein berühmter Parfümeur einmal ausgedrückt. ›Nuancierter‹. Wenn man sich liebevoll an jemanden erinnern will, möchte man das Gefühl haben, dass diese Person noch bei einem ist; das Gefühl, dass die Nuancen noch lebendig sind.«

Dann kam Jean herein. »Ah, Jean«, sagte ich. »Das hier ist Edie. Die Kerzenmacherin, von der ich dir erzählt habe.«

»Was halten Sie von dieser hier?«, fragte Edie und hielt die Kerze unter Jeans bebende Nase.

Die legte den Kopf in den Nacken, als versuche sie die Quelle des Geruchs zu identifizieren. »Kräftig, aber angenehm«, erwiderte sie.

»Das ist meine alte Katze. Sie war am Ende ganz schön mürrisch, aber loyal und überraschend anhänglich.«

»Wie reizend«, sagte Jean, bevor sie sich an mich wandte und auf ihre Uhr tippte. »Du hast gleich Kundschaft, Oliver.«

Das war ein listiger Vorwand, aber ich war froh, dass sie dem Treffen ein Ende setzte. Doch nachdem Edie gegangen war, musste ich immer noch an das denken, was sie gesagt hatte. Dass man die Erinnerungen an einen verstorbenen Menschen am Leben erhalten sollte. Die Nuancen von Gerüchen. Das Versprechen, jemanden für immer in Erinnerung zu behalten – oder zumindest so lange, wie die Kerze brannte. Ich hatte mich zwar an Maries Liebe gewärmt, doch wie lange würde das anhalten, und wann würden meine Erinnerungen an sie zu verblassen beginnen? Schon jetzt war ihr Bild am Rand undeutlich, ihre Stimme gedämpfter unter dem Klang meiner eigenen, die auf der Suche nach ihr war. Es ging zu schnell, und ich war nicht darauf vorbereitet, dass sie immer verschwommener wurde (als wäre ich das je). Ich hatte nicht einmal ein Foto von ihr. Das Einzige, was ich jemals besessen hatte, war ein Zeitungsausschnitt, als sie vor einigen Jahren eine Auszeichnung für ihre Arbeit bekommen hatte, doch den hatte Mum bei einem Frühjahrsputz weggeworfen. Ich hatte eine Nachricht auf der Voicemail von ihr, die ich mir immer wieder angehört hatte, bis ich sie aus Versehen gelöscht hatte. Nicht viel, nur ein »Hallo, Oliver, kannst du mich zurückrufen, wenn du kurz Zeit hast?«, aber ihre Stimme zu hören, war tröstlich gewesen. Und das war's. Der Rest bestand aus verschwommenen Erinnerungen.

Was wäre, wenn ich sie auf andere Weise am Leben erhalten könnte? Könnte Edie da tatsächlich etwas auf der Spur sein?

Ich nahm Papier und Stift und ließ mich einen Moment von meiner Fantasie davontragen. Wenn Marie eine Kerze wäre, wie würde sie riechen? Welche Gerüche würde ich für sie aussuchen?

Als Erstes fielen mir Gartenwicken mit ihrem süßen Duft nach Sommer ein. Was noch? Frisch geschnittene Blätter, leicht feucht und knackig. Ihre Handcreme, mit dem Hauch von Honig und Lanolin. Ich trommelte mit den Fingern. Ah, ja, Rosé. Sie trank gern ein Glas bei unseren Mittagessenverabredungen und überredete mich oft (ohne große Mühe), ihr dabei Gesellschaft zu leisten. Und was hatte ich da gerochen, als ich sie auf die Wange küsste? Sie hatte nie Parfüm getragen, weil ihre Haut es nicht vertrug, es musste also irgendein Kosmetikprodukt gewesen sein. Vielleicht Puder, oder Creme? Edie hatte recht; es ging wirklich nur um Nuancen. Mandarinenschale durfte ich nicht vergessen. Das war ihr Lieblingsobst gewesen.

Ich lehnte mich im Stuhl zurück und hob die Füße vom Boden, wie früher als Kind in der Schule. Wie wunderbar es war, sich so an Marie zu erinnern. Wie großartig der Gedanke, dass ich sie auf eine Weise am Leben erhalten konnte. Die Vorstellung war zwar befremdlich, setzte sich jedoch in meinem Kopf fest. Könnte eine Kerze mit ihrem Geruch der Beweis dafür sein, dass ich meinen ersten Vorsatz in die Tat umsetzte? Ich könnte sie an meinem vierzigsten Geburtstag anzünden. Dann bräuchte ich nur diese eine Kerze.

Als ich mir La Lumière de Marie vorstellte, in dem zarten Lavendelton einer Gartenwicke, leuchtete eine Nachricht auf meinem Handy auf.

Hast du am Samstagabend Zeit?, schrieb Andy.

Ich bestätigte das und überlegte, ob ich Edies Visitenkarte

noch hatte. Sie war nicht in meiner Briefmappe oder unter dem Notizblock.

Gut. Wir müssen dich in die echte Welt zurückbringen, antwortete Andy.

Da war sie, zwischen dem Stifthalter und Rogers Kündigung.

Dinnerparty bei uns, 19.30.

Auf Andy konnte man sich verlassen. Eine Dinnerparty bei ihm fiel zwar nicht direkt unter meine anderen neuen Vorsätze, aber ich konnte damit einen alten abdecken, nämlich dass ich weniger Infomercials im Fernsehen schauen sollte. Außerdem hätte ich dann einen hervorragenden Grund, einen Abend nicht in meiner Wohnung zu verbringen und mir vielleicht sogar zu erlauben, wenn sich die Gelegenheit bieten sollte – oder auch, wenn nicht! –, sie als Junggesellenbude zu bezeichnen. Ich schickte ihm zwei Emojis (eine Champagnerflasche und einen Partyhut) und widmete mich wieder der Liste von Gerüchen, die ich für Marie angelegt hatte. Ich brauchte noch einen genießerischen Moment der Erinnerung. Ich schloss die Augen und atmete ein. Doch ich roch nur einen Hauch von Jeans Parfüm und etwas kalten Kaffee aus der Tasse neben meinem Computer. Was, wenn Edie wirklich eine Marie-Kerze anfertigen konnte? Ich könnte mich dann überall mit ihr umgeben, wo ich sie aufstellte. Bei der Arbeit auf meinem Schreibtisch oder im Aufbahrungsraum, zu Hause neben meinem Bett oder auf dem Couchtisch, als Andenken an unsere gegenseitige Liebe. Was schadete es schon, wenn ich es ausprobierte? Es musste ja niemand wissen. Und wenn mich die Kerze nicht an sie erinnerte, könnte ich sie jemandem schenken oder einer Wohlfahrtseinrichtung spenden. Ich griff nach Edies Visitenkarte und fuhr mit den Fingern über die geprägte Schrift. Hier war Handlung gefragt, nicht Prokrastination. Vielleicht waren es Vorsatz Nummer zwei und drei in einem!

Wen kümmerte es schon, dass es Andys Rat widersprach; er verstand nicht, wie sehr mir Marie half, nach vorne zu schauen. Hätte ich ohne Marie über Edies Geschäftsidee nachgedacht? Ich glaube nicht.

In diesem seltenen Moment der Entscheidungsfreudigkeit wählte ich Edies Nummer, und bevor ich einen Rückzieher machen konnte, sprach ich über Kerzen, die nach toten Menschen rochen – genauer gesagt, nach der Frau, die ich liebte. Der Adrenalinschub, der aus einem solch überstürzten Entschluss resultierte – ohne vorher mit jemandem gesprochen, alles viel zu oft durchdacht oder schließlich aufgeschoben zu haben –, erforderte eine sofortige Verlagerung in die Horizontale. Als gerade niemand zusah, versuchte ich mich an einem Moment der Achtsamkeit auf einem leeren Einbalsamierungstisch.

Die Dinnerparty

Am Samstag war ich richtiggehend aufgekratzt und schwang das Tanzbein, wie in dem Song »The Sidewalks Of New York«, den ich kürzlich bei der Beerdigung eines hundertundeinjährigen Hobbystepptänzers entdeckt hatte. Eine Dinnerparty rief normalerweise nicht so eine Reaktion bei mir hervor; es war eher die Erkenntnis, dass ich zum ersten Mal seit Monaten wieder an einem sozialen Event teilnehmen würde. Seit Monaten! Ein Bier mit Andy im Pub nach der Arbeit oder Abendessen bei Mum zählte ich nicht dazu. Hatte Andy nicht gesagt, ich sollte mal an mich denken? Ich fühlte mich so belebt, dass ich zu einem Barbershop ging, um mir den Bart abnehmen zu lassen. Ich reinigte meine Zähne mit Zahnseide und beschloss, zur Feier des Anlasses meine Unterwäsche zu dämpfen. Marie wäre stolz gewesen.

Am Abend stand ich in meinen frisch geglätteten weißen Jockey-Unterhosen und gestreiften Socken da und überlegte, was ich anziehen sollte. Ich musste ja schließlich niemanden beeindrucken. Andys Frau Lucy sah Kleidung genauso entspannt wie er und trug eine Art geschliffenen Boheme-Look, wie ich ihn nennen würde, und die anderen Freunde, die kommen sollten und die ich schon ein paarmal getroffen hatte – Simon und Sue –, kleideten sich auch eher lässig. Sie waren schließlich alle Kreative. Nein, heute Abend zog ich mich für mich selbst an, für den Mann, der ich außerhalb der Arbeit sein wollte. Ein Mann, der nicht länger Jogginghosen am Feierabend tragen musste. Ein Mann, der im warmen Schein beidseitiger Liebe das Tanzbein schwang.

Ich holte zwei Hemden aus dem Schrank und stellte mich vor den Spiegel. Mein Bauch wackelte fröhlich. Ich zog ihn ein, doch er ließ sich nicht beirren. Vielleicht sollte ich es mal wieder mit einer Diät versuchen. Ich könnte das Dessert oder die Käseplatte ausfallen lassen – wenn ich mich beherrschen konnte. Meine Arme und Schultern hatten definitiv die unselige Polsterung eines Mannes, der viel zu gern übrig gebliebene Grillwürste vertilgte. Ich stellte mich aufrechter hin und fragte mich, ob ich je wieder Muskeln sehen würde. Ich drehte mich zur Seite, doch mein Profil glich einem Ei auf zwei Beinen. Die Socken machten keinen besonders guten Eindruck, und neue Unterwäsche könnte ich eigentlich auch anschaffen, aber würde ich jemals aussehen wie ein Model aus einer Calvin-Klein-Werbung? Sollte ich es überhaupt versuchen? Meine besten Aussichten waren wahrscheinlich eine Assoziation mit Old Spice.

Es wurde Zeit, das Ei anzuziehen. Ich nahm ein hellblaues Leinenhemd, dessen Ärmel ich hochkrempeln konnte, um lässiger zu wirken, und dunkelblaue Jeans, mein letzter Kleiderkauf. Da hatte ich davon geträumt, Marie um ein Date zu bitten. Heute würde ich die Sachen zum ersten Mal tragen.

Andy und Lucy wohnten in einem schmalen Reihenhaus mit Ziegelsteinfassade und schmiedeeisernen Geländern. Auf der vorderen Veranda drängten sich Topfpflanzen, zwei Rohrsessel mit ausgeblichenen Kissen und ein tief hängendes, schwankendes Windspiel. Lucy war zwar etwas ordentlicher als Andy, aber keine Minimalistin. Dank ihrer Liebe zu Boheme- und Vintage-Gegenständen war das Haus ziemlich vollgestopft. Bücherregale säumten den Flur, in den Ecken standen Pflanzen, türkische Teppiche lagen auf den Holzdielen, und nicht zueinander passende Tassen hingen an Haken in der Küche. Doch trotz der vielen Sachen war alles organisiert, sauber und einladend. Ich wich dem Makramee-Blumentopfnetz an der Haustür aus und drückte die Klingel.

»Hey, Oliver, schön, dass du kommen konntest«, sagte Andy und klopfte mir auf den Rücken. »Wie geht es dir?«

»Ein bisschen besser, danke, Andy.«

»Sehr gut.«

Ich folgte seinem flatternden Hemdzipfel ins Haus. Es roch schwer nach Gewürzen – vielleicht Marokkanisch. Ich freute mich schon auf Lucys und Andys wundervolle Kochkunst und die Weinauswahl. Lucy begrüßte mich mit einem dicken Kuss, ihr baumelnder Ohrring streifte meine Wange.

»Du erinnerst dich doch noch an Sue und Simon, nicht wahr?«, sagte Andy.

Wir begrüßten uns. Simon war auch Fotograf, und Sue war Malerin, die sich auf Wasserfarben spezialisiert hatte.

»Und das hier ist Sues Schwester, Caroline.«

»Hallo, Oliver«, sagte Caroline. »Schön, dich kennenzulernen.«

Ich sah mich nach einem Partner um, der allerdings nicht anwesend zu sein schien und auch nicht erwähnt wurde. Ich warf einen Blick auf ihren Ringfinger. Nackt. Es war eine angenehme Abwechslung, nicht der einzige Single in einem Raum voller Paare zu sein. Wir schüttelten uns recht formell die Hände, was durch ihr warmes Lächeln abgemildert wurde. Es war so einnehmend, dass ich ihre Hand wohl ein bisschen länger hielt als sozial akzeptabel. Dann wandte ich meine Aufmerksamkeit ihren weiteren äußeren Attributen zu: mittellanges, braunes Haar, ordentlich gezupfte Augenbrauen, gebräunte Haut – vielleicht gerade erst kosmetisch behandelt – und ein paar Zentimeter Dekolleté. Caroline musterte mich wohl ebenso, weshalb langes Händeschütteln normalerweise unratsam ist.

Als Andy uns unsere Drinks in die Hand drückte und Lucy Blinis herumreichte, stellte sich Caroline neben mich und begann ein Gespräch.

»Bist du auch geschieden?«, fragte sie. »Ich bin froh, dass ich meinen Typen los bin, aber es ist blöd, Single zu sein.«

»Nein, nicht geschieden«, antwortete ich und schob mir einen ganzen Blini in den Mund, um nicht mehr preisgeben zu müssen.

»Du bist Bestatter, nicht wahr?«

Ich nickte.

»Spannend«, sagte sie und berührte meinen Arm auf eine Weise, dass sie entweder ein Hundehaar hätte wegwischen (Gott bewahre) oder eine Falte hätte glätten können (sehr unwahrscheinlich). »Und wie ist das so, die ganze Zeit von Toten umgeben zu sein?«

»Sehr ruhig«, erwiderte ich lakonisch.

Sie lachte, lauter, als ich erwartet hätte. Ich sah keine Notwendigkeit, ihr zu erklären, dass ein Großteil meiner Arbeit mit lebenden Menschen zu tun hatte, denn es hätte den Moment zerstört. Ich wartete auf die nächste Frage. Denn es blieb nie bei einer.

»Du musst doch bestimmt auch komische Anfragen bekommen. Oder? Los, erzähl mir davon, ich bin nicht empfindlich.« Sie stieß mir den Ellbogen in die Seite.

Als ich anfing, im Bestattungsgewerbe zu arbeiten, fand ich es lustig, mir Antworten auf solche Fragen auszudenken, als ob meine Arbeit darin bestünde, B-Movies zu drehen, bis mir klar wurde, dass ich gar nichts erfinden musste. Die Menschheit erledigte das für mich.

»Ja, doch, das kommt vor«, sagte ich und nahm mir einen weiteren Blini, als Lucy gerade vorbeikam.

»Und?«

»Einmal hatten wir eine Frau, die ihre vier Goldzähne ihren vier Enkelkindern hinterlassen hatte.«

»Wirklich? Was für ein Erbe!«

»Dann war da einmal ein Mann, der die Brustimplantate seiner Frau zurückhaben wollte. Ich habe nicht gefragt, ob er sie jemand anderem geben wollte.«

Während unseres langen Handschlags waren mir Carolines Augen nicht aufgefallen, doch jetzt waren sie vor Schock weit aufgerissen, und ich sah, wie bemerkenswert sie waren.

»Unterhält Oliver dich mit Geschichten von der dunklen Seite?«, fragte Andy, als er sich zu uns gesellte.

Wir lachten alle, auch wenn ich nicht davon ausging, dass Caroline meine Anekdoten geglaubt hatte, und das Gespräch wandte sich Andys letztem Fotoauftrag zu und wie schwer es war, die volle Schönheit eines Hamburgers in einem Bild einzufangen.

Beim Essen waren Caroline und ich nebeneinander platziert; Andy saß mir gegenüber. Ich erhob mein Glas auf ihn als persönlichen Dank für die Einladung und das köstliche Essen. Er zwinkerte mir zu, was mir als eine seltsame Antwort auf einen Toast erschien, doch ich erwiderte die Geste trotzdem, was ihn zum Lachen brachte. Ich hatte es mit dem Alkohol langsam angehen lassen wollen, doch ich hatte so viel Spaß, dass ich den Wein trank wie ein Benzin schluckender Wagen mit Allradantrieb und selbst über durchschnittlich lustige Kommentare sehr laut lachte.

Zum Glück schien es Caroline nicht zu stören, im Gegenteil, sie machte fleißig mit, was nur zur allgemeinen Geselligkeit beitrug. Als ich den letzten Löffel des Desserts genoss und nichts zu dem Gespräch über die jeweiligen nächsten Urlaube beitragen wollte – und konnte –, spürte ich eine Hand auf meinem Knie.

»Lecker, nicht wahr?«, sagte Caroline.

»Lucy ist eine ausgezeichnete Köchin«, stimmte ich zu. Ich behielt meine Hände auf dem Tisch, in der einen den Löffel, in der anderen das Schälchen, aus Angst, sie unter dem Tisch verschwinden zu lassen und die Hand einer Fremden auf meinem Knie zur Kenntnis zu nehmen. Ich konnte mich nicht erinnern, dass eine Frau, mit der ich nicht in einer Beziehung war, je ihre Hand auf mein Bein gelegt hätte, als wäre sie eine einsame Socke. Bei der Entdeckung einer einzelnen Socke würde man normalerweise versuchen, das Gegenstück zu finden, beide zusammenzulegen und sie an ihren angestammten Platz zu räumen – idealerweise nach Farben sortiert in die Sockenschublade. Doch wenn ich die Hand auch nur berührte, geschweige denn sie zu ihrem Gegenstück zurückführte, könnte Caroline einen falschen Eindruck bekommen. Wenn ich sie an Ort und Stelle ließ, zeigte ich mich einverstanden. Wenn ich sie abschüttelte, wäre das grob abweisend. Ich sah zu Caroline, die immer noch weitersprach, und versuchte, nicht an ihre Hand als eine einzelne Socke zu denken.

»Meine Dessertversuche«, sagte sie gerade, »sind wie Metaphern für meine Ehe. Sie fallen entweder in sich zusammen, sind nicht durch oder werden nicht fest.« Sie lachte und leckte ihren Löffel ab.

Ihr schien nicht bewusst zu sein, wo ihre Hand lag. Wir taten beide so, als sei es völlig normal, dass ihre Hand auf meinen Schenkel gewandert war, der sich in diesem Moment eventuell unruhig anspannte.

»Noch etwas Dessertwein?«, fragte Andy und schenkte nach, bevor ich antworten konnte.

Die klebrige Flüssigkeit legte sich um meine Zunge und haftete an meinen Zähnen. Dringender als Wein brauchte ich eine Toilette. Als Caroline sich mit Lucy über die Vor- und Nachteile einer Haustierversicherung unterhielt – Caroline hatte eine Katze, und Andy und Lucy hatten vor ein paar Monaten ihren Hund wegen eines inoperablen Tumors verloren –, erhob ich mich und ließ ihre Hand von meinem Bein gleiten. Ich schwankte leicht und ging dann eilig zur Toilette. Nachdem ich mir Wasser ins Gesicht gespritzt und ein paar Schluck getrunken hatte, um etwas nüchterner zu werden, überprüfte ich mein Aussehen im Spiegel, strich die Haare zurecht und rollte meine Hemdärmel neu auf.

»Ich finde, der Abend läuft richtig gut, oder was meinst du, Marie?«, sagte ich leise zu meiner lieben Freundin. Ich war zufrieden mit der Wahl meines Hemds, dessen Knöpfe nach dem Dessert nicht abgesprungen waren, ebenso wie mit meinem frisch rasierten Kinn und vom Wein befeuerten, schlagfertigen Antworten, die anscheinend gut angekommen waren. Doch jetzt, da ich nicht mehr am Tisch saß, spürte ich die erschöpfenden Auswirkungen der ungewohnt vielen Menschen und des Alkohols. Plötzlich drohte mich die Müdigkeit zu überwältigen. So spät war ich schon lange nicht mehr unterwegs gewesen, trotz dienstlicher Anrufe mitten in der Nacht. Als ich die Toilette verließ, hallten Gespräche und Lachen durch den Flur. Da ich noch ein bisschen mehr Zeit für mich brauchte, ging ich für eine kleine Verschnaufpause in die entgegengesetzte Richtung auf die Hintertür zu.

Ich stand auf der hinteren Veranda und blickte auf den schwach beleuchteten gepflasterten Garten und die überall herumstehenden Blumentöpfe. Motten flatterten hektisch um die nackte Glühbirne über meinem Kopf, und unsichtbare Laubfrösche krächzten, als hätte sich etwas in ihren Kehlen verfangen. Die Luft war vom durchdringenden Geruch einer Pflanze erfüllt, die ich nicht identifizieren konnte.

»Du hast nicht zufällig eine Zigarette, oder?« Ich hatte nicht gehört, dass Caroline neben mich auf die Treppe getreten war.

Vielleicht brauchte sie auch ein bisschen frische Luft.

»Tut mir leid, ich rauche nicht«, antwortete ich.

»Ich auch nicht«, sagte sie lachend. »Ich hatte mir vorgenommen, dieses Jahr überhaupt nicht zu rauchen, aber das hat nicht lange gehalten, wie alle guten Vorsätze. Ich bin nicht abhängig oder so, aber an einem Abend wie heute paffe ich gern eine. Vor allem unter den Sternen.«

Wenn ich meine Augen gegen das Licht abschirmte, konnte ich die Sterne wie leuchtende Nadelstiche am Himmel erkennen. Unter ihnen fühlte ich mich sehr klein und völlig unbedeutend.

»Ich vermute«, sagte Caroline und musterte mich, »dass du mir die Sterne erklären könntest. Du wirkst wie ein Mann mit einem Teleskop.«

Wie kam sie denn darauf? »Ich muss dich leider enttäuschen, ich besitze kein Teleskop. Ich habe nicht mal ein Fernglas. Irgendwo habe ich ein Vergrößerungsglas, aber das taugt nur dazu, die Zutatenliste auf Lebensmittelpackungen zu lesen.«

Sie lachte. »Du bist ein lustiger Mann, Oliver Clock.«

Während ich darüber nachdachte, wie lustig ich wirklich war, schob sie sich dichter an mich heran. Ich fragte mich, ob sie sich in der überwältigenden Größe dieser Nacht auch so klein und unbedeutend fühlte. Ihr Arm berührte meinen. Wenn wir beide die Köpfe wie beim Synchronschwimmen drehen würden, wären wir uns nahe genug für einen Kuss, zumindest bis auf ein paar Zentimeter. Ich weiß nicht, warum ich das dachte. Die einzige

Frau, der ich in den letzten Jahren so nahe gewesen war, dass ich sie hätte küssen können, war Marie gewesen, und es war furchtbar deprimierend, dass es uns nicht möglich gewesen war. Ich brauchte mehr Platz und trat einen Schritt zurück. Doch dann schien Caroline wieder auf mich zugehen zu wollen, weshalb ich noch einen Schritt hätte zurückgehen müssen und wir unabsichtlich einen Two-Step tanzen würden. Zum Glück blieb sie stehen, und zwei auf dem Nachbargrundstück fauchende Katzen rissen mich aus meinen Gedanken.

»Wir sollten wieder hineingehen«, sagte ich.

»Ja, gute Idee«, stimmte Caroline zu.

»Ich habe Oliver gerade erzählt«, verkündete sie, als wir uns wieder zu den anderen gesellten, »dass ich mich für einen Salsakurs angemeldet habe.«

Ich weiß nicht, warum sie das sagte, nachdem wir überhaupt nicht übers Tanzen geredet hatten. Hatte sie meine Gedanken gelesen oder fragte sie sich, was die anderen wohl dachten, dass wir da draußen gemacht hatten? Gott bewahre!

»Ach ja?«, fragte Sue. »Ich wusste gar nicht, dass du tanzen lernen wolltest.«

»Das passiert, wenn man sich scheiden lässt.«

»Mit wem machst du den Kurs?«

»Oh, mit niemandem. Man muss keinen Partner mitbringen.«

»Oliver geht mit dir, nicht wahr, Kumpel?«

Ich wirbelte zu Andy herum.

»Und, bist du dabei?«, fragte Caroline und sah mich an.

Vor allen Anwesenden wurde ich zu einem Salsakurs abkommandiert. Meine Zehen krümmten sich, die Schenkel verkrampften sich, und das Tiramisu tanzte Cha-Cha-Cha in meinem Bauch. Hilfe!

»Klingt sehr amüsant«, meinte ich so fröhlich, wie ich konnte.

»Aber bei meinem Job kann ich mich schwer für so was wie einen Tanzkurs verpflichten. Berufsrisiko.«

»Es ist nicht leicht, wenn man die meiste Zeit Rufbereitschaft hat, nicht wahr?«, sagte Lucy.

Ausnahmsweise war ich dankbar, dass das Gespräch zum Bestattungsgewerbe zurückkehrte und nicht mehr aufs Tanzen kam. Ich konnte nach Hause gehen und erleichtert sein, dass Salsaschritte nur ein lockerer Gesprächsaufhänger gewesen waren.

Der Tag danach

Am nächsten Morgen schlich ich in Zeitlupe wie ein Wombat mit Kopfweh durch die Wohnung. Ich konnte mich nicht einmal bücken, um die Kleider aufzuheben, die ich gestern Abend einfach liegen gelassen hatte. Ich bereute meine gestrigen Sünden: Die Camembert-Stücke und das alkoholgetränkte Tiramisu lagen mir immer noch schwer im Magen, der Wein, den Andy mir ständig großzügig nachgeschenkt hatte, hatte sich in meinem Frontallappen festgesetzt. Außerdem wachte ich mit einem großen Fragezeichen wegen Caroline auf. Im quälend hellen Tageslicht kam mir nämlich plötzlich der Gedanke, dass sie mit mir geflirtet haben könnte. Hatte die einsame Hand gar nicht zufällig auf meinem Schenkel gelegen? Hatte sie bewusst so nahe neben mir auf der Terrasse gestanden? Und wenn ja, war es ein impulsiver Flirt eines angeheiterten Single-Partygastes mit einem anderen angeheiterten Single-Partygast gewesen, oder steckte die Hoffnung auf eventuelle zukünftige Begegnungen dahinter? Oder hatte es überhaupt keine Bedeutung? Es war ein unerwartetes Rätsel, das meinen schweren Kopf noch schwerer machte. Doch letztendlich war es egal, denn mein Herz gehörte Marie, und es war im Moment unwichtig, ob sie am Leben war oder nicht. Ich befahl mir also, mich zu entspannen und mich lieber darüber zu freuen, dass ein sehr kleiner Teil des Vorsatzes, mein Leben abwechslungsreicher zu gestalten, abgehakt werden konnte.

Als sich mein Magen beruhigt hatte, genehmigte ich mir ein spätes Frühstück mit Toast mit großzügig aufgestrichener Marmelade und trank eine Tasse Tee. Ich weiß nicht warum, aber ich aß, als wäre ich nicht noch vom Abend zuvor satt; eigentlich war es nur ein Vorwand, um Marmelade zu essen. Dann konnte ich mich nur noch aufs Sofa legen und an die Decke starren. Eine winzige Spinne krabbelte in einer Ecke über eine Farbnase. Mein Kopf pochte, mein Mund fühlte sich pelzig an. Die Spinne huschte wieder zurück. Ich entdeckte einen zarten Faden. Wenn ich mehr Energie gehabt hätte, wäre ich aufgestanden und ihm mit einem Besen zu Leibe gerückt.

Als das Telefon am Nachmittag klingelte, lag ich immer noch auf dem Sofa. Ich musste eingeschlafen sein. Meine Augenlider waren schwer, ich hatte einen modrigen Geschmack im Mund. Die Spinne war verschwunden. Eine Leiche wurde ins Geschäft gebracht. Ich hievte mich hoch, zog mir einen Anzug an, wusch mir das Gesicht und fuhr mir mit den Fingern durch die Haare. Einen Moment nahm ich mir Zeit und strich über mein Kinn und freute mich über die neue Glätte. Ich erinnerte mich, wie gut ich mich gestern Abend gefühlt hatte und wie mich jetzt die Schuldgefühle marterten. Mein beschwingtes Tanzbein war einem ungelenken Stolpern im Dunkeln gewichen.

Die Fahrt zu Clock & Son ging langsam, da der Regen die Windschutzscheibe mit Wasserkugeln beschoss. Selbst in der schnellsten Einstellung konnten die Scheibenwischer kaum das

Sichtfeld klären. Der Überführer der Leiche wartete am Hintereingang, und kurz darauf war ich im Trockenen und bereitete den Versorgungsraum vor. Juliet Brown, die Bridge-Königin des Altersheims, hatte die Figur einer Balletttänzerin und dieselbe rosa Haarfarbe wie Cindy Lauper in den Achtzigern. Ein Blitz erleuchtete den Edelstahltisch und die chirurgischen Instrumente. Ich stöhnte bei ihrem Anblick und einer weiteren Leiche, die versorgt werden musste. Nur weil ich es konnte, hieß das nicht, dass ich gern einbalsamierte. Doch im Moment hatte ich keine andere Wahl. Der einzige Trost war der Gedanke an Marie. Ich ließ ihre wunderschöne Stimme passende Blumen für Mrs Brown vorschlagen, was eine angenehme Ablenkung von den Formaldehyddämpfen war. Wahrscheinlich hätte sie so etwas wie leuchtend pinkfarbene Gerbera ausgewählt, wegen Mrs Browns Haaren. »Ja, Oliver«, hörte ich sie sagen, »wir müssen eine Blume finden, die genau dieselbe Farbe hat. Details sind wichtig.«

Dann vibrierte mein Handy in der Hosentasche. Ich unterbrach die Arbeit an einer Naht und holte es heraus. Eine SMS von Caroline. Hatte *sie* mir stattdessen zugehört?

Ich hatte wirklich Spaß gestern Abend. Immer noch Lust auf Salsa? Ich hoffe, das war nicht vorschnell von mir, aber ich habe dich zusammen mit mir angemeldet. Der Kurs fängt Dienstagabend an.

Wie bitte? Ich wich von Mrs Brown zurück. Sie durfte nicht unter meiner mittelmäßigen Arbeit leiden, nur weil ich gerade einen Schock hatte. Das war doch sicher ein Witz. Caroline kannte mich gar nicht.

Ich nehme an, Salsa ist ein Euphemismus für »wir gehen was trinken«?, tippte ich, in der Hoffnung, dass eine humorvolle Antwort mich retten würde.

Haha, nein, ich habe es ernst gemeint. Ich habe uns für den An-

fängerkurs angemeldet. Ich weiß, ich habe gesagt, man muss keinen Partner mitbringen, aber es macht bestimmt mehr Spaß zu zweit, und du wirktest interessiert.

Oh.

Außerdem, fuhr sie fort, *will ich fit werden.*

Ah.

»Was sagen Sie, Juliet? Soll ich mit dieser Frau ausgehen?«, fragte ich meine einzige momentane Gesellschaft um Rat. »Schließlich habe ich sie gerade erst kennengelernt.« Doch Juliet hielt sich bedeckt. Wenn ich nicht eine nahttechnische Meisterleistung an ihren Lippen vollbrachte, würde sie für immer traurig aussehen. Was hätte Marie davon gehalten? Sie liebte tanzen und hätte mich wahrscheinlich gedrängt, mehr darüber zu lernen, damit ich im Fall des Falls als Tanzpartner hätte herhalten können.

Der Regen prasselte weiter wasserfallartig auf die Erde, und es donnerte. Ich legte das Handy auf den Tisch und widmete mich wieder Juliet Brown, wobei ich mich an Jeans Tipps zur Haarbändigung hielt. Die Familie der Verstorbenen hatte angegeben, dass ihre Haare zu ihrer Lieblingsfrisur gekämmt werden sollten: wie nach einem Griff in die Steckdose. Doch der Kamm blieb hängen. Ich unterbrach meine Bemühungen und las die Nachricht noch einmal. *Ich möchte auch fit werden,* antwortete ich, *weiß aber nicht, ob Tanzen das Richtige für mich ist.* Ehrlichkeit war immer am besten.

Na los, das wird lustig, ich verspreche es.

Ich betrachtete meine Arbeit an Juliet Brown. Wie glamourös und zufrieden sie jetzt aussah. Als ob ihr neues Äußeres ihr das Selbstvertrauen verlieh, sich der nächsten Phase ihres Lebens mit Mut und Elan zu stellen. Und sehr viel rotem Lippenstift. Ich las Carolines Nachricht noch einmal. Was hatte ich mir vorgenommen von wegen meine Komfortzone verlassen und ein Risiko eingehen? Ich bereute es sehr, Marie nicht nach einem Date gefragt zu haben, aber das musste ja nicht bedeuten, dass mein nächstes Zusammentreffen mit dem weiblichen Geschlecht ebenfalls in verpassten Gelegenheiten und Bedauern resultieren musste. Außerdem war es ein hervorragender Vorwand, nicht den ganzen Abend allein in meiner Wohnung verbringen zu müssen. Als es mit Shelley so unglücklich ausgegangen war, hatte Marie gesagt, ich solle die Ohren steifhalten; es könne nur besser werden. Wurde es das gerade?

Okay, antwortete ich. *Aber sei gewarnt, ich habe zwei linke Füße.*

Ich schob das Handy zurück in die Tasche, und plötzlich wurde mir ganz seltsam zumute. Man hatte mich gerade nach einem Date gefragt! Eine lebendige Frau interessierte sich für mich und bot Trost vom einsamen Singledasein. »Hurra«, sagte ich zu Juliet Brown, die sich auch für mich zu freuen schien. Nachdem ich mich von ihr verabschiedet und aufgeräumt hatte, zog ich mich in die kleine Küche zurück. Schatten zogen am Fenster vorbei; es regnete immer noch. Dann ertönte ein Geräusch; etwas war zu Boden gefallen. Jemand auf der Straße schrie auf. Ich eilte nach draußen und stellte fest, dass das große Schild mit der Aufschrift »Clock & Son«, das mein gesamtes Leben lang unter der Markise hin und her geschwungen war, auf dem Gehsteig lag und das Holz zwischen dem S und O gebrochen war. Ich sah mich um, ob sich jemand verletzt hatte, doch wer auch immer bei dem Absturz in der Nähe gewesen war, war weitergegangen. Das Schild war lang und schwer, doch ich konnte es halb tragen, halb aus dem Weg zerren und es gegen das Gebäude lehnen. Meine Kopfschmerzen wurden schlimmer. Die Auswirkungen des Katers in Verbindung mit einem winzigen bisschen Panik in Kombination mit der aktuellen Flaute. Ich ging wieder hinein, schloss ab und fuhr nach Hause, in dem vollen Bewusstsein, dass Vorsatz Nummer vier in meinem Notizbuch – die Wiederbelebung von Clock & Son – noch sehr weit von seiner Umsetzung entfernt war.

Detektivarbeit

Wenn es regnete, war ich als Kind nach draußen gerannt und hatte getanzt wie Lily, um zu sehen, ob ich an denselben Ort gelangen würde, an dem meine kleine Schwester war, doch man holte mich immer schnell wieder ins Haus und schickte mich in mein Zimmer. Nach Lilys Tod wurde die Welt zu einem bedrohlichen Ort, einem Ort, an dem viele Dinge als »zu gefährlich« eingestuft wurden und meine Mutter ihre Sprache so freigiebig mit dem Wort »Nein« würzte, wie mein Vater sein Essen salzte. Es war einfacher, ihr zu gehorchen, weil ich so ein Kind war: gefügig, formbar. Irgendwann übernahm ich die Neins meiner Mutter in mein geistiges Vokabular. *Nein, Oliver, nein. Mach das nicht. Warte. Halt dich zurück.* Und wegen dieser Angst hatte ich Probleme, Entscheidungen zu treffen – beziehungsweise sie auch umzusetzen. Im Kopf konnte ich durchaus etwas beschließen und es auch in meinem Notizbuch verewigen, doch die Ausführung war ein anderes Thema. Ich malte mir alles aus, was schiefgehen konnte, die involvierten Risiken, die Möglichkeit des Scheiterns. Ich fürchtete das Unbekannte, wie andere Leute fürchteten,

Lebensmittel nach Ablauf des Mindesthaltbarkeitsdatums zu verzehren. Immer wieder siegte »Nein, tu's nicht« über »Ja, tu es«, bis es einfach so war.

Ob meine Eltern abends leise über Lily sprachen, weiß ich nicht, mit mir redeten sie nach ihrem Tod jedenfalls nicht und auch nicht in meiner Gegenwart. Es war, als hätte es sie nie gegeben, und das Bild, das ich von ihr im Kopf hatte, wie sie auf dem Rasen lag, war nicht echt oder hatte sich mit dem Bild vermischt, wie wir beide im kitzelnden Gras lagen und in den Sommerhimmel blickten und über Dinge kicherten, die eigentlich gar nicht lustig waren.

Einmal versuchte ich mit Mum über Lily zu sprechen. Dad war kurz zuvor gestorben, und ich leitete Clock & Son seither. Sie polierte die ausgestellten Särge, und ich dämpfte das Futter. Das Thema kam auf, weil ich ihr gerade erzählt hatte, wie Andys Versuche, mich zum Golfspielen zu bewegen, von einem Gewitter vereitelt worden waren. Sie war nicht begeistert – nicht, weil wir nicht hatten spielen können, sondern weil wir überhaupt daran gedacht hatten, obwohl schlechtes Wetter vorhergesagt war. Eine typische Doreen-Reaktion.

Statt das Thema zu wechseln, wie ich es hätte tun sollen, platzte ich heraus: »Vermisst du Lily?«

Ich wusste sofort, dass ich das Falsche gesagt hatte, denn sie hielt im Polieren inne. Man hörte förmlich, wie sie mit den Zähnen knirschte. Doch ich machte weiter, was dadurch erleichtert wurde, dass wir uns nicht gegenübersaßen und uns nicht in die Augen sehen konnten. Ich wollte nur endlich einmal die Möglichkeit haben, über meine Schwester sprechen zu können.

»Es muss so schwer gewesen sein für dich und Dad«, sagte ich. »*Ich* vermisse sie, und ich kannte sie ja kaum.«

Das Poliertuch und meine Mutter gingen zur Tür. »Hast du

nicht bald einen Termin?«, sagte sie und verschwand, wobei sie rasch noch die Türklinke abwischte.

Von da an erwähnte ich meine Schwester nie wieder.

Als ich am Morgen aufwachte und der Himmel wie frisch gereinigt war, beschloss ich, dass es auch möglich sein musste, Lily meiner Mutter gegenüber noch einmal anzusprechen, wenn ich schon einem Tanzkurs zustimmen konnte. Es musste doch einen Weg geben. Ich hatte ihn nur noch nicht gefunden. Und als ich mich zum ersten Mal seit Wochen rasierte, fand ich, es sei jetzt an der Zeit, mich auf Vorsatz Nummer vier zu konzentrieren: das Unternehmen zu retten. Mum hatte recht, wir mussten mehr über die Konkurrenz herausfinden, weshalb ich ihren Vorschlag befolgen und Detektiv spielen würde.

Ich begutachtete den Inhalt meines Kleiderschranks, denn ich wollte undercover auftreten; wie ein anonymer Restauranttester, der sich als normaler Gast ausgibt, um das Restaurant auf Herz und Nieren zu prüfen. Dabei durfte ich nicht enttarnt werden. Woher sollte ich wissen, dass Green Light Funerals uns nicht schon überprüft hatte? Was, wenn die Frau, die vor drei Wochen bei uns war, ihre Unzufriedenheit über unsere Dienste nur vorgetäuscht hatte? Ihre dramatisch zur Schau gestellte Trauer nur eine List gewesen war? Was, wenn sie nicht wegen des Todes ihres Mannes so aufgewühlt war, sondern sich insgeheim freute, wie langweilig und verstaubt Clock & Son war? Was für ein Skandal, sollte das zutreffen!

Mein Blutdruck schoss so weit in die Höhe, dass ich mir keine Gedanken um die Unordnung, die ich anrichtete, machte, als ich alle Kleidungsstücke auf den Boden warf, die mich erfolgreich tarnen könnten. Sollte ich die karierten Golfshorts tragen, die Andy mir einmal geschenkt hatte? Was war mit dem Maleroverall, den ich vor fünf Jahren gekauft hatte, als ich dachte, ich würde die Wohnung streichen? Oder sollte ich einfach einen Anzug anziehen, zusammen mit einem billigen Schnauzbart zum Ankleben und einer Sonnenbrille? Die Möglichkeiten waren unendlich. Doch ich durfte nicht vergessen, dass ich nicht zu einer Kostümparty ging. Das hier war ernst. Es ging um die Zukunft meines Unternehmens.

Ich entschied mich für eine Baseballkappe, Sonnenbrille, uralte Jeans, die am Hintern durchhingen, und einen übergroßen American-Football-Sweater, den mir einmal ein alter Schulfreund als Scherz aus den Staaten mitgebracht hatte. Alles ungebügelt. Niemand würde mich darin erkennen. Ich drehte den Schirm der Kappe nach hinten. Noch besser. Ich sah nicht nach einem Bestatter an seinem freien Tag aus, sondern ähnelte einem Rapper in den mittleren Jahren. Ich zog wieder meinen Anzug an, legte die Verkleidung sorgfältig gefaltet in eine Tasche und nahm sie mit zur Arbeit. Die Operation »Snoop Clock« konnte beginnen.

Vor dem Gebäude traf ich Jean, die auf das zerbrochene Geschäftsschild starrte. Die Sonne schien zwar, doch das Holz war immer noch feucht. Fußgänger gingen um uns herum, als wären wir unsichtbar. Das verloren wirkende Schild wurde ignoriert.

»Der Sturm letzte Nacht«, sagte ich.

»Nicht nur der.« Sie deutete auf etwas.

Jemand hatte das Schild beschmiert, als es anfällig und wehrlos auf dem Weg gelegen hatte. Das »l« von Clock & Son war überkritzelt, und der vulgäre *nom de plume* konnte jetzt diverse andere Dienstleistungen beschreiben, aber kein Bestattungsinstitut.

»Das ist doch wohl ein Witz?«, sagte ich.

Jean rieb mir den Rücken. »Es hing da schon sehr, sehr lange.«

»Ich weiß, aber musste es dann gleich jemand verschandeln?«

»Sieh es als Chance, etwas frischen Wind hineinzubringen.«

Schweigend standen wir da, als würden wir dem Schild unseren Respekt erweisen, für ein langes Leben und Jahrzehnte hingebungsvoller Arbeit.

»Wir können es nicht hierlassen«, fuhr Jean fort und rieb mir wieder den Rücken. »Doreen kommt später noch. Dann reden wir mit ihr darüber.«

Wir mühten uns mit dem schweren Schild ab, bis ich auf die Idee kam, dass es in zwei Teilen leichter zu transportieren wäre. Ich trat gegen den Riss und hob entschuldigend meine Hand in Richtung der Passanten, weil sie mit ansehen mussten, wie ein Mann im Anzug auf ein Firmenschild losging. Drei Tritte, und es war komplett durchgebrochen. Wir trugen die beiden Stücke nach hinten auf den Parkplatz und stellten sie an die Mülltonnen, umgedreht, damit sich niemand beleidigt fühlte. Im Haus zeigte ich Jean den Inhalt meiner Tasche.

»Ich dachte, ich besuche mal das neue Bestattungsunternehmen und gebe mich als Kunde aus. Schaue mal, was sie so machen.«

»In den Kleidern?«, kommentierte Jean meine Tarnung.

»Ich will nicht wie ich aussehen.«

Sie lachte. »Das wirst du ganz bestimmt nicht. Hast du es Doreen erzählt? Sie wird dich begleiten wollen.«

»Ich weiß, aber ich glaube, es ist besser, wenn ich allein fahre.« Sie könnte ein Risiko sein und uns verraten.

Jean nickte. »Etwas anderes, Oliver. Geht es dir gut, nach Henrys Besuch? Hast du geklärt, was ihm auf dem Herzen lag?«

Ich konnte Jean nicht die Wahrheit sagen. Oder, besser ausgedrückt, ich war nicht darauf vorbereitet, ihr die Wahrheit zu sagen, weshalb ich antwortete, dass alles in Ordnung wäre und Henry immer noch sehr trauerte. Sie sah mich zweifelnd an; wie ich wusste sie, dass Trauer und Gewalt gegenüber einem Bestatter eine ungewöhnliche Kombination waren, aber sie tat so, als sei meine Erklärung ein völlig nachvollziehbarer Grund, warum Henry fast meine Lieblingskrawatte ruiniert hätte.

»Na gut, dann zieh dich mal um«, sagte sie.

Schon vom Ende der Straße war das Neonschild von Green Light Funerals zu sehen, als würde es einen American Diner bewerben. Neben meinem staubigen, alten silbernen Astra war es ein brandneuer gelber BMW. Die aggressive Beschilderung ließ das Geschäft wirken, als wäre es eine Dentalklinik, die Zahnaufhellungen anbot. Die aufgesetzte Fröhlichkeit bereitete mir Übelkeit. Beerdigungen konnten zwar auch das Leben feiern, aber man durfte es nicht zu wild treiben, und es gab nichts Schlimmeres als einen selbstzufriedenen Bestatter. Ich parkte am Straßenrand, rückte die Kappe zurecht und setzte die Sonnenbrille auf. Als ich zum Eingang ging, versuchte ich mit dem Selbstvertrauen eines Mannes aufzutreten, der es gewohnt war zu lügen.

Ich hielt den Kopf hoch erhoben. Sollte ich entspannt hineinschlendern? Innen sah ich geradewegs zum Empfang und war so hypnotisiert von dem jungen Mann mit unnatürlicher Bräune, Headset und beneidenswerten Zähnen, dass ich die weiß gefliesten Eingangsstufen hinaufstolperte und mir den großen Zeh des rechten Fußes anstieß. Die Sonnenbrille rutschte mir von der Nase, die Kappe flog fast vom Kopf. Meine Tarnung löste sich auf!

»Kann ich Ihnen helfen?«, fragte der Mann und spähte über den Tresen, als würde ich ihn stören.

Ich schob die Kappe wieder an ihren Platz und ging betont lässig auf ihn zu, doch wahrscheinlich humpelte ich einfach nur.

»Ich muss eine Beerdigung organisieren.« Ich lehnte mich auf die glatte Marmoroberfläche des Tresens. War sie überhaupt echt? Der auf Hochglanz polierte Empfang war mit edlen Samtstühlen, goldenen Tischlampen und gläsernen Beistelltischen mit Goldeinfassung eingerichtet. Die Vorhänge schimmerten wie Eis. Die Fenster glänzten. So hatte ich mir immer Las Vegas vorgestellt.

»Ich kann einen Termin für Sie mit einem unserer Bestatter vereinbaren«, sagte der Mann, dessen Haare steif vor Pomade waren, die Haut straff und glänzend.

»Schon gut, ich habe nur ein paar Fragen zu Ihrem Sonderangebot, mit dem Sie werben«, antwortete ich.

Der Mann klatschte eine Broschüre – die, die Mum mir gezeigt hatte – auf den Tresen und wirkte sehr zufrieden, dass ich nach dem Sonderangebot gefragt hatte. »Diesen Monat bieten wir zwei zum Preis von einem. Also zwei Särge zum Preis von einem.«

»Nur diesen Monat?«

»Nächsten Monat gibt es dann ein anderes Angebot.«

»Ich verstehe«, sagte ich und gab mich interessiert. »Aber ich brauche nur einen.«

»Sie könnten einen für sich selbst kaufen.«

Äh, was?

»Oder vielleicht hat die Person, die ihn jetzt benötigt, einen Partner oder eine Partnerin, für die man vorsorgen kann.«

Wie bitte?

Das Telefon klingelte. Der Mann nahm den Anruf an und sprach mit einschmeichelnder Stimme einen eingeübten Text, dann wandte er sich wieder an mich. »All unsere Särge sind flach gepackt, aus verstärktem Karton und können recycelt werden. Außer natürlich Sie wollen eine Feuerbestattung. Sie brennen ganz hervorragend. Unser aktueller Neuzugang ist der Do-it-yourself-Sarg, den Sie dekorieren können. Die sind sehr beliebt.«

»Mit was dekorieren?«

»Was Sie wollen. Fotos, Zeichnungen, Gedichte. Und dann wären da noch die Garnituren.«

»Garnituren?« Ich wich von dem Tresen zurück, vor dem Mann und seiner Schmierigkeit.

»Die Extras«, erklärte er. »Für den Wow-Faktor. Jeder will doch Eindruck schinden, nicht wahr? Warum sollten Beerdigungen da eine Ausnahme darstellen?«

Man mag mich ignorant nennen, aber ich hatte das gegenseitige Übertrumpfen noch nie für einen Bestandteil einer Beerdigung gehalten. Es war alles zu viel auf einmal. Ich bewunderte ihre Sargauswahl, doch der Fokus auf der Fassade gefiel mir gar nicht. Vergesst den Wow-Faktor, wo war der Sorge-Faktor? Ich blieb bei dem Tisch und den Stühlen an der Glasfront stehen, wo eine große Vase mit majestätischen Pfingstrosen stand. Darauf könnte ich Jean ansetzen, dachte ich. Sie wären eine willkommene Abwechslung zu ihrer derzeitigen Besessenheit von einheimischen australischen Pflanzen. Sie sahen reizend aus, sogar sinnlich, sodass ich eines der Blütenblätter berühren musste. Dann schnappte ich nach Luft. Sie waren nicht echt. Ich zog die Hand zurück und schob sie mit der Sonnenbrille in meine Tasche.

»Sind die nicht toll?«, sagte der Rezeptionist. »Wir bieten Sträuße mit lebensecht aussehenden künstlichen Blumen zum Mieten an. Sie sind viel billiger als die echten, und wir können sie öfter verwenden. Wenn Sie wirklich aufs Geld schauen müssen, haben wir eine Auswahl an Kunststoffblumen, oder wenn Sie ein bisschen mehr ausgeben können, haben wir noch die Seidenreihe. Es ist keine echte Seide, aber sieht immer noch richtig schick aus. Wie die Pfingstrosen da drüben. Hier in diesem Ordner sind alle unsere Sträuße.«

Kein Bedarf. Ich hatte genug gesehen. Marie wäre angewidert gewesen. »Was für eine Auswahl«, war das Einzige, was mir einfiel, aber in Wirklichkeit war ich entsetzt. Keine einzige Frage hatte er mir zu der Beerdigung gestellt, die ich organisieren musste, ob ich

Eis für meinen großen Zeh brauchte, oder in irgendeiner Form Interesse dafür gezeigt, ob ich vielleicht in Trauer war. Und es stand keine Taschentuchschachtel auf dem Tresen. Der Laden war eine einzige billige Mogelpackung mit glitzernder Fassade.

»Ich kann Ihnen auf die Blumen auch Rabatt geben, als besonderes Entgegenkommen.« Der Mann fletschte wieder seine Zähne, was mich an einen grinsenden Schimpansen erinnerte. Sehr viel Zahnfleisch.

»Ich muss darüber nachdenken«, sagte ich.

»Ich sehe kurz nach, ob einer unserer Bestatter gerade Zeit für Sie hat.«

»Machen Sie sich keine Umstände, ich muss jetzt gehen. Mein Freund ist auch noch nicht tot.« Ich drehte mich um, wollte nur noch weg.

»Möchten Sie Ihren Namen und Ihre Nummer dalassen? Bitte, nehmen Sie eine Broschüre mit.«

»Schon gut, vielen Dank«, erwiderte ich und murmelte etwas davon, dass ich spät dran war.

Ich trat aus der grellen Rezeption von Green Light Funerals hinaus in das weiche Tageslicht und die frische Luft, die nach Realität roch. Im Auto riss ich mir die Kappe herunter und lehnte den Kopf zurück.

Manchmal fragte ich mich, wie es wohl gewesen wäre, wenn Lily hätte weiterleben dürfen und das Geschäft mit mir zusammen übernommen hätte. Wir hätten es in The Clock Family Funeral Home umbenennen können oder nur Clocks' Funeral Home. Vielleicht wäre Lily gut in Buchhaltung oder administrativen Tätigkeiten gewesen und hätte Mum ablösen können. Oder vielleicht wäre sie mehr am Einbalsamieren interessiert gewesen und hätte unsere Hauptthanatologin werden können, ein jüngeres Gesicht als Roger und vor allem weiblich. Davon gab es viel zu wenige in der Branche. Wie anders alles vielleicht gewesen wäre. Aber vielleicht hätte sie auch gar kein Interesse am Unternehmen gehabt und sich als zweites Kind – und Mädchen – leicht herauswinden können. Und ich hätte in derselben Zwickmühle gesteckt wie jetzt, säße zusammengesunken in meinem Auto in hässlichen Klamotten und würde beklagen, dass der Konkurrenzkampf ausgerechnet in der Straße ausgebrochen war, in der meine Großeltern gewohnt hatten. Als wäre meiner Familie überhaupt keine Ruhe vergönnt.

Ich hätte noch eine ganze Weile vor mich hin gejammert, wenn mir nicht etwas eingefallen wäre. War nicht gerade das der Sinn von Clock & Son, dass wir von jeher ein Familienunternehmen waren? Das auf seiner Geschichte, seinem Geist, seiner Tradition gründete? Nicht nur das, sondern hatte ich es nicht geprägt, wie mein Vater vor mir und sein Vater vor ihm? Wegen mir zeichnete sich das Geschäft durch Ehrlichkeit und Fürsorge aus – mehr als bei Dad, dessen striktes Befolgen der Regeln einer anderen Generation angehörte, und bei Mum, deren größte Vorzüge praktisches Denken und Organisation waren. Ja, das war mein Verdienst! Außerdem hatte ich ein Händchen für Menschen, sodass ich mit jedem guten Arzt mithalten könnte, und die beruhigende Stimme eines nächtlichen Radiomoderators. Und hatte man mir nicht einmal gesagt, dass meine Krawatten unerwartete Freude bei ansonsten traurigen Begegnungen verbreiteten? Warum war mir das nicht schon früher klar geworden?

»Es reicht«, sagte ich und schlug mit der Hand aufs Lenkrad. »Die mache ich fertig.«

Ich schnallte mich an und startete den Motor. Mit frischem Optimismus raste ich zurück zu Clock & Son und nahm mir vor, diesen neuen Beschluss in meinem Buch der Vorsätze niederzuschreiben.

Das Tagebuch

Es ist ja schön und gut zu sagen, man würde »jemanden fertigmachen« – was besser zu einem Gangster in einem Actionfilm passen würde als zu einem Pazifisten wie mir –, doch es ist etwas völlig anderes, auch zu wissen, wie man das anstellen soll. Ich stürzte ins Geschäft, als sei ich wirklich ein Filmgangster mit einem cleveren Plan, aber tatsächlich hatte ich keine Ahnung, wie dieser Plan aussehen sollte, was aber auch egal war, weil meine Mission warten musste, wie sich herausstellte.

»Warum hast du diese Kleider an?«, fragte Mum, als ich durch die Tür trat, und sah vom Staubwischen auf. »Das ist nicht sehr professionell. Oh, übrigens, Maries Mann war hier. Er hat dir etwas mitgebracht, ist das nicht nett?«

Ich blieb abrupt stehen und sah zu Jean, die mit den Schultern zuckte.

»Er wollte es eigentlich mit der Post schicken, aber das Porto war ihm zu teuer«, fuhr Mum fort. »Es liegt da drüben.« Sie deutete mit dem Staubwedel zum Empfang, wo ein in braunes Papier eingeschlagenes Päckchen lag.

Mein Magen verkrampfte sich. Mum folgte mir zu Jeans Platz.

»Nun, willst du es nicht aufmachen?« Sie wischte mit dem Staubwedel über das Päckchen. Jean nieste. Mum entschuldigte sich.

Ich klemmte es unter den Arm. »Ich mache es später auf«, log ich.

»Ich finde, du solltest es jetzt öffnen«, sagte Mum und folgte mir in mein Büro. »Vielleicht ist es ein verspätetes Dankeschön für unsere Dienste.«

Sie wirbelte den Staubwedel in ihrer leberfleckigen Hand. Das Päckchen brannte ein Loch in meine Achselhöhle.

»Wer weiß?«, meinte ich und schaltete den Computer ein. »Tut mir leid, Mum, ich muss einiges aufarbeiten.«

»Was denn? Es war hier so ruhig wie in einer voll belegten Leichenhalle.«

Ich tippte eine E-Mail an niemand Bestimmten, während Mum zusah, die Füße mit den geschwollenen Knöcheln fest auf dem Boden.

»Du hast mir immer noch nicht gesagt, warum du so aussiehst.«

»Das werde ich noch, keine Sorge«, erwiderte ich und tippte weiter Nonsens.

Mum machte ein missbilligendes Geräusch und ging. Ich unterdrückte das Verlangen, aufzuspringen und die Tür hinter ihr zu schließen, was ihre Neugier nur noch mehr angestachelt hätte. Stattdessen griff ich nach der Schere, legte das Päckchen unter der Tischplatte auf meinen Schoß und schnitt es vorsichtig an einem Ende auf. Aus einer Schicht Luftpolsterfolie rutschte das Tagebuch, ein Brief fiel zu Boden. Ich fragte mich, warum ein Mann etwas mit Luftpolsterfolie einwickelte, das er nicht haben wollte. Ich hob den Brief auf.

Nachdem ich es unglücklicherweise gelesen habe, kannst genauso gut du es haben. Ich versuche, mein Leben in den Griff zu bekommen, und habe mich den Anonymen Alkoholikern angeschlossen. Zu dem Programm gehört, uns mit denen auszusöhnen, denen wir unrecht getan haben, und mit einer symbolischen Handlung die Vergangenheit hinter uns zu lassen. Ich könnte jetzt sagen, dass du mir dasselbe schuldig bist, aber da das dem Sinn des Ganzen widerspricht, mache ich es nicht. Ich wollte Marie nicht wehtun, und ich wollte dir nicht wehtun (auch wenn du es verdient hast). Meine symbolische Handlung ist, dir das Tagebuch zu geben. Im Moment will ich es nicht um mich haben. Henry

Ich strich mit der Hand über das weiche, abgewetzte Leder. Hielt das Tagebuch unter die Nase, atmete Marie ein. Buttrig, erdig, rein.

»Ich höre dich nicht tippen!«, rief Mum.

Ich legte das Tagebuch auf meinen Schoß und ließ die Finger über die Tastatur flitzen. Doch ich war nicht bei der Sache. Als ich Mum und Jean miteinander sprechen hörte, nahm ich das Tagebuch und schlug es an einer zufälligen Stelle weiter hinten auf.

Dienstag
Er trinkt wieder.

Freitag
Ich habe einen Kunden mit einem Blumenarrangement aus Mohnblumen und Eukalyptuskapseln überrascht, das ich noch nie gemacht habe. Es hat ihm wirklich gut gefallen, daher werde ich es sicher noch einmal binden und vielleicht auch mit anderen Kombinationen aus einheimischen australischen und traditionellen englischen Blumen experimentieren.

Samstag
Heute war ich nicht in der Arbeit. Sarah hat mich vertreten, weil ich mich nicht gut gefühlt habe. Ich bin immer noch nicht wieder fit. Wahrscheinlich nur Erschöpfung. Wie immer ist Henry ziemlich nutzlos.

Ich blätterte ein paar Seiten weiter.

Sonntag
Heute war Henry besserer Stimmung. Er hat gesagt, er würde aufhören zu trinken, und ich will ihm glauben, wirklich. Den ganzen Tag habe ich so getan, als wäre es wahr, und wir hatten eine schöne Zeit miteinander, so wie früher. Wir haben einen langen Spaziergang gemacht, am Strand zu Mittag gegessen, einen Film angeschaut. Es war perfekt.

Dienstag
Nun, das Versprechen hat ja lange gehalten! Bin ich überrascht? Henry ist wieder ganz er selbst, nur schlimmer. Ich weiß nicht, wie viel er getrunken hat, aber er ist wie ein gerade geborenes Giraffenbaby im Haus herumgestakst, gegen Wände geprallt und hat die Lampe im Wohnzimmer umgeworfen. Wir haben gelacht. Also, er hat gelacht, und ich habe nervös eingestimmt, als wäre das etwas, über das man lachen könnte.

Mittwoch
Heute habe ich mich mit Oliver getroffen. Er ist so lieb. Wir haben im Moment viele Beerdigungen zu organisieren, aber er ist so unglaublich ruhig und lässt mir alle kreativen Freiheiten bei den Blumen. Manchmal übertreibe ich es etwas, aber er überzeugt die Kunden immer, dass sie sich auf meine Ideen einlassen sollten. Er ist immer

geduldig und fürsorglich mit den armen, trauernden Seelen. Man muss für seinen Beruf schon ein ganz besonderer Mensch sein.

Freitag
Heute habe ich Oliver wieder getroffen. Wir haben über die lange Haltbarkeit von Gladiolen gesprochen, ausgerechnet, als ich ihm beinahe gestanden hätte, wie sehr ich ihn liebe. Dass ich tatsächlich seit zehn Jahren in ihn verliebt bin. Ich kann es nicht glauben! Er hat so aufmerksam zugehört und einen Witz darüber gemacht, ob Dame Edna genauso gut über ihre Lieblingsblume Bescheid wusste wie ich. Zum Glück habe ich mich beherrscht. Ich meine, ich bin schließlich verheiratet. Ich weiß nicht, warum ich das alles denke. Plötzlich bin ich wieder wie ein Teenager. Vielleicht habe ich eine Midlife-Crisis.

Ich atmete tief ein und musste den Blick abwenden. War es so bei einer Geburt? Durchlebte man schmerzhafte, glückliche Qualen? Und wie bei der Geburt eines Kindes gab es kein Zurück; ich musste weiterlesen. Doch nach der nächsten Zeile musste ich schon wieder innehalten.

Und das Komische ist, ich glaube, Oliver geht es genauso.

Sie wusste es? Woher?

Mein früheres Leben floss durch mich hindurch, als hätte ich einen Eimer Wasser geschluckt und wieder ausgespuckt. Die ganze Zeit …

Donnerstag
Henry hat heute wieder vergessen, mich nach der Arbeit abzuholen. Verliert er wegen seiner Trinkerei sein Gedächtnis? Was auch immer der Grund ist, er wird immer vergesslicher, und ich muss ernsthaft

mit ihm darüber reden. Doch die Wahrheit ist: Ich liebe ihn nicht mehr.

Freitag
Henry sagt, er hört auf. Auch wenn die Flasche in der Garage weg ist, habe ich ihn gebeten, zu den AA zu gehen. Ich glaube nicht, dass er es allein schafft, auch wenn er das Gegenteil behauptet.

Samstag
Heute hatten wir einen »Paarabend«. Es war Henrys Idee, und er hat alles organisiert. Zugegeben, das Restaurant war reizend, und wir sprachen über alte Zeiten, was mich die neuen Zeiten vergessen ließ. Er schwor mir immer wieder seine unsterbliche Liebe, als wären wir jung und verliebt. Ich sollte wahrscheinlich dankbar sein, aber ich hatte kein Verlangen, etwas Gleichwertiges zu erwidern. Er trinkt immer noch nichts und gibt sich richtig Mühe. Aber ich habe kein Vertrauen mehr zu ihm, und er ist nicht der Mann, den ich einmal geliebt habe. Meine Liebe für ihn ist aufgebraucht. Ich habe versucht, sie wiederzufinden, doch ohne Erfolg. Ich bin leer. Selbst jetzt, da er nüchtern ist, ist sie nicht mehr da. Und ich dachte, ich liebte ihn ohne den Alkohol.

Mittwoch
Ich kann nicht mehr mit Henry zusammenleben. Ich überlege, ihn zu verlassen.

Wie bitte?

Ich will mit Oliver zusammen sein.

Limonade zischte, Konfetti wirbelte um mich herum, Raketen explodierten. Ich musste die Zeile immer wieder lesen, bis ich sie auswendig konnte, was nicht so schwierig hätte sein sollen, doch ich war unfähig zu allem – aufrecht zu stehen, geradeaus zu gehen, das Einmaleins aufsagen. Langsam las ich die Worte, als wäre jedes für sich allein schon eine Offenbarung. *Ich. Will. Mit. Oliver. Zusammen. Sein.* Sie wollte mit mir zusammen sein.

Wahrscheinlich ist der Gedanke dumm – dass Oliver mich als Freundin haben wollen könnte –, aber ich habe das Gefühl, als wäre da etwas zwischen uns. Wenn ich nicht mit Henry verheiratet wäre, würde ich vorsichtig die Fühler nach Oliver ausstrecken. O Mann, habe ich das wirklich geschrieben? Muss ich ihn jetzt verlassen?

Das Tagebuch rutschte mir aus der Hand und fiel auf die Tastatur. Der Computer piepste, und der Cursor huschte unkontrolliert über den Bildschirm. Fühlte sich so eine Achterbahnfahrt in einem Vergnügungspark an? Erst erwartungsvolle Freude und dann abruptes Erbrechen? Ich blätterte ein paar Seiten weiter.

Freitag
Der Gedanke, Henry zu verlassen, macht mir Angst. Oder eher, ihm zu sagen, dass ich ihn verlassen will.

Einen Monat später: Donnerstag

Ich hasse dich, Leben. Ich hasse dich. Heute war ich beim Arzt, und jetzt hasse ich ihn auch. Natürlich nicht ernsthaft, weil er ein freundlicher, sanfter Mann ist, aber ich habe es gehasst, was er sagen musste. Ich habe es gehasst, mich zusammenzureißen, wo ich doch am liebsten laut geschrien hätte. Ich habe die Rezeptionistin gehasst, die mir beim Gehen zugelächelt hat. Ich hasse die Welt. Ich hasse alles. Außer Oliver. Jetzt hat es keinen Sinn, Henry zu verlassen. Selbst wenn ich länger lebe als die Prognose, sterbe ich trotzdem. Niemand würde mich wollen. Nicht einmal Oliver. Warum sollte ich jemanden mit meinen Wünschen belasten. Und wer weiß, wie Henry reagieren würde. Ich muss mich im Moment um genug kümmern. Ein sterbender Mensch gewinnt an Reue und verliert Träume. Das Leben ist scheiße.

Ich stützte den Kopf in die Hand. Wenn ich es doch nur gewusst hätte.

Sonntag
Sterben ist Mist. Ich fühle mich nicht einmal so, als würde ich sterben. Wie sollte man sich denn fühlen? Wenn Sterben bedeutet, dass man nicht mehr aufhören kann zu weinen, dann ja, dann bin ich gestorben. Tot. Hinüber.

Freitag
Ich hoffe, Oliver findet seine Seelenverwandte. Er verdient zu lieben und geliebt zu werden. Er verdient eine Familie. Er wäre ein großartiger Vater. Wenn ich mit ihm zusammen gewesen wäre, hätte ich vielleicht Kinder bekommen können. Aber warum quäle ich mich mit der Vorstellung! Henry war in dieser Hinsicht zu nichts nutze. Er wollte nicht einmal über Adoption nachdenken.

Es stimmte also. Marie hatte mich geliebt wie ich sie. Wir waren Seelenverwandte, ohne es zu merken. Wir hatten erfolgreich unsere Gefühle voreinander verborgen, hatten einseitige Liebe ertragen, die uns nur Kummer bereitet hatte. Oh, wie hatten wir es nur nicht wissen können? Warum hatte Marie es mir nicht gesagt, und ich ihr? Und wie kurz davor war ich gewesen, ihr meine Gefühle zu gestehen? So schrecklich kurz davor. Aber ich Idiot hatte geschwiegen. Eine Träne fiel auf den Eintrag und verschmierte ihn. Dann noch eine und noch eine. Alles verschwamm vor meinen Augen.

»Oliver?«

Wie lange stand Mum schon da? Auf dem Bildschirm waren diverse Zeilen mit dem Buchstaben »d« zu sehen. Ich nahm meine Hand von der Tastatur und wischte mir die Augen.

»Weinst du? Wegen des Päckchens?«

Ich zuckte mit den Schultern und klappte das Tagebuch zu.

»Wegen Marie? Ich weiß, dass du sie mochtest.«

Ich nickte, aber ich konnte ihr nicht meine verpasste romantische Chance erklären, und wie meine unerwiderte Liebe zu einer verheirateten Frau – einer Kollegin gar – sich nach ihrem Tod plötzlich in eine gegenseitige verwandelt hatte. Ich konnte Mum nicht einmal erzählen, dass ich eine Marie-Kerze bestellt hatte. Oder dass meine Auffassung von einem ordentlichen Stück Kuchen sich völlig von ihrer unterschied. Oder dass ich es nicht ausstehen konnte, wenn sie Schmuckschachteln mit Blumendruck für Taschentücher kaufte, als ob diese darüber hinwegtäuschen könnten, was sie in Wirklichkeit waren – Rotzfähnchen für die Trauernden.

Sie kam zu mir und rieb mir die Schultern. Es freute mich, dass sie versuchte, mich zu trösten. Umarmungen und demonstrative Zuneigung fielen ihr nicht so leicht, wie mich vor der Welt zu beschützen und mir zu sagen, was ich *nicht* tun sollte, statt mir zu sagen, was ich *tun* sollte.

»Wenn du reden möchtest, bin ich da«, sagte sie.

»Danke, Mum«, erwiderte ich. Doch ich konnte es nicht.

Sie ließ ihre Hände entspannt auf meinen Schultern liegen und sagte: »Weißt du, Oliver, manchmal zeigt uns das Leben auf seltsame Weise, dass es sich Gedanken um uns macht. Und das zu akzeptieren kann unglaublich schwer sein.«

Das war tiefsinnig. Als ob Mum die ganze Zeit gewusst hätte, was vor sich ging. Oder hatte sie eine Art siebten Sinn? Oder kannte sie einfach ihren Sohn? Ich hatte keine verdammte Ahnung. Ich wusste nur, dass ich voller Reue war. Maries, meine. Dass ich weit schlimmere Schuldgefühle empfand als nach einer ganzen Pizza, wenn eine halbe auch gereicht hätte, oder wenn ich einem verstorbenen Klienten gestanden hätte, dass ich seine Tochter toll fand. Trotz Mums Worten war das Leben unfair. Egal, wie viele kluge Sprüche oder oberflächliche Trostfloskeln sie von sich gab: Das Leben war Mist.

La Lumière de Marie

Nachdem Mum sich leise nach draußen gestaubwedelt hatte, saß ich sicher gute zwanzig Minuten bewegungslos da. Starrte ins Leere, tat mir leid und seufzte immer wieder abgrundtief.

Dann hörte ich das Klirren von Jeans schicker neuer Brillenkette. Mein Leben war zwar auf den Kopf gestellt, doch um mich herum ging alles so weiter wie bisher. Ich wischte mir über die Augen, schlug mir leicht auf die Wange und gab vor, etwas auf dem Taschenrechner zu berechnen.

»Klopf, klopf«, sagte Jean leise. »Darf ich reinkommen?«

Ich nickte. So, wie sie sprach und zögernd eintrat, vermutete ich, dass Mum ihr so viel über das Päckchen erzählt hatte, wie sie selbst wusste.

»Alles in Ordnung, Oliver?«

Ich nickte wieder und legte den Taschenrechner zurück in die Schublade.

»Es tut mir leid, dass ich dich stören muss, aber wir haben Besuch. Diese junge Frau. Sie bietet wieder ihre Kerzen an. Ich kann sie wegschicken, wenn dir das lieber ist.«

Mein Herz setzte einen Schlag aus, wie immer, wenn man gleich den geliebten Menschen in Form einer Kerze wiedersehen wird, um dessen verlorene Liebe man gerade trauerte. Einen Moment lang konnte ich nicht sprechen, weil ich Angst hatte, wieder in Tränen auszubrechen.

»Warum sagst du nicht, dass du zu tun hast?«, schlug Jean vor.

Aber Edie hatte doch Maries Kerze. Was, wenn sie mir Marie zurückbrachte, wenn auch nur für einen kurzen aromatischen Moment? Was, was wenn es unsere wiedergeborene Liebe war? »Nein, Jean, schon okay. Sie soll reinkommen.«

Ich wischte mir wieder über die Augen, legte das Tagebuch zum Taschenrechner in die Schublade und wartete, dass Jean Edie hereinbrachte.

»Oh, hallo, Oliver, ich hätte Sie fast nicht erkannt«, sagte sie.

Die Tarnung! »Entschuldigung, ja, so etwas trage ich sonst nicht.« Ich fuhr mir durch das von der Kappe platt gedrückte Haar und strich die Seiten glatt, die sonst gern nach einem offenen Fallschirm aussahen. »Bitte, setzen Sie sich.«

»Ich hoffe, ich störe nicht«, sagte sie, »aber ich wollte Ihnen die Kerze Ihrer Freundin bringen. Sie ist fertig.«

Man könnte behaupten, dass Edie zu keinem passenderen Zeitpunkt hätte auftauchen können, angesichts meines Elends beim Lesen von Maries Tagebuch. Andererseits war es fürchterlich schlechtes Timing. Denn jetzt lagen all meine Hoffnungen auf dieser Kerze. Ich sehnte mich so sehr nach Marie, dass sie einfach die perfekte Verkörperung sein musste. Sie musste Erinnerungen an Marie auf eine Weise heraufbeschwören, die andere Dinge nicht vermochten. Ich brauchte Marie bei mir, und näher würde sie mir nicht kommen. Edie holte die in Küchenpapier gewickelte Kerze aus ihrer Handtasche. Ich schloss die Augen und drängte die Tränen zurück. Mein Magen war voller Motten, die um ein Licht herumschwirrten. Edie stellte das Glas auf meinen Tisch.

Moment! Ich war nicht bereit!

»Bitte entschuldigen Sie«, sagte ich so ruhig wie möglich. »Ich habe Ihnen gar nichts zu trinken angeboten. Tee? Kaffee? Wasser?« Ich stand auf, um ihr etwas zu holen und das Öffnen des Glases hinauszuzögern.

»Ich möchte nichts, vielen Dank.«

Ich setzte mich wieder und starrte auf die Kerze mit ihrem cremigen Wachs, dem silbern glänzenden Deckel und dem Etikett mit der Schnörkelschrift und dem schwebenden Engel. »Das ist sie also.«

»Ich glaube, sie wird Ihnen gefallen. Ich hoffe es zumindest. Es hat einige Zeit gedauert, den Geruch zu mischen und die einzelnen Düfte so zu dosieren, dass die feine Komposition der Aromen herauskam, die Sie vorgeschlagen haben.«

Was würde ich tun, wenn es nicht Marie war? Wenn die Kerze nach etwas völlig anderem roch, etwas Unangenehmem wie Talkumpuder oder so widerlich nach Ramschladen? Nicht auszudenken. Ich nahm sie, und sie lag beruhigend schwer in der Hand, als wäre sie fest und verlässlich. Dann machte ich mir klar, dass das hier nicht Marie war, sondern nur eine Kerze. Eine Kerze, die hoffentlich gut roch, nach einer von Maries Lieblingsblumen vielleicht, nicht mehr. Aber wem machte ich etwas vor? Das wollte ich nicht. War Edie klar, wie sehr ich wollte, dass sie Maries Wesen in dieser Kerze eingefangen hatte?

Ich lächelte sie an. Sie lächelte zurück.

»Also dann«, sagte ich, als würde ein bisschen Leichtigkeit meine Angst verbergen können. Edie kaute an ihrer Unterlippe und wartete. Wahrscheinlich wünschte sie sich, ich würde mich beeilen. *Mach schon, du Idiot, wenn sie dir nicht gefällt, dann verticke ich sie woanders.*

Mit der theatralischen Geste eines Pantomimen nahm ich den Deckel ab. Etwas Würziges, Zitrusartiges mit einem Hauch von Rosen und einer Süße, die ich nicht benennen konnte, stieg mir in die Nase und trug mich aus dem Büro in die Kirche, wo Marie exquisite Blumenarrangements für die Bestattung einer bekannten Persönlichkeit entworfen hatte, die unerwartet und kontrovers aus dem Leben geschieden war. Der Geruch verstaubter Kirchenbänke wurde überdeckt von Lilien, Gartenlevkojen, Hortensien, Rosen, Farn und Eukalyptusblättern. Sarah half Marie, und der Organist traf gerade ein, um seine Stücke zu üben. Leichte Anspannung lag in der Luft, weil wir alle wussten, dass unsere Beiträge spektakulär sein mussten. Denn das war keine gewöhnliche Bestattung: Sie stand unter aufmerksamer Beobachtung der Medien, und der Familienname stank nach Geld und Niedertracht.

Ich nahm ein paar Zweige auf und roch daran. Der frische und belebende Kieferngeruch von Eukalyptus und der berauschende Duft der Lilien und Levkojen schufen zusammen ein völlig eigenes Aroma. Heimlich schob ich mir ein abgefallenes Blatt in die Jacketttasche und fragte Sarah, wie lange sie wohl noch brauchen würden. Als Marie sich fröhlich ein Lied vom Organisten wünschte, entspannten wir uns alle. Sarah begann zu singen. Marie hakte sich bei mir ein, und wir tanzten einen ungelenken Walzer vor dem Altar, zu dem uns der Geistliche lachend applaudierte. An diesem Tag nahm ich nicht nur übersprudelnde Freude in meinem Herzen mit nach Hause, sondern auch einen zarten Strauß aus Blumen und Zweigen und einem Hauch von Marie selbst.

Ich atmete noch einmal ein, um ganz sicher zu gehen. Ja, Edie hatte es perfekt getroffen. Meine geliebte Marie stieg wie ein Flaschengeist auf. Ich legte den Deckel wieder zurück, um sie einzusperren. Mir war schwindelig, und ich dachte, ich würde gleich ohnmächtig werden. Wie peinlich für einen Bestatter, der schon alle möglichen herausfordernden Situationen gemeistert hatte und dann beim Geruch einer Kerze in die Knie ging. Ich schob mich unauffällig mit meinem Drehstuhl an den Schreibtisch und verschaffte mir so Halt.

»Das ist unglaublich«, sagte ich. »Ich glaube, Sie haben sie getroffen.«

»Wirklich?«

Ich hob den Deckel noch einmal ein kleines Stück und hielt die Nase zum dritten Mal hinein. »Ja. Definitiv Marie.«

»Das freut mich sehr«, antwortete Edie sichtlich erleichtert. »Bitte, nehmen Sie sie mit nach Hause und zünden Sie sie an. Überprüfen Sie, ob sie dann auch noch so gut riecht.«

»Das kann ich jetzt auch machen. Warten Sie, ich hole ein Feuerzeug.« Ich eilte in die Küche. »Ah, hier.« Ich ging rasch zurück, hielt das Feuerzeug in die Höhe und zündete die Kerze an.

Ich schloss die Augen und atmete den aufsteigenden Duft ein.

»Sie war Floristin, wissen Sie«, erklärte ich. »Wenn ich in ihren Laden kam, war ich immer von wunderbaren Gerüchen aus der jeweiligen Jahreszeit umgeben.« Körperlich ging ich in meinem Büro auf und ab, geistig wanderte ich zurück in die Vergangenheit. Ich musste einfach. Die Kerze hatte eine sonderbare Wirkung auf mich. »Ihr Laden war wie eine Degustation bei Botticelli's, am anderen Ende der Straße, ein Fest für die Sinne. Selbst das Wasser, das sie auf die Pflanzen sprühte, damit sie frisch blieben, hatte einen Geruch. Ein Aroma nach Regenwald, rauschendem Fluss und Regen bei Sonnenschein.«

Dann wurde mir wieder bewusst, wo ich mich befand und wer

bei mir war. Ich hatte nicht so von Marie schwärmen wollen. Nicht einmal Andy hatte ich erzählt, wie sehr ich Maries Laden geliebt hatte. Ich wurde rot. »Entschuldigung, so viel wollte ich gar nicht sagen.«

»Das ist schon okay.« Edie berührte meinen Arm. »Nehmen Sie sich Zeit, sich an Ihre Freundin zu erinnern.«

Ihre Hand blieb auf meinem Arm, als ich ihren Rat befolgte. Wir schwiegen, und ich dachte schon, ich müsste wieder weinen. Doch zum Glück bewies Edie, als ich mich wieder gefasst hatte, ein tadelloses Gespür für die Situation und sprach weiter.

»Gerüche sind mächtiger, als es Menschen klar ist«, sagte sie sanft. »Die Erinnerung daran verblasst nie. Wenn Sie einmal etwas gerochen haben, bleibt es für den Rest Ihres Lebens bei Ihnen. Deshalb habe ich mit den Kerzen angefangen. Ich habe nach einem Weg gesucht, wie ich mich an meinen Vater erinnern kann, der sich im letzten Stadium von Parkinson befindet. Ich dachte, wie schön es doch für Mum und mich wäre, wenn wir noch etwas anderes als Fotos oder unsere Erinnerung hätten. Etwas, das eine sensorische Botschaft trägt.«

»Das mit Ihrem Vater tut mir leid.« Ich rief mir Dads Ordner mit angemessenen Beileidsbekundungen ins Gedächtnis.

»Danke. Das Komische ist aber, dass er mir nicht richtig gelingen will. Mum hat gesagt, ich würde meine Zeit verschwenden, aber bei Grandma Edna und Monty hat sie dann ihre Meinung geändert. Ihr haben die Kerzen so gut gefallen, dass sie jetzt glaubt, dass es funktionieren könnte.«

Ich nickte. Dachte daran, wie verrückt die Idee war. Gleichzeitig beschworen die Kerzen auf machtvolle Weise einen geliebten Menschen herauf, der einem fehlte. Dann tat ich etwas für mich völlig Neues. Ich traf ohne zu zögern eine Entscheidung – eine Handlung aus einem spontanen Impuls heraus, angetrieben von dem puren Glück, das ich wegen Edie empfand, weil sie Marie wieder zum Leben erweckt hatte. Ich konnte die Entscheidungsfreude, die mich überkam, kaum fassen. Dank Edie hatte ich die schwindelerregenden Höhen der Spontaneität erklommen.

»Also gut, dann tun wir das. Produzieren wir Kerzen, die nach Toten riechen. Machen wir anderen das Geschenk, das Sie mir gerade bereitet haben.«

Edie sprang auf und klatschte in die Hände. Ich dachte schon, sie würde mich umarmen, was doch etwas merkwürdig gewesen wäre, da wir bald eine geschäftliche Beziehung eingehen würden. Ich unterdrückte den Impuls, mich meiner momentanen Kleidung gemäß zu verhalten und spaßeshalber eine Hip-Hop-Geste zu machen, sondern tat so, als hätte ich tatsächlich den Anzug an, in dem ich auch stecken sollte. Ich bot ihr meine Hand sowie Tee und Kekse an.

»Oh, Oliver, vielen Dank. Ich würde gern noch länger mit Ihnen darüber reden, aber ich muss zurück zur Arbeit«, sagte sie mit einem Blick auf ihre Uhr. »So eine rasche Entscheidung habe ich gar nicht erwartet.«

»Ich auch nicht.« Ich lachte.

»Lassen Sie uns einen neuen Termin machen. Und bitte, denken Sie an schöne Momente mit Ihrer Freundin, wenn die Kerze brennt. Sie soll Licht bringen, nicht Dunkelheit. Versuchen Sie, die Trauer für eine gewisse Zeit zu vergessen.«

»Danke, Edie, das werde ich.«

Nachdem Edie gegangen war, zog ich mich in die Leichenhalle zurück und gab vor, nach einem Klienten zu sehen; in Wahrheit wollte ich in Ruhe darüber nachdenken, was ich gerade in Gang gesetzt hatte. Ich zog einen Stuhl neben den siebzigjährigen Mr Johnson, dessen Familie sich immer noch nicht einig war, ob er in dem Neoprenanzug bestattet werden sollte, den er immer beim Surfen getragen hatte, oder in dem Anzug, den er für die Hochzeit seiner Tochter gekauft hatte und der noch einmal verwendet werden sollte, um die Kosten zu rechtfertigen. Ich erzählte ihm von den Kerzen.

»Ich schätze, sie könnten unser Alleinstellungsmerkmal werden, ein Angebot, das es nur bei uns gibt«, sagte ich und stützte mich auf den Sarg. »Das würde uns von den anderen abheben, meinen Sie nicht auch? Ja, Clock & Son wäre nicht nur der Ort, an dem man die Erde verlässt, sondern auch, an dem man sich an einen erinnert. Quasi ein neues Leben für die Verstorbenen. Wir könnten Kerzen in Zusammenhang mit einer Bestattung einen völlig neuen Sinn verleihen. Was denken Sie, Mr Johnson?«

Er sprach mir seine stumme Zustimmung aus, und ich stand auf und ging zurück in mein Büro. Die zarten Düfte nach Marie begrüßten mich an meinem Tisch. Sie schwebten durch die Luft, als ob sie mich in das Licht locken wollten, von dem Edie gesprochen hatte. Jetzt hatte ich nicht nur Maries Tagebuch und ihre Worte der Liebe, sondern auch eine Kerze, um sie wieder zum Leben zu erwecken, was Marie ziemlich sicher auch sehr gefreut hätte.

Salsa

Damit fühlte ich mich auch gerüstet für mein erstes Date mit Caroline. Ich legte Marie in eine mentale Schachtel mit der Aufschrift »Liebe, die mich nicht traurig macht«, Caroline in eine mit dem Etikett »Raus aus der Komfortzone« und den Salsakurs in eine namens »Etwas Neues ausprobieren, ohne mich zum Idioten zu machen«. Nur weil ich Marie liebte, hieß das ja nicht, dass ich mich nicht mit Caroline treffen konnte. Diese Bereiche meines Lebens in Kategorien einzuteilen half mir dabei, sie emotional aufzugliedern und mich auf meine Vorsätze zu konzentrieren. Angst hatte ich allerdings immer noch vor der Erfahrung, mit einer Frau tanzen zu lernen, die ich nicht kannte. Normalerweise hätte ich mich sofort in die Leichenhalle geflüchtet, eine dringende Abholfahrt vorgetäuscht oder einen verstauchten großen Zeh, der geschont werden musste. Dieses Mal jedoch widerstand ich dem Impuls. Ich wollte Marie mit meinen neuen Tanzschritten beeindrucken.

Caroline wartete vor der Tanzschule auf mich. »Das wird lustig«, sagte sie. Sie trug etwas, das wie ein Tennisoutfit aussah – ein kurzer, weißer Faltenrock, ein rosafarbenes Poloshirt und schwarze Salsaschuhe. Ich hingegen sah weniger sportlich aus in meinen Anzughosen und dem kurzärmeligen Hemd, womit ich wie ein Turniertänzer wirken wollte.

Das Latino Danza Studio vibrierte von einer kunterbunten Mischung aus Salsaanfängern und mitreißenden lateinamerikanischen Rhythmen. Caroline bewegte sich zur Musik, ich versuchte, mit dem Fuß mitzuwippen.

»Hast du schon mal getanzt?«, fragte sie.

Ich dachte an Maries und meinen Walzer in der Kirche. »Nicht richtig«, antwortete ich.

»Ich auch nicht, aber als Kind habe ich eine Weile Ballett gemacht. Doch keine Angst, das ist ein Anfängerkurs.« Sie schloss die Augen, ihr Körper wogte, der Rock flatterte.

Ich drehte mich zögerlich im Kreis, versuchte meine Hüften zu lockern. Ich tippte mit dem Zeh auf, schnippte mit den Fingern, merkte jedoch sofort, dass ich nicht im Rhythmus war, immer einen Schlag hinter dem Takt. Ich fürchtete, mein Körper würde vor Schreck erstarren, und mein Plan, wild die Nacht durchzutanzen, in einer steifen Schulter oder einem gezerrten Beinmuskel resultieren. Doch ich war hier. Ich hatte mich nicht gedrückt. Ich würde es versuchen.

»Oh, da ist Ricardo«, flötete Caroline. »Das ist der Lehrer. Komm mit.« Sie packte meine Hand und zog mich von der Wand weg, während Ricardos gerollte Rs und seine geschmeidigen Hüften in uns die Erwartung weckten, dass wir in Nullkommanichts so gut wie er tanzen würden.

In der nächsten Stunde wurde ich auf der Tanzfläche herumgeschoben, als wäre ich ein Staubsauger, Ricardo stieß peinlicherweise mit der Hüfte gegen meine, und Caroline kommandierte mich herum, als wäre ich ein ungehorsamer, unerziehbarer Hund, doch ich gab alles. Ich drehte mich zwar erst nach allen anderen, war immer einen Schritt hinterher, doch das war mir egal. Ich tanzte auf meine Weise und feierte, dass ich überhaupt hier war. Mein neues Projekt. Ich unternahm etwas, ohne dass Mum davon wusste.

Nach der Stunde quietschte Caroline vor Freude – es ließ sich nur so beschreiben. Dann machte sie kichernd meinen krummbeinigen Shuffle nach, was nicht direkt nötig gewesen wäre, aber ich lachte gutmütig mit ihr und versuchte nicht beleidigt zu sein. Ich hätte darüber witzeln können, dass sie aussah wie ein Kaninchen mit Absätzen, genauso fluffig wie unelegant, doch so ein Typ war ich nicht. Und es machte mir auch nichts aus. Ich musste gestehen, ich fand sie verführerisch. Und noch mehr bewunderte ich ihre offensichtliche Fähigkeit, sich nicht darum zu kümmern, was andere von ihr denken könnten – eine Eigenschaft, um die ich sie insgeheim beneidete.

Ich lehnte mich an die Wand, um wieder zu Atem zu kommen. Caroline machte einen langsamen Tanzschritt und genoss, wie ihr Rock dabei flog, dann streifte sie die Schuhe ab und zog dafür weiße Turnschuhe an. »Den Geburtstagskuchen, den es heute in der Arbeit gab, habe ich bestimmt abgetanzt«, sagte sie.

»Bei mir war es der Stress, den allein schon der Gedanke an das Tanzen verursacht hat.«

Sie lachte. »Nun, ich freue mich, dass du mitgekommen bist. Sollen wir noch etwas essen?«

Bei Essen sagte ich nie nein. Der Himmel leuchtete blau im Abendlicht. Ein Bus fuhr vorbei, Teenagermädchen kreischten, und zwei Flughunde huschten über den Horizont. Der Geruch von bratendem Knoblauch aus einem nahe gelegenen italienischen Restaurant wehte auf die Straße und über den Gehweg, wand sich um Straßenschilder und vertrieb eine Streunerkatze.

»Hör mal«, flüsterte Caroline, »Ricardo darf das nicht sehen, aber ich habe ein Päckchen Zigaretten gekauft. Ich weiß, ich sollte nicht rauchen, aber ich konnte nicht widerstehen. Sollen wir uns eine als Belohnung genehmigen?« Sie sah sich verstohlen um und griff in ihre Handtasche, als würde sie gleich illegale Drogen herausholen.

»Für mich nicht«, antwortete ich.

»Ach, komm schon. Eine macht doch nichts.«

»Tut mir leid, aber das ist nicht mein Ding.«

Sie zuckte mit den Schultern. »Na gut, dann eben nicht.«

Als sie das Päckchen aufriss und sich eine Zigarette anzündete, warf ich einen Blick auf mein Handy.

»Was verpasst?«, fragte Caroline.

»Totenstille.«

Sie lachte. »Ist bestimmt seltsam, ständig vom Tod umgeben zu sein, oder?«

»Man gewöhnt sich daran. Zumindest sind die Toten berechenbarer als die Lebenden.«

Sie verzog das Gesicht.

»Tut mir leid.«

»Hör auf, dich zu entschuldigen.« Sie blies den Rauch in die Luft.

Fast hätte ich mich wieder entschuldigt. Ich glaube, das lag an den Nerven. War ich nervös, weil ich einer Verlängerung des Dates zugestimmt hatte? Oder hatte ich Angst vor dem, was ich heute angefangen hatte? Was die Zukunft noch bereithalten könnte?

»Okay, wonach ist dir?«, fragte sie. »Wir könnten uns einen dieser Gourmetburger holen, am Ende der Straße? Ich liebe die Süßkartoffelpommes dort, du auch?«

Was für eine Frage! Natürlich hatte ich eine Vorliebe für Süßkartoffelpommes, und Essen beruhigte mich immer. Wieder nahm sie meine Hand, und wenn meine Muskeln nicht voller Milchsäure gewesen wären, wäre ich mit ihr die Straße entlanggehüpft, ein Mann bei seinem ersten Date, der seinen ersten Vorsatz in die Tat umgesetzt hatte und sich freute, nicht mehr tanzen zu müssen.

Mehr Spontaneität

Am nächsten Tag ging ich mit einem gewissen Schwung, den nur Tanzen – egal, wie ungelenk – hervorrufen konnte. Ich hatte meine Komfortzone verlassen! Caroline bot dafür ausgezeichnete Übung, und wenn es weitere dieser Begegnungen geben sollte, wollte ich das Beste daraus machen. Außerdem freute mich, dass mein fehlendes Talent für Salsaschritte oder meine unpassende Tanzkleidung sie offensichtlich nicht zu sehr abgeschreckt hatten, da sie ja nach dem Kurs einen Snack vorgeschlagen hatte. Die Nähe beim Tanzen erinnerte mich daran, wie es war, Kontakt zu einer lebenden Frau zu haben, auch wenn ich etwas traurig war, dass ich nicht mit Marie Salsa hatte lernen können. Geradezu tänzelnd kam ich in der Arbeit an und überraschte Jean mit einem Kaffee zum Mitnehmen und einem Aprikosengebäck.

»Du bist aber gut gelaunt«, sagte sie und riss die Tüte an ihrem Schreibtisch auf. Heute trug sie eine silberne Brosche in Form einer Blume mit Saphiren in der Mitte, ein Geschenk von ihrem Mann zum vierzigsten Hochzeitstag.

»Ach, du weißt schon …«

»Ach ja, weiß ich?«

»Ich war gestern Abend tanzen.«

»Tanzen? Aber nicht allein, nehme ich an?« Sie sah mich über den Brillenrand hinweg an. Die hochgezogenen Augenbrauen waren entweder ein Zeichen des Unglaubens in Bezug auf meine hüftschwingenden Abenteuer oder weil ich eine geheimnisvolle Tanzpartnerin hatte. Wahrscheinlich beides.

»Nein«, antwortete ich.

»Wirklich?«

Ich lächelte.

»Ist sie nett?«

Ich lächelte wieder. Ich wollte Jean nicht enttäuschen, indem ich ihr sagte, dass ich keinerlei romantisches Interesse an Caroline hatte, daher sagte ich gar nichts.

»Halt mich auf dem Laufenden, ja?« Sie biss von ihrem Gebäck ab und seufzte. Ihre mauvefarbenen Schultern sanken wonnig herab, und sie sagte: »Du hast mir gar nicht erzählt, wie dein Besuch bei unserer Konkurrenz war.«

Ich sah Jean an. Sie stand kurz vor der Rente, da sie bei Clock & Son angefangen hatte, als mein Großvater noch am Leben war – erst in Teilzeit, als die Kinder noch klein waren, später Vollzeit –, und war genau wie wir Teil der Familie und des Unternehmens. Wobei sie im Gegensatz zu meiner leiblichen Mutter jemand war, mit dem ich mich gern über Dinge unterhielt, die mich beschäftigten. Sie konnte besser auf andere Menschen eingehen und ihre Gefühle zeigen. Trotzdem hatte ich ihr noch nichts von den jüngsten Ereignissen erzählt.

»Ganz ehrlich, Jean, ich fand das Detektivspielen schrecklich, und was ich herausgefunden habe, war auch furchtbar«, antwortete ich und berichtete ihr von den künstlichen Blumen, der pompösen Einrichtung und dem Rezeptionisten ohne Mitgefühl.

»Ich weiß, dass wir die Konkurrenz akzeptieren müssen, nachdem sie nun mal da ist, aber ich weiß nicht, was wir dagegen tun sollen.«

»Hast du mit Doreen gesprochen?«

»Noch nicht.«

»Weißt du, Oliver, ich glaube wirklich, dass du als die nächste Generation das Geschäft weitertragen kannst. Es existiert schließlich schon länger als wir beide zusammen – sogar noch länger, wenn man die Sargtischlerei deines Urgroßvaters einrechnet. Aber manchmal muss sich etwas ändern, und ich glaube, jetzt kannst du glänzen. Deine Mutter wird sich sicher an neue Ideen gewöhnen.«

»Danke, Jean.« Ich drückte ihre Schulter, und sie tätschelte meinen Arm.

»Warum machen wir nicht eine Umfrage?«, schlug sie vor.

»Und wen befragen wir?«

»Die Öffentlichkeit.«

»Menschen da draußen?« Ich deutete Richtung Straße.

»Ja. Ich stelle mal schnell ein paar Fragen zusammen.« Jean war begeistert von ihrer Idee und ging zurück zur Rezeption. Ich freute mich über ihre Unterstützung, auch wenn mir nicht klar war, wie eine Umfrage uns helfen könnte. Was sollten wir fragen, und würde irgendjemand wirklich über Beerdigungen reden wollen?

Dass Jean auf meiner Seite war, feierte ich, indem ich meinen Schreibtisch sauber machte. Ich befreite den Monitor von Staub, entfernte einen großen Brösel vom gestrigen Sandwich zwischen den Zahlen Acht und Neun der Tastatur und beseitigte andere verräterische Kleinigkeiten. Ich dachte daran, dass ich Mum noch nichts von den Kerzen oder meiner Detektivarbeit erzählt hatte. Ich versuchte etwas Neues, und es gefiel mir ziemlich gut. Als eine

Tierarztpraxis anrief und fragte, ob wir auch Tierbestattungen anboten, fiel mir wieder meine Stellenanzeige für einen Thanatologen ein. Um Vorsatz Nummer vier – das Geschäft zu retten und mich auf das zu konzentrieren, was ich am besten konnte – in die Tat umzusetzen, brauchten wir einen Einbalsamierer, keine Umfrage. Ich fand den Entwurf und las ihn noch einmal. Da wurde mir klar, dass ich in all den Jahren als Bestattungsunternehmer noch nie jemanden hatte einstellen müssen. Alle unsere Mitarbeiter hatte noch Dad angeheuert; mich eingeschlossen. Ich überlegte, ob meine Stellenanzeige akzeptabel formuliert war und wie ich zum gegebenen Zeitpunkt das Vorstellungsgespräch führen würde. Welche Fragen sollte ich stellen? Schnell, ein Blick in Dads *Systematische Anleitung!* Gab es darin nicht einen Abschnitt zur Personalanwerbung? Ja, da war er. Ich dankte Dad für seinen Sinn fürs Detail und seinen Weitblick und änderte die Stellenbeschreibung gemäß seiner Empfehlungen ab. Dann mailte ich sie sofort an das Institute of Enbalming und an eine Personalagentur, damit ich nicht noch einmal darüber nachdenken konnte. Mehr Spontaneität!

Dann rief Jean: »Ich habe dir ein paar Fragen geschickt. Ich bin dann mal unterwegs.«

Jeans Fragen waren detailliert. *Was sehen Sie vor sich, wenn Sie an ein Bestattungsinstitut denken? Möchten Sie lieber Holzvertäfelung oder künstlichen Marmor; künstliche Blumen oder echte? Wie wichtig ist Ihrer Meinung nach Musik? Haben Sie schon über Ihre eigene Beerdigung nachgedacht? Haben Sie schon einmal vom Bestattungsunternehmen Clock & Son gehört? Würden Sie uns auf Facebook folgen, wenn wir dort vertreten wären? Was ist Ihr erster Eindruck von unserem Gebäude?* Beim Gedanken an die möglichen Antworten wurde ich nervös. Was, wenn alle künstliche Blumen wollten? Müssten wir die dann auch anbieten? Wenn Jean zurückkam, würde ich ihr sagen müssen, dass eine Umfrage vielleicht doch keine so gute Idee war.

Ich putzte noch ein bisschen weiter. Die Zeit verging, und Jean war immer noch nicht wieder zurück. Was machte sie nur? Ihr Handy lag auf dem Schreibtisch, deshalb ging ich nach draußen und suchte sie. Ich ließ den Blick den Gehsteig entlangschweifen. Nichts. Ich ging zum Bordstein und sah über die Straße. Da war sie, mit einem Klemmbrett in einer Hand. Die andere streckte sie nach Passanten aus wie eine großmütterliche Wanderpredigerin, die Gläubige anwarb. Hin und wieder blieb jemand höflich stehen und hörte ihr zu, worauf sie dann etwas auf ihrem Klemmbrett notierte.

Ich rief nach ihr. Winkte. Alle hörten mich, nur sie nicht. Ich joggte zum Fußgängerübergang, meine Krawatte versuchte, ihre Aufmerksamkeit erregen. Ich drückte den Knopf und wartete, während Jean weiter gestikulierend Fremde ansprach. Ihre Brosche glitzerte, wenn sie sich drehte, und an ihrem bestrumpften Bein wanderte verstohlen eine Laufmasche empor. Die Autos schlichen vorbei, Motorhaube an Stoßstange. Die Fußgänger taten es ihnen nach. Endlich stoppte der Verkehr. Ich eilte an den Wartenden vorbei und kam außer Atem bei ihr an.

»Jean! Was machst du da?«

»Hallo, Oliver«, erwiderte sie. »Es läuft richtig gut! Außer dass ich zu viele Fragen habe. Bei Frage zehn haben die Leute keine Lust mehr.« Sie sah so zufrieden aus wie Mr Johnson, nachdem ich ihn fertig hergerichtet hatte.

»Gütiger Himmel«, brachte ich mühsam heraus.

Sie stürzte sich auf einen Mann, der aus der anderen Richtung kam. »Entschuldigen Sie bitte, Sir, hätten Sie einen Moment Zeit? Ich bin vom Bestattungsinstitut Clock & Son, auf der anderen Straßenseite.« Sie deutete auf unser Gebäude. »Ich weiß, der

Tod ist schrecklich, aber wir möchten den Übergang für alle Beteiligten so leicht und angenehm wie möglich gestalten. Ob Sie uns wohl ein paar Fragen zum Kundenservice beantworten könnten?«

Ich wandte den Blick ab und tat so, als gehörte ich nicht zu ihr. Man wich mir aus.

Nach dem Mann bearbeitete sie den nächsten. Ich sah auf die Uhr. Ich hätte das Geschäft nicht unbeaufsichtigt zurücklassen sollen, und mein Handy hatte ich auch nicht dabei.

»Geh nur.« Jean stieß mich an. »Ich bleibe noch. Das macht richtig Spaß! Bis gleich.«

»Aber ich bin mir nicht sicher …« Doch da eilte sie schon davon. Aufgekratzt. Mit einem Ziel und wippendem Klemmbrett. Das nächste Opfer: ein Mädchen, das einen Milchshake schlürfte. Ich musste Jeans Mut bewundern, fürchtete aber auch, dass sie sich da ohne vernünftige Planung in etwas hineinstürzte. Wir hatten nicht über die Umfrage gesprochen, und sie hatte sich auch nicht ausreichend damit beschäftigt, was ihre Zielgruppe war. Ihr Eifer wirkte schon fast übertrieben, vor allem auf junge Mädchen in Kniestrümpfen, die wahrscheinlich dachten, Rigor Mortis sei eine Rockband.

Als ich zurückkam, war Mum an der Rezeption und schaute die Papiere auf Jeans Schreibtisch durch. »Lieber Himmel, Oliver, wo warst du? Ich dachte, ihr wärt alle gestorben.«

»Sehr lustig.«

»Wo ist Jean?« Mum ging zum Beistelltisch und spähte in die Vase. »Die Blumen brauchen mehr Wasser.«

»Hat zu tun«, antwortete ich.

»Ihr könnt nicht einfach beide rausgehen und nicht absperren. Es sollte immer jemand hier sein. Was für eine Unordnung.« Sie rückte die Lilien zurück, bis sie ihrer Vorstellung entsprachen.

»Ich mag Lilien. Sie sind so lieblich.« Ein Schatten huschte über ihr Gesicht, dann drehte sie die Vase, als ob sie den richtigen Winkel suchen müsste.

»Tut mir leid.«

»Du weißt, dass ich mich nicht aufregen soll, Oliver, wegen meines Blutdrucks. Schließlich nehme ich ja schon Tabletten. Gerade wollte ich nach euch suchen lassen. Ich habe sogar vorher angerufen, aber niemand hat abgenommen. Was ist hier los?«

»Tut mir leid, Mum.«

Generelle Verbesserungen

Als Jean endlich zurückkam, trödelte Mum immer noch herum und jammerte über die fehlende Kundschaft. Ich schlug vor, dass wir uns in meinem Büro zusammensetzen sollten. Wenn ich Mum nicht von der Umfrage erzählte, würde es Jean tun, deshalb sollte ich es gleich erledigen; und dann könnten wir es auch gemeinsam machen. Ich zog den beiden die zwei apricotfarbenen Besucherstühle heraus. Vor Jahren waren sie topmodern gewesen, mit hochwertigem Leinen bezogen, das kantige Design »trendig«, doch jetzt sahen sie nach den frühen Neunzigern aus, weder modisch retro noch richtig alt und abgewetzt. Die Vorhänge waren in einem ähnlichen Ton gehalten, und mein dunkler Holztisch beherrschte den Raum – ein Überbleibsel von Doreens fünfundzwanzig Jahre zurückliegender Rundumerneuerung.

»Was meinst du mit Umfrage?«, ergriff Mum das Wort.

»Jean?«, sagte ich, da auch ich mehr darüber wissen wollte.

»Es hat ja so Spaß gemacht, mit den Leuten zu reden«, schwärmte Jean, und da ich sie dabei gesehen hatte, wusste ich, dass sie nicht übertrieb.

»Also wirklich, Jean.« Mum klang missbilligend, als ob es unsere gesellschaftliche Stellung nicht zuließ, dass wir auf der Straße mit Leuten redeten. »Na gut, was haben sie gesagt?«

»Generell ist man sich einig, dass ein Bestattungsunternehmen professionell, erfahren und vertrauenswürdig sein soll. Doch der erste Eindruck zählt, und da schlagen wir uns im Moment nicht so gut. Wir werden als überholt und altmodisch wahrgenommen.«

»*Mon Dieu!* Waren diese Menschen auch hier?«

»Ich bezweifle, dass das ihre Meinung geändert hätte, Mum«, murmelte ich und betrachtete die veraltete, trostlose Einrichtung meines Büros.

»Das ist jetzt aber nicht fair.«

»Auf die Vorstellung, ein Bestattungsunternehmen könnte in den sozialen Medien vertreten sein, haben viele mit nervösem Lachen reagiert.«

»Soziale Medien?«, sagte Mum. »Wer will denn Bilder von irgendeinem einbalsamierten Onkel sehen?«

Ich war beeindruckt, dass Jean an Social Media gedacht hatte, und überlegte, wie man es umsetzen könnte. »Wenn man es richtig macht, warum nicht?«, sagte ich. »Wir könnten inspirierende Zitate posten, Links zu Berichten, wie man Trauernde unterstützen kann, oder Bilder von ungewöhnlichen Särgen wie dem wunderschönen Glassarg, der kürzlich für die dänische Königin …«

»Das ist doch absurd«, unterbrach mich Mum. »Wir brauchen ein neues Schild, damit die Leute wissen, dass wir hier sind. Keinen Facebook-Account, um das Niveau der Branche zu senken.«

»Ja, wir brauchen ein neues Schild«, stimmte ich zu. »Aber vielleicht wäre eine Rundumerneuerung von Clock & Son wirklich nicht schlecht.«

»Nur weil die Konkurrenz Marmor …«

»Ich meine keinen Marmor. Vielleicht ein neuer Anstrich, neue Teppiche?«

»Aber wir haben 1998 renoviert«, entgegnete Mum. »Dein Vater hat die Einbalsamiertische ausgetauscht, und wir haben die Innenwände ›Eggwhite‹ gestrichen.«

»Das ist viele Jahre her. Das Eiweiß ist jetzt Eigelb.«

»Aber die Holzvertäfelung muss bleiben.«

»Vielleicht könnten wir sie heller streichen?«, schlug Jean vor.

»Der Kronleuchter im Aufbahrungsraum bleibt auf jeden Fall«, beharrte Mum. »Er hängt dort seit der Gründung von Clock & Son.«

Mir gefiel der Kronleuchter zwar nicht, mit seinen schief sitzenden Elektrokerzen und den herabhängenden Kristalltropfen, die ständig abgestaubt werden mussten, aber Mum hatte recht, dass der Raum ohne ihn unvorstellbar war. Er symbolisierte Clock & Sons Geschichte und brachte die ansonsten triste Umgebung ein wenig zum Funkeln.

»Und der Tisch und die Vase am Empfang. Sie haben deiner Großmutter gehört und müssen bleiben. Jean und ich tauschen regelmäßig die Blumen aus, und ich glaube, sie stimmt mir zu, dass wir öfter mit den Sorten und den Arrangements abwechseln könnten, nicht wahr, Jean?« Mum war in Fahrt und ließ Jean nicht zu Wort kommen. »Wenn du wirklich etwas verändern willst, dann stelle ich die Möbel um.«

»Ich sage ja nicht, dass wir gleich heute damit anfangen müssen. Wir sollten nur darüber nachdenken.«

»Und billig wird das alles nicht, das ist dir sicher klar.«

»Ich glaube«, sagte Jean, wie immer diplomatisch, »dass wir stolz darauf sein sollten, was wir bisher erreicht haben, aber die Meinung der Leute auch nicht ignorieren dürfen. Sie werden uns schließlich in die Zukunft führen.«

»Nun, vielen Dank, Jean«, sagte Mum und verkündete, sie würde die chirurgischen Instrumente desinfizieren, als ob diese durch das unbenutzte Herumliegen von den Bakterien der Lebenden verunreinigt würden.

Auch wenn ich mir selbst nicht ganz sicher wegen der Umfrage und eventueller Renovierungsarbeiten war, war es gut, dass wir mit Mum über Veränderungen gesprochen hatten. Selbst wenn sie sie ablehnte. Ich fragte mich allerdings, wie um Himmels willen ich ihr von den Kerzen und der Stellenausschreibung für einen Einbalsamierer erzählen, geschweige denn noch einmal mit ihr über Lily reden sollte. Frische Luft würde mir auf die Sprünge helfen, beschloss ich, und etwas Süßes. Ich fragte, ob Jean oder Mum auch etwas wollten und ging die Straße hinunter zu unserer Lieblingskonditorei. Zu meiner freudigen Überraschung erreichte mich eine Nachricht von Caroline, als ich dort ankam.

Möchtest du am Sonntag zum Strand fahren? Es soll heiß werden.

Strand mochte ich so gern wie korkenden Wein. Als Kind war ich nicht oft dort gewesen. Mum hatte eine Abneigung gegen Sand, und Dad bekam von der Hitze Ausschlag. Außerdem wohnten wir in der Innenstadt. Wie bei Dad verbrannte meine helle Haut schnell, und ich war nicht von den Möwenschwärmen begeistert, die über mir kreisten, wenn ich etwas aß. Als ich einmal als Teenager mit Freunden am Strand gewesen war, holte sich eine Möwe eine panierte Garnele, auf halbem Weg zwischen meinen Fingern und dem Mund. Dann wurde ich einmal von der Strömung aufs Meer hinausgezogen. Ich wusste, dass ich nicht dagegen ankämpfen durfte, hatte aber Angst, wie weit ich hinausgetrieben würde. Bevor aus Angst Panik wurde und ich gerade einen Arm heben und die Rettungsschwimmer auf mich aufmerksam machen konnte, sammelte mich ein Surfer auf. Er paddelte mit mir zurück an den Strand, während ich mich mit dem Gesicht nach unten auf seinem Brett ausruhte, als hätte er mich frisch geangelt. Danach hatte ich eher weniger Lust, an den Strand zu fahren. Und jetzt lud mich eine Frau dazu ein, die mich offensichtlich weiterhin treffen wollte. Hier winkte ein weiteres Date, und das konnte ich doch nicht ablehnen?

Gern, antwortete ich und entschied mich spontan für die Zitronen-Baiser-Torte im mittleren Fach der Vordertheke, der zweite Kuchen von links.

Als ich wieder zurückkam, war Mum noch da und fing mich in der Küche ab.

»Oliver?«

»Ja, Mum?«, erwiderte ich, während ich den Kuchen auf einen Teller legte.

»Ich weiß, dass du in letzter Zeit traurig warst ...«

Ach ja? Ich aß Kuchenreste von dem Messer, um zu überprüfen, ob er so gut war, wie er aussah.

»Und ich wollte dir das hier geben.« Sie reichte mir eine lange, schmale Schachtel, die schwarz und abgegriffen war.

Ich runzelte die Stirn. Mum machte nur zu Anlässen Geschenke, die diese auch erforderten: Geburtstage, Taufen und Weihnachten. Sie wirkte verlegen und unsicher, als ob sie wüsste, dass ihr Verhalten untypisch für sie war. »Wahrscheinlich hätte ich es dir schon früher geben sollen.« Sie sah mich erwartungsvoll an. »Na los ... Mach es auf.«

Ich hob den Deckel, und ein alter, holziger Geruch wie aus einem Antiquitätenladen stieg mir in die Nase. Zum Vorschein kamen, in plissierten, königsblauen Satin gebettet, ein silberner Schuhlöffel, ein Knopfhaken und eine Kleiderbürste.

»Sie haben deinem Großvater gehört – Grandpa James –, und

dann deinem Vater. Es ist albern, dass sie im Schrank liegen sollen, wo du doch so Wert auf tadellose Kleidung legst«, sagte sie.

Ich strich über die Gegenstände. Sie glänzten, als wären sie kürzlich poliert worden. »Sie sind wunderschön«, antwortete ich.

»Ich hoffe, du wirst sie benutzen.«

»Natürlich werde ich das.« Ich streckte mich, um sie kurz an mich zu drücken. »Danke, Mum.«

Steif ließ sie die Umarmung ein paar Sekunden über sich ergehen, bevor sie sich von mir löste. »Nun, es hat ja keinen Sinn zu warten, bis ich nicht mehr da bin, um sie dir zu geben, nicht wahr?«

Am Abend wärmte ich eine Fleischpastete auf und erzählte Marie von meinem Tag. Wie sehr ich mich über Mums Geschenk freute und dass ich die Bürste bereits an meinem Jackett ausprobiert hatte. Wie nervös ich hingegen bei der Vorstellung war, Clock & Son einen neuen Anstrich zu verpassen, und wie sehr ich mir wünschte, dass sie ihre Gedanken mit mir geteilt und mir einen weisen Rat und etwas guten Geschmack mitgegeben hätte. Ich hatte keine Erfahrung im Renovieren und zögerte, das Gebäude auf den Kopf zu stellen, ohne vorher vernünftig darüber nachgedacht zu haben. Man konnte sich nicht nach nur einer Besprechung für eine Wandfarbe entscheiden – auch wenn Marie das wahrscheinlich geschafft hätte. Im Moment musste ich mich mit einer einseitigen Konversation zwischen mir und einer Kerze zufriedengeben. Dann las ich noch einmal Auszüge aus ihrem Tagebuch, wie jeden Abend, seit es sich in meinem Besitz befand. Ich beschränkte mich nicht auf die Stellen, die von mir handelten; ihre Worte zu lesen und ihre Stimme zu hören, trösteten mich. Die Einträge begannen vor drei Jahren – ich wusste nicht, ob das ihr erstes Tagebuch war oder sie vorher schon eines geführt hatte.

Da es am fünften Januar begann, stellte ich mir gern vor, dass sie wie ich Vorsätze gefasst und das Tagebuch mit dem neuen Jahr angefangen hatte. Sie schrieb sogar Dinge wie *Ich muss mehr Sport machen* (10. Februar) und *Ich muss mich mit dem Rosé zurückhalten, allein schon wegen Henry* (24. August). Ich liebte ihre Grübeleien über die Blumen auf dem Blumenmarkt und den Stolz, den sie beim Binden des idealen Bouquets empfand. Dann waren da die Einträge, in denen sie davon schrieb, was wir zusammen unternommen hatten und was ich ganz vergessen hatte. Wie einmal, als wir uns verirrt hatten, als wir einen Kunden in einem Pflegeheim besuchen wollten. Wir lachten so sehr über unsere Orientierungslosigkeit, dass wir ein paar Minuten im Auto vor dem Heim warten mussten, bis wir unsere respektvolle und ernste Fassung wiedergewonnen hatten. Dann war da das eine Mal, als ich ihr beim Umzug ihres Ladens in größere Räume geholfen hatte. Vier Jahre gehörte das Geschäft da schon ihr, und sie wollte meine Hilfe. Sie schien zu glauben, dass ich durch meine akkurate Kleidung der perfekte Einrichtungsberater war. Ich wehrte mich nicht, denn ich wusste, dass ich dafür besser geeignet war als für das Schleppen schwerer Gegenstände, wozu sie Henry und ihren Neffen abkommandierte.

Natürlich musste ich jeden Eintrag lesen, in dem ich erwähnt wurde, und dabei erfuhr ich nicht nur, dass sie mich für sanft und freundlich hielt. Sie hatte auch jedes Mal bemerkt, wenn ich eine neue Krawatte gekauft hatte, und sie hielt mich für einen sehr guten Zuhörer. Auch wenn ich nichts anderes gemacht hatte als sonst: mit gespitzten Ohren, aufmerksamen Augen und wachem Geist konzentriert gelauscht. Der Gedanke schmerzte, dass Henry solche Gesprächsformen im Umgang mit seiner Frau möglicherweise nicht beherrscht hatte oder, viel schlimmer, ganz einfach nicht interessiert gewesen war an dem, was sie zu erzählen hatte.

Ich klammerte mich an Maries Komplimente, wie ich jeden Bissen eines Mars-Riegels genoss. Nachts schlief ich mit ihrem Tagebuch unter dem Kissen und ihrer Kerze neben meinem Bett.

Tödlicher Toaster

Endlich hatten wir wieder einen Todesfall. Ich traf mich in der Leichenhalle mit Vicky, der Tochter des Verstorbenen. Auch wenn Hugh Simmons' Tod plötzlich eingetreten war, war er alles andere als schmerzfrei gewesen. Die grausamen Kräfte der Demenz hatten ihn dazu bewegt, eine Gabel in seinen Toaster zu schieben, um die Kruste herauszuholen, die er drei Tage zuvor beim Frühstück darin vergessen hatte. Zuerst brachte ihm die Elektrizität die geistige Klarheit zurück, dann tötete sie ihn.

»Er war leider ständig eine Gefahr für sich selbst«, sagte Vicky. »Ehrlich gesagt, hat er sein ganzes Leben so verbracht. Mitten im Nirgendwo hat er unfallfrei einen Berg bestiegen, nur um zu Hause über eine Türschwelle zu stolpern und sich den Fuß zu brechen. Es war der reinste Irrsinn, dass er unbedingt zu Hause wohnen bleiben wollte. Aber er wurde betreut, und ich habe ihn fast jeden Tag besucht. Es ist so tragisch, dass er dachte, es wäre Zeit fürs Frühstück.«

»Viele würden ihn um so ein ereignisreiches Leben beneiden«, sagte ich.

»Es war sehr ereignisreich und überraschend lang, auch wenn er in letzter Zeit diverse Male am Tag gefrühstückt hat. Ich bin froh, dass es schnell ging.« Sie streichelte die Hand ihres Vaters, deren Finger jetzt eher lilafarbenen Kartoffeln ähnelten, mit wächserner Haut und weißen Fingernägeln. »Es tut mir leid, dass ich Sie so spät anrufen musste, aber Dad hat Anweisungen zu seiner Beerdigung hinterlassen, und da er nicht einbalsamiert werden wollte, dachte ich, wir sollten uns schnell darum kümmern.«

Hurra! Keine Einbalsamierung! Fast hätte ich gesteppt – oder was bei mir dabei herausgekommen wäre. »Kein Problem«, erwiderte ich, »das gehört zu unserem Beruf. Wir können die Bestattung so schnell durchführen, wie Sie möchten. Auch schon morgen Nachmittag. Aber Sie möchten sicher noch etwas Zeit mit Ihrem Vater verbringen.«

»Nun, es ist so …«, flüsterte sie und beugte sich zu mir. »Er hätte da eine ungewöhnliche Bitte.«

»Wir sind für alles offen.«

»Er möchte zwar nicht einbalsamiert werden, aber einen offenen Sarg soll es geben.« Sie beugte sich noch näher zu mir, als ob man sie belauschen könnte, obwohl wir allein waren. »Er …« Sie sah sich um. »Er möchte dabei mit dem Gesicht nach unten liegen. Ginge das?«

»Wir erfüllen alle Wünsche«, sagte ich.

Wenn Mr Simmons zu Lebzeiten die Vorstellung geholfen hatte, später einmal mit dem Gesicht nach unten in einem Sarg zu liegen, dann würde ich ihm das jetzt, nach seinem Tod, nur zu gern ermöglichen. Und wenn es seine Tochter glücklich machte, dann linderte es vielleicht auch ein wenig die nadelscharfe Trauer. Mein übermüdetes Gehirn stellte sich dabei die Frage, ob das unser neuer Slogan werden könnte: »Wir legen Sie in wirklich jeder Stellung in den Sarg.«

»Danke«, antwortete Vicky und wich zurück. Dann beugte sie sich wieder zu mir und flüsterte: »Verstehen Sie, er will mit dem Gesicht nach unten liegen, damit jeder, den er nicht mochte, ihn am … Sie wissen schon … lecken …« Sie hob die Augenbrauen und deutete auf ihren Hintern. »Arsch!«, rief sie so laut, dass ich aufschreckte. »O mein Gott, ich kann nicht glauben, dass ich das Wort wirklich gesagt habe. Schließlich spreche ich hier von meinem Vater.«

»Sie könnten ja auch Gluteus Maximus sagen«, schlug ich vor.

Sie dachte darüber nach. »Aber irgendwie ist es nicht dasselbe, oder?« Sie lachte.

Als ich nach Hause fuhr und die kühle Nachtluft durch das heruntergelassene Fenster wehte, dachte ich an den Wunsch des Mannes. Man sollte meinen, dass ich bei meiner langen Tätigkeit in diesem Beruf (sechsundzwanzig Jahre, wenn man die unbezahlten Stunden als Teenager mitzählte) schon alles gehört hatte. Doch das hier schoss den Vogel ab. Was für eine Entschlossenheit! Und was für ein Sinn für Humor, der auch nach seinem Tod noch weiterlebte. Ich stellte mir vor, wie Marie und ich lachten und überlegten, einen hohen, schmalen Kaktus unter den Begräbnisschmuck zu schmuggeln – als Insiderwitz für Mr Simmons und sein Mittelfinger an die Welt. Denn selbst tot machte der Mann noch, was er wollte. Er hatte das Leben nicht entscheiden lassen, wie er es verbringen sollte, und er würde sich auch jetzt nicht vorschreiben lassen, wie er bestattet werden würde. Ich konnte das als Beispiel für andere verwenden. Ich konnte es in Dads Ordner aufnehmen, in den Abschnitt »Wahre Geschichten, die inspirieren, aufbauen und motivieren«. Oder wir könnten es auf Facebook posten, wenn wir je eine Seite einrichten sollten.

Oder ich konnte es als Vorsatz in mein Buch schreiben: *Du sollst nicht das Leben entscheiden lassen, wie du es verbringst.* Was auch ein Euphemismus sein könnte für *Du sollst weder das Einbalsamieren noch deine Mutter über dein Leben entscheiden lassen.*

Ende der Woche hatte ich drei Bewerbungen für die Thanatologenstelle erhalten, und ich beschloss, bestärkt durch meine Interpretation von Mr Simmons' Motto, zwei davon zum Vorstellungsgespräch einzuladen und Mum nichts davon zu sagen. Der erste war ein Mann in meinem Alter mit genug Berufserfahrung, aber auch noch genügend Jahren vor sich, um ihn zu einem aussichtsreichen Kandidaten zu machen. Die zweite Bewerbung war von einer Frau, die zwar jünger war, aber trotzdem über die Art Erfahrung verfügte, nach der ich suchte. Wenn ich mich nicht irrte, war auf ihrem Bewerbungsfoto ein Tattoo an ihrem Arm zu erkennen. Vielleicht konnte sie ja das neue Gesicht von Clock & Son werden!

Sprechende Kerzen und der Duft der Toten

Ich hatte nie erwartet, ein Mann mit Geheimnissen zu werden, doch am Freitag wurde ich zu einem Meister des Versteckspiels. Ich nahm nicht nur Kontakt zu den Bewerbern auf, sondern vereinbarte auch mit Edie einen Termin, um über die Kerzen zu sprechen, wenn Mum gerade nicht da sein würde. Ich freute mich überdies, dass ich Edie den professionellen Oliver Clock im Anzug präsentieren konnte. Seltsamerweise passte meine Krawatte zu Jeans Brosche, einem silbernen Vintage-Exemplar in Sternform mit Kristallen. Meine Krawatte hatte ein Galaxienmuster, eine Hommage an das weite Universum und wie klein wir dagegen waren. Ich hatte mich sehr gefreut, als ich im Laden darauf gestoßen war; sie fügte meiner Sammlung einen neuen Stil hinzu. Sicherheitshalber kaufte ich gleich vier Stück in verschiedenen Farben, falls sie ein Auslaufartikel war.

»Edie, wie schön, Sie zu sehen«, sagte ich. »Bitte kommen Sie rein.«

Edie war schätzungsweise einen Meter sechzig groß, sodass sie leicht in einen unserer schmal geschnittenen Särge passen würde und dann noch genug Platz für eventuelle Beigaben wäre. Mir gefiel das Smaragdgrün ihres Kleids, dessen Schnitt an die Fünfziger erinnerte. Es betonte ihre Augen.

»Danke, Oliver, und auch vielen Dank, dass Sie meine Kerzen unterstützen. Ich habe ein paar Ideen, wie wir sie vermarkten könnten.«

»Ausgezeichnet.« Ich zog ihr einen Stuhl heraus und schob den Teller mit den acht Keksen (ich wirkte gern großzügig und bot immer eine gerade Anzahl an), die ich in einem perfekten Kreis arrangiert hatte, zu ihr. Ich bot ihr etwas zu trinken an, und nachdem die Erfrischungen organisiert waren, setzte ich mich, und wir fingen an.

»Zuerst«, sagte Edie, »brauchen wir eine Auswahl von Mustern, die wir vorlegen können, und eine Liste mit Fragen, die wir interessierten Kunden über die Verstorbenen stellen sollten.«

»Mit Listen kenne ich mich aus«, antwortete ich und dachte an mein Notizbuch mit den säuberlich aufgeführten Vorsätzen.

»Gut.« Sie nickte. »Man muss herausfinden, wie jemand getickt hat, was sein Wesen war. Daraus wird dann der Geruch gemischt. Wir könnten Folgendes fragen: Welche Hobbys hatten die Verstorbenen? Welches Essen mochten sie?«

»Soll ich mitschreiben?«

»Das habe ich bereits«, sagte sie und holte ein Blatt Papier aus ihrer ledernen Dokumentenmappe. »Sie können gern etwas hinzufügen. Es ist nicht wichtig, wie viele Fragen wir haben, solange wir damit Menschen helfen können, den idealen Geruch zu identifizieren. Für die Muster könnte ich Kerzen von Menschen anfertigen, die Sie kennen – auf die Art können Sie ehrlich antworten, wenn Sie sie verkaufen. Ich könnte zum Beispiel eine von Ihrer Cousine machen, einem Kollegen oder Ihrem Vater.«

Die Erwähnung meines Vaters ließ meine Vision unserer Kerzenkooperation plötzlich verschwimmen. Sein Geruch überlagerte Edies Stimme. Alles, was ihn ausgemacht hatte, kam zurück. Es war, als säße er neben mir, und wir würden wie früher zusammen ein Bier trinken. Der Wochentagsdad, der nach würzigem Aftershave und Pfefferminzmundspülung roch, sowie der Wochenenddad mit dem süßlichen, berauschenden Geruch von gemähtem Gras, das noch leicht feucht war. Erde. Gräser. Getrocknetes Blut vom Heckenschneiden. Schweiß. Sonntagmorgen mit buttrigen Spiegeleiern. Lauwarmer Tee. Ein Bier um sechs Uhr abends. Ich vermisste diese entspannten Zeiten mit meinem Vater. Ich vermisste ihn auch im Geschäft, wenn ich ehrlich sein sollte. Aber Andrew Clock als Kerze?

»Oliver?«

»Ja?«

»Die Muster?«

»Ah, ja. Von Dad sollten wir keine machen«, sagte ich. »Aber vielleicht von Mum? Sie lebt noch, da könnten wir es wunderbar testen. Auch wenn ich Sie warnen muss, es wird nicht leicht werden, sie zu überzeugen. Wenn es nicht ihre eigene Idee ist, wird sie es entschieden ablehnen.« Das bessere Szenario wäre, wenn Edie erfolgreich eine Kerze von Mum anfertigen würde, wir ihr aber nichts davon sagen.

»Okay. Los«, erwiderte Edie.

»Wie bitte?«

»Wir sammeln Gerüche für Ihre Mutter. Denken Sie nicht zu lange nach, zählen Sie einfach auf.«

Doch mein Gehirn geriet ins Stolpern und tastete wie im Dunkeln nach dem Lichtschalter. Doreen, die alte Streitaxt, weckte keine spontane Geruchsassoziation. Ich überlegte angestrengt und versuchte dann nicht so angestrengt zu überlegen, doch je länger ich nachdachte, desto verkrampfter dachte ich nach. *Komm schon, Marie, ich brauche deine Hilfe.*

»Sagen Sie das Erste, was Ihnen einfällt.«

»Rizinusöl und Mottenkugeln?«

»Mmm, interessant«, antwortete sie diplomatisch. »Meine Mutter riecht immer ein wenig nach dieser Auslegware für Schubladen, mit dem Lavendelduft«, meinte sie lachend. »Mit diesem Geruch kann man leichter arbeiten. Trägt Ihre Mutter ein bestimmtes Parfüm?«

»Eau d'Überheblichkeit.«

Wieder lachte sie und berührte meinen Unterarm, als ich gerade ein Shortbread zum Mund hob. Ein leichter Schlag zuckte durch meinen Arm. Kekskrümel fielen herunter. Hatte sie es auch gespürt? »Ich weiß, dass das nicht einfach ist«, sagte sie. »Normalerweise machen wir uns nicht so viele Gedanken darüber, wie Menschen riechen, nicht wahr? Wie sieht es mit Essen aus? Was kocht sie gern?«

Ich dachte an ihre Kochkünste, als ich noch ein Kind war, und wie ich davon geträumt hatte, die Gerichte nie wieder essen zu müssen. »Corned Beef und Petersiliensoße. Und verkochter Kürbis. Das hilft wahrscheinlich auch nicht besonders weiter.«

»Manche Menschen sind schwerer zu erfassen als andere. Vielleicht sind Sie ihr zu nahe. So geht es mir mit meiner Mutter. Manchmal läuft es auf eine Erinnerung hinaus oder etwas, das Sie als Kind mit ihr gemacht haben …«

Es war seltsam, wie Edie versuchte, schöne Erinnerungen an Mum heraufzubeschwören, während ich eigentlich nie so an sie gedacht hatte. Sie tauchte zwar in vielen meiner Erinnerungen auf, aber nicht notwendigerweise auf liebevolle Art. Sie war einfach da, eine starke und still unterstützende Präsenz, als wäre sie ein extra Bein, von dem ich nicht gewusst hatte, dass ich es brauchte.

»Wir könnten auch etwas erfinden?«, schlug ich vor, da mir immer noch kein definierender Geruch für Doreen einfallen wollte.

»Düfte für erfundene Tote?«, fragte sie. »Das könnte funktionieren. Wir könnten sie ganz simpel halten. Etwas Blumiges für einen Gärtner – Jasmin, Gardenien, Veilchen. Vielleicht eine mit Kaffee. Ja, das wollte ich schon immer mal versuchen. Wir brauchen dafür die besten Kaffeebohnen.« Sie kräuselte beim Nachdenken sehr niedlich ihre Nase und kniff kurz die Augen zusammen, bevor ihr etwas Neues einfiel. Ihr Enthusiasmus war entzückend, ihr begeistertes Brainstorming ansteckend.

Dann hatte ich eine Idee. »Fragen wir Jean. Ich muss Sie warnen, auch sie ist skeptisch, aber wir brauchen sie auf unserer Seite.«

Edie nickte. »Sie wäre perfekt. Ich habe schon ihre Honig- und Butternoten bemerkt.«

»Ach ja?« Die pharmazeutische Welt schien nicht genug Verwendung für Edies Fähigkeiten zu haben.

»Ich habe eine feine Nase. Ich glaube, Jean würde eine fantastische Kerze abgeben.«

Edie war sicher nicht bewusst, wie sie klang – als ob es völlig normal wäre zu überlegen, wonach Menschen wohl rochen und sie dann abzufüllen, als ob man ihnen Blut abnehmen würde. Es war wirklich schön, wenn jemand seiner Arbeit so leidenschaftlich nachging. Und genau deshalb gefielen mir sie und ihre Idee immer besser. Auch wenn ich nicht zu fragen wagte, was ich wohl als Kerze wäre. Zweifellos eine unangenehme Mischung aus Einbalsamierungsflüssigkeit, Weichkäse, Rotwein und Aftershave. Nicht auszudenken. Ich stand auf und suchte Jean.

Ihre Reaktion war wie erwartet: alles andere als enthusiastisch. »Ich kann nicht glauben, dass du das machst«, flüsterte sie, als ob sie jemand hören könnte, auch wenn niemand außer uns am Empfang war. »Ich dachte, du fändest die Idee grässlich.«

Ich erzählte ihr von Maries Kerze. Wie perfekt sie getroffen war. Wie die Kerzen Clock & Sons Exklusivprodukt werden könnten. »Sie machen uns sicher nicht reich, aber besonders. Hör mal, ich will es wirklich versuchen, aber wir brauchen Muster, wie sie aussehen und wonach sie riechen könnten. Wir würden gern eine Kerze von dir machen.«

»Bist du verrückt geworden?«

»Nein, im Ernst, Jean«, sagte ich. »Komm und lern Edie richtig kennen. Sie ist reizend und ganz bestimmt auch nicht verrückt.«

»Na gut.«

Ich stellte die beiden offiziell einander vor und ließ Edie Jean das Kerzenkonzept erklären. Jean wirkte immer noch nicht überzeugt, dann berührte Edie ihren Arm und versicherte ihr, dass niemand außer uns davon erfahren musste, und dass sie die Kerze auch wegwerfen könne, wenn sie ihr nicht gefalle. Doch ich glaube, Edie gewann Jean für sich, als sie ihr die Geschichte von ihrem Vater erzählte und wie sehr sie versuchte, seinen wahren Geruch für immer zu bewahren. »Sie wären überrascht, was für Wirkungen Gerüchte haben, was sie an Erinnerungen heraufbeschwören und wie sie einen berühren können.«

Jean nickte. »Ich muss gestehen, das war ein reizendes Verkaufsgespräch, und mir gefällt Ihr Kleid wirklich gut«, fügte sie hinzu.

»Danke. Es ist aus dem Secondhand-Kleidergeschäft meiner Schwester.« Jean durfte Edies Rock befühlen, und einen Moment bewunderten sie gemeinsam den Stoff, was mich urplötzlich eifersüchtig machte. Ich schätzte gute Qualität ja wohl genauso sehr.

»Ich finde es immer noch verrückt«, sagte Jean. »Aber Sie haben mich neugierig gemacht. Ich kann mir gar nicht vorstellen, wie ich wohl riechen könnte.«

»Hervorragend«, erwiderte Edie mit gezücktem Stift. »Sie müssen uns nur sagen, was Sie mögen.«

»Gebäck«, platzte ich heraus und zwinkerte Jean zu.

»Aber so oft esse ich das auch nicht.« Jean nestelte an ihrer Brosche.

»Genau das habe ich gedacht: ein buttriger Unterton mit Honigsüße. Vielleicht noch etwas Vanille und ein Hauch Feige? Mögen Sie Feigen?«

»Ja. Und Schokolade. Die dunkle, siebzigprozentige«, antwortete Jean. »Ich gebe mich nur mit herausragenden Dingen zufrieden, wissen Sie, und wenn mir die Kerze gefällt, würde ich sie gern behalten, nachdem Sie mich genug herumgereicht haben.«

»Aber natürlich, vielen Dank. Sie sind großartig!« Edie sprang auf und fiel Jean um den Hals.

Jean akzeptierte diese formlose Dankesbezeugung und tätschelte Edie sogar den Rücken. Sie musste Eindruck auf sie gemacht haben. »Dann mache ich für heute mal Feierabend. Es war schön, Sie kennenzulernen, Edie. Ich freue mich auf Ihre Kreation.«

»Danke, Jean«, sagte ich. »Kannst du das Türschild bitte auf ›Geschlossen‹ drehen, wenn du gehst?«

Wir hörten, wie die Tür ins Schloss fiel, und einen Moment lang schien mein Büro nach Feigen und Honig zu riechen.

»Eine reizende Frau!«, sagte Edie.

»Jean ist großartig; sie ist bereits seit vielen Jahren bei uns«, erzählte ich. »Wenn Ihnen ihre Kerze gelingt, wird sie ein Loblied auf Sie singen.«

»Wie schön, ich kann also ganz entspannt arbeiten«, meinte Edie lachend.

»Nun, wenn sie auch nur annähernd so wird wie Maries … Sie

haben sie perfekt eingefangen. Noch einen Keks?« Ich hielt ihr den Teller hin.

»Besser nicht. Ich backe viel und sollte wirklich weniger davon essen.«

»Sie backen?« Mein Interesse war geweckt.

»Sie auch?«, fragte sie.

»Nein, das Essen liegt mir mehr«, antwortete ich lachend. »Was machen Sie gern?«

Edie holte ihr Handy heraus und zeigte mir ein Foto. »Das hier ist eines meiner Lieblingsrezepte. Eine dreilagige Haselnuss-Meringue-Torte mit Beeren- und Mascarponecreme. Ich habe sie ein paarmal für Freunde zu besonderen Gelegenheiten gemacht.«

Edie stieg rapide in meiner Wertschätzung: eine Frau mit der Nase eines Sommeliers und dem Händchen einer Profibäckerin. Sie entwickelte sich zu einer ausgezeichneten Geschäftspartnerin. »Sind Sie sicher, dass Sie den richtigen Beruf haben?« Ich lachte. »Das hier sieht besser aus als die Hälfte dessen, was die Konditorei am Ende der Straße anbietet, und ich bin dort Stammkunde, ich muss es wissen.«

»Der Job in der Apotheke zahlt die Rechnungen«, sagte sie. »Aber ich bin lieber kreativ.«

»Dann seien wir doch weiter kreativ«, meinte ich. »Was kommt als Nächstes?«

»Ich dachte, wir sollten Broschüren entwerfen und drucken lassen und damit bei Pflegeheimen und Blumengeschäften vorsprechen. Die Muster vorführen. Sie verkaufen.«

»Ich kenne jemanden, der Fotos machen kann«, schlug ich vor und erzählte ihr von Andy.

»Perfekt«, stimmte sie zu. »Und ich habe schon mal was getextet.« Sie gab mir einen Ausdruck.

Schwelgen Sie mit Ihren Sinnen in der Vergangenheit. Unsere

Lumières by Edie Jones sind handgefertigte Duftkerzen, speziell abgestimmt auf die Erinnerung an verstorbene Liebste. Der Duft wird nach Ihren genauen Angaben zu Ehren der Verstorbenen gemischt. Die Kerze wird den Geruch des Menschen, den Sie verloren haben, verbreiten und eine wunderschöne Erinnerung an alles sein, was dieser Mensch für Sie bedeutet hat. Das Wesen dieses geliebten Menschen wird zu einer ganz besonderen Kerze mit einer Brennzeit von achtundvierzig Stunden. Wir speichern die Rezeptur jedes Dufts, sodass die Kerzen auf Wunsch nachgefertigt werden können. Was für ein besseres Andenken an einen besonderen Menschen könnte es geben als Les Lumières by Edie Jones?

»Großartig! Das hätten Sie mir bei Ihrem ersten Besuch gleich geben sollen, dann hätte ich vielleicht sofort zugestimmt.«

Sie lachte. »Manchmal ist es leichter, etwas aufzuschreiben.«

»Ich weiß, was Sie meinen«, sagte ich und dachte an Dads überaus nützlichen Ordner.

»Und wenn wir Abnehmer für die Kerzen finden, könnten wir mit der Zeit eine Website in Auftrag geben, Werbung machen …«

»Das Frühstücksfernsehen?« Ich legte eine Hand aufs Herz. Welchen Anzug sollte ich nur tragen?

»Das wäre vielleicht ein bisschen überstürzt.«

»Natürlich.« Ich nickte und kehrte auf den Boden der Tatsachen zurück. Doch es klang unglaublich geschäftstüchtig. Niemand würde ohne eine Kerze von sich sterben wollen. Ich würde den anderen Typen schon zeigen, wie man ein Bestattungsunternehmen mit Herzblut führte; wie man aufrichtig war und nicht süßlich; wie man traditionell sein konnte und trotzdem modern. »Und wie sieht es mit den Kosten aus – Gewinnspannen und Preisgestaltung? Ich kann sie ja nicht en gros von Ihnen kaufen, wenn sie erst nach Auftragserteilung angefertigt werden, oder?«

»Ich habe überlegt, dass es am besten wäre, wenn ich die Herstellungskosten kalkuliere – basierend auf den Kerzen, die ich schon gemacht habe –, wir uns auf einen Verkaufspreis einigen und den Gewinn dann fünfzig-fünfzig teilen.«

»Das klingt nach einem sehr guten Plan«, stimmte ich zu, zufrieden mit der Symmetrie der Zahlen. »Ich habe keine Erfahrung mit dem Preis für speziell angefertigte Kerzen, da verlasse ich mich auf Sie.«

»Nun, wir wollen sie nicht zu teuer oder zu billig machen. Ich werde Ihnen eine Kalkulation meiner bisherigen Preisgestaltung schicken, und Sie sagen mir dann, was Sie davon halten.«

Ich lächelte und glühte innerlich, als ob man mich selbst auch angezündet hätte. Ich hatte mich nie als Entrepreneur gesehen. Oder sollte man mich einen Trauer-preneur nennen? Bei dem Gedanken musste ich laut lachen, was Edie verwirrte. Vor allem, als ich begeistert auf den Tisch schlug und die Tassen zum Klirren brachte.

»Oh, Entschuldigung«, sagte ich und bat um Verzeihung für meinen Enthusiasmus, was in der Rückschau etwas seltsam war. Doch glücklicherweise steckte ich sie mit meiner Aufregung an, sodass wir sicher ein Bild für die Götter abgaben, wie wir uns über die Tischplatte hinweg abklatschten, wo wir uns doch formell die Hände hätten schütteln sollen.

Hoffentlich funktionierte unser Plan.

Der Strand

Es geht doch nichts über eine neue Geschäftsidee zum Wochenausklang. Oder um ein Jahr aufzurütteln. In der Vergangenheit hatte ich durchaus daran gedacht, etwas Neues zu probieren. Einmal wollte ich französisch Kochen lernen, damit ich Mum mit der Frankreich-Verbindung beeindrucken konnte oder um eine Frau zu umwerben, der ich erst noch begegnen musste. Doch dann hatte ich Visionen, wie ich mitten im Verquirlen einer Roux-Soße weggerufen wurde, und die Vorstellung, dass sich gestockte Klumpen bilden könnten, weil ich davoneilen musste, schreckte mich von einem Kurs ab. Irgendwo in meinem Notizbuch von vor zwei Jahren stand es zwar, über die schriftliche Form ist der Vorsatz allerdings nie hinausgekommen.

Doch Edie sei Dank begann ich jetzt tatsächlich etwas Neues und tat etwas für das Unternehmen, und ich hatte es noch nicht mal vorher aufgeschrieben. Das verlangte nach einer spontanen Feier mit jemandem im Pub. Doch Andy verbrachte einen Paarabend mit Lucy, und Terry und Simon, meine anderen Freunde, die man kurzfristig ins Pub beordern konnte, waren entweder beim Babysitten (Terry) oder einer Party zu einem vierzigsten Geburtstag (Simon). Caroline kannte ich nicht gut genug, um sie aus heiterem Himmel an einem Freitagabend zu fragen, ob wir etwas trinken gehen wollten, außerdem sah ich sie am Sonntag ja sowieso. Ich ging nach Hause und beschloss, mit Marie zu feiern.

Zudem wollte ich insgeheim Maries Zustimmung zu Caroline. Weniger, was sie über sie dachte, sondern dass es ihr nichts ausmachte, wenn ich mich mit Caroline traf. Nachdem ich mir ein Bier eingeschenkt und Maries Kerze angezündet hatte, sprach ich das Thema an.

»Also, Caroline hat mich noch einmal gefragt, ob wir etwas zusammen unternehmen wollen«, fing ich an. »Sie scheint mich immer noch sehen zu wollen – ha! Doch du sollst damit einverstanden sein. Es ändert nichts an meinen Gefühlen für dich. Aber Caroline ist nett, und es wäre doch eine Schande, ein Date abzulehnen, wenn man schon darum gebeten wird, oder? Sage ich mir zumindest.« Ich trank von meinem Bier und genoss den Duft der Kerze. »Du weißt, dass mir deine Meinung immer wichtig war, und es wäre wirklich schön zu wissen, dass du nichts dagegen hast.« Ich hielt inne, um Maries Antwort abzuschätzen. Einfach war das nicht, aber ich war es schließlich gewohnt, mit Leichen zu sprechen. Eine offensichtliche Antwort erwartete ich gar nicht. Nach einer Weile flackerte die Flamme, und das interpretierte ich als Ja. »Danke, Marie«, flüsterte ich.

Ich freute mich darüber, dass sie mir ihren Segen gegeben hatte, und beschloss, den Kühlschrank auszuwischen.

Am Sonntag traf ich mich mit Caroline wie vereinbart am dritten Baum an der Strandpromenade. Heiße Luftschwaden trugen das gelegentliche Kreischen von Kindern aus dem flachen Wasser und das Klatschen der Wellen ans Ufer zu uns. Hitze stieg vom Asphalt auf und verbrannte unsere Haut.

»Ist das nicht toll?«, sagte Caroline. »Schau nur, was für ein Ausblick.« Sie deutete Richtung Meer, und ich dachte schon, sie würde gleich ein paar Tanzschritte machen.

Der Anblick war spektakulär. Alles glitzerte, als wäre es mit Glitter besprüht worden. Beim Gedanken an ein Eis lief mir das Wasser im Mund zusammen.

»Wollen wir schwimmen gehen?«, fragte Caroline.

Ich sah mich sehnsüchtig um und entdeckte eine Eisdiele auf der anderen Straßenseite. »Vielleicht zuerst ein Eis?«, schlug ich vor.

»Okay.« Sie zuckte mit den Schultern und hakte sich bei mir ein. Wir schlenderten zu der Eisdiele. Ich ging betont langsam, um möglichst viel Zeit mit dem Kauf und dem Verzehr des Eises verstreichen zu lassen, bevor das Gespräch wieder aufs Schwimmengehen kommen konnte. Caroline roch nach Kokos und Sonnencreme, die Eisdiele nach heißen Waffeln. Das war alles sehr viel verlockender als das Meer hinter uns.

Nachdem wir unser Eis gekauft hatten, gingen wir Arm in Arm zurück. Ich behalf mir wieder mit Schlendern, bis ich eine Bank entdeckte und uns in die Richtung steuerte.

»Wo gehst du hin?«, fragte Caroline.

»Ich finde es angenehmer, auf den Strand zu schauen, als darauf zu sitzen, vor allem, wenn man ein Eis isst. Der ganze Sand, du weißt schon.«

»Du bist wirklich lustig«, sagte Caroline. »Darum geht es doch, wenn man am Strand ist. Man sitzt im Sand. Komm schon!«, rief sie und zog mich mit sich.

Ich hielt abrupt dagegen und sah in Zeitlupe, wie meine Kugel Himbeereis von der zart gewickelten Waffel auf den Asphalt vor mir fiel. Sie spritzte in alle Richtungen und ähnelte, wie mir mit beunruhigendem Scharfblick auffiel, einem frisch transplantierten Herzen.

»O nein«, sagte Caroline. »Hier, wir können uns meins teilen.« Sie hielt mir ihre Kugel Schoko-Minze unter die Nase.

Ich leckte einmal daran, aber es war nicht dasselbe. »Schon okay«, meinte ich. »Ich habe ja noch die Waffel.«

»Ich bestehe darauf, dass wir teilen«, sagte Caroline. »Na komm, wir suchen uns einen Platz im Sand. Wir können uns auf die Handtücher setzen.«

Ich biss von meiner Waffel ab und folgte Caroline zögernd.

Sobald sie ihr Hörnchen gegessen hatte, sprang Caroline auf, als ob der Zucker gerade in ihrem Blutkreislauf angekommen wäre. Sie warf ihr Kleid beiseite und verkündete: »Zeit zum Schwimmen«, mit dem Enthusiasmus eines Menschen, der sehr viel lieber schwimmt als seine Begleitung. Ich sah ihr nach, wie sie zum Wasser rannte und nach mir rief, ich solle auch kommen. Ich schluckte mein Entsetzen hinunter. Ich hatte zwar damit gerechnet, dass wir ins Wasser gehen würden, aber ich hatte ihre Begeisterung und meine tief sitzende Furcht unterschätzt. Doch ich wollte auch nicht unseren Sonntag verderben, indem ich im Sand sitzen blieb. Unternahm ich nicht gerade einen Ausflug mit einer Frau, die wollte, dass ich sie bei all ihren Aktivitäten begleitete? Ich verbrachte den Sonntag nicht allein und einsam, sondern mit einer lebhaften Frau, die sich voll und ganz in alles hineinstürzte. Deshalb ging ich zu ihr an die Wasserlinie. Sanfte Wellen umspielten meine Knöchel und kühlten meine gegrillten Füße.

»Herrlich!«, sagte sie und hielt ihr Gesicht in die Sonne.

Ich machte ein unbestimmtes Geräusch, wollte ihr nicht zeigen, dass ich eher ein Promenadengeher war, trotz der Gefahren durch Jogger, Radfahrer, Skateboarder und Nordic Walker mit Schrittzählern am Arm, die alle um den Gehweg kämpften. Man konnte nicht vorsichtig genug sein.

»Schwimmen mag ich am liebsten«, sagte sie. »Also nicht das richtige Schwimmen. Ich treibe auf dem Wasser wie ein aufgeblähter Seestern. Wahrscheinlich sollte ich aber mehr schwimmen. Schließlich habe ich mir ja vorgenommen, fit zu werden.« Sie schien die Vorstellung einen Moment lang ernsthaft zu erwägen, dann schüttelte sie den Kopf, als verscheuchte sie Fliegen. »Okay, los geht's.«

Dann joggte sie zu bis zu den Knien ins Wasser und sprang hinein. Sie tauchte auf, als würde ein Abfluss sie ausspucken, das Wasser spritzte umher, als sie den Kopf schüttelte und ihr die Haare im Gesicht klebten. Sie strich sie zur Seite. Ich watete ein Stück weiter hinein. Meine Knie wehrten sich nicht. Sie drehte sich auf den Rücken und streckte die Zehen Richtung Himmel.

»Man muss schnell reingehen«, sagte sie lachend.

Ich schob mich noch ein wenig weiter ins Wasser. Eigentlich wäre ich am liebsten genauso wie sie hineingetaucht, aber ich konnte mich nicht überwinden. Die Tiefe machte mir Angst. Man weiß einfach nicht, was unter dem vielen Wasser los ist. Dinge lauerten. Unsichtbare Strömungen warfen einen herum wie eine Flipperkugel. Und dann waren da noch die Meereslebewesen.

»Komm schon!«, rief sie.

Ich winkte. Ich wollte nicht undankbar für ihre Ermunterung sein, aber Marie wäre nicht so bestimmend gewesen.

»Du hast immer noch dein T-Shirt an.«

Ich schloss die Augen und holte tief Luft. Jetzt oder nie. Ich zog das T-Shirt aus, spürte die brennende Sonne auf meinem teigigen Bauch und warf es zurück an den Strand, außer Reichweite der Wellen. Dann ging ich ins Wasser. Ich hätte wie Caroline hineinrennen sollen, aber Rennen hasste ich noch mehr als Schwimmen. Als eine eiskalte Welle meine Taille kitzelte, zuckte ich zusammen.

»Langsam reingehen ist viel schwerer«, sagte Caroline.

Ich ging in die Knie und ließ mich vom Meer herumwerfen, mich von den Füßen heben. Eine Sekunde vergaß ich, wo ich war, in wessen Begleitung und was ich tun sollte. Oder war das genau der Punkt – dass ich den Moment genießen und mir keine Sorgen darüber machen sollte, was als Nächstes passieren könnte? Ich drehte mich auf den Rücken, ließ mich von der Sonne bescheinen; ich spürte das Salz auf den Lippen, und das Meerwasser verklebte meine Wimpern.

»Ha, du bist drin!«

Ich hielt den gestreckten Daumen hoch.

»Komm zu mir, du musst nicht im seichten Wasser bleiben.«

»Schon okay, hier ist es schön.« Ich freute mich einfach nur, dass ich mit Caroline im Wasser war, zusammen, auch wenn wir nicht nebeneinander trieben.

»Aber es macht mehr Spaß, wenn man keinen Boden unter den Füßen hat.«

Ich wünschte, sie wäre nicht so beharrlich.

»Meine Füße sind nicht auf dem Boden.«

»Na dann, wie du willst. Ich schwimme noch ein wenig weiter raus. Es ist zwar ziemlich windstill heute, aber ich will Bodysurfen versuchen.«

Ich winkte ihr nach und planschte ein wenig mit Armen und Beinen, um nicht unterzugehen. Ich schloss die Augen und genoss die warme Sonne auf meinem Gesicht und das Gefühl der Schwerelosigkeit. Die Strömung zupfte an mir, lockte mich langsam aus meiner Komfortzone. Ich ließ es zu. Ich versuchte, ruhig zu bleiben, weil ich wusste, dass ich jederzeit die Füße abstellen konnte. Einen Moment lang gab es nur mich und das Meer und den Himmel. Dann zog eine Hand unter Wasser an meinen Badeshorts. Ich schluckte Wasser und zappelte, schlug hilflos mit den Armen. Gleichzeitig mit Caroline kam ich hoch, die wie ein Delfin Wasser in den Himmel spuckte.

»Schon okay, ich habe dich«, sagte sie.

Ich brachte nichts heraus. Panisch trat ich Wasser und fürchtete, einem keuchenden Kugelfisch zu ähneln.

»Tut mir leid, ich wollte dich nicht erschrecken.«

Man kann nicht mit den Schultern zucken, wenn man atemlos unter Wasser ist. Meine Füße paddelten neben ihren. Unsere Oberkörper berührten sich, die Beine stießen gegeneinander. Es ließ sich nicht verhindern. Das Meer tat, was es meiner Erfahrung nach am besten konnte – es übernahm die Kontrolle und manipulierte uns wie Marionetten. Gerade als ich wieder zu Atem gekommen war, küsste mich Caroline auf die Lippen. Es geschah so schnell und plötzlich, dass ich einen Moment lang kaum glauben konnte, dass es passiert war, und als ich es begriffen hatte, wusste ich nicht, was ich davon halten sollte. War es nur aus Übermut geschehen, oder weil sie wirklich etwas für mich empfand? Oder vielleicht beides gleichzeitig? Oder war es nur, weil wir uns – *schon* wieder – so nahe gekommen waren und Caroline sich nicht zurückhalten konnte und ihren mutigen Impuls jetzt bereute? Im wogenden Wasser fühlte ich mich unattraktiv und ihrer Aufmerksamkeit unwürdig, was auch immer der Grund dafür war, und auch wenn ich den Kuss erwidern wollte, waren ihre Lippen schon nicht mehr da, wo sie gerade noch gewesen waren. Die Strömung und unsere Schwimmbewegungen hatten uns auseinandergetrieben. Meine zögerlich gespitzten Lippen wurden von der salzigen Luft und dem Wind verweht. Caroline lächelte.

»Sollen wir rausgehen?«, schlug ich vor, weil mir nichts Besseres einfiel, da ich nur an meine vom Wassertreten schmerzenden Beine denken konnte.

»Ach, bleib doch noch.«

»Ich glaube, ich schwimme wieder zum Strand.« Ich wollte unbedingt festen Boden unter den Füßen haben. Die Gewissheit von feuchtem, festem Sand unter den Sohlen und die Verlässlichkeit der Schwerkraft.

»Okay, ich komme bald nach.«

Ich sah zu, wie Caroline sich in eine Welle stürzte und mir dann zuwinkte, bevor ich mich mit einem halbherzigen Brustschwimmzug ans Ufer spülen ließ. Endlich waren meine Füße im Sand, mein Körper auf dem Handtuch. Ich war erschöpft. Ich wischte mir das Wasser vom Gesicht und drückte das Meer aus dem Saum meiner Shorts, dann schmiegte ich mich in eine Sandkuhle, stützte mich auf die Ellbogen und überlegte, jetzt wieder mit klarerem Kopf, was ich von dem Kuss halten sollte. Caroline tauchte aus der seichten Brandung auf, nachdem sie sich von einer Welle hatte ans Ufer tragen lassen. Sie grinste mir zu und warf sich wieder hinein. Wie sehr sie es liebte. Wie sehr ich es nicht liebte. Es war anstrengend, zu versuchen, etwas zu lieben, was einen nicht zurückliebte. Wenn ich meine Nebennieren im Energiesparmodus und meinen Blutdruck niedrig halten konnte, ging es mir so gut wie Caroline beim Bodysurfen. War es wichtig, dass uns unterschiedliche Sachen Spaß machten? Zogen sich Gegensätze an? Bedeutete der Kuss irgendetwas?

Als Caroline zurückkam, schnarchte ich. Das wusste ich deshalb, weil ich mich selbst hörte, als sie mich an der Schulter anstupste.

Sie lachte. »Du holst dir noch einen Sonnenstich.«

Da hatte ich genug.

Wir beschlossen aufzubrechen, sobald Caroline wieder trocken war.

Wenn eine Frau sagt, sie nimmt den Bus nach Hause, während man selbst mit dem Auto gekommen ist, ist es nur höflich, ihr anzubieten, sie zu fahren. Vielleicht hatte sie die ganze Zeit darauf gehofft, da sie mich sofort noch zu sich auf einen Drink einlud. Beflügelt von dieser unerwarteten Verlängerung des Dates, sagte ich Ja. Die Alternative wäre gewesen, in meine leere Wohnung zurückzukehren, mich um meinen Sonnenbrand zu kümmern, Tee für eine Person zu kochen und wieder allein die Sechs-Uhr-Nachrichten zu schauen.

Carolines Wohnung war ganz in Weiß eingerichtet – die Wände, die Böden, das Sofa, die Küche. Leuchtendes Weiß mit hellrosa und taubengrauen Akzenten. Auf den ersten Blick sah alles makellos aus, bis ich die Zeitungen entdeckte, die unter das Sofa geschoben waren, einen Korb voller »Dinge« neben dem Beistelltisch, Zeitschriften auf einem Stapel in der Ecke, zum Teil heruntergebrannte Kerzen auf dem Kaminsims. Der Geruch von Sonnencreme mit Kokosduft hing immer noch in der Luft, zusammen mit ein bisschen Katzenstreu.

»Was möchtest du trinken?«, rief Caroline aus der Küche. »Es ist doch nicht zu früh für Wein, oder?«

Ich saß auf dem Sofa und sah auf die Uhr und beschloss, dass mir die Uhrzeit egal war. Verlangen attackierte meine Schüchternheit. Oder vielleicht war es auch der Sonnenstich.

»Überhaupt nicht«, antwortete ich. Ich streifte die Schuhe ab und blätterte in einem Bildband mit Fotos von Australien, die vor allem rote Erde, gleißenden Himmel, grinsende Aborigines und ausgedörrte Gummibäume zeigten.

»Bitte sehr.« Caroline war aus der Küche zurückgekommen.

Sie reichte mir ein Glas Wein und stellte eine Schüssel mit Nüssen auf den Tisch. Ich legte das Buch zur Seite. Wir unterhielten uns über die Arbeit, und ich umging die realistischen Aspekte meines Berufs zugunsten einer etwas romantischeren Version, damit Caroline keine zu deutliche Vorstellung bekam. Sie rückte näher, bot mir die Schüssel an. Ich fühlte mich salziger als die Nüsse und hätte gern geduscht. Doch stattdessen aß ich von den Nüssen, trank Wein und freute mich, wie fasziniert sie von meinen Erzählungen zu sein schein. »Das ist so großartig«, sagte sie immer wieder. »Keine Ahnung, wie du das schaffst.«

»Ach, es geht«, antwortete ich, als wäre alles ganz einfach und als stünde Clock & Son nicht am Rand des Ruins und als würden die Toten nicht von uns wegziehen.

Mittlerweile war mir Caroline so nahe, dass ihre weichen Hüften meine wärmten und ich die Sandkörner in ihrem Haar zählen konnte. Dann war ihr Glas plötzlich leer, ihre Beine lagen über meinen, und eine Hand berührte mich nachdrücklich. Sie küsste mich wieder. Dieses Mal war der Grund klar. Das hier war kein schnelles Küsschen aus Übermut. Sie küsste mich und kicherte abwechselnd, als wüsste sie nicht, für was sie sich entscheiden sollte. Sie war anders als alle Frauen, mit denen ich bisher zusammen gewesen war – bestimmt und abenteuerlustig, und es war gleichzeitig verführerisch und beunruhigend. Mein erster Kuss war mit einem Mädchen namens Karen gewesen, deren Haare so gekräuselt waren, dass ich meinen kleinen Finger nicht einfach so in eine der Locken schieben konnte. Das weiß ich, weil ich es versucht habe – eine Mutprobe meines Klassenkameraden Darren, als wir elf waren. Wem das gelang, der war der König des Tages. Niemand schaffte es, aber viele waren nahe dran. Ich kam ihr so nahe, dass ich sie schnell auf die Lippen küssen konnte, worauf sie kicherte. Doch als ich meinen Finger zurückziehen wollte, blieb er in der Krause stecken. Karen quietschte so laut, dass die Lehrer auf uns aufmerksam wurden. Nie wieder strich ich einer Frau durch die Haare.

Carolines Küsse entführten mich in ein Abenteuer, das ich nicht in der Hand hatte. Sie waren energisch, verführerisch, verzaubernd – drei Dinge, die ich nicht gewohnt war … Gütiger Himmel, dann dachte ich auf einmal an Marie und dass das Maries Kuss hätte gewesen sein können, Maries Mund, Maries Geschmack. *Du Idiot, du darfst jetzt nicht an sie denken. Nicht, wenn dich eine lebendige Frau auf ihrem Sofa küsst und du, ja, genau, du, sie zurückküsst! Konzentrier dich, Oliver. Oder soll ich diesem Techtelmechtel ein Ende machen, bevor es außer Kontrolle gerät?* Doch Caroline war definitiv auf mich konzentriert, ihre Hand liebkoste Stellen, die schon sehr lange nicht mehr liebkost worden waren, als ob sie auf einem Dachboden herumräumte, der dringend gelüftet werden müsste. Ich legte meine Lippen auf die Stelle zwischen ihrem Ohr und ihrem Haaransatz. Sie seufzte. Ich versuchte ihr Bein so zu berühren, wie sie meins berührt hatte. Sie küsste mich leidenschaftlich. Ich tat es ihr nach und fand schließlich ihre Brüste. Herrlich! Ja, ich konnte es nicht leugnen: Es war herrlich. Sie erkundete meinen Bauch, und bald hatte ich mein T-Shirt und sie ihr Kleid ausgezogen. Wie hatten wir ohne Dusche so weit kommen können?

Ich schloss die Augen und ließ sie nach dem Flaum auf meinen Rundungen suchen. Ihre Hand war warm, ihr Atem süß. Es ging alles so schnell, und trotzdem … befahl ich mir, einfach mitzumachen. Ich hakte gerade zwei ganze Vorsätze ab: mein Leben spannender zu gestalten und meine Komfortzone zu verlassen. Caroline zeigte mir, was sie mochte und was nicht, kommentierte alles, was etwas verwirrend war, aber ich wollte es ihr recht machen. Ich stieß das Buch mit dem Fuß vom Tisch, worauf sie kicherte und zwei Kissen auf den Boden warf. Ich unterdrückte das Verlangen, sie wieder aufzuheben, als sie ihren entzückenden Körper an meinen presste. Irgendwann tauchten wir wieder in der Gegenwart auf, mit roten Wangen und außer Atem.

»Durst?«, fragte sie, sprang auf und verschwand in der Küche, ohne sich darum zu kümmern, dass ihr Bikini und das Kleid um das Sofa herum verstreut lagen. Ich wollte die Sachen aufheben und zusammenlegen. Stattdessen zog ich meine Shorts an und nahm den Bildband in die Hand, strich eine geknickte Seite gerade und legte ihn wieder zurück auf die Ablagefläche unter dem Couchtisch. Ich war nervös, aber aufgekratzt. Caroline kam mit zwei Gläsern Wasser zurück. »Mach dir nicht die Mühe aufzuräumen. Ich mag ein bisschen Unordnung. Wenn es zu ordentlich ist, werde ich nervös. Ich habe vorher nur aufgeräumt für den Fall, dass du noch mitkommst, und ich wollte einen guten Eindruck machen.« Sie lachte. »Das wird nicht immer so sein.«

Caroline schmiegte sich an mich und rieb mir den Bauch. Wieder überkam mich die Spontaneität, oder war es Carolines? Was war nur los? Schwimmen und Sex am gleichen Tag? Caroline stellte sich als wunderbar unerwartete Erweiterung meines Lebens heraus. Dann meldete sich mein Handy in der Strandtasche, die zerknüllt auf dem Teppich lag.

»Geh nicht ran«, sagte Caroline so nachdrücklich, dass ich dachte, sie würde mir einen Klaps auf den Oberschenkel verpassen.

»Das könnte die Arbeit sein«, erklärte ich und griff nach dem Telefon.

Doch es war eine Nachricht von Andy. *Wir sind schwanger!*

»Wow«, murmelte ich.

»Wie bitte?«

»Andy bekommt ein Kind.«

»Oh, wie schön!«

Gut gemacht, antwortete ich. *Ich wusste, dass es klappen würde.*

»Sie haben es schon eine ganze Weile versucht.«

Caroline seufzte. »Ich hätte so gern ein Kind.« Dann fuhr sie mit frischer Energie fort: »Ich finde, das sollten wir feiern. Komm, wir machen's noch mal.«

»Ja, lass uns feiern«, stimmte ich zu. Ich konnte mein Glück nicht fassen. Andy sollte öfter schwanger werden.

Sie knabberte an meinem Ohr. Dann flogen meine Shorts zum zweiten Mal zur Seite und blieben auf dem Tisch liegen wie ein improvisierter Lampenschirm.

»Ich liebe es zu feiern«, flüsterte sie. Oder gurrte sie? Keine Ahnung. Und es war mir auch egal.

Erst als ich ihr später in der Küche mit dem Abendessen half – noch mehr Spontaneität! Wie außergewöhnlich, dass ich mich in der Küche einer Frau wiederfand und Tomaten schnitt! –, dachte ich plötzlich wieder an Marie. Ich wollte es nicht, aber sie tauchte auf einmal in meinen Gedanken auf, als ob sie nun doch eifersüchtig auf Caroline wäre und ich nicht mehr ihren Segen hätte. Oder vielleicht sagte sie mir auch, ich solle es langsamer angehen lassen; für einen Tag hatte ich genug getan. Es war jedenfalls unglaublich irritierend, dass sich der Geist eines Menschen, den man geliebt hatte, im selben Raum mit demjenigen aufhielt, mit dem man gerade geschlafen hatte. Es war genauso abschreckend, wie wenn ein Haustier einem beim Sex zusah. Das war mir einmal mit Claire passiert, bis ich ihr sagte, dass ihr Jack Russell mich unter keinen Umständen im Bett beobachten durfte. Sie verstand es als »ich oder der Hund«, was aber nicht stimmte. Auch wenn es gewissermaßen bezeichnend dafür war, wie unsere Beziehung endete. Der Hund hatte gewonnen.

Ich versuchte mich auf den Salat zu konzentrieren, war aber zu abgelenkt und verwirrt. Konnte man sich voll und ganz auf eine lebende Frau einlassen, wenn sich die Liebe zu einer Toten immer noch real anfühlte? Plötzlich hatte ich in Carolines Küche eine existenzielle Krise und konnte mit niemandem darüber reden – am wenigsten mit den zwei Frauen, die der Grund dafür waren. Ich kämpfte mich durch das Abendessen, hatte jedoch meinen Schwung oder die Nerven oder was auch immer verloren und wollte danach nur noch nach Hause. Doch Caroline hatte andere Pläne.

»Bleib«, sagte sie.

»Danke, aber …«

»Ich meinte, bleib über Nacht.«

Ich konnte ihr nicht erzählen, dass meine tote Geliebte mich quälte, dass mich die Strömung zwischen meinen früheren Sehnsüchten und der Zukunft hin und her warf und ich das eine nie ganz hinter mir und mich nie ganz auf das andere einlassen konnte. Außerdem hatte ich keine Kleidung zum Wechseln dabei, keine Zahnbürste, kein Deo.

»Das geht nicht«, sagte ich und wünschte mir ironischerweise, ich hätte einen Hund, den ich füttern müsste. Stattdessen schob ich die Arbeit vor. Es war ein leichter Ausweg, und ich hatte Schuldgefühle wegen der Lüge, doch für einen Tag war meine Spontaneität erschöpft.

Sie nickte, ich merkte aber, dass sie sich zurückgewiesen fühlte.

»Ich fand den Tag und den Abend großartig«, sagte ich, um sie zu trösten. Ich beugte mich zu ihr und küsste sie, lang und weich, damit sie begriff, dass ich es ehrlich meinte. Und das tat ich. Ich war, glaube ich, einfach nur schon zu lange hier. Caroline musste erst noch lernen, dass ich nicht beliebig viele neue Dinge an einem Tag machen konnte – früher war das meistens nicht mal eine

Sache gewesen! Ich wusste, dass es nicht gut für die Beziehung wäre, wenn ich versuchte, es ihr zu erklären, weshalb ich schwieg. Es war viel besser, freundlich auseinanderzugehen als eine Katastrophe heraufzubeschwören, wenn man den anderen doch nur zufriedenstellen wollte. Außerdem wusste ich nur zu gut, wie man sich fühlte, wenn man zu viel von etwas Gutem hatte – vor allem Mars-Riegel.

Als ich später in meinem Bett lag, konnte ich nicht schlafen. So viel war in so kurzer Zeit passiert. Andy würde jetzt herumhüpfen und mir wegen des Kusses und allem anderen auf den Rücken klopfen, aber dass alles so unerwartet gekommen war, hatte mich überrascht, ebenso wie die Leichtigkeit, mit der ich mich in alles gefügt hatte. Doch ich konnte nicht leugnen, dass ich eigentlich kaum etwas dabei fühlte. Es war angenehm, und ich konnte einen Vorsatz abhaken. Trotzdem hatte ich, so dumm das auch klingen mochte, das Gefühl, Marie hintergangen und sie betrogen zu haben. Wenn ich ehrlich war, hätte ich das Schäferstündchen am liebsten mit Marie gehabt. Als Caroline mich küsste und wir ihr Wohnzimmer in Unordnung brachten, hatte ich mir einen Moment vorgestellt, es wäre sie. Oh, wie herzzerreißend die Realität gewesen war. Wie zerrissen ich mich fühlte. Ich wischte mir über den Mund, um alle Überreste zu beseitigen, doch es änderte nichts. Vielleicht sollte ich mir verbieten, je wieder meine sicheren Gewässer zu verlassen. Außerdem brannte meine Haut immer noch von der Sonne, und ich musste immerzu an Andys und Lucys Nachricht denken. Sie bekamen ein Kind! Zuerst war es mir nicht bewusst gewesen, aber die Freude, die ich für die beiden empfand, war überschattet von Neid auf ihr glückliches Familienleben. Ein Leben, das ich nicht hatte.

Einbalsamierer

Eine neue Woche begann, und ich schob meine Gefühle beiseite, um mich auf die Arbeit zu konzentrieren. Ich traf die beiden Bewerber für die Stelle des Thanatologen, auf die ich große Hoffnungen setzte. Nebenbei beflügelte mich das Wissen, dass meine Zeit als alleiniger Einbalsamierer bald ein Ende haben würde. Dass ich vierzig werden könnte, ohne von Formaldehydgeruch umweht zu werden.

Doch Bewerber Nummer eins, James »Jimmy« Miller, kam fünfzehn Minuten zu spät, was gleich ein Minuspunkt war, und am liebsten hätte ich gesagt: »Verwesung wartet auf keinen.« Stattdessen führte ich ihn rasch in mein Büro und schloss die Tür. Er schlenderte herein und ließ sich auf dem Besucherstuhl nieder, als sei er hier zu Hause. Das Kinn gereckt, die Knie gespreizt, die Ellbogen auf die Armlehnen gestützt mit dem Selbstbewusstsein eines Autoverkäufers. Ich musste mir seinen beeindruckenden Lebenslauf ins Gedächtnis rufen und dass er seit über zwanzig Jahren in der Branche tätig war. Ich war gespannt, wie er meine Fragen beantworten würde. Ich begann mit den üblichen, wie zum Beispiel

»Was für Qualitäten bringen Sie Ihrer Meinung nach für die Stelle mit?«, worauf er antwortete: »Ruhige Hände und eine Faszination für Körperteile.« Ich wollte nicht fragen, ob er da Favoriten hatte, da ich einen Bestatter kannte, dessen Obsession für Ohren – er fertigte Gipsabdrücke davon an und nannte es Kunstwerke – ihn den Job gekostet hatte. Stattdessen hakte ich Frage eins ab und schrieb ein Fragezeichen hinter die zweite. Vor allem seine Wortwahl störte mich. Dann warf ich ihm ein paar schwierigere Fragen hin.

»Wie steht's mit Ihrem Bauch?«

Er sah an sich hinunter. Er hatte eine schlanke Taille, soweit ich sehen konnte, worauf ich versuchte, nicht eifersüchtig zu sein.

»Ich meine, haben Sie einen robusten Magen?«, fuhr ich fort. Ihm war die Doppeldeutigkeit entgangen, was ein weiterer Minuspunkt war, doch dann kapierte er es.

»Ah, jetzt verstehe ich«, antwortete er nickend. »Der war gut. Ja, mein Magen kann was. Ist robuster als alle, die ich kenne, um ehrlich zu sein. Und ich mache Sport. Ich habe ein ganz nettes Sixpack. Ich komme mit allem klar, keine Angst.«

Dann zeigte er mit dem Finger auf mich. Genauer gesagt, er formte aus Daumen und Zeigefinger eine Pistole. Sicherlich war es ein Witz, doch auf mich hatte es die gegenteilige Wirkung. Es war, als hätte er mir ein Messer in die Brust gerammt. Oder mich erschossen, hätte er wirklich eine Waffe gehabt. Dann erzählte er mir von seiner Erfahrung im »in Ordnung bringen« von ungewöhnlichen Fällen, ratterte lateinische anatomische Bezeichnungen herunter, biochemisches Geschwätz und chirurgische Techniken, als wüsste ich nichts über das Einbalsamieren und wäre zutiefst beeindruckt. Schließlich wagte er es, seine Arbeit mit einem der besten plastischen Chirurgen der Stadt zu vergleichen, und brüstete sich mit seinem Talent, auch völlig verunstaltete Körper aufbahrungsfähig zu machen.

Da hatte ich genug. James »Jimmy« Miller bekam ein dickes, fettes Kreuz. Ich komplimentierte ihn höflich hinaus und versprach, mich in den nächsten Tagen bei ihm zu melden – spät genug, damit er dachte, ich hätte tatsächlich darüber nachgedacht, mir vielleicht sogar den Kopf zerbrochen, ob er ein geeigneter Kandidat war.

Im Gegensatz dazu strafte Cora Mulligans entzückend freundliche und bescheidene Art ihre vielfältigen Körperverschönerungen Lügen. Ich zählte sechs Stecker in ihrem Ohr und etwas, das wie ein schwarzer Kegel aussah, steckte in ihrem rechten Ohrläppchen. Sie hatte kurzes, blond gefärbtes Haar mit schwarzem Ansatz und trug einen ordentlichen schwarz-weiß gemusterten Rock, auf den kleine weiße Totenschädel gedruckt waren und nicht Blumen, wie ich erst beim zweiten Blick entdeckte. Ein rankenartiges Tattoo wand sich ihren Hals hinauf, und ein Totenschädel prangte an der Innenseite eines Handgelenks, den ich nur bemerkte, weil sie so viel gestikulierte. So ablenkend die Details ihrer Körperkunst und das Glänzen des Metalls waren, so gut waren ihre Empfehlungen aus einem Bestattungsinstitut im Norden, das ihr ein »würdevolles Herangehen an die Arbeit und herausragende Kreativität« bescheinigte. Ich hoffte nur, dass sich ihre Kreativität nicht darauf erstreckte, ihr gegenwärtiges Make-up weiterzugeben. Lila Lidschatten, schwarzer, geschwungener Eyeliner, der im Augenwinkel nach unten zeigte, und blutroter Lippenstift standen wenigen, vor allem nicht älteren Menschen.

Abgesehen von ihrer freigeistigen Attitüde, war ich beeindruckt, wie sie energisch meine Hand schüttelte, fröhlich in mein Büro kam und Komplimente verteilte, die gar nicht nötig gewesen wären. Sie hatte genauso viele Fragen an mich wie ich an sie.

»Ich sehe mich gern als Betreuerin der Toten«, sagte sie als Antwort auf dieselben Fragen, die ich auch Mr Miller gestellt hatte.

»Ich versuche mich um sie zu kümmern, als ob sie noch am Leben wären. Mir sind auch die Hinterbliebenen wichtig. Wir können ihnen die Trauer nicht abnehmen, aber vielleicht können wir den Schmerz lindern.«

Gute Antwort.

Und als ich sie nach ihrem Magen fragte, lachte sie nur und sagte, dass er im Moment voller Smoothie sei. Ich lachte ebenfalls und war froh, dass wir nicht nur ein paar Minuten lang über die Vorzüge oder was auch immer von »grünen« Smoothies reden konnten, sondern dass sie wie ich altmodische Milchshakes viel lieber mochte.

Ich wollte sie einstellen.

»Wirklich?«, sagte sie.

Das hatte ich dann wohl laut gesagt. Meine zweite impulsive Entscheidung in diesem Monat! Der Marie-Effekt hielt erfreulich lange an.

»Nun, warum nicht?«, meinte ich. »Ich bin beeindruckt.«

»Danke.«

»Wenn Sie bei uns anfangen wollen, haben Sie drei Monate Probezeit«, erklärte ich. »Warum denken Sie nicht einen Tag darüber nach und melden sich bei mir, wenn Sie noch Fragen haben? Ich möchte betonen, dass ich die Stelle so schnell wie möglich besetzen möchte.«

Sie sah ebenso erfreut aus wie ich, was ich als sehr positives Zeichen dafür interpretierte, dass meine Tage als Einbalsamierer gezählt waren. Ich schüttelte ihre Totenkopf-geschmückte Hand und brachte sie zum Empfang. Es war ein unglücklicher Zufall, dass Mum gerade hereinkam und ich es zudem nicht für nötig erachtet hatte, Cora darüber zu informieren, dass die andere Hälfte von Clock & Son nicht wusste, dass ich eine Stelle zu besetzen hatte.

Mums Augen wurden groß, die Augenbrauen wanderten nach oben – ein sicheres Zeichen, dass die Tätowierungen sie schockierten. Ich hoffte, dass das ihre einzige Reaktion sein würde, aber nein, sie sagte auch noch etwas.

»Hallo, meine Liebe. Ich hoffe, Oliver hat sich gut um Sie gekümmert.«

Ab da nahm die Katastrophe ihren Lauf.

»Cora, darf ich Ihnen meine Mutter vorstellen, Doreen Clock«, sagte ich. Ich musste die beiden schließlich miteinander bekannt machen.

»Oh, Sie gehören zur Familie?« Cora lachte. »Ich bin hier wegen der Stelle als Thanatologin.«

Mum drehte sich zu mir und sagte: »Die Stelle als Thanatologin, mein Lieber?«, und wand sich dann sichtlich, als ob ihre Unterhose kneifen würde, als sie die Körperverzierung an Coras ausgestreckter Hand sah.

»Ja, es kann nicht einfach sein, ein Bestattungsunternehmen ohne Einbalsamierer zu führen«, fuhr Cora fort.

»Oliver erledigt das hervorragend.« Damit beendete Mum das Gespräch.

Ich lachte nervös und brachte Cora zur Tür. Als sie gegangen war, legte Mum los.

»Also, Oliver, das wird wirklich noch zur Gewohnheit. Du hast mich schon wieder hintergangen.«

»Nun …«

»Ich dachte, wir hätten uns darauf geeinigt, dass du die Einbalsamierungen übernimmst und wir Geld sparen.«

»Ich …«

»Und selbst wenn wir jemanden einstellen sollten, dann niemanden mit Tätowierungen. Hast du gesehen, wie sie aussieht? Schrecklich, Oliver, ganz schrecklich.«

»Das ist doch keine große Sache, Mum. Tattoos und Piercings sind *de rigeur,* wie du so gern sagst.«

»Das ist mir egal. Das waren Vokuhilas in deiner Kindheit auch, und ich habe dir keinen erlaubt. Bitte sag nicht, dass du sie eingestellt hast.«

Ich sah auf meine Krawatte, wobei ich etwas verkrustetes Eigelb entdeckte.

»Oh, Oliver!«

Im Handumdrehen war Cora schon wieder gekündigt – Mum rief sie an, bevor ich die Möglichkeit hatte, es ihr freundlich beizubringen –, und Mum bewunderte den Lebenslauf von James »Jimmy« Miller, den sie für »sehr viel respektabler« hielt.

»Zum einen ist er nicht so jung, und wenn er keine Tätowierungen und anderen Schwachsinn hat, wie du sagst, dann würde ich mich *vielleicht* dazu bereit erklären, es mit ihm zu versuchen – wenn wir tatsächlich unbedingt jemanden einstellen müssen.«

Ich sah durch das Fenster hinter ihr. Verschwommene Beine huschten vorbei. Ein ständiger Strom an Passanten, von denen die meisten laut Jeans Umfrage keine Ahnung hatten, dass es uns gab. Mums Einmischung vermittelte mir das Gefühl, so unsichtbar zu sein, wie Clock & Son es offensichtlich war. Warum sollte ich mich um eine Entscheidung bemühen, wenn sie mir sowieso sofort aus der Hand genommen wurde? Mum dachte vielleicht, sie würde sich wie ein Teampartner verhalten, doch wie sie mich übergangen hatte, war erniedrigend. Aber ich wollte unbedingt einen Einbalsamierer, und wenn Mum das Wort »bereit erklären« schon in einem Satz verwendete, dann musste ich Kompromisse machen.

»Ja, Mum, wir brauchen einen Einbalsamierer.«

Sie deutete mit dem Finger auf mich. »Ein Versuch, mehr nicht. Einen Monat.«

»Ja, Mum.«

Eine halbe Stunde später sah ich von meinem Bürofenster aus, wie sie zu ihrem Wagen ging. Sie wirbelte die Schlüssel in der Hand, wie ich es manchmal tat, wenn ich gute Laune hatte. Der Kristallanhänger reflektierte das Licht und warf Streifen auf die Autos. Sie entdeckte mich und winkte. Ich lächelte und winkte zurück, wünschte aber, sie wäre heute nicht aufgetaucht und hätte mir meine Entscheidung aus der Hand genommen. Warum arbeitete sie überhaupt noch? Sollte sie nicht lieber mit Freunden essen gehen, Aquasport gegen ihre Arthritis machen oder sich ehrenamtlich für eine Wohltätigkeitsorganisation engagieren? Sie stieg in ihren Wagen und fuhr ruckartig rückwärts, bremste plötzlich und fuhr dann langsam – sehr langsam – vom Parkplatz. Es konnten nicht mehr als fünfzehn Stundenkilometer gewesen sein. Sie blockierte die ganze Einfahrt, sodass ein anderes Auto warten musste. Sie hätte den Bus nehmen sollen. Ich überlegte, ob ich ihr helfen sollte, aber ich wollte nicht, dass sie mich zurechtwies. *Ich werde ihr stattdessen eine Netzkarte kaufen.* Ein Geschenk konnte sie nicht ablehnen. *Ich werde noch ein paar Blumen dazulegen.* Sie hatte gern Blumen im Haus. Im Grunde bewunderte ich ihre Unverwüstlichkeit und ihre Energie ja, doch ihre ständigen Einmischungen nahm ich ihr übel. Sie nagten an mir wie ein eingeklemmter Nerv.

Am Abend rief Andy an, als ich gerade meine Unterwäsche bügelte und Mums Zustimmung feierte, dass ich einen Einbalsamierer ausprobieren durfte.

»Hey, Kumpel, störe ich?«

»Überhaupt nicht«, sagte ich, stellte das Telefon auf Lautsprecher und glättete weiter einen Schritt.

»Sehr gut. Hör mal, ich weiß, es ist kurzfristig, aber was machst du am Samstag? Wir wollen ein paar Leute einladen und feiern.«

»Noch mehr Neuigkeiten? Habe ich was verpasst?«

»Nein, wir wollen nur das Leben und das Baby feiern«, antwortete Andy. »Ein Vorwand für eine Party.«

Solange man keinen anderen, nicht verlegbaren Termin hatte, ließ man sich keine von Andys und Lucys Partys entgehen. Sie wussten, wie man Menschen mit gutem Essen, Musik und hervorragender Stimmung zusammenbrachte. »Caroline ist natürlich auch eingeladen.«

»Natürlich.«

»Großartig«, sagte Andy. »Ab halb acht.«

Badezeit

Nach meinem letzten Rendezvous mit Caroline wurde deutlich, dass unsere Beziehung – oder wie auch immer man sie nennen wollte –, sich zu einem ausgedehnten Übungslauf in Sachen »mehr Leben außerhalb meiner Komfortzone« entwickelte. Sie wollte sich weiter mit mir treffen, und ganz ehrlich, grundsätzlich hatte ich auch nichts dagegen. Trotzdem ließ mich das Marie-Dilemma nicht los. Ich versuchte ihr zu sagen – also Marie –, dass ich für Caroline nicht dasselbe empfand wie für sie. Ich musste die beiden voneinander trennen. Zu Hause hatte ich Marie und ihr Tagebuch, und draußen traf ich mich mit Caroline. Doch ich konnte die langsam aufkommenden Schuldgefühle nicht ignorieren, dass ich Marie in gewisser Weise betrog. Der rationale Teil von mir wusste, dass das nicht der Fall war, doch meine irrationale, emotionale Seite hatte sehr wohl das Gefühl.

Trotzdem hatten Caroline und ich uns noch ein paarmal getroffen – zweimal zum Abendessen, und einmal waren wir im Kino. Alles nicht so erinnerungswürdig wie der Ausflug an den Strand oder Salsa (ich schob meinen linken Fuß als Ausrede vor, um an der nächsten Stunde nicht teilnehmen zu müssen – eine vorgetäuschte Verletzung, keine Metapher für meine tänzerische Unfähigkeit). Doch Abendessen und ein Film wärmten mein Herz sogar noch mehr, wenn ich ehrlich sein sollte. Ich brauchte kein Adrenalin, um mich über ein angenehmes Treffen mit einer lebhaften Frau zu freuen. Zudem war sie eine willkommene Ablenkung von allem, was im Geschäft passierte – guten wie schlechten Dingen. Ich wollte sie nicht mit meinen beruflichen Sorgen belasten oder ihr die Sache mit den Kerzen erklären, bevor wir damit Erfolg hatten. Außerdem wollte ich das Thema Marie nicht ansprechen und Caroline den Hintergrund erzählen. Ich war froh, wenn wir uns über andere Sachen als den Tod und die andere Frau in meinem Leben unterhielten. Doch dann wollte sie beim Abendessen über »uns« sprechen.

»Also, Oliver, ich habe mich gefragt«, begann sie und spielte kokett mit den Spaghetti auf ihrer Gabel, »glaubst du, dass du und ich …«

»Du und ich …?«, wiederholte ich. Da sie den Satz nicht beendet hatte, war ich mir nicht sicher, worauf sie hinauswollte. Ich schob mir ein Stück Steak in den Mund.

»Ja, du weißt schon, wir. Sind wir offiziell zusammen? Ich habe mich nur gefragt, weil ich gerne weiß, wo ich stehe und lockere Geschichten nicht mag.«

Zum Glück war der Bissen Steak ein wenig zu groß und musste extralange gekaut werden, weshalb ich über ihre Worte nachdenken und mir eine Antwort überlegen konnte. Mir wurde klar, dass ich sehr zufrieden war mit dieser »lockeren Geschichte« und jedes Date nahm, wie es kam, ohne mir Gedanken über die Zukunft zu machen. Die Dates mit Caroline waren für mich in vielerlei Hinsicht ein Experiment. Natürlich war es von Vorteil, dass ich ihre Gesellschaft genoss, aber ich hatte von uns nicht als ein

»wir« gedacht, miteinander verbunden wie ein Comedy-Duo, das ohne den anderen nicht auftreten konnte. Und es war auch nicht hilfreich, dass wir eigentlich eher ein Trio waren, auch wenn Caroline von der Dritten im Bunde nichts wusste. Schließlich schluckte ich, wobei mir das Fleisch im Hals stecken zu bleiben schien. Carolines Frage zum Stand unserer Beziehung schien mir auf den Magen geschlagen zu sein.

»Alles in Ordnung?«, fragte sie.

»Ja, es geht mir gut«, antwortete ich und krümmte mich leicht wegen der Schmerzen in der Brust.

»Trink etwas«, sagte sie und schob mir ein Wasserglas hin.

»Danke«, murmelte ich und trank einige Schlucke, dankbar für den Aufschub.

Dann fing Caroline wieder an. »Weißt du, je älter ich werde, desto besser weiß ich, was ich will, und ich möchte keine Zeit verschwenden mit etwas, das keine Zukunft hat. Dir geht es doch sicher genauso?«

Ich nickte.

»Dass Andy und Lucy ein Baby bekommen, ist auch nicht gerade hilfreich«, meinte sie seufzend.

Ich nickte wieder und dachte daran, wie ich mich bei den Neuigkeiten gefühlt hatte. Sie sah mich abwartend an.

»Also?«

Ich wollte ihr wirklich die Antwort geben, die sie sich erhoffte und die sie glücklich machte, aber wenn das die ausdrückliche Bindung an ein »uns« für eine Zukunft bedeutete, über die ich noch nicht nachgedacht hatte, war mir das nicht möglich. Wiedersehen wollte ich sie aber trotzdem …

»Nun«, sagte ich. »Ich will nicht, dass es zwischen uns aus ist … Heißt das dann, dass zwischen uns was Ernsteres ist?«, sagte ich leichthin und hoffte, damit zu überspielen, dass ich »Paar«

oder »offiziell« nicht aussprechen konnte – weder zusammen noch getrennt im selben Satz. Sie wirkte ein wenig überrascht, weshalb ich hastig hinzufügte: »Ich will mich weiter mit dir treffen, Caroline, und wenn du das auch möchtest, dann … ja … schätze ich …«

Sie lächelte und nickte, und ich drückte ihre Hand über den Tisch hinweg, erfreut, dass mein halbherziges Bekenntnis sie zufriedenzustellen schien. Zum Glück kam in diesem Moment der Kellner, sodass wir zur Frage wechselten, ob es Dessert oder Käse sein sollte, und das Thema auch nicht mehr ansprachen.

Später wartete ich mit ihr auf ein Taxi und sah ihr nach, wie sie davonfuhr. Sie ließ das Fenster herunter, warf mir einen Kuss zu und winkte überschwänglich mit dem rechten Arm. Ich geriet in Panik und lief hinter ihr her.

»Zieh den Arm zurück!«, brüllte ich und winkte ebenfalls. Doch sie achtete nicht auf mich. »Dein Arm, Caroline, dein Arm, zieh ihn zurück!«

Das Auto wurde immer kleiner, ich geriet immer mehr außer Atem. Ich blieb stehen, holte mein Handy aus der Tasche und schrieb ihr eine SMS.

Bitte wink mir nicht mehr zu. Das ist sehr lieb, aber es verstößt auch gegen das Gesetz, ein Körperteil aus dem Fenster eines fahrenden Autos zu halten.

Ich drückte auf Senden. Wenigstens wusste sie jetzt Bescheid.

Ich freute mich auf den Arbeitsbeginn von Jimmy Miller und fürchtete ihn zugleich. Natürlich wollte ich einen neuen Einbalsamierer, aber nicht ihn. Außerdem kam er schon wieder zu spät. Nur zehn Minuten, aber ich wünschte trotzdem, ich hätte seine Unpünktlichkeit nicht bemerkt, weil ich wollte, dass es mit ihm funktionierte. Ich versuchte meine Zweifel an seiner Eignung für unser Unternehmen und seine Vorliebe für eine nachlässige Zeitauffassung zurückzudrängen. Marie wäre sicher auch nicht begeistert gewesen und hätte Cora vorgezogen. Mum dagegen war verzückt.

»Mir gefällt, wie seine Schuhe glänzen«, sagte sie, als wir ihn im Versorgungsraum zurückließen, damit er sich mit allem vertraut machen konnte.

»Wörtlich oder im übertragenen Sinn, Mum?«

»Beides, mein Lieber. Dagegen wirken deine Schuhe etwas langweilig.«

Ich sah nach unten. Ich weiß, das hätte ich nicht tun sollen. Ich hätte einfach weggehen und mich nicht von ihrem Seitenhieb angesprochen fühlen sollen. Ich wollte nicht glauben, dass ich oder meine Schuhe aufpoliert werden müssten, weshalb ich zum Glas mit den Jelly Beans ging. Mum war allerdings in Fahrt und tadelte mich, als sie einen frischen Strauß rosa Lilien in Großmutters Kristallvase an das Milchglasfenster stellte. Sie sagte, ich würde mehr als die Kunden essen, was wahrscheinlich stimmte, doch das war auch nicht schwer, da wir ja kaum welche hatten, wie ich zurückgab. Der Tag hatte kaum angefangen, und schon wünschte ich mir, er wäre zu Ende. Ich ging in mein Büro und schloss die Tür. Angeregt von meinem heimischen Bücherregal, beschloss ich meine Berufsliteratur umzusortieren. Nach Farben konnte ich nicht gehen, da die meisten Bücher über das Bestattungsgewerbe, über Trauer und Trauerbegleitung eher gedeckte Töne hatten, weshalb ich mich für eine Sortierung nach der Größe entschied.

Am Abend wollte ich Andys Empfehlung folgen und mich um mich selbst kümmern. Ich würde mich in die Badewanne legen und so lange im heißen Wasser bleiben, wie ich wollte. Sobald ich zu Hause war, zog ich mir den Bademantel über und ließ meine

Kleidung auf einem Stuhl im Schlafzimmer. Wegräumen konnte ich sie später, dachte ich, in einem Versuch, gelassener zu sein. Ich zündete die Marie-Kerze an, nahm sie mit ins Bad und ließ das Wasser ein. Mir fielen einige Badezusätze im Waschtisch ein, und ich holte eine Packung Badesalz gegen Muskelkater mit Eukalyptus- und Pfefferminzöl heraus, die Edie bestimmt gefallen hätte, sowie eine große, gelbe Badekugel, die mit lila Kornblumen dekoriert war und »meine Sorgen wegwaschen und meine Laune heben« sollte. Ich kippte die Packung mit dem Badesalz vollständig ins Wasser und warf die Badekugel hinterher. Sofort färbte sich das Wasser gelb und sprudelte wie Limonade. Lila Kornblumenblüten wirbelten herum wie Teeblätter. Ölig duftender Dampf stieg aus der Wanne auf. Worauf ließ ich mich da nur ein? Dann: Musik. Eine entspannende Atmosphäre war erst vollständig mit sphärischer Unterwassersynthesizermusik oder spanischen Gitarrenklängen. Ich suchte auf meinem Handy nach der entsprechenden Musik und begann in mittlerer Lautstärke mit den heilenden Tönen von Delfinen und Wellen, die perfekte Musik für Achtsamkeit, hatte ich mir sagen lassen. Besser als die tödliche Stille, in der man auf dem Einbalsamiertisch liegt. Als die Wanne zu drei Vierteln voll Wasser war – ein riesiges Glas sprudelnder Multivitamine –, drehte ich den Hahn zu. Bisher war ich recht zufrieden, alles lief wie geplant und war bereit zur Entspannung.

Bis es an der Tür klingelte. Ich wollte nicht öffnen. Ich könnte so tun, als sei ich nicht zu Hause. Wieder klingelte es. Und wieder. Ich konnte es nicht ignorieren. Auf Zehenspitzen ging ich zur Tür und spähte durch das Guckloch. Ein vergrößertes Auge starrte zurück. Eine Stimme rief meinen Namen. Wieder sah ich durch das kleine runde Fenster. Caroline sah aus wie ein Pilz. Oder ein riesiges Spermium.

Ich öffnete die Tür.

»Hallo, Caroline.« Ich verfluchte mich, weil ich so erfreut klang, sie zu sehen.

»Schick siehst du aus in deinem Morgenrock.« Sie sagte es, als wäre ich ein Handtaschenhund in einem karierten Mantel, dann rieb sie meinen Arm, als ob der Frottee aphrodisierende Eigenschaften hätte. »Störe ich?« Sie reckte den Hals, um an mir vorbei ins Wohnzimmer zu schauen.

»Nein, überhaupt nicht.«

»Oh, gut, kann ich reinkommen?«

»Ich wollte gerade ein Bad nehmen.« Panik stieg in mir auf. Hilfe! Marie brannte im Badezimmer, und das Tagebuch … Wo war das Tagebuch?

»Oh, Oliver …« Sie seufzte anzüglich, voller Vorfreude auf weitere hingebungsvolle Seufzer.

In dem Moment hätte ich vorschlagen sollen, dass wir uns an einem anderen Tag treffen. Ich wollte wirklich versuchen, mir Zeit für mich zu nehmen, mich nicht wieder an zweite Stelle zu setzen, und ich wollte auf keinen Fall, dass sie sich auf Maries Terrain breitmachte. Doch ich schwieg. Ich war zu sehr mit meiner Panik wegen Marie beschäftigt, dass Caroline einfach in die Wohnung ging. Allerdings hätte ich ganz bestimmt nicht erwartet, dass sie mit mir baden wollte. So viel Enthusiasmus hatte ich nicht vorhergesehen. Sobald sie die Tür hinter sich geschlossen hatte, knöpfte sie ihre Bluse auf und riss den Gürtel mit solcher Kraft aus der Hose, dass ich sie nicht würde aufhalten können. Sie steuerte aufs Badezimmer zu, und ich dackelte hinter ihr her, als sei ich tatsächlich ein dämlicher Hund in einem karierten Mantel, und wünschte, ich hätte ein paar von Mums Blutdrucktabletten genommen. *Bitte entschuldige, Marie, das tut mir alles so leid,* dachte ich immer wieder und machte einen raschen Abstecher ins Schlafzimmer, um das Tagebuch in meiner Sockenschublade zu verstecken, wo ich es sorgfältig auf meine marineblauen Socken legte. Dann ging ich ins Badezimmer zu Caroline, in der Hoffnung, meine Nervosität genauso gut zu verbergen, und blies die Kerze aus.

»Oh, ich fand, die roch gut«, sagte Caroline.

»Mit der Zeit kann der Geruch etwas zu viel werden«, murmelte ich und stellte die Kerze in den Waschtisch.

»Schade, dass es aussieht, als hätte jemand ins Wasser gepinkelt«, fuhr sie fort.

»Das ist eine Badekugel.«

»Das weiß ich doch, Dummerchen.« Sie lachte, dann legte sie den Kopf schief und lauschte der Musik, als hätte ich High-End-Lautsprecher in der Zimmerdecke installiert, aus denen in ausgewählten Räumen des Hauses Musik drang.

»Delfine«, erklärte ich.

Ihre herabgezogenen Mundwinkel zeigten mir, dass ich zum nächsten Track schalten sollte. Ich zögerte nicht, schließlich machte ich es anderen gern recht. Dann war sie vollkommen nackt und tauchte in die gelbe Flüssigkeit ein. Zwei Kornblumenblüten klebten an einer Brustwarze.

»Komm rein«, sagte sie und klopfte mit der Handfläche aufs Wasser wie auf den Platz neben sich.

Es schien keinen Weg zurück zu geben, und … na ja … Ich hatte mich schon immer gefragt, ob meine Badewanne groß genug für zwei war. Außerdem war Maries Tagebuch auf diese Weise geschützt vor Entdeckung. Ich streifte den Bademantel ab und legte ihn säuberlich gefaltet auf den heruntergeklappten Toilettendeckel, stieg über willkürlich abgeworfene Unterwäsche und nahm meinen Platz ein. Zum Glück zog Caroline die Knie an die Brust, damit ich mich ins Wasser setzen konnte, dann streckten wir die Beine aus und verschränkten sie, um mehr Platz zu haben. Es war eng, ja, aber es ging.

»Das ist eine schöne Überraschung«, sagte sie. »Ich wollte eigentlich nicht unangekündigt bei dir vorbeischauen, aber ich habe dich vermisst. Nur weil wir beide viel zu tun haben, heißt das ja nicht, dass wir uns nicht sehen können, nicht wahr?« Mir fiel nicht schnell genug eine Antwort ein, aber sie schien auch keine zu erwarten, da sie schon weitersprach. »Ich habe mich heute mit Lucy getroffen und durfte ihren Bauch betasten.« Sie seufzte. »Ich habe nichts gespürt, aber ich wusste, dass das Baby da war und im Fruchtwasser schwamm.«

Jetzt schon das Baby-Thema? Ich sah nach unten und spritzte mir Wasser ins Gesicht, um von meinem panischen Blick abzulenken, der wohl kaum zu verbergen war.

»Sie sah so glücklich aus ...« Caroline seufzte wieder. »Wahrscheinlich hat es gerade getreten. Und an seinem Daumen genuckelt.«

Ich lächelte. Zupfte mir Kornblumen von den Wangen. Wollte sie wieder über uns reden? Über ihre Kinder? *Unsere* Kinder? Ich musste etwas sagen, bevor sie eine Antwort von mir wollte.

»Haben Babys denn jetzt schon einen Daumen?« Etwas anderes fiel mir nicht ein.

»Vielleicht nicht, aber die Vorstellung ist schön.«

Schnell, ein Themenwechsel. »Wie war es in der Arbeit?«

»Das Übliche. Bis auf einen Kunden, der zwei Frauen als Brüste verkleiden will, um seine BHs zu bewerben. Ganz ehrlich, ich glaube, er hat ein Problem. Er redet nur über Brüste.«

»Wahrscheinlich lässt sich das nicht vermeiden, wenn man Frauenunterwäsche verkauft«, meinte ich und lachte dümmlich.

Ich war erleichtert, dass das Gespräch sich auf vertrauterem Gebiet bewegte. Entspannt war ich nicht – meine Sorgen trieben immer noch im Badewasser, und das energische Gitarrengeklimper aus meinem Handy war alles andere als meditativ –, doch nachdem Caroline es sich so gemütlich gemacht hatte, fragte ich mich, ob ich nicht das Licht ausschalten und eine andere Kerze hätte anzünden sollen oder noch etwas Schaumbad ins Wasser geben, für ein paar diskrete Schaumberge. Im Moment beleuchtete das Deckenlicht gnadenlos jede Falte und jede Sommersprosse an unseren Körpern, den blauen Fleck an Carolines Hüfte und meinen Bauch, der einem schlaffen Ballon ähnelte. Ich zog ihn ein.

»Er ist total fixiert«, fuhr Caroline fort. »Er hat mir einmal erzählt, dass er seinem Tennisclub einen Streich gespielt hat. Er hat die Flagge von der Fahnenstange heruntergeholt und sie durch einen BH ersetzt. Kannst du dir das vorstellen? Er hat einen BH an einem Fahnenmast gehisst.« Sie schüttelte den Kopf.

»Das ist mutig«, sagte ich. »Und auch irgendwie lustig.«

»Fand der Tennisclubmanager nicht.«

»Nein, natürlich nicht.« Sie sollte nicht denken, dass ich nicht ihrer Meinung war. Ich war jetzt von der Seife abgelenkt, die in einer Schale neben mir lag. Was sollte ich tun? Wenn ich sie erst ihr anbot, würde sie dann denken, sie hätte meiner Meinung nach eine Reinigung nötig? Aber sie sollte auch nicht denken, dass ich mich nicht waschen wollte. Was war die Badeetikette für ein Paar, das zum ersten Mal die Wanne teilte?

Das Wasser war mittlerweile eher lauwarm als heiß, und da mein Kopf neben dem Hahn ruhte, konnte ich nicht riskieren, mir mit frischem heißem Wasser den Schädel zu verbrühen. Ich nahm die Seife und rieb mich damit ein, dann versuchte ich sie Caroline beiläufig unter Wasser hinzuhalten, als wäre es mir egal, ob sie sie nahm oder nicht. Ihre Augenlider flatterten. Sie griff danach. Etwas regte sich in meinen Lenden. Sie seifte sich genüsslich ein, was das perfekte Vorspiel für eine Verlagerung ins Schlafzimmer gewesen wäre, wenn sie sich nicht zu einem Kuss vorgebeugt hätte. Sie rutschte mit dem glitschigen Po nach hinten, versenkte ihre Nase in meinen Bauch, und ich prallte mit dem Hinterkopf an den Wasserhahn. Ich schrie im selben Moment auf, als Caroline wieder hochkam und mir Wasser ins Gesicht spritzte. Einiges davon schluckte ich, einiges traf mich an der Stirn und lief mir in die Augen. Sie starrte mich an. Ob schockiert, enttäuscht oder bedauernd, war ungewiss.

»Badewannen sind gefährlich, das ist eine bekannte Tatsache«, platzte ich heraus, um die Stimmung aufzulockern.

»Tut mir leid«, sagte sie und wischte mir die Tropfen aus dem Gesicht.

»Sollen wir rausgehen?«

Sie nickte.

»Ich gehe zuerst, dann kann ich dir ein Handtuch holen.«

Aus dem Waschtisch nahm ich ein sauberes Handtuch und gab es ihr, als würde ich ihr in den Mantel helfen. Doch ich war mir immer noch unsicher wegen des Protokolls bei unerwartetem gemeinsamem Baden. Als ich mich zwischen den Zehen abtrocknete, versuchte ich abzuschätzen, ob der Kuss immer noch aktuell war. Wenn ich Marie vergessen könnte, entschied ich, sollte ich den Moment voll und ganz genießen können. Aber ich konnte Carolines Gedanken schwer einschätzen, da sie voll und ganz mit Abtrocknen beschäftigt schien – unter den Brüsten, um die Schulterblätter, hinter den Knien und am Haaransatz. So gern ich auch über meinen Schatten springen und erneute Zärtlichkeiten einleiten wollte, wagte ich es nicht. Was, wenn sie das Interesse verloren hatte und mich abwies? Was, wenn der Zwischenfall in der Badewanne ihre Meinung über romantische Wasserbegegnungen mit mir geändert hatte? Oder über jegliche romantische Begegnung mit mir. Das Risiko war es nicht wert. Schweigend trockneten wir uns fertig ab. Nachdem ich mir das Handtuch um die Hüfte geschlungen hatte und überlegte, ob ich wieder in den Bademantel schlüpfen oder mich gleich richtig anziehen sollte, wurde mir das Handtuch heruntergerissen, und Caroline drängte mich gegen das Waschbecken. Wieder stieß ein Wasserhahn von hinten gegen mich. Doch dann vergaß ich den Hahn. Und das helle Licht. Und das Wasser, das an meinem Rücken hinunterlief. Und Maries Kerze im Schrank. Oh, Caroline … Du hast meine Frage beantwortet.

Ihr Kopf lag auf meiner Schulter. Ich streichelte ihre Haare. Ich hatte Caroline vom Schlafzimmer ins Wohnzimmer umdirigieren können, um Abstand zu Marie herzustellen. Im Zuge der Leidenschaft waren meine Befürchtungen zwar verblasst, doch jetzt musste ich mich sehr stark darauf konzentrieren, sie voneinander zu trennen.

»Das war schön«, flüsterte Caroline und spielte mit meinen wenigen Brusthaaren.

»Ja«, antwortete ich.

»Nachdem du mich jetzt wieder getroffen hast, willst du mich auch weiter sehen?«, fragte sie mit einem verschmitzten Lächeln, hinter dem ich einen gewissen Ernst vermutete. Und wieder wollte sie meine Absichten erfahren. Warum konnten wir nicht einfach so weitermachen, Spaß miteinander haben, ohne den Druck einer künftigen Verpflichtung oder der genauen Definition, was das alles bedeutete? Als ich eine Sekunde zu lange mit der Antwort zögerte, fügte sie hinzu: »Ich will dir keine Angst machen, Oliver. Ich weiß, was ich will, aber bei dir bin ich mir immer noch nicht sicher.«

»Natürlich will ich dich wiedersehen«, sagte ich.

»Und dann noch mal und noch mal und noch mal?«, fragte sie.

Ich lachte und küsste sie auf den Kopf, ließ ihren letzten Satz jedoch in der Luft hängen, als wäre er an eine Wäscheleine geklammert und wartete darauf, heruntergenommen zu werden. Ich wechselte das Thema.

»Hast du schon etwas gegessen?«, fragte ich. »Möchtest du zu Frittata und Reality-Fernsehen bleiben?« Ich musste sie fragen. Schließlich war sie bereits in meiner Wohnung, und ich war ihr etwas schuldig.

Leichter Ärger huschte über ihr Gesicht – wahrscheinlich, weil ich nicht auf ihre Frage eingegangen war –, doch sie sagte nichts dazu. »Natürlich möchte ich das«, antwortete sie schließlich, drückte meinen Arm und küsste mich auf den Brustmuskel – oder was ein Brustmuskel hätte sein können, wenn ich ins Fitnessstudio gegangen wäre.

Ich drückte und küsste sie zurück und fragte mich, wie sie wohl als Kerze riechen würde. Haarspray, Kokosöl, Zitronenverbene. Katze.

Während Caroline mir eine Pause zum Nachdenken verschaffte, konnte ich ihre Anhänglichkeit gedanklich in einer Schublade verstauen und mich darauf konzentrieren, ihre Gesellschaft zu genießen. Wir verbrachten einen gemeinsamen Abend zu Hause, kochten zusammen, ich schlug die Eier, sie hackte die Kräuter. Dann schauten wir aneinandergekuschelt auf dem Sofa Fernsehen, mein Arm ruhte sanft auf ihren Schultern, sie verpasste mir als Reaktion auf das Fernsehprogramm hin und wieder einen Klaps auf den Schenkel. Wie angenehm die Freuden der Partnerschaft waren. Und wie Übelkeit erregend die Schuldgefühle, weil man fremdgegangen war.

Die Muster

Ein paar Tage später waren die Musterkerzen fertig. Das waren sehr gute Neuigkeiten. Edie erwies sich als verlässlich, effizient und pünktlich. Sie saß bereits in dem Café, in dem wir uns treffen wollten – um eine unnötige Begegnung mit Mum zu vermeiden –, als ich acht Minuten zu früh eintraf. Sie entschuldigte sich, dass sie so früh da war, und ich entschuldigte mich, dass sie warten musste, und dann lachten wir beide, weil die Uhr immer noch nicht unsere vereinbarte Zeit anzeigte. Der Termin begann vielversprechend.

»Ich habe alle dabei«, sagte sie grinsend und deutete auf eine große Tasche zu ihren Füßen. »Sollen wir erst etwas bestellen?«

»Unter normalen Umständen würde ich das, doch da dies außergewöhnliche Umstände sind und ich es nicht erwarten kann, an den Kerzen zu riechen, sollten wir mit dem Mittagessen noch warten«, meinte ich.

Sie lächelte, und zum ersten Mal bewunderte ich ihre geraden Zähne. Überhaupt war ihr Lächeln sehr ansprechend. Ihr Lippenstift besaß einen der schönsten Rottöne, die ich seit Langem gesehen hatte, und ich fragte mich, ob wir ihn in unsere Auswahl an Aufbahrungskosmetik aufnehmen und ob ich Edie nach der genauen Bezeichnung fragen konnte. Was für eine Vorstellung – Edie und ich unterhielten uns über Lippenstiftmarken!

Sie griff in die Tasche und stellte die Kerzen nacheinander vorsichtig auf den Tisch. »Mit welcher wollen wir anfangen? Ich habe zwei für erfundene Menschen gemacht – einen Gärtner und einen Barbecue-Fan – und drei für Jean.«

»Entscheide du.«

»Okay. Mach die Augen zu.«

Ich schloss die Augen. Ein Deckel wurde abgehoben, dann stiegen mir süße Düfte in die Nase: Jasmin, Gardenien, Freesien. Fast Marie, aber nicht ganz. Ein Garten, den sie vielleicht bepflanzt, Blumen, die sie vielleicht gehegt hatte. Ein botanisches Wunderland.

»Der Gärtner?«, vermutete ich. Sie nickte. »Gefällt mir.«

»Die nächste Kerze«, sagte sie.

Ein rauchiger, würziger Hauch ließ meine Nasenhaare zucken und kitzelte meine Geschmacksnerven. Er erinnerte mich an den Metzger in der Nähe des Geschäfts. Die Wildschweinwürste mit Chipotle Chili, die man dort kaufen konnte. Mir lief das Wasser im Mund zusammen. Nach der Arbeit sollte ich auf dem Nachhauseweg welche kaufen.

»Das ist hoffentlich nicht Jean«, meinte ich lachend.

»Die Ärmste«, erwiderte Edie. Wir lachten noch ein bisschen mehr, und ich schnupperte noch einmal.

»Weißt du was, darauf bekomme ich Hunger.«

»Das ist gut, oder?«

»Schon, aber soll es nicht ein Andenken an einen Menschen sein und nicht an eine Wurst?«

»Ich dachte, ich zeige dir meine Vielseitigkeit. So eine Kerze würde ich für meinen Neffen machen, wenn er mich ließe. Joseph hält sich für einen Grillwurstfeinschmecker. Allerdings machen ihm die Kerzen eine ›Scheißangst‹ – seine Formulierung –, deshalb verschone ich ihn. Er ist erst elf.«

»Vielleicht kann er sich damit anfreunden, wenn er älter ist.«

»Das stimmt, und es ist auch schwierig, eine Kerze von jemandem anzufertigen, der sie noch riechen kann. Für Jean habe ich drei Varianten gemacht, weil ich sie unbedingt richtig einfangen wollte. Ich meine, wenn man sich selbst riecht, muss es perfekt sein.«

»Aber weiß man denn, was für einen Geruch man verströmt, außer wenn man stinkt?« Ich dachte an fauligen Atem, käsige Füße, den Gestank verschwitzter Haut und ungewaschener Kleidung.

Edie lachte. »Wahrscheinlich nicht, aber wir hoffen doch alle, dass wir gut riechen, oder? Wir alle haben ›gute‹ Gerüche, den natürlichen Duft, der uns jeden Tag anhaftet. Dessen wir uns nicht bewusst sind und der einen Eindruck hinterlässt«, erklärte sie. »Es gibt eine Frau, die professionelle Geruchsforscherin ist, ein Duftguru sozusagen. Sissel Tolaas untersucht wissenschaftlich Gerüche und bildet sie nach. Sie hat über siebentausend Gerüche in einem Labor in Berlin archiviert. Sie macht richtiggehende Reiseführer, fängt die Gerüche von Städten ein.«

»Das klingt ein bisschen verrückt.«

»Glaubst du, die Leute werden uns wegen dem hier für verrückt halten?«, fragte sie. »Ich meine, du warst am Anfang ja auch nicht begeistert.«

»Ja, aber mit Marie hast du mich überzeugt. Du hast doch nicht etwa Bedenken?« Wenn Edie jetzt ausstieg, wäre das der letzte Nagel zu unserem Sarg.

»Nein, aber das heißt, dass die Muster wirklich perfekt sein müssen, vor allem Jeans. Wenn sie ihre Kerze mag, dann wird sie unser Aushängeschild.«

Die Vorstellung, wie Kunden an Jean an ihrem Schreibtisch rochen, jagte mir einen Schrecken ein. Auf gar keinen Fall durfte ich Clock & Son in eine Freakshow verwandeln. Vor allem nicht in eine verblichene, altmodische Freakshow, da wir uns immer noch nicht über Renovierungen einig waren.

Edie berührte meine Hand. Da war er wieder, der Schauder, die fürsorgliche Berührung einer selbstbewussten Frau. »Ich weiß, was du denkst«, sagte sie, als ob sie auch noch Gedanken lesen könnte. »Aber keine Angst, wir müssen Jean nicht zu den Musterkerzen stellen. Ich dachte nur, wenn sie ihre mag, dann könnte sie für die Authentizität bürgen. Vergiss nicht, ich mache meine Arbeit aus denselben Gründen wie du. Um Menschen durch schwere Zeiten zu helfen. Um Schmerz in etwas Positives zu verwandeln. Um kostbare Momente mit geliebten Menschen auf eine Weise anzubieten, die es bisher nicht gab. Ich verdiene meinen Lebensunterhalt zwar mit Medikamenten, aber es gibt viele andere Wege, um Krankheiten zu behandeln.«

Edies Worte waren berührend und einfühlsam, ihre Haut weich und leuchtend wie der Vollmond.

Ich nickte. »Ich hätte es selbst nicht besser ausdrücken können.«

»Du bist also bereit für Jean?«

Sie schwenkte jede Kerze zweimal vor meinem Gesicht, hielt inne und wiederholte alles. Meine Nase zuckte, mir wurde schwindelig. »Kannst du das noch mal machen?«

»Ich habe als Grunddüfte Vanille und Kokos verwendet, als Hauptdüfte Honig und Amaretto. Ein bisschen Süße, aber nicht zu viel. Es sollte nicht zu stark werden. Die Balance ist wichtig.«

Ich roch noch einmal an den drei Kerzen und überlegte einen

Moment. »Nummer drei«, sagte ich dann. »Ich glaube, Nummer drei kommt Jean am nächsten.« Jeans Morgengebäck. Ihre selbst gemachten Mandelschnitten. Der buttrige Geruch ihrer Pullover, wenn sie am Wochenende gebacken hatte.

»Super«, sagte Edie. »Hoffen wir, dass Jean genauso denkt.« Sie hielt einen gedrückten Daumen hoch.

»Ich denke schon«, erwiderte ich. »Komm doch nach der Arbeit vorbei, und wir finden es heraus.«

Jean füllte gerade die Dose mit den Teebeuteln auf, und ich zählte Post-its, um mir die Zeit zu vertreiben, als Edie hereinkam. Als Erstes machte sie Jean ein Kompliment zu ihrer Brosche – eine Holzkatze mit bemaltem Gesicht – und rückte sie zurecht, als hätte sie schief gesessen. Vielleicht hatte sie Edie sogar gefallen, aber was für ein brillantes Timing und Taktgefühl. Wenn man mich fragen würde, hätte ich Edie eher für eine Kettenträgerin gehalten, keine Broschenfrau. Wie der Kuchenstückanhänger, der in der weichen Kuhle zwischen ihren Schlüsselbeinen ruhte. Sie holte eine Visitenkarte des Secondhandladens ihrer Schwester hervor und erzählte Jean, dass dort immer eine Auswahl an Schmuck und Broschen vorrätig war. »Schauen Sie mal vorbei, und sagen Sie, dass Sie mich kennen. Man weiß nie, vielleicht bekommen Sie Rabatt.«

»Das ist sehr nett«, bedankte sich Jean und nahm die Karte.

»Also, ich habe Ihre Kerze dabei«, verkündete Edie und tätschelte ihre Tasche.

»Ach du lieber Himmel«, erwiderte Jean. »Ich weiß ja, dass Sie eine Kerze von mir machen wollten, aber jetzt bin ich mir nicht mehr so sicher. Ich kann mir nicht vorstellen, dass sich die Idee durchsetzt. Lenkt sie nicht zu sehr von unserem Kerngeschäft ab? Ich bin mir wirklich unsicher.«

Ich nahm Jeans Hand. »Schon okay, Jean. Edie und ich haben alles durchgesprochen und einen Plan. Warum riechst du nicht erst mal an deiner Kerze, und dann erzählen wir dir alles?«

»Ich weiß nicht, ob ich aufgeregt oder abgestoßen sein soll.«

»Wir hoffen, aufgeregt«, meinte Edie. »Ich weiß, dass es sicher schwer ist, Gefühle und Erinnerungen heraufzubeschwören, wenn man sich selbst riecht, aber versuchen Sie es mal.« Sie lachte.

»Nun, interessant ist das Konzept zumindest, nicht wahr?«, stimmte Jean zu. »Ich gebe mein Bestes.«

Edie nahm die fünf Kerzen, die sie mitgebracht hatte, aus der Tasche und stellte sie in gleichem Abstand zueinander in einer Reihe auf den Empfangstisch. »Drei sind Sie und zwei von erfundenen Leuten, die wir als Musterkerzen anbieten könnten. Sie müssen Ihren Geist öffnen und Ihre Augen schließen, um alles aufnehmen zu können.« Edie führte die ideale Kerzenriechpose vor, hob übertrieben einen imaginären Deckel, atmete betont ein und schnupperte enthusiastisch. Dann nahm sie eine Kerze und zog den Deckel ab. »Sie sind dran. Das hier ist Olivers Favorit.«

Jean sah von mir zu Edie. »Na dann.« Sie beugte sich über das Glas und roch, wenn auch weniger übertrieben als Edie. Ein Duft nach Honig und Vanille und Kakaobohnen wand sich durch die Luft wie unsichtbarer Nebel und zupfte an Jeans Nase. Sie schloss die Augen und atmete noch einmal ein, dachte angestrengt über den zarten Duft von sich selbst nach. »Nun«, sagte sie, richtete sich auf und drehte ihre Brille.

»Was denken Sie?«

»Kann ich an den anderen auch riechen?«

Jean nahm sich eine Kerze nach der anderen vor, erst ihre drei, dann die anderen zwei, und schnupperte sich aufmerksam durch die Geruchsvarianten. Es war, wie einen Drogenspürhund am Flughafen am Gepäckband zu beobachten.

»Ich muss sagen, sie sind alle recht ansprechend«, stellte sie schließlich fest. »Aber ich glaube, Oliver könnte recht haben. Die hier könnte sehr gut ich sein. Darf ich mich mit nach Hause nehmen?«

Die Vorstellung, wie Jean sich selbst als Duftkerze in einem Glas mit nach Hause nahm, war ein wenig verrückt. Die süße Jean mit Amaretto-Honig-Duft! Doch hoffentlich war es positiv verrückt. Am Abend rief ich Andy an und erzählte ihm aufgeregt, dass ich einen Auftrag für ihn hatte.

»Nichts Großes, aber es wäre toll, wenn du das für uns machen könntest«, sagte ich.

»Ich fotografiere keine Leiche«, antwortete er.

»Keine Sorge, nichts in der Richtung.«

»Oder einen Sarg. Tut mir leid, die machen mir einfach Angst, egal, ob jemand darin liegt oder nicht.«

»Andy, ganz ruhig. Es geht um Kerzen.«

»Kerzen?«

Ich erzählte ihm alles darüber und wie ich Edie vorgeschlagen hatte, dass wir professionelle Fotos machen lassen sollten. Ich wartete auf seine Reaktion. Es war, als könnte ich sein Gehirn im Leerlauf hören, was seltsam war, weil Andy normalerweise sehr schnell dachte – sogar sein Geist hatte schnell zuckende Muskelfasern.

»Mann, ich weiß nicht, was ich dazu sagen soll«, meinte er schließlich. »Kerzen von toten Menschen, klingt das nicht irgendwie eklig?«

Für jemanden mit seiner Kreativität konnte er eigentlich eine lebhaftere Vorstellungskraft haben. »Vertrau mir, Andy. Ich war zuerst auch unsicher, aber als Edie eine Kerze von Marie gemacht hat …«

»Ah, Marie…« Ich wusste, dass er nickte, was mich, ehrlich gesagt, beleidigte. Als ob ich immer noch keine Gefühle für sie haben dürfte.

»Ja, Marie«, wiederholte ich trotzig. »Und es ist wirklich sie in der Kerze.«

»Weißt du, wie das klingt?«

»Ja, es ist großartig! Hör mal, sagst du nicht immer ›Wenn du es nicht versuchst, wirst du es nie erfahren‹? Andy, ich will das wirklich versuchen. Vielleicht sind sie nicht mein Ticket in die Frührente, aber sie werden uns von allen anderen abheben. Wenn wir das hier richtig angehen, gibt es keinen Grund, warum wir daraus nicht ein wenig Profit machen und vor allem Kunden zu Clock & Son locken sollten, damit sie nicht zur Konkurrenz abwandern.«

»Also gut.« Andy seufzte tief. Ich dachte, er würde sich über einen Auftrag freuen, selbst wenn dieser nur einen halben Tag dauern würde.

Das Missverständnis

Der Tag von Andys Party war so frisch und sauber wie ein sonnengetrocknetes Hemd, und ich beschloss, Caroline vor der Party zu Drinks und Snacks einzuladen und auch vorzuschlagen, dass wir uns gemeinsam fertig machen konnten. Sie verstand das als Euphemismus für Sex, wogegen ich nichts einzuwenden hatte. Ich fühlte mich zuversichtlich, nachdem Caroline bereits hier gewesen war und ich sie und Marie erfolgreich hatte voneinander trennen können, dass es mir auch weiterhin gelingen würde, solange wir das Schlafzimmer mieden. Auch wenn ich Rufbereitschaft hatte und nichts trinken konnte, wollte ich mich wirklich entspannen und Carolines Gesellschaft genießen. Ich hatte alle Zutaten für meinen alkoholfreien Lieblingsdrink mit Cranberry- und Limettensaft, und für Caroline Gin Tonic. Als sie hereinkam, machte ich einen Witz darüber, dass wir bei Andy unsere Salsakünste üben und allen zeigen konnten, was es mit dem Tanzen auf sich hatte. Ich mischte die Drinks und zündete ein paar kürzlich erworbene Kerzen mit Vanilleduft an. Im Wohnzimmer ließ ich die Jalousien herunter und wirbelte Caroline halb angezogen herum, was sie zum Lachen brachte. Ich liebte es, wenn sie glücklich war und ihre Stimmung nicht schwankte oder sie herrisch und fordernd war. Sondern einfach nur glücklich. Ich wirbelte sie weiter herum, bis wir auf dem Sofa landeten und die Kissen abwarfen. Wir hätten noch länger so bleiben können, doch wir hatten ja schließlich noch einen Termin. »Wie wäre es mit einer Dusche?«, schlug ich vor, damit wir vorankamen. »Du zuerst. Ich bringe dir ein Handtuch.«

Dann war ich an der Reihe. Ich war so fröhlich, dass ich in der Dusche sang und es mir egal war, dass Caroline mein schiefes Trällern hören konnte. Ich trat gerade aus der Dusche, als ich einen Schrei aus dem Schlafzimmer hörte und eine Sekunde dachte, sie wollte ein Stakkato zu meinem Falsett beisteuern. Doch sie regte sich tatsächlich über etwas auf. Ich schlang das Handtuch um meine Hüfte und rannte zu ihr.

»Eine Spinne?«, fragte ich.

»Nein«, kreischte sie wieder. Meine schlimmste Angst, die auf einer Skala von eins bis zehn eine elf war – größer als meine Angst, in der Öffentlichkeit in ungebügelter Kleidung zu erscheinen – war eingetreten. Caroline hielt Maries Tagebuch in der Hand. Es war an einer oft gelesenen Seite aufgeschlagen, platt gedrückt von meiner wiederholten Lektüre. »Was ist das?«, verlangte sie zu wissen und klopfte mit dem Finger auf die Seite.

Oh, wie sehr ich mir eine krabbelnde Spinne auf dem Bett gewünscht hätte. »Was tust du da?«, fragte ich, dachte aber: *Was tust du in meinem Schlafzimmer, und wie hast du das Tagebuch gefunden?* Hatte ich es aus Versehen auf dem Nachttisch liegen gelassen, oder hatte Caroline es in seinem neuen Versteck in der Nachttischschublade gefunden? *Oh, Marie, es tut mir so leid.*

»Oliver?«, sagte sie.

»Das ist das Tagebuch einer Freundin«, erwiderte ich. »Könnte ich das bitte haben?«

»Was heißt das, eine Freundin?« Sie hielt das Tagebuch außer Reichweite.

»Du weißt schon, eine Freundin.«

»Gehst du mit ihr ins Bett?«

»Was?« Ich war so von ihrer Frage überrumpelt, dass ich errötete, was mich leider ziemlich schuldig aussehen ließ.

»Das dachte ich mir.«

»Nein, so eine Freundin ist sie nicht. War sie nicht. Weißt du …« Ich wollte es gerade erklären, als sie mich unterbrach.

»Ich habe es gelesen, Oliver. Lüg nicht.«

»Ich lüge nicht.«

»Ist sie der Grund, warum du dich nicht voll auf mich einlassen willst?«

»Nein«, wehrte ich ab, auch wenn sie nicht ganz unrecht hatte. Sie warf das Tagebuch auf das Bett, bückte sich und raffte ihre Kleider vom Boden auf. »Caroline, bitte …«

Ich ging um das Bett herum zu ihr. Ich wollte sie beruhigen, ihr über den Rücken streichen und ihr alles erklären.

»Fass mich nicht an.«

»Aber du musst dir doch keine Gedanken machen.«

»Das sagen sie alle.« Sie zog ihren Rock an.

»Wer?«

»Alle, die fremdgehen.« Sie wand sich in ihr Oberteil.

»Ich gehe nicht …« Doch sie ließ mich immer noch nicht zu Wort kommen.

»Du glaubst also, du kannst ein bisschen Spaß nebenher haben, während du die Gefühle anderer Menschen ausnutzt?«

»Was? Nein.«

»Das lasse ich mir nicht gefallen.« Sie schlüpfte in ihre Schuhe.

»Das musst du auch nicht, weil es nicht stimmt«, sagte ich. »Versteh doch, sie war meine Floristin …«

»O bitte. Ich will nichts davon hören.« Sie packte ihre Tasche und drängte sich an mir vorbei in den Flur. Ich folgte ihr und zog eine Spur nasser Fußabdrücke hinter uns her.

»Bitte, versteh doch. Sie ist nicht länger bei uns …« Ich hätte »tot« sagen sollen, aber seit Maries Tod hatte ich das Wort gemieden. Es war so brutal und endgültig und bestimmt kein Wort, mit dem man jemanden bezeichnen möchte, dessen Liebe man erst kürzlich entdeckt hatte. Und der einen zurückgeliebt hatte.

Caroline blieb stehen und drehte sich zu mir um. »Du meinst …«

»Ja.« Ich nickte. »Darf ich es dir jetzt bitte erklären?«

Sie wühlte in ihrer Handtasche nach einer Zigarette und steckte sie sich zwischen die Lippen.

»Ich dachte, du hättest aufgehört.«

»Tja, wegen dir will ich jetzt wieder anfangen«, sagte sie, was aber nicht erklärte, warum sie ein Päckchen in ihrer Tasche hatte, aber ich ging nicht darauf ein, weil ich unbedingt das Missverständnis aufklären wollte.

»Dann gehen wir am besten nach draußen«, schlug ich vor, als sie die Zigarette gerade anzünden wollte.

Sie folgte mir vor die Tür und lehnte sich gegen das Geländer. Ich überlegte, mich hinzusetzen, doch ich mochte nicht die metaphorische Implikation, dass sie über mir stand, deshalb ließ ich es bleiben.

»Also, schieß los. Du hast meine Aufmerksamkeit, bis ich diese Zigarette geraucht habe.« Sie zündete sie an und zog daran.

Ich hielt die Geschichte einfach, erzählte ihr, wie ich Marie ursprünglich kennengelernt hatte, wie wir miteinander gearbeitet hatten, dass ich keine Ahnung gehabt hatte, dass sie etwas für mich empfand, wie Henry mir schließlich das Tagebuch gegeben hatte. Caroline schwieg, unterdrückte sehr wahrscheinlich das

Bedürfnis, mich zu unterbrechen, eine Frage zu stellen oder einen Kommentar abzugeben.

»Wenigstens kann ich das Tagebuch jetzt einordnen«, sagte sie, als ich fertig war. Keine Entschuldigung, dass sie auf mich losgegangen war oder dass sie das Tagebuch überhaupt gelesen hatte. »Warum hast du mir das nicht vorher erzählt?«, fügte sie hinzu.

»Das habe ich doch versucht, im Schlafzimmer.«

»Ich meine, ganz davor. Ich habe dir von meinem betrügerischen Ex-Mann erzählt, den ich über alles geliebt habe, von dem Streit mit meinem Bruder, wie ich mich auf einer Weihnachtsfeier in der Arbeit zum Idioten gemacht habe, von den Typen, mit denen ich mich getroffen und es hinterher bereut habe. Ich habe dir so viele Sachen über mich erzählt. Du hingegen fast gar nichts über dich. So wenig wirklich Wahres.«

Ich wischte Blätter von den Steinplatten. Sie hatte recht. Ich hatte mich ihr gegenüber nicht so geöffnet wie umgekehrt. »Das war keine Absicht«, sagte ich und entschuldigte mich wieder.

Sie nahm einen letzten Zug von ihrer Zigarette und drückte sie in einer Topfpflanze aus. Ein paar Sekunden lang sahen wir zum Mond hinauf, ein schmales, gebogenes Stück Silber wie eine von Jeans Broschen.

»Glaubst du, das gerade ist Schicksal? Dass wir hier draußen stehen und zu den Sternen schauen, wie an dem Abend, an dem wir uns kennengelernt haben?«

Worauf wollte sie hinaus?

Ich zuckte mit den Schultern. »Ich weiß es nicht, aber sind wir jetzt wenigstens wieder Freunde?«

»Wenigstens?« Sie drehte sich zu mir um. »O mein Gott, Oliver, du weißt, was ich empfinde. Ich will mit dir zusammen sein. Nicht nur als Freunde, sondern richtig, als Paar. Ich will wissen, dass du zu mir stehst, zu uns, zu unserer Zukunft. Dass du vielleicht sogar eines Tages eine Familie möchtest.« Ihre Augen wurden feucht, und ich wünschte, ich hätte ein frisch gebügeltes Taschentuch, das ich ihr geben konnte. »Und ich habe Angst, Oliver. Ich habe Angst, allein zu sein.« Sie wischte sich mit dem Handrücken über die Augen.

»Ich auch«, antwortete ich und meinte es so. Ich wollte auch nicht zum einsamen Singledasein zurückkehren. Der Mann, der ich sein wollte – von dem ich in meinem Notizbuch mit den Vorsätzen geschrieben hatte –, war nicht Single und allein. Er kochte keine Mahlzeiten für eine Person, träumte von Reisen allein oder sprach mit toten Menschen, als ob sie seine Vertrauten wären.

Doch wenn ich noch ehrlicher zu mir selbst war, mochte ich die Geschwindigkeit nicht, mit der unsere Beziehung sich entwickelte – oder besser gesagt, die Geschwindigkeit, die Caroline erzwang. Ich wollte sie mögen und versuchte wirklich mit aller Kraft, dass es funktionierte. Genauso wie ich mir vorgestellt hatte, wie wunderbar es hätte sein können, wenn aus Marie und mir ein Paar geworden wäre. Doch es ging alles so schnell. Die Impulsivität, mit der ich dem Verkauf von Kerzen zugestimmt hatte, die nach Toten rochen, und mit der ich vorgeschlagen hatte, dass wir unser Gespräch draußen fortsetzen sollten, obwohl ich nur ein Handtuch um die Hüften trug, war genug. Mehr Beschleunigung ertrug ich nicht.

Und doch … Und doch … Caroline wollte *mich.* Da musste man sich doch ein wenig geschmeichelt fühlen, oder? Sie wirkte so sicher wegen uns, dass vielleicht etwas dran war. Vielleicht waren meine Zweifel und meine Angst vor einer festen Bindung unangebracht. Vielleicht sollte ich versuchen, Marie loszulassen und mich mit ganzem Herzen in eine offizielle Beziehung mit Caroline stürzen. Denn in diesem Moment wäre ich lieber mit Caroline zusammen gewesen, offiziell oder inoffiziell – trotz ihres

Griffs um meinen Arm. Natürlich nicht in meinem Schlafzimmer, mit dem Tagebuch. In diesem Moment wollte ich, dass wir uns einfach nur wieder gut verstanden und Spaß miteinander hatten. Egal, was die Zukunft bereithielt, im Moment wollte ich nur, dass wir so gut zusammenpassten wie Frischkäse und Räucherlachs, oder vielleicht wie ein Riesling zu einem scharfen asiatischen Gericht, oder sogar Imperial Stout mit dunklen Schokoladentrüffeln – eine ungewöhnliche Kombination, könnte man denken, aber es ergänzte sich wirklich gut.

Ich nahm Carolines Hand und drückte sie. Sie lächelte und nickte. Wir fühlten beide dasselbe, gingen nur auf unterschiedliche Weise damit um.

»Lass uns nicht mehr streiten«, sagte ich.

»Versprochen«, stimmte sie mir zu.

»Also, sollen wir uns dann für die Party fertig machen?«

»Aber nur, wenn du dir etwas anderes als das Handtuch anziehst«, meinte sie lachend.

Der Anruf aus dem Altenheim kam zu einem ungünstigen Zeitpunkt – wir hatten uns doch gerade erst fertig angezogen! Ich war so erleichtert gewesen, dass unser Streit vorbei war, dass ich die Party unbedingt mit ihr zusammen genießen wollte. Es war auch nicht hilfreich, dass Caroline schmollte, als ich ihr sagte, dass ich gehen müsse. »Ich habe Rufbereitschaft. So ist das leider in meinem Beruf«, sagte ich und schlüpfte rasch in einen Anzug.

»Habe ich dir schon gesagt, dass dein Job bescheuert ist?« Sie meinte es sicher freundlicher, als es klang, aber ich hätte gerade wirklich ein wenig Mitgefühl gebrauchen können. Ich wollte genauso wenig wegfahren wie sie, nachdem wir uns gerade versöhnt hatten. »Na los, fahr schon zu deiner kleinen Leichenhalle, und mach dir um mich keine Gedanken.«

»Vielleicht können wir uns am Wochenende sehen?«, fragte ich und versuchte ihre Gereiztheit zu ignorieren.

»Ich weiß was«, sagte sie und riss die Augen auf. »Nimm mich mit.«

»Wie bitte?«

»Zeig mir, wie du arbeitest. Ich bin dir auch nicht im Weg. Du wirst gar nicht merken, dass ich da bin. Oh, ja, das wäre ein Spaß.«

»Das kann ich nicht machen, tut mir leid. Wir müssen die Privatsphäre wahren.«

Ich dachte, sie würde es dabei belassen, aber nein, sie blieb hartnäckig.

»Ich bin auch ganz still, das verspreche ich. Den toten Menschen wird es doch sowieso nicht kümmern, nicht wahr?« Sie lachte rau und konnte nicht mehr aufhören.

»Tut mir leid«, wiederholte ich.

»Na gut, Mr Humorlos. Aber ich meine es wirklich ernst. Ich kann mich als deine Assistentin ausgeben, eine Praktikantin oder was auch immer. Keiner wird etwas erfahren.«

Ich musterte ihre Kleidung. Der Ausschnitt konnte sehr gut jemanden von den Toten erwecken, und dann würden alle Bescheid wissen. Das sagte ich ihr natürlich nicht. Mir machte ihr Ausschnitt nichts aus. Er war nur weder in einem Altenheim noch in einer Leichenhalle angemessen, wo er für allerlei sehr unangemessene Wiederauferstehungen sorgen konnte.

»Es tut mir leid, Caroline«, sagte ich und drückte ihre Hand.

»Na gut, dann gehe ich eben allein zur Party.«

Ich wollte noch etwas sagen, doch sie hatte schon die Schlafzimmertür hinter sich zugeknallt. Ein Türenknallmoment wie aus einer Sitcom, der aber doch nie im echten Leben passierte. Nun, ich hatte es gerade erlebt und schluckte einen Schwall Luft und eine große Portion Fassungslosigkeit.

Ich rannte ihr nach, aber sie war schon gegangen und hatte die Eingangstür sperrangelweit offen gelassen. Ich stand auf der Türschwelle und lauschte dem Echo meiner Stimme, als ich ihren Namen rief. Vielleicht hoffte ich auch, dass sie zurückkam und sich entschuldigte, mir sagte, wie leid es ihr täte, dass ich arbeiten müsste und dass sie es gar nicht erwarten könnte, mich bald wiederzusehen. Als klar war, dass die Hoffnung vergeblich war, holte ich meinen Autoschlüssel und fuhr zur Arbeit.

Spermien

Ich schlief lange, und beim Aufwachen fragte ich mich, ob der letzte Abend wirklich so passiert war. Das Leben galoppierte völlig unerwartet und überaus emotional davon, und ich schien darüber keine Kontrolle zu haben. Ich wollte Caroline nicht verletzen; ich wollte nicht, dass sie schlecht von mir dachte. Andererseits musste sie aber auch nicht so gereizt wegen meiner Arbeit sein, für die sie weniger Verständnis aufzubringen schien als andere – Edie zum Beispiel. Außerdem war ich wütend. Wie konnte sie es überhaupt wagen, das Tagebuch zu lesen? Es stand ihr nicht zu, es in die Hand zu nehmen und einfach aufzuschlagen. Das war Privateigentum. *Mein* Privateigentum. Nun, und Maries. Ich zog es unter dem Kissen hervor, auf dem ich heute Nacht geschlafen hatte, küsste den Umschlag und drückte es an die Brust. Was für ein Schlamassel. Mir kam ein unangenehmer Gedanke, den ich hinunterschluckte. Wenn mich das Tagebuch meine Beziehung zu Caroline kosten könnte, würde ich dann irgendwie versuchen müssen, ohne es zu leben? Könnte ich das? Wenn ich Marie freigab, konnte ich dann die wahre Liebe mit Caroline finden? Leichte Panik kitzelte an meinen Rippen. *Ach du meine Güte, Marie, muss ich das tun? Vielleicht, wenn ich dich so gut verstecke, dass weder ich noch sonst jemand dich leicht sehen oder finden kann, dann könnte ich es versuchen. Ich würde dich ja nicht wegwerfen oder ignorieren, was wir haben, nicht wahr? Wir könnten es mal versuchen. Es könnte ein experimenteller Vorsatz sein.*

Ohne mir die Mühe zu machen, das Notizbuch zu holen und meinen Entschluss niederzuschreiben (schließlich war es ja ein Experiment), ging ich auf die Suche nach einem passenden Versteck und entschied mich für die unterste Schublade in meinem Schrank, in der ich Pullover aufbewahrte. Da es noch nicht Winter war, würde ich sie noch einige Monate nicht aufziehen müssen, und wenn jemand ausgerechnet diese Schublade unbedingt öffnen wollte, würde das nur unterstreichen, wie paranoid und neugierig dieser Mensch war. Ich legte das Tagebuch vorsichtig zwischen fünf sorgfältig gefaltete Pullover und meine ordentlich geknöpfte, waldgrüne Strickjacke. So. Geschafft. Es war völlig bedeckt und vollständig in der Wolle verborgen. Lebwohl, Marie.

Den Rest des Morgens redete ich mir ein, dass ich stolz auf meine Tatkraft sein sollte, egal, wie unbehaglich und möglicherweise einen Ausschlag hervorrufend das Leben ohne Marie werden konnte.

Na los, Oliver.

Als mir klar wurde, dass zu Mittag nur das im Haus war, was ich schon zum Frühstück gegessen hatte, zog ich mich an und ging einkaufen. Als ich zurückkam, lag ein Geschenk vor meiner Tür, auf das gleich darauf eine Nachricht von Caroline folgte.

Schade, dass ich dich verpasst habe. Ich hätte wahrscheinlich vorher anrufen sollen! Ich hoffe, du musstest gestern Abend nicht so lange arbeiten. Ich habe dir ein Friedensangebot als Entschuldigung vor die Tür gelegt.

Ein Friedensangebot, um mich aufzuheitern? Wie reizend von ihr. Sie hatte eindeutig eingesehen, wie falsch ihre Anschuldigung gewesen war, und wollte sich jetzt versöhnen. Eine rote Rose und ein in rotes Papier eingeschlagenes Päckchen lagen auf dem Fußabstreifer. Mein Herz schwoll an wie die Leber einer Stopfgans, aus der Foie gras hergestellt werden sollte. Ich hob alles auf und trug es ins Haus.

Die Rose hatte keinen Geruch, aber einen wunderschönen blutroten Farbton. Ich stellte sie mit etwas Wasser in ein leeres Chutneyglas – meine Vasensammlung bestand aus einem einzigen zylindrischen Exemplar, das Mum mir geschenkt hat, als ich in meine erste Wohnung zog – und packte das Geschenk aus. Unter dem Papier kam eine Packung Lindt-Schokoladenkugeln zum Vorschein sowie ein großes Glas Blackmores-Vitamine, die angeblich die Zeugungsfähigkeit von Männern steigerten. Der Anblick jagte mir einen Schrecken ein. Ich trat von der Arbeitsfläche zurück. Das war nicht gerade das Friedensangebot, das ich erwartet hätte.

Ich starrte das Glas und seinen Inhalt an. Mir war, als wäre eine Leiche zum Leben erwacht, und ich musste den Schock über diese unerwartete Entwicklung erst einmal verdauen. Es dauerte nur ein paar Sekunden, dann stürzte ich aus der Küche ins Wohnzimmer, um die beleidigenden Vitamine nicht mehr ansehen zu müssen. Ich stützte mich auf eine Stuhllehne und ließ den Kopf hängen. Plötzlich war mir ganz schwach. Doch anstatt den Mangosmoothie wieder von mir zu geben, den ich gerade erst gekauft hatte – was wirklich überaus ärgerlich und eine solche Verschwendung gewesen wäre –, begann ich nachzudenken. Eine genaue Bestandsaufnahme dessen, was passiert war. Mein Samen wurde ohne meine Zustimmung von einer Frau entführt, mit der ich versuchte, eine Beziehung zu führen. Natürlich war es schmeichelhaft, dass Caroline wollte, dass meine Spermien in optimalem Zustand waren – welcher Mann wollte keine aufgeweckten Spermien? Aber es war auch beängstigend. Beängstigend, weil ich nicht bereit war. Es war zu viel, es ging zu schnell. Ich überlegte angestrengt. Mir schmerzte dabei zwar der Kopf wie bei dem eiskalten Smoothie, den ich zu hastig getrunken hatte, aber ich musste mir überlegen, was ich tun sollte, und wann. Es war vor allem schwierig, weil ich weder mit Marie noch Andy noch einer Leiche darüber reden konnte. Ich wusste, dass sie mich alle drängen würden, mich nicht zu etwas zu verpflichten, das ich nicht wollte. Sie würden aber auch sagen, dass es Caroline gegenüber nicht fair war, sie im Ungewissen zu lassen. Schließlich kam ich zu dem Entschluss, den ich vor einer Weile als Vorsatz notiert hatte: Ich wollte für mich einstehen, und das hier war genau die Situation, in der ich meine Interessen vertreten musste. *Na los, Oliver, behaupte dich.*

Ich musste mit Caroline reden.

Nicht irgendwann, sondern jetzt.

Ich holte mein Handy und wollte schon ihre Nummer wählen.

Nein, Moment, so etwas musste man persönlich besprechen.

Ich schrieb ihr eine Nachricht: *Bist du zu Hause? Kann ich vorbeikommen?*

Ja, antwortete sie so schnell, als hätte sie nur darauf gewartet.

Dann komme ich jetzt, tippte ich.

Caroline öffnete mir die Tür in einem bezaubernden altrosa Kleid; ihr Lippenstift hatte dieselbe Farbe. Für einen Sonntagnachmittag war sie viel zu sehr zurechtgemacht.

»Du siehst reizend aus«, sagte ich.

»Danke«, antwortete sie und ließ mich herein.

Sie bot mir Erfrischungen an, die ich annahm, weil ich dachte, dass ich dann mehr Zeit hatte, Mut zu fassen und meine Wünsche zu vertreten. Ich war zu ihr gefahren; jetzt musste ich nur noch meinen Beschluss in die Tat umsetzen. Sobald wir auf dem Sofa saßen, Caroline etwas zu nahe an jemandem, der sich gleich behaupten würde, fragte sie, ob ich ihr Geschenk bekommen hätte, was mich ärgerte, da ich es selbst hätte ansprechen sollen, wenn ich die Oberhand haben wollte. Doch in diesem Moment war mir jede Hilfe recht.

»Ich habe es bekommen, vielen Dank«, sagte ich. »Das war sehr nett von dir. Deshalb bin ich eigentlich hier.«

»Gefällt es dir?«, fragte sie. »Ich weiß, wie sehr du Schokolade liebst …« Heftige Verliebtheit wehte durch ihr Wohnzimmer, und sie legte einen Arm um mich.

»Du kennst mich einfach zu gut«, erwiderte ich, was nicht die richtige Antwort war angesichts der Tatsache, dass ich den zweiten Geschenkteil überhaupt nicht haben wollte. Sie sah mich sehr viel leidenschaftlicher an, als es mir unter den Umständen recht war. *Um Himmels willen, Oliver, beeil dich, und steh zu dir selbst.* »Caroline, was ich sagen wollte …«, begann ich.

»Ja …?« Sie sah mich halb besorgt, halb erwartungsvoll an. Was sie wohl dachte, dass ich ihr gleich mitteilen würde?

»Was ich sagen wollte«, fuhr ich fort. »Ich bin noch nicht bereit für Kinder.«

Caroline legte eine Hand auf ihre Brust. »Oh, Oliver, wow, einen Moment dachte ich …« Sie seufzte und lachte dann. »Schon okay. Ich verstehe dich. Also, ich versuche dich zu verstehen. Aber es schadet ja nichts, die Vitamine zu nehmen, oder? Eine gute Vorbereitung für den Zeitpunkt, wenn du dann bereit bist.«

»Also, ja, das ist es wohl«, stimmte ich zu.

»Nimm jeden Tag eine Pille, und damit sollte alles schön gesund bleiben«, sagte sie. »Ich habe für mich auch Vitamine gekauft. Es gehören immer zwei dazu, wenn du mich verstehst«, meinte sie lachend.

Ich lachte nicht.

»Ach, Oliver, schau nicht so besorgt. Ich bin nur ehrlich mit dir. Ich hätte gern ein Baby, und mir ist klar geworden, dass ich es wirklich gern mit dir bekommen würde. Du bist ein ruhiger, mitfühlender Bestatter, und … Nun, denk an die Kinder, die wir haben könnten.«

Sie sah aus, als würde sie gleich ohnmächtig werden oder in einer liebevoll flehenden Pose an meiner Brust zusammenbrechen. Ich machte mich schon bereit, sie aufzufangen, doch sie sah mich nur mit flatternden Wimpern an.

»Man könnte wohl sagen, dass ich dir im Geist zustimme«, erwiderte ich. Mein experimenteller Vorsatz mit Marie schien zu funktionieren, und es gab keinen Grund, Carolines Sehnsüchten nicht nachzugeben, zumindest metaphorisch, wenn schon nicht praktisch.

»Danke, Oliver. Ich will dich nicht drängen, aber es bedeutet mir viel, dass wir dasselbe wollen. Ich weiß nicht, ob ich dir das sagen sollte, aber bevor ich dich kennengelernt habe, habe ich mich nach Samenspendern umgesehen. Ich habe einen gefunden, der gern schwimmt …« Sie verstummte und dachte wehmütig über die Möglichkeiten nach. »Aber das wollte ich dann doch erst als allerletzten Ausweg versuchen.«

Ich streichelte ihr Bein, das aus dem Schlitz in ihrem Kleid ragte. Ich war sowohl erleichtert als auch zufrieden, dass ich mich nicht nur behauptet, sondern Caroline auch nicht verschreckt hatte. Sie schien noch warten zu wollen, was mich beruhigte, und ich beschloss, die Vitamine – sollte ich sie nehmen wollen – als eine gesunde Vorbereitung für etwas zu sehen, das in der Zukunft vielleicht eintrat oder auch nicht. Caroline lächelte, und ich erwiderte das Lächeln. Ich wollte Marie im Stillen schon danken, dass sie mir geholfen hatte, den Mut zu finden, zu meinen Wünschen zu stehen, verdrängte den Gedanken aber schnell wieder. Stattdessen ließ ich zu, dass Caroline mich sanft auf den Mund küsste.

Verkaufsgespräche

Am nächsten Morgen in der Arbeit kam Jean als Erstes summend in mein Büro. Der wie Perlmutt schimmernde blaue Opal in ihrer Brosche warf das Licht zurück, das durch die Jalousien strömte. Sie sah zufrieden aus, als hätte sie eine Konditorei geplündert.

»Bill hat mich gestern Abend angezündet«, sagte sie.

»Ach wirklich?«

»Er war begeistert. Ich auch.« Sie klatschte in die Hände. »Wenn das mein Aroma ist, dann rieche ich wirklich gut. Ach, was für ein Spaß.« Sie legte eine Hand auf die Brust und summte wieder. »Ich habe allerdings versucht, nicht daran zu denken, dass das ich war, wenn man den Hintergrund der Kerzen bedenkt. Es ist immer noch ein wenig irritierend.«

»Sie gefallen dir also?«

»Nun, ich mag Edie sehr. Sie scheint zu wissen, was sie tut, und hat ganz offensichtlich nur Gutes im Sinn. Und ich kann nicht leugnen, dass ihr meine Kerze wirklich hervorragend gelungen ist. Wirst du Doreen jetzt also davon erzählen?«

»Noch nicht. Du weißt doch, wie sie bei neuen Ideen ist«, sagte ich. »Außerdem will ich erst welche verkaufen und ihr damit beweisen, dass wir hier aufs richtige Pferd setzen.« Doch eigentlich wollte ich beweisen, dass ich es allein tun konnte. Edie und die Kerzen würden mein kleines Geheimnis bleiben, und aus irgendeinem seltsamen Grund gefiel mir das.

Danach wurde es totenstill bei Clock & Son. Selbst das Telefon war tot. Ich kaute an den Nägeln und wartete zwei Stunden, ob sich noch jemand meldete außer dem Fensterreiniger, der seine Dienste anpries. Ich schickte ihn ungern weg, weshalb ich ihm sagte, er solle in zwei Monaten noch mal vorbeikommen. Es ist schön, wenn man Menschen Hoffnung vermitteln kann oder, wie in meinem Beruf, ein wenig Trost bei all dem Schmerz. Ich rief Caroline an, auch wenn sie ebenfalls bei der Arbeit war. Wir sprachen kurz, aber, wenn ich das so sagen darf, in koketten Anspielungen miteinander, was meinem Marie-losen Ego schmeichelte und was Jean hoffentlich nicht bemerkte, sollte sie zugehört haben. Caroline sagte, ich sollte diese Woche irgendwann abends zu ihr kommen, was ich für eine hervorragende Idee hielt; je weniger wir in dieser frühen Phase des Experiments bei mir waren, umso besser. Schließlich kam ein Kunde ohne Termin, ein Mann mit strähnigem Haar und einer großen Nase, dessen Mutter gestorben war. Ich fragte mich, ob er nach ihr kam und wir einen extralangen Sarg bräuchten. Doch ich hatte keine Möglichkeit, das zu erfragen, da er nur über sie und nicht über die praktischen Aspekte einer Beerdigung reden wollte. Ich legte die Fragen beiseite und ließ dem Mann seinen Willen.

»Sie war eine Kämpferin, meine Mum«, sagte er. »Eine echte Kämpferin. Sie war auch fast nie krank. Ich habe es nie verstanden. Sie hatte nie eine Erkältung, während ich jeden Winter herumschniefe.« Er schüttelte den Kopf. Ich tat es ihm voller Mitgefühl nach und wollte gerade noch einmal die Beerdigung ansprechen, als er wieder anfing.

»Habe ich schon erzählt, dass sie nie Angst hatte, wie oder wann sie sterben würde? Oder vor dem Sterben an sich? Am meisten Angst hat ihr gemacht, irgendwann nichts mehr zu können. Nicht mehr fühlen können, sehen, hören …«

»Riechen?«, ergänzte ich.

»Ja, auch das.« Der Mann sog die Wangen ein und sank auf seinem Stuhl in sich zusammen. »Ich hoffe, sie ist jetzt irgendwo, wo sie wieder fühlen, riechen, hören kann. Ich meine, wenn sie nicht …?«

»Da bin ich mir ganz sicher«, sagte ich.

»Aber Sie wissen es nicht.«

»Nun … nein. Ich weiß es nicht. Aber es ist schön, es sich so vorzustellen, nicht wahr?« Ich wollte dem Mann versichern, dass das alles ein Teil des Lebens war, das Rätsel, was danach passierte. Dann fiel mir auf, dass das die perfekte Gelegenheit war, die ideale Überleitung. Das konnte ich mir nicht entgehen lassen.

»Ich kenne einen Weg, wie Sie die Erinnerung an sie am Leben erhalten können«, fing ich an. O ja, ich spürte es ganz genau. In diesem Moment konnte ich diesem Mann alles verkaufen.

»Aber ich werde sie nie vergessen.«

»Nein, ich hoffe, Sie werden nicht …«

»Um was geht es denn?«

»Eine Kerze«, sagte ich.

»Eine Kerze?«

»Ja, wir bieten einen neuen Service an.«

»Ich glaube nicht, dass Mum gern zu Wachs eingeschmolzen werden würde.«

Die Worte glitten aus mir heraus, als ob sie ohne Halt über einen zugefrorenen See schlitterten, auch wenn ich bisher noch vor niemandem – weder tot noch lebendig – geübt hatte, was ich in diesem Fall sagen wollte. »Stellen Sie sich vor, Sie würden ihre Seele freigeben, ließen sie in Ihrer Erinnerung wieder zurück in unsere Welt – *Ihre* Welt.«

»Das klingt total bescheuert.«

Sein Urteil war genau der Antrieb, den ich benötigte. Ich eilte an den Empfang und kam mit Jeans Kerze zurück.

»Ich habe hier eine, von einer sehr lieben Freundin. La Lumière de Jean«, sagte ich und stellte sie vor den Kunden, der mich weiterhin ansah, als ob ich nicht der Mann wäre, für den er mich beim Hereinkommen gehalten hatte. »Unsere Kerzen sind Spezialanfertigungen und nach den spezifischen Geruchsvorgaben der Kunden gegossen. Sagen Sie uns, was sie geliebt hat – das kann wirklich alles Mögliche sein –, und wir werden den Duft zusammenstellen, der zu ihr passt und der sie verkörpert.«

Ich zupfte meine Jackettaufschläge zurecht und war ziemlich zufrieden mit mir. Doch ich hatte den Mann noch nicht überzeugt.

»Ich glaube Ihnen nicht. Das erfinden Sie doch nur«, sagte er, verschränkte die Arme vor der Brust und lehnte sich zurück.

»Nein, ganz und gar nicht. Hier, riechen Sie mal.« Ich hob den Deckel.

»Das sagt mir überhaupt nichts, außer dass das eine Kerze ist, die gut riecht.« Der Mann war immer noch skeptisch.

»Ich sage Ihnen was. Da wir gerade erst am Anfang stehen, fertigen wir kostenlos eine für Sie an, und Sie sind auch nicht verpflichtet, sie zu nehmen, wenn sie Ihnen nicht gefällt.«

»Sie sind verrückt.«

Ich grinste. War ich das? *Es ist alles legal,* wollte ich schon sagen, *die Verstorbenen sind nicht daran beteiligt, wenn Sie verstehen, was ich meine.* Dann begann der Mann zu weinen, und aus seiner

Nase tropfte es auf die verblichene Jeans. Ich gab ihm eine Schachtel mit Taschentüchern und lauschte dem vertrauten Geräusch, als er sich energisch schnäuzte.

»Tut mir leid«, sagte er und nahm zur Sicherheit noch ein paar Taschentücher.

»Kein Problem.«

»Müssen wir diesen ganzen Beerdigungskram jetzt erledigen?« Der Mann wirkte erschöpft.

»Was ist mit Ihrer Mutter? Sie sollte nicht zu lange warten …« In Zeiten wie diesen waren Euphemismen wirklich praktisch.

»Ich weiß. Ja, ich weiß. Kann ich die mitnehmen?« Er nahm die Taschentuchschachtel und schien unberührt davon, was mit seiner Mutter passieren musste.

»Bitte, nehmen Sie sie nur mit.«

»Ich würde dann morgen wiederkommen.« Der Mann schniefte und schob sich die Schachtel unter den Arm.

»Natürlich. Aber wenn die Frage erlaubt ist … Wo befindet sich Ihre Mutter gerade?«

»Sie ist glücklich«, antwortete er. »Sie ist in meiner Küche und ruht friedlich auf dem Esstisch.«

Am nächsten Tag tippte ich an meinem Schreibtisch – an dem sich Doreen gerade erst mit Holzpolitur und Staubwedel zu schaffen gemacht hatte – zusammen, was ich dem Mann mit der toten Mutter auf dem Esstisch zu den Kerzen gesagt hatte, welche Worte ich verwendet hatte. Ich rief Edie an und erzählte ihr, dass ich die Kerzen jetzt verkaufen und dass Andy ein Fotoshooting mit uns machen würde. Sie quietschte vor Freude, und es machte ihr auch nichts aus, dass ich einem Kunden als Werbung ein kostenloses Exemplar versprochen hatte. Ihre Begeisterung war ansteckend.

»Keine Sorge«, sagte ich. »Ich werde keine einzige Gelegenheit verpassen. Jedem, der bei uns durch die Tür kommt, werde ich die Kerzen anpreisen.«

Als Nächstes kam eine Frau namens Julie zu Clock & Son, zusammen mit einem weißen Bichon Frisé namens Puddles, der auf ihrem Schoß saß und mich anstarrte, als wüsste er noch nicht, ob er mir trauen konnte. Ich konnte nicht widerstehen, ihn meinerseits anzustarren, bis er eine Lefze hob und einen kleinen Fangzahn entblößte. Ich richtete meine Aufmerksamkeit wieder auf die Besitzerin, der nicht bewusst zu sein schien, dass sie ein Minimonster streichelte, und versuchte einzuschätzen, ob sie eine potenzielle Kerzenkäuferin war. Weiblich, etwa sechzig, das graue Haar zum Pferdeschwanz gebunden, ihrer Bluse entströmte ein süßlicher Geruch. Ihre Schwester war gestorben. Es schien alles zu passen. Doch ich kam kaum zu Wort.

»Sehen Sie, ich bin zu dem Schluss gekommen«, sagte sie und streichelte immer noch das Biest, »dass Gott unfair ist, unlogisch, überzeichnet und völlig überbewertet. Ich habe die Nase voll von ihm.«

Ich schrieb Jean eine E-Mail und bat um Tee. Das hier konnte länger dauern.

»Sie hätte noch nicht gehen sollen«, fuhr die Frau fort. »Wir waren noch nicht bereit. *Sie* war noch nicht bereit. Das weiß ich.« Sie schniefte und zog ein Taschentuch aus ihrem Ärmel hervor. »Ich meine, niemand war am Ende bei ihr. Ich habe draußen ihre Wäsche aufgehängt. Die Wäsche, um Himmels willen! Da war ich ja richtig nützlich.«

»Ich bin mir sicher, dass Sie eine wundervolle Unterstützung waren«, sagte ich.

»Ich habe meiner Schwester gesagt, dass Gott einen Plan hat, dass er weiß, was das Beste ist. Aber sie sprach immer wieder davon, dass sie aufmerksamer hätte sein sollen. Ich habe gesagt, Gott ist der Einzige, der aufmerksam sein soll. Da hat sie geantwortet: ›Ach, ich rede doch nicht von Gott, sondern von Don. Er hat eine Affäre, direkt unter meinem krebszerfressenen Uterus.‹«

Die Frau atmete tief ein und sprach weiter, während Jean leise den Tee brachte.

»Da ist es mir klar geworden. Ich bin die ganze Zeit in die Irre geführt worden. Mein ganzes Leben war für die biblische Katz. Als meine Schwester ihren Mann am meisten gebraucht hätte, war er nicht da. Niemand war da.« Sie schlürfte laut ihren Tee. »Bitte, entschuldigen Sie, ich wollte doch eigentlich mit Ihnen über einen Sarg sprechen.«

»Es ist gut, sich mal alles von der Seele zu reden«, sagte ich und dachte: *Jetzt wäre ein guter Zeitpunkt. Biete der armen Frau ein wenig Hoffnung.* Ich öffnete den Mund, doch da sprach sie schon weiter.

»Liz hat immer gefragt, ›Warum glaubst du so sehr an Ihn?‹ Ich habe geantwortet, weil Er es am besten weiß. So sagen es die Priester. Sie hat geantwortet: ›Das habe ich auch immer von Don gesagt, aber jetzt weiß ich es besser.‹ ›Ja‹, habe ich gesagt, ›er ist wirklich verdammt nutzlos.‹«

Sie holte Luft. Endlich. Ich nutzte meine Chance und hoffte, ein Gespräch über Kerzen würde sie beruhigen und einen willkommenen Themenwechsel bieten. Doch nein.

»Liz hat Kerzen gehasst«, erwiderte die Frau. »Viel zu durchdringend, hat sie immer gesagt. Zu viel Gestank. Und mir geht's genauso.«

Ich nickte und fragte mich, ob ich je eine positive Reaktion bekommen würde.

»Haben Sie gesagt, Sie würden den Duft spezialanfertigen?«, fragte sie.

»Ja, genau.«

»Jeden Geruch?«

»So ziemlich.«

»Wie wäre es mit dem Geruch von Bastard?«

Ich verschluckte mich an meinem Tee und täuschte einen Hustenanfall vor.

»Ich könnte eine von Don machen lassen«, fuhr sie fort. »Ich würde ihn nur allzu gern verbrennen. Und Liz würde das bestimmt gefallen, nicht wahr, Puddles?«

Jean brachte mir ein Glas Wasser.

»Geht es Ihnen gut?«, fragte die Frau. »Das war nur ein Witz.«

Ich musste noch drei weitere Versuche unternehmen, bis ich jemanden für die Kerzen begeistern konnte. Die Kundin war eine junge Frau mit kurz geschnittenem, braunem Haar, großen Augen wie die einer Eule und flottem Gang. Sie kam herein und sah sich am Empfang um, als überlege sie, den Laden zu kaufen.

»Ich war noch nie in einem Bestattungsinstitut«, sagte sie.

»Ich hoffe, es ist nicht zu unangenehm«, erwiderte ich. »Wir wollen einen einladenden Eindruck vermitteln.«

Doch die junge Frau schien gar nicht zuzuhören. »Ja, so hatte ich es mir vorgestellt.« Sie nickte und verkündete dann: »Ich bin Fran, und ich möchte eine Beerdigung organisieren.«

»Da sind Sie hier richtig.«

»Die Beerdigung ist meine eigene.«

Aber sie war noch so jung? Anfang dreißig, würde ich schätzen.

»Ich bin krank.«

»Das tut mir sehr leid.«

»Nicht nötig. Ich will nicht, dass meine Mutter sich um die

Bestattung kümmert. Sie hat mir schon meine Hochzeit ausgerichtet und meine Geburt organisiert, als sie sich nach dem ersten Schwangerschaftsdrittel für einen Kaiserschnitt angemeldet hat, weil ihr Terminkalender sich füllte und sie den Zeitpunkt wissen musste.«

»Niemand mag es, wenn einem die Mutter alles aus der Hand nimmt, nicht wahr?« Ich sagte es wie einen Witz, auch wenn ich nicht scherzte. Ich dachte an meine eigene Bestattung – oder besser gesagt daran, dass ich noch nicht daran gedacht hatte, weil ich zu sehr damit beschäftigt war, für alle anderen Beerdigungen zu organisieren. War es seltsam, dass ein Bestatter sich noch keine Gedanken um seinen eigenen Abschied gemacht hatte? Oder war ich wie viele Gourmetköche, deren Lieblingsgericht ein Burger war?

»Meinem Mann habe ich auch nicht gesagt, dass ich hier bin«, fuhr Fran fort. »Ich will ihm nichts verheimlichen, aber ich will das einfach allein machen. Zumindest im Moment.«

Dieses Mal besprach ich erst die Beerdigung mit ihr, bevor ich die Kerzen erwähnte. Was für einen Sarg hatte sie sich vorgestellt? Wie groß war ihr Budget? Hatte sie schon an Blumenschmuck gedacht, ein Ablaufprogramm, die Musik, das Essen? Man musste an so viele Dinge denken, und ich wollte sie nicht überfordern – die vor ihr liegende Aufgabe war schon herausfordernd genug. Sie dachte über alles nach, was ich ihr vorschlug, und machte sich Notizen in einem schwarzen, ledergebundenen Heft, in dem bereits die Songs standen, die gespielt werden sollten.

Als ich den richtigen Zeitpunkt für gekommen glaubte, stellte ich ihr eine letzte Frage. »Hätten Sie auch gern eine Kerze?«

Sie lachte. »Schön, dass Sie nicht ›Pommes‹ gesagt haben.«

»Ah, Sie haben meinen Lieblingssnack erraten.«

»Die Pommes hätte ich ablehnen müssen, da ich nichts Fettes,

Salziges oder Süßes essen darf. Alles, was schmeckt.« Sie lachte wieder, und ich konnte die Gelassenheit dieser Frau nicht fassen, die doch eigentlich traurig sein sollte – trauriger als die meisten anderen, die sonst wegen einer Beerdigung zu uns kamen. »Aber eine Kerze würde ich vielleicht nehmen. Was haben Sie denn?«

Ich gab mein Bestes, sie angemessen vorzustellen, nichts zu sagen, was als anstößig oder eklig verstanden werden könnte, wobei ich mich die ganze Zeit fragte, ob jemand tatsächlich eine Kerze von sich selbst in Auftrag geben würde. Doch sie hörte aufmerksam zu und musterte mich nachdenklich.

»Das gefällt mir«, sagte sie schließlich.

»Wirklich?« Ich hätte nicht so überrascht klingen sollen. Am liebsten hätte ich Edie sofort angerufen und ihr erzählt, dass wir eine Kundin hatten. Ausrufezeichen, Ausrufezeichen!

»Wie viel kosten die Kerzen? Könnte ich eine ganze Palette bestellen? Eine für jedes Familienmitglied und für ein paar Freunde. Doch, das gefällt mir.«

Jetzt kam der schwierige Teil. Ich wollte sie nicht durch die Kosten abschrecken. Ich erklärte ihr, dass sie teurer als die meisten anderen Kerzen waren, weil von höchster Qualität, von Hand gefertigt, die Gerüche von einer Kerzenmacherin perfekt abgestimmt. Sie sagte, das wäre ihr egal, und dass sie sich gern bei den Blumen oder dem Sarg einschränken würde, wenn das Budget überschritten werden sollte. Hurra!

»Also, was brauchen Sie von mir?«, fragte sie. »Eine DNA-Probe? Etwas abgeriebene Haut von meiner Fußsohle?« Sie schlug sich vor Erheiterung auf den Schenkel. »Sie retten mir den Tag. Sehen Sie, wie viele Taschentücher ich mitgebracht habe«, sagte sie und öffnete ihre Tasche. »Ich dachte, ich brauche sie alle, nachdem ich meine Beerdigung mit einem Bestatter in seinem Institut besprochen habe. Aber nein! Sie haben mir Freude bereitet. Eine Blase voller Glück, in der ich den restlichen Tag herumspazieren kann.« Sie schüttelte den Kopf. »Großartig. Einfach großartig.«

Freude stieg aus meinem Bauch auf und rötete meine Wangen wie eine extragroße Portion Himbeermarmelade und Eis. »Keine Angst, wir brauchen keine DNA«, antworte ich. »Nur eine Liste mit Gerüchen, die Sie Ihrer Meinung nach charakterisieren. Es müssen keine traditionellen Kerzendüfte sein, sondern wirklich alles Mögliche. Letztens haben wir eine für einen Grillfan angefertigt. Wer hätte das gedacht?« Beinahe hätte ich mir ebenfalls auf den Schenkel geschlagen, hielt mich allerdings zurück. Ich wollte nicht zu selbstzufrieden erscheinen.

Weniger als vierundzwanzig Stunden später rief mich Fran an und gab mir ihre Duftwünsche durch: Ananas, Zitrone, Tequila und Narzisse.

»Mein Lieblingsdrink, meine Lieblingsblume und mein Lieblingszitat: ›Wenn das Leben dir Zitronen gibt, verkauf sie, und hol dir dafür eine Ananas.‹ Können Sie fünfzig Kerzen machen?«

Zum zweiten Mal an diesem Tag kommunizierte ich mit Edie. Auch wenn wir nur Textnachrichten austauschten, fühlte es sich an, als säße sie neben mir, und wir würden uns bei einem Stück Apfelkuchen unterhalten, was sehr angenehm war.

Als ich an diesem Abend nach Hause fuhr, war ich noch immer voll imaginärer Himbeermarmelade und Eis. So sehr, dass ich mir beides beinahe im Eckladen gekauft hätte, wenn er nicht seit fünf Minuten geschlossen gewesen wäre. Stattdessen fuhr ich heim, goss mir ein Glas Wein ein und tanzte ein wenig durch die Küche. Dabei sang ich »Wir haben eine Bestellung, wir haben eine Bestellung«, als wäre es der Refrain eines echt schlechten Songs. Dann zündete ich Marie an, sah zu, wie der Docht zum Leben erwachte und das Wachs darum weich wurde. Ihr Duft vermischte sich mit dem Schwefelgeruch des ausgeblasenen Streichholzes. Marie wäre vermutlich glücklich. Entzückt über sich selbst als Kerze und zufrieden mit mir – entweder mit mir selbst oder vielleicht auch mit dem Unternehmer, in den ich mich verwandelte. Ich trug Marie in jeden Raum der Wohnung, als wollte ich böse Geister mit dem Geruch eines Blumenladens ausräuchern. Bis mir einfiel, dass ich doch eigentlich gar nicht an Marie denken sollte. Rasch blies ich die Kerze aus und rief stattdessen Caroline an, doch ihre Reaktion war weniger enthusiastisch, als ich mir erhofft hatte. Ich musste ein wenig ausholen, da sie noch nichts von den Kerzen wusste, weshalb ich ihr eine Kurzfassung gab und Marie dabei ausließ. Sie murmelte etwas Unverbindliches, und am Ende war ich mir nicht sicher, ob sie die Kerzen für eine gute Idee hielt oder nicht.

Mr Lowry

Zwei Tage später sprach ich wieder mit Edie. Der Mann mit der Mutter auf dem Esstisch kam zurück. Er brachte mir eine frische Schachtel Taschentücher mit, was sehr nett war, wenn auch unnötig. Dank Mums andauernder Vorratskäufe reichte der normale Lagerplatz nicht aus, und Orte, an denen man normalerweise nicht auf Taschentücher stoßen würde, wurden zu zweckmäßigen Aufbewahrungsorten – Särge, leere Fächer in der Leichenhalle, der Kühlschrank. Doch Pete musste das nicht erfahren. Gnädig nahm ich seine Schachtel entgegen und wollte gerade diplomatisch einflechten, dass wir seine Mutter wirklich dringend vom Esstisch abtransportieren sollten, als er verkündete, er habe seine Meinung wegen der Kerzen geändert.

»Können Sie sie nach Büchern riechen lassen?«

Das war eine schwierige Frage, die ich natürlich positiv beantworten würde, während ich wie wahnsinnig hoffte, dass Edie tatsächlich eine Kerze mit Buchduft zustande brachte.

»Mum hat immer gelesen, verstehen Sie«, sagte Pete. »Sie hat einfach alles verschlungen. Meistens Bücher aus Secondhand- oder

Wohlfahrtsläden. Ich habe ihr immer gesagt, sie soll in die Bibliothek gehen, weil das billiger wäre. Aber sie hat den Geruch so geliebt. Ich musste sogar an jedem Buch riechen, das sie gekauft hat. Sie hielt es mir unter die Nase, als hätte ich vorher noch nie an einem alten Buch gerochen. Aber immer noch besser als Meth zu schnupfen, was?« Er lachte erstickt. »Also, wenn Sie das hinkriegen, wäre Mum sicher begeistert.«

Edie freute sich sehr, als ich es ihr erzählte. »Ein Buch?«, wiederholte sie.

»Geht das denn?«, fragte ich. »Ich habe dem Mann gesagt, dass es möglich ist.«

»Keine Ahnung, aber ich werde es versuchen. Hat er gesagt, welches Buch? Ein altes, ein neues? Taschenbuch oder gebunden? Ein Buchladen oder eine Bibliothek?«

»Er hat nur gesagt, seine Mutter hätte gebrauchte Bücher geliebt. Tut mir leid, ich habe nicht daran gedacht, nachzufragen.«

»Keine Angst, ich liebe Herausforderungen, aber ich mache zuerst ein paar Muster, damit er sich entscheiden kann.«

»Gute Idee.« Ich freute mich, dass die schwierige Frage, ob wir eine nach Büchern riechende Kerze bereitstellen könnten, so positiv aufgenommen worden war. »Ich mache gern wieder den Probeschnüffler, wenn du möchtest.«

»Komm doch am Wochenende vorbei und hilf mir, sie zu gießen.«

»Dir helfen?«, sagte ich. Ihr impulsiver Vorschlag erwischte mich unvorbereitet. Ich hatte mich zwar als Probeschnüffler angeboten, wollte daraus aber nicht auch noch einen Kerzengießerassistenten machen. »Ich will dir nicht im Weg stehen.«

»Du musst nicht jedes Mal dabei sein, aber es wäre vielleicht hilfreich, wenn du den Herstellungsprozess kennst, damit du sie überzeugend verkaufen kannst.«

Edies Argument war durchaus angebracht und sinnvoll, und ich war schließlich immer gern vorbereitet und informiert. Wie angenehm harmonisch unser professionelles Verhältnis sein würde, wenn wir in solchen Dingen weiterhin einer Meinung waren. Eine organisierte, tatkräftige Frau hatte etwas sehr Anziehendes an sich. »Ich schätze, ich habe Zeit«, sagte ich daher.

»Wunderbar. Wie wäre es mit Samstag? Macht es dir etwas aus, zu mir zu kommen? Im Moment ist die Küche meine Werkstatt.«

Warum muss im Leben auf etwas Gutes so oft etwas Schlechtes folgen? Oder war nur mein Leben so? Für diesen Nachmittag hatten wir die Probeaufbahrung des ersten Toten angesetzt, den Jimmy vollständig einbalsamiert hatte – was grundsätzlich etwas Gutes sein sollte. Nachdem die Klienten gerade dünn gesät waren, sehnte er sich nach »richtiger« Arbeit, und auch wenn mir seine Überheblichkeit gewaltig auf die Nerven ging, nahm er mir wenigstens das Einbalsamieren ab. Ich war gespannt, wie er gearbeitet hatte, und die Hinterbliebenen wollten wissen, wie ihr Großvater aussah, bevor er auf der Totenfeier offiziell aufgebahrt wurde. Mit dreiundneunzig Jahren und einer Vorliebe für die Flasche (wie sein Sohn erwähnt hatte) hatte er sowieso Glück gehabt, so lange zu leben, und ich musste zugeben, dass Jimmy die bleiche Haut und die erdbeerfarbene Nase sehr gewissenhaft überschminkt hatte. Selbst die spärlichen Haare waren ordentlich geföhnt und frisiert, und wenn ich mich nicht irrte, waren seine Lippen zu einem liebenswürdigen, halben Lächeln geformt. Man könnte sagen, dass Mr Lowry nun besser aussah als zu der Zeit, bevor er zu uns gekommen war. Kaum eine Falte war zu erkennen. Man hätte nicht einmal vermutet, dass er tot war.

Ich führte die vier Mitglieder seiner Familie herein, die zu der Vorabaufbahrung gekommen waren, und betonte, wie sehr ich hoffte, sie wären mit Mr Lowrys wundervollem Aussehen zufrieden. Sie nickten. Es war wie immer ein feierlicher Moment. Ich hielt Taschentücher bereit. Jean kochte eine Kanne Tee. Alles lief problemlos bis zu dem Moment, in dem wir am Sarg standen und ich auf Mr Lowry deutete. Als seine Familie auf ihn herabsah, schlug er die Lider auf, und seine Augen starrten groß ins Leere, als wäre ihm gerade etwas Wichtiges eingefallen. Seine Tochter schrie. Die Enkelin fiel in Ohnmacht. Der Sohn beugte sich über den Sarg und brüllte: »Dad?«

Ich rief nach Jean und versuchte die Familie zu beruhigen.

»Was zur Hölle ist hier los?«, beschwerte sich der Sohn lautstark.

Jean eilte herbei, um sich um Mr Lowrys Tochter zu kümmern, die bei der Enkelin auf dem Boden kniete. Vorsichtig schloss ich den Sargdeckel und versuchte zu erklären, was gerade passiert war, aber sie wollten nichts davon wissen, dass es eine technische Panne mit den Plastikkappen gegeben hatte, die wir unter die Augenlider schieben, damit sie geschlossen bleiben. Der feierliche Moment war vorbei. Ich bot ihnen einen Nachlass und eine erneute Besichtigung an, sobald wir das Problem behoben hätten. Sie akzeptierten das Angebot bereitwillig, schienen aber immer noch unter Schock zu stehen, als sie gingen. Hoffentlich brachten sie Mr Lowry nicht zu dem neuen Bestattungsinstitut und uns damit dem Untergang näher.

Es war ein Schlag ins Gesicht für Clock & Son und zwei Schläge für James »Jimmy« Miller. Ich hätte Mum niemals erlauben dürfen, ihn einzustellen.

Sogar ihr fiel erst einmal nichts zu Jimmys Verteidigung ein, als ich es ihr erzählte. Erschrocken ließ sie den großen Strauß asiatischer Lilien, den sie im Arm hielt, auf den Empfangstisch fallen.

»Das ist ein ernstes Vergehen, Oliver«, sagte sie. »Das ist noch nie zuvor bei uns passiert. Roger hat immer penibel auf die Details geachtet.«

»Das habe ich der armen Familie auch erklärt, aber sie standen alle so unter Schock, dass sie mich wahrscheinlich nicht gehört haben.«

»Ich habe dir doch gesagt, dass wir keinen neuen Einbalsamierer brauchen«, entgegnete Mum, »und jetzt passiert das. Es ist ungeheuerlich.«

»Nun, ich wusste vom ersten Moment an, dass er nicht zu uns passt. Er hat etwas an sich ...«

»Du hättest einfach keine Stellenanzeige für einen Einbalsamierer aufgeben dürfen.«

Wir wurden beide gereizt. Wenn nur Jean da gewesen wäre, um zu vermitteln.

»Ich kann nicht zwei Jobs auf einmal erledigen, Mum, wann wirst du das endlich verstehen? Wie auch immer, Jimmy kann nicht bleiben, egal, wie sehr du ihn magst.«

Mum entfernte das Einwickelpapier von den Blumen und schnitt die Stiele zurecht. »In diesem Punkt stimme ich dir zu, Oliver, und wie schon gesagt, denk an das Geld, das wir sparen. Soll ich es ihm mitteilen oder du?«

»Nun, wenn du es schon anbietest ...«

»Schließlich habe ich ihn ja auch eingestellt.«

»Danke, Mum.«

Sie scheuchte mich weg. »Und jetzt muss ich mit dem Blumenarrangement weitermachen. Manchmal glaube ich, dass ich so gut wie Marie hätte sein können.« Sie juchzte entzückt über die Vermessenheit ihrer Aussage und zog den abgestorbenen Strauß aus Telopeas und Flachs aus der Vase, den Jean zusammengestellt hatte, und ersetzte ihn durch ihre geliebten Lilien. Ich schlich zurück zu meinem Schreibtisch, enttäuscht von Jimmy und verärgert, dass ich das Einbalsamieren schon wieder übernehmen musste. Wenn ich doch nur nie wieder eine Leiche waschen, abspülen, desinfizieren, einbalsamieren, zunähen, anziehen oder einfrieren müsste! Beinahe hätte ich auf etwas eingeschlagen. Ich ballte die rechte Hand mit ihren weichen Knöcheln und den sauberen Fingernägeln zur Faust und bewegte sie, als würde ich auf die Wand einhämmern. Ich kräuselte die Lippen, legte mehr Kraft in die Schulter. Meine Knöchel streiften die Wand. Doch ich konnte es nicht. Eine Büromauer mit Loch wäre genauso schlimm gewesen wie ein heruntergefallenes Ladenschild. Schlimmer. Ich könnte mich dabei verletzen.

Kerzengießen

Ich erzählte Caroline nicht, dass ich den Samstag zu einem großen Teil damit verbringen würde, von Edie das Kerzengießen zu lernen. Etwas sagte mir, dass sie eifersüchtig gewesen wäre. Als sie ein gemeinsames Mittagessen vorschlug, log ich und antwortete, ich müsste arbeiten. Es war mir sehr unangenehm, das gebe ich zu, weshalb ich es wiedergutmachen und sie in ein schickes Restaurant in der Stadt ausführen würde – den Italiener, der legendäre Krebslinguine machte. Es könnte eine Art Jubiläum sein, beschloss ich – was wir feiern würden, musste ich mir noch überlegen.

Ich zog einen Anzug und dazu eine meiner Lieblingskrawatten an, die marineblau und mit winzigen Croissants bedruckt war, was geschmackvoller aussieht, als es klingt. Die Croissants waren so klein, dass man schon sehr genau hinsehen musste, um sie zu erkennen. Ich hatte sogar meine Schuhe poliert, nachdem ich Mums Worte immer noch im Kopf hatte. Theoretisch war es ein Arbeitstermin, kein Freizeitvergnügen. Edie lebte nur zwei Vorortviertel weiter, aber ich musste an der Straße vorbeifahren, in der sich Green Light Funerals befand. Von der Hauptstraße aus hörte ich geradezu, wie sie ihre billige Werbung und aufdringliche Unseriosität herausbrüllten. Ein Schauder überlief mich und erinnerte mich daran, dass sie uns nicht in die Knie zwingen durften. Vielleicht konnten Edie und ich uns dort in der Nähe herumtreiben und Kerzenbroschüren an Kunden verteilen, die gerade hineingehen wollten. Aber wollte ich wirklich so tief sinken und ihnen die Kundschaft wegnehmen?

Edie wohnte in einem pittoresken Reihenhaus in einer ruhigen Straße, mit einem Grünstreifen auf einer Seite, den die Anwohner in einen gemeinschaftlichen Kräuter- und Gemüsegarten verwandelt hatten. Man konnte das Haus nicht verfehlen; die Tür war leuchtend gelb gestrichen. Edie begrüßte mich mit der Begeisterung eines Menschen, der seine gelbe Haustür liebte und wahrscheinlich noch andere Dinge in dieser Farbe besaß.

»Hi, Oliver, komm rein!« Sie umarmte mich in der Tür, was ein wenig befremdlich war, da ich nicht das Gefühl hatte, sie gut genug zu kennen, dass wir uns gegenseitig so nahe kamen, ohne dass einer von uns Trost wegen eines Todesfalls in der Familie benötigte. Ich erwiderte die Geste trotzdem, da ich nicht leugnen konnte, Edies Umarmung zu genießen (natürlich auf rein professioneller Ebene), und folgte ihr durch den Flur in die Küche auf der Rückseite des Hauses.

Erfreut stellte ich fest, dass ich recht gehabt hatte. Die Fenster über der Spüle wurden von gelb-weiß karierten Vorhängen eingerahmt, und das Geschirrtuch, das über dem Herd hing, zierte ein gelb-weißer Kakadu. Der Raum war fröhlich und einladend. Außerdem auch sehr ordentlich trotz der Reihen von Etageren in einem Regal und einer Vitrine, in der sicher dreißig Salz-und-Pfeffer-Streuer aus Keramik in den verschiedensten Formen standen: Flora und Fauna waren vertreten, Gemüse und Comicfiguren sowie andere ungewöhnliche Paarungen. Auf der Arbeitsfläche waren Röhrchen mit Duftstoffen vorbereitet, Gläser, Etiketten, Dochte, eine große Tüte mit Wachsflocken, ein Zuckerthermometer, und auf dem Herd stand ein Topf aus rostfreiem Stahl.

»Willkommen in meinem Labor«, sagte sie lachend. »Ich habe schon alles hergerichtet. Als Erstes müssen wir uns mit den Gerüchen beschäftigen, um die richtige Mischung zu finden.« Sie sah mich an. Ich fragte mich, ob ich Zahncreme auf dem Revers hatte. »Nur eins noch: Du siehst sehr elegant aus, und mir gefallen Männer in Anzügen, aber deine Krawatte könnte ins Wachs hängen, und das möchte ich vermeiden.«

Ich sah nach unten. Es war mir nicht aufgefallen, dass meine Kleiderwahl fürs Kerzengießen höchst unpraktisch war. Edie trug Jeans und T-Shirt und hatte die Haare zum Pferdeschwanz gebunden, was nicht nur vernünftiger war, sondern sie auch jünger aussehen ließ – ich schätzte sie auf Anfang dreißig. Ich zog Krawatte und Jackett aus und hängte beides über einen Küchenstuhl. Praktisches Denken siegte über professionelles Auftreten, weshalb ich auch die Ärmel hochkrempelte. Zum Glück hatte ich die Schuhe poliert, sodass sich Wachs davon leicht entfernen lassen würde.

»Schon besser«, sagte sie. »Und du siehst immer noch elegant aus«, fügte sie schüchtern lächelnd hinzu. »Also, ich denke, wir sollten mit Frans Kerzen anfangen. Die Mischung aus Ananas, Zitrone, Tequila und Narzissen ist reizend, aber es wird nicht einfach, die Aromen richtig auszubalancieren. Die Tequila-Note von der blauen Agave kann sehr bestimmend sein, sehr waldig und würzig. Sie wird oft in Männerdüften verwendet, aber wenn wir sie mit der bitteren Zitrone, der süßen Ananas und dem zarten Aroma der Narzisse mischen, können wir sie abmildern. Ich finde, wir sollten versuchen, das Wesen von Frühling und Tropen umzusetzen.«

»Das klingt hochgradig technisch«, sagte ich. »Wahrscheinlich ist es am besten, wenn ich nur zuschaue und du deine Magie wirkst.«

Sie lachte. »Keine Angst, das klingt zwar anspruchsvoll, ist aber einfach nur Chemie. Gar nicht so anders wie die Arbeit in einem Labor, was meine Mum macht. Sie hantiert mit Petrischalen.«

Ich wollte nicht fragen, was sich in den Petrischalen ihrer Mutter befand, sondern schaute lieber Edie dabei zu, wie sie mit Duftölen herumwerkelte und sich die Küche berauschend mit Gerüchen füllte. Sie tröpfelte und goss, rührte und schnupperte und erklärte mir die ganze Zeit, was sie gerade tat und warum.

»Versuch das mal«, sagte sie.

Ich schnupperte. »Definitiv tropisch.« Sie roch wieder daran, befand es für zu tropisch und änderte etwas. Es war ein Vergnügen ihr zuzusehen, wie konzentriert und hingebungsvoll sie daran arbeitete. Als sie mit dem endgültigen Resultat zufrieden war, war es Zeit, die Dochte auf kleinen Metallplättchen mit einer Klebepistole auf dem Boden der Gläser zu befestigen und das Wachs zu schmelzen. Die Luft um uns herum war schon bald vom Duft nach einem Pacific Island Cocktail sowie hoher Konzentration durchdrungen.

»Das ist ganz schön aufwendig«, sagte ich.

»Aber ich liebe es«, erwiderte sie. »Wenn ich mir einen Beruf aussuchen könnte, dann Parfümeurin. Mit Düften und Ölen arbeiten, aus einzelnen Gerüchen etwas ganz Neues schaffen. In etwa das, was wir hier tun, nur in größerem Rahmen. Für mich ist es eine richtige Kunstform. Mein wahrer Traum wäre es, die Givaudan-Parfümschule in Paris zu besuchen, die älteste der Welt.« Sie seufzte. »Das wäre großartig. Was ist mit dir?«

Ich dachte an mein Notizbuch mit den Vorsätzen, die Seite, auf der ich einmal meine Traumberufe aufgeschrieben hatte, als ob ich je die Möglichkeit hätte, sie auszuprobieren. Cordon-bleu-Koch war eine Fantasie gewesen, Thrillerautor eine andere.

»In der Schule wollte ich Journalist werden«, erzählte ich, »aber ich hatte eigentlich keine Wahl. Clock & Son gibt es seit drei Generationen. Wenn man in das Bestattungsgewerbe hineingeboren wird, stirbt man auch darin.«

»Wow. Und du bist der Älteste und leitest deshalb jetzt das Geschäft?«

»Ich bin der Einzige«, sagte ich. »Ich bin Clock & Son. Meine Mutter arbeitet noch in Teilzeit mit und mischt sich ein.« Ich lachte. »Sie hätte schon vor Jahren in Rente gehen sollen, aber als Dad starb und ich alles übernahm, glaubte sie wohl, bleiben zu müssen. Das Problem ist, dass sie sich gegen Veränderungen sperrt. So sehr, dass ich ihr leider noch nichts von den Kerzen erzählt habe.«

»In diesem Fall *müssen* wir einfach eine Kerze für sie machen«, sagte Edie.

Ich reagierte nicht darauf. Ich fürchtete Mums Reaktion auf die Kerzen und bezweifelte, dass wir je einen Duft finden würden, den sie billigen würde.

»Sobald dir ein paar Gerüche einfallen«, fuhr Edie fort, »versuche ich es, versprochen. Es wäre mir eine große Freude.«

»Bitte mach dir keine Gedanken wegen einer Kerze für Mum. Arbeitest du nicht gerade an einer für deinen Vater?«

»Nun, ja, aber … Du weißt schon.« Sie sah weg.

»Wenn du möchtest, könnte ich dir dabei helfen«, sagte ich und merkte, dass meine Hand ihr sehr attraktives und schlankes Handgelenk berührte. Rasch zog ich sie zurück und schob sie in die Hosentasche.

»Danke, Oliver«, erwiderte sie. Dann hellte sich ihre Stimmung wieder auf, und sie brachte das Gespräch auf Mum zurück.

»Aber ich würde wirklich gern wissen, wie du das Ganze vor deiner Mutter verheimlichen willst.«

Das war eine sehr gute Frage, auf die ich keine Antwort wusste. Ich fürchtete, das Problem ließ mich charakterlich in schlechtem Licht erscheinen. »Ich weiß, ich sollte das nicht hinter ihrem Rücken tun«, sagte ich, »aber es ist kompliziert. Außerdem wäre da noch das heikle Thema Marie und die Kerze, die du von ihr angefertigt hast. Es ist eine lange Geschichte, aber Marie hat mir viel bedeutet, und davon weiß Mum auch nichts.«

»Ich weiß, Beziehungen sind nie einfach.« Edie nickte, als wüsste sie genau, wovon ich sprach. »Mein letzter Freund hatte kein Verständnis für meine Sammelleidenschaft, und das hat uns letztendlich auch auseinandergebracht. Siehst du die Salz-und-Pfefferstreuer in Maiskolbenform, in der dritten Reihe ganz rechts? Das sind die Schuldigen. Als ich sie gekauft habe, hat Jack gesagt, das sei zu viel Kitsch und er würde es nicht mehr aushalten. Er hat gesagt, er wollte nicht die zweite Wahl hinter kleinen Porzellandingern sein, was wirklich albern war. Er hat gesagt, ich würde mein Geld verschwenden und wäre leichtfertig. Ich weiß, dass ich manchmal ein bisschen übertreibe, aber ich kann nichts dagegen tun, ich liebe die Jagd einfach. Natürlich könnte man argumentieren, dass zweiundzwanzig Vintage-Tortenständer reichen, und dass der, den ich letztes Wochenende gekauft habe, wirklich unnötig ist, aber dann wäre man ein Spielverderber, nicht wahr?« Sie lachte und deutete hinter sich.

Das Nachmittagslicht fiel durch das Küchenfenster auf das Glas und betonte die runden Formen. Von meinem Standort aus sahen sie eigentlich sehr nett aus. Außerdem konnte ich keinerlei Staub entdecken. Hier wurde großer Wert auf Sauberkeit gelegt; eine überaus bezaubernde und bewundernswerte Eigenschaft.

»Sie glänzen so schön und sind so sauber«, sagte ich, »was bedeutet, dass du sie benutzt, und dann ist das doch überhaupt keine Verschwendung.«

»O ja, ich benutze sie. Sie sind toll, wenn ich Besuch habe. Ich lege alles darauf, nicht nur Kuchen.«

Wir schwiegen ein paar Sekunden. Ich fragte mich, ob wir wohl beide an Kuchen dachten und wie schön jetzt etwas Süßes wäre.

Edie sagte allerdings: »Jack war einer dieser Menschen, die immer nur nehmen, verstehst du? Und alles musste nach seinen Vorstellungen laufen. Ich habe erst hinterher gemerkt, dass ich gefesselt gewesen war und nicht ich selbst sein konnte. Ohne ihn bin ich viel besser dran.« Sie sah aus dem Fenster, weit in die Ferne. Drei Sekunden später war sie zurück in der Küche und überprüfte das Thermometer in dem Topf mit Wachs. »Ich glaube, wir können jetzt gießen.«

Ich folgte Edies Anweisungen, die Dochte aufrechtzuhalten, während sie sie mit Fleischspießen stabilisierte und vorsichtig das Wachs in die Gläser fließen ließ. Es war ein langsamer, methodischer Vorgang, den ich als geradezu therapeutisch empfand, und Edie schien zufrieden mit meinem Versuch, alles perfekt auszuführen. Als Frans fünfzig Kerzen, plus zwei zusätzliche, die wir als Muster verwenden konnten, fertig waren, begannen wir mit Petes Auftrag.

»Auf die hier freue ich mich besonders, weil ich Duftöle gefunden habe, die nach Dachboden und Papier riechen«, sagte sie. »Wenn wir noch etwas weißen Tee hinzugeben, sollten wir den Geruch eines Taschenbuchs und eines alten Buchladens mischen können.«

»Das glaube ich dir sofort«, antwortete ich. »Gibt es irgendeinen Geruch, der nicht hergestellt werden kann?«

»Eigentlich nicht. Ich habe dir doch letztens von Sissel Tolaas erzählt, der Geruchsforscherin, nicht wahr? Sie hat einmal den

Geruch von Schweiß von Männern nachgebildet, die schwere Angstattacken hatten. Sie hat damit die Seiten eines Berliner Kunstmagazins imprägniert, *mono.kultur,* um die wahre Kraft von Gerüchen zu erforschen und die Fotografien durch Geruchskunst zu ersetzen.«

»Volle Punktzahl in Sachen Originalität«, bemerkte ich, »aber wer will schon Angst riechen? Es ist schlimm genug, sie zu empfinden.« Ich sagte es leichthin und hoffte, dass sie mich nicht für ängstlich hielt. »Wie hat sie das angestellt?«

»Bei den Männern wurden in einer kontrollierten Umgebung Panikattacken ausgelöst, damit Sissel ihren Schweiß sammeln und die molekulare Struktur synthetisch replizieren konnte. Und weißt du was? Angst hat einen eigenen Geruch. Hunde erkennen ihn. Pferde auch.«

»Wie der Geruch von zerkochtem matschigem Rosenkohl?«

Sie lachte.

»Oder ein toter Fisch in der Sonne?«

»Was ist mit gekochtem Kraut?«, fragte sie.

»Ich mag Kraut.«

»Okay, dann nasser Hund.«

»Ja«, stimmte ich zu. »Und trockener Hund.«

»Ha! Was ist mit Schimmel?«

»Mhm, aber ich mag einen anständigen Blauschimmelkäse.«

Wir lachten beide. »Oh, das ist lustig, das könnten wir noch tagelang so weitermachen, was?«, sagte Edie. »Na los, machen wir die Muster fertig, und dann ist es Zeit für eine Tasse Tee.«

Als alle Kerzen gegossen waren und jetzt noch vierundzwanzig Stunden ruhen mussten, setzte Edie Wasser auf und stellte eine Büchse mit kleinem Safrangebäck mit Johannisbeeren und Pistazien auf den Tisch.

»Das ist meine neueste Leidenschaft«, sagte sie. »Mit Safran backen. Es hat einen feinen Duft und Geschmack, eine ungewöhnliche Mischung aus Honig und Heu, und die Farbe, die man damit erzeugt … Nun, du weißt ja, dass das eine meiner Lieblingsfarben ist.«

Sie nahm einen der kleineren Tortenständer herunter und legte vier Safranbrötchen darauf. Ich hatte eigentlich gehen wollen, weil sie wahrscheinlich Besseres zu tun hatte als mich zu unterhalten, nachdem wir die Kerzen fertiggestellt hatten. Andererseits wäre es unhöflich, Tee und Gebäck nicht anzunehmen, wenn sie schon gebacken hatte.

Wir setzten uns auf ihre Terrasse neben die Töpfe mit roten Geranien. Auf einer Wäscheleine trocknete Kleidung. Es erschien mir sehr unprofessionell, auf Edies Unterwäsche und bevorzugte Kleidung zu starren, die leicht im Wind wehten. Ich stellte den Stuhl so, dass ich stattdessen Edie ansah. Wir unterhielten uns über unsere Arbeit, dass wir beide keinen Sport mochten, aber wussten, dass er gut für uns war, und dass wir beide davon träumten, an so ferne Orte wie Island oder Tansania zu reisen, es aber noch nie getan hatten. Wir hatten eine Menge gemeinsam, was Gutes für unser Kerzenbusiness verhieß. Nichts wäre schlimmer, als mit jemandem Geschäfte zu machen, der nicht wusste, wie schwer es war, knusprige Macarons zu backen oder die Arbeit für einen ausgedehnten Urlaub zu unterbrechen, wenn man an seinen Beruf gebunden war oder an einen kranken Vater, und man seine Mutter unterstützen wollte. Nach zwei Tassen Tee und einem köstlichen Safranbrötchen musste ich dann aber definitiv gehen. Ich fragte sie, ob ich ihr noch bei etwas helfen konnte.

»Nein, schon gut«, sagte sie. »Wir müssen nur warten, bis die Kerzen ausgehärtet sind.«

»Das war ein sehr informativer und interessanter Nachmittag«, sagte ich und holte Krawatte und Jackett.

»Ja, wir müssen uns wieder zusammensetzen und über eklige Gerüche philosophieren«, sagte sie kichernd. »Aber ich sollte dir danken, weil es zusammen viel mehr Spaß gemacht hat.«

Ich wusste nicht, was ich antworten sollte. Mir hatte der Nachmittag auch Spaß gemacht, aber ich und Kerzengießen? Das war alles sehr eigenartig. »Nun …«

»Ja, also …«, sagte sie.

Wir sahen uns verlegen an, und dann umarmte sie mich wieder, was ich dieses Mal etwas entspannter erwidern konnte. Sie winkte mir von ihrer gelben Haustür nach. Als ich zum Auto ging, fiel mir auf, dass ich die ganze Zeit nicht einmal an die Ereignisse der letzten vierundzwanzig Stunden oder auch nur an Caroline gedacht hatte.

Selbstbehauptung

Nach dem Nachmittag voller Kerzenproduktion betrat ich ungewohnt leichtfüßig meine Wohnung, als hätte ich mehr abgenommen, als es tatsächlich der Fall war. Kurz darauf klingelte es an der Tür. Ich dachte, jemand würde Geld sammeln, weshalb ich einen Schein aus meiner Brieftasche holte und zum Eingang ging. Als ich gerade das Geld hinausreichen wollte, erkannte ich Caroline auf der Schwelle.

»Oh, hallo«, sagte ich. Vermutlich hätte ich etwas enthusiastischer klingen können, aber mit einem so spontanen Besuch hatte ich nicht gerechnet.

»Wo warst du?«, fragte sie, eine Hand in die Hüfte gestemmt und mit aggressivem Unterton.

»Bei der Arbeit«, antwortete ich und hielt mich vorsichtshalber an die Lüge, die ich ihr schon erzählt hatte.

Was sich als Fehler erwies.

»Nein, warst du nicht, weil ich von dort komme. Ich habe mit deiner Mutter gesprochen, die gerade die Särge poliert hat, und du warst den ganzen Tag nicht im Geschäft.«

»Ah«, sagte ich und trat mich innerlich für meine Unehrlichkeit. Mum sagte immer, dass aus Lügen nichts Gutes erwuchs. Doch wenn ich Caroline die Wahrheit sagte, stünde ich dann besser oder schlechter da? Wahrscheinlich schlechter. Wie sollte ich ihr erklären, dass ich versuchte, sie vor ihrer eigenen Eifersucht zu bewahren? Dass ich versuchte, genau die Situation zu vermeiden, in der wir uns gerade befanden? Auch wenn mir klar war, dass ich nicht hätte lügen sollen, gefiel mir Carolines Reaktion nicht, und ich wusste nicht, wie ich sie am besten beruhigen konnte. »Hast du mich verfolgt?«, fragte ich.

»Nein«, erwiderte sie entrüstet.

»Aber du warst gerade im Geschäft.«

»Ich wollte dich überraschen. Aber dann habe ich dich erwischt.«

»Bei was erwischt?«, fragte ich – was rückblickend betrachtet sinnlos war.

»Dass du woanders warst, dass du gelogen hast, dass du etwas verbirgst.«

Ich seufzte. Diese Scharade musste aufhören. Caroline steigerte sich immer mehr hinein wie eine Waschmaschine im Schleudergang. Ich musste ihr die Wahrheit sagen. »Also gut, ich war bei Edie, der Kerzenmacherin, und habe mit ihr Kerzen hergestellt. Von denen hatte ich dir ja erzählt.«

»Du hast was gemacht?«

»Es stimmt. Hier …« Ich suchte Edies Nummer auf meinem Handy heraus. »Du kannst sie anrufen, wenn du magst.«

»Ich werde sie nicht anrufen.«

»Bitte.« Ich schwenkte das Telefon vor ihr.

»Du hättest den Nachmittag mit mir verbringen können.«

»Nun, ja«, stimmte ich zu, »aber hier ging es ums Geschäft.«

»An einem Samstagnachmittag?«

»Ich habe komische Arbeitszeiten«, rechtfertigte ich mich, aber das war nicht gut genug.

»Ach, vergiss es«, sagte sie, drehte sich um und ging.

Mein wunderschöner Nachmittag war in tiefste Schrecklichkeit abgestürzt.

Ich ging in die Küche, um mir eine Tasse Tee zu kochen und ein Glas Wein einzuschenken, wobei ich mich nicht entscheiden konnte, was mir mehr helfen würde. Außerdem musste ich darüber nachdenken, was gerade passiert war. Ich saß am Küchentisch und begann mit dem Tee. Ich schalt mich selbst, dass ich überhaupt gelogen hatte. Das hätte ich nicht tun sollen – ich wusste nicht einmal den genauen Grund dafür, außer, dass ich Caroline nicht eifersüchtig machen wollte. Und selbst das war albern, weil sie keinen Grund zur Eifersucht hatte. Ich verstand, dass sie mich gern gesehen hätte, aber musste sie mir deshalb gleich bei der Arbeit nachschnüffeln? Und warum konnte sie nicht mehr Verständnis für meinen Beruf aufbringen? Ich hatte tatsächlich ungewöhnliche Arbeitszeiten und musste zu den unmöglichsten Zeiten Tag und Nacht ausrücken. Ich fühlte mich schuldig, weil ich sie verärgert hatte, und wünschte, wir beide müssten uns nicht so fühlen. Je länger ich darüber nachdachte und je mehr Tee ich trank, desto mehr wurde mir bewusst, dass ich meinen Beruf nicht schon wieder verteidigen müssen wollte, auch wenn es mich schmerzte, dass Caroline schlecht von mir dachte. Ich bemühte mich, dass es zwischen uns funktionierte, aber es schien nie richtig entspannt zu sein. Ich ging zum Wein über. Marie hatte mir so viel gegeben, und Caroline eine Zeit lang auch, doch jetzt hatte ich das Gefühl, dass sie mir alles wieder wegnahm und die Stimmung zwischen uns vergiftete. Ihr Nörgeln und ihre übermäßige Neugier waren mir unangenehm und brachten mich dazu, Dinge zu tun, die ich verabscheute – Lügen zum Beispiel. Wir schienen uns in einem häuslichen Drama zu befinden, das jeden Moment zu einem häuslichen Noirthriller umschlagen konnte. Lieber Gott, was passierte nur mit meinem Leben? Ich fühlte mich plötzlich so hoffnungslos und hilflos, panisch und ängstlich. Nervös und gestresst.

Dann begann ich zu weinen. Ich schluchzte so laut, dass ich die Klienten in der Leichenhalle aufgeweckt hätte, wenn wir welche gehabt hätten. Ich konnte gar nicht mehr aufhören. Ich schenkte mir Wein nach, stürzte ihn hinunter und heulte weiter. Es schien nicht zu helfen. *Reiß dich zusammen, Oliver, reiß dich zusammen. Du hast für dieses Jahr genug geweint, du Idiot.* Bei dieser Erkenntnis weinte ich nur noch stärker. Ich war eine Jacht in einem Sturm, ein rasendes Auto, das von der Straße abkam, Kuchenteig in einem Mixer. Ich krängte, schwankte, wurde herumgeschleudert. Ich hatte alle Vorsicht in den Wind geschlagen und alle Hemmungen abgeworfen, um einige meiner neuen Vorsätze in die Tat umzusetzen, und wohin hatte es mich gebracht? Ich war fast vierzig, und mein Leben wurde von einer Frau gekapert, deren haselnussbraune Augen eigentlich hässlich grün waren. Ich hatte versucht, mein Leben in den Griff zu bekommen, und dabei war es mir erst recht entglitten. *Jemand möge bitte das Wetter ändern, das Auto abbremsen, das Gerät ausschalten. Bitte! Ich brauche Hilfe!*

Ich trank mehr Wein und fand mich schließlich auf dem Boden wieder, in einer Ecke an die Schränke gekauert, als wäre das ein völlig normaler Ort, um allein am Samstagnachmittag ein Glas Wein zu genießen. Warum einen Stuhl benutzen, wenn man einen Boden hatte? Bei dem Gedanken stieß ich ein irres, ersticktes Lachen aus. Ich wischte mir Augen und Nase mit dem Handrücken ab und trank noch etwas Wein. Die Gedanken verschwammen. Nichts ergab Sinn. Hatte ich Schiffbruch erlitten, mich überschlagen, war ich totgerührt?

An irgendeinem Punkt musste ich mich von oben betrachtet und die Sinnlosigkeit erkannt haben, wie ein Fötus auf dem Küchenboden zu liegen, vor allem, wenn da einige Krümel an der Bodenleiste lagen, die aufgewischt werden mussten. Ich rappelte mich auf und stolperte zum Sofa, auf das ich mich kraftlos fallen ließ. Dort lag ich, schwach und hilflos, doch erleichtert, dass die Tränen versiegt waren.

Da begann ich nachzudenken – so richtig, wie ich es gern tat, wenn ich einer Sache auf den Grund zu kommen versuchte, wenn ich mir ohne Ablenkung alles in Ruhe durch den Kopf gehen lassen konnte. Ich dachte daran, was Edie über ihren Freund gesagt hatte; dass sie sich von ihm gefesselt gefühlt hatte. Ich dachte daran, wie Andy mir gesagt hatte, ich solle mich mehr um mich kümmern. Ich dachte daran, was Marie in ihr Tagebuch geschrieben hatte, wie sie hoffte, ich fände eine Seelenverwandte. Ich dachte an Lily und dass ihr gar nicht die Chance auf ein Leben, die Suche nach einem Seelenverwandten vergönnt gewesen war. Diese Gedanken hatte ich bisher nie zu Ende gedacht. Es war zwar schön und gut, Listen mit Vorsätzen und Träumen zu schreiben, die ich gerne umsetzen würde, aber vielleicht war eine Frau wie Caroline nötig, damit ich erkannte, was ich *nicht* wollte.

Ruhe überkam mich, und ich setzte mich auf. Ja, das war es. Was ich *nicht* wollte, musste ich mir genauso bewusst machen wie die Dinge, die ich tatsächlich wollte. Statt sinnlos nach Hilfe zu rufen, musste ich mir selbst helfen. Ich stand auf, um Stift und Notizbuch zu holen und einen neuen Eintrag zu verfassen: mit den Dingen, die ich *nicht* wollte.

Dann traf mich die Erkenntnis mit solcher Heftigkeit, als wären meine Augen genauso aufgeschnellt wie die von Mr Lowry bei seinem Aufbahrungstest. Plötzlich war mir alles so klar, dass ich rätselte, warum ich das nicht schon früher bemerkt hatte. Ich wollte weder offiziell noch inoffiziell mit Caroline zusammen sein. Nicht einmal, um das schmerzhafte Alleinsein abzumildern. Nicht einmal, damit ich Dinge versuchte, die ich eigentlich gar nicht machen wollte. Nicht einmal, um den Anschein von Liebe zu erwecken, nach der ich mich so gesehnt hatte. Nicht einmal, um mir ein Leben mit einer glücklichen Familie vorzustellen. Die Zeit mit Caroline hatte zwar meine Einsamkeit gelindert und mir auch geholfen, ein paar neue Sachen auszuprobieren, aber es war falsch von mir, ihr weiter etwas vorzumachen und mir einzureden, sie sei die Richtige. Ich hatte es versucht, aber eine Seelenverwandte war nun mal nicht die erstbeste Seele, die einem begegnete und eine Lücke füllte. Mit einer Seelenverwandten wollte man den Rest des Lebens verbringen. Und mir wurde klar, dass ich das mit Caroline nicht wollte.

Ich klopfte mir den Staub von der Hose, spritzte mir Wasser ins Gesicht und rief ein Taxi, um zu Caroline zu fahren. Wen kümmerte es, ob ich beschwipst war? Wen kümmerte es, dass meine Augen rot und geschwollen waren? Wen kümmerte es, dass meine Kleidung längst nicht mehr frisch gebügelt aussah? Ich musste das Richtige tun.

Ich klopfte an ihre Tür.

Sie öffnete sie einen Spaltbreit. »Ich will dich nicht sehen«, sagte sie.

»Bitte. Wir müssen reden.«

»Nein.«

»Hör mir nur eine Minute zu. Bitte.«

»Eine Minute? Länger wird es nicht dauern?« Ich nickte. »Also dann«, sagte sie und öffnete die Tür ein bisschen weiter. Ihre Augen waren genauso rot und geschwollen wie meine.

Es war dumm, dass ich mir nicht genauer überlegt hatte, was ich sagen und wie ich es ihr vermitteln sollte. Ich hätte vor einem Klienten oder zumindest mit mir allein üben können, um das Selbstvertrauen zusammenzukratzen, für mich einzustehen. Jetzt brachte ich nur heraus: »Es funktioniert nicht, nicht wahr?«

»Ich dachte, du wärst hier, um dich zu entschuldigen.«

»Das stimmt.«

»Dann mach es auch.«

»Es tut mir leid, dass ich gelogen habe. Ich wollte dich nicht verletzen, aber …«

»Aber …«

Ich sah ihr in die Augen, schluckte meine Nervosität hinunter. »Aber ich muss ehrlich zu dir sein. Ich muss ehrlich zu mir selbst sein.«

»Wovon redest du?«

»Es tut mir leid, Caroline. Ich sehe keine gemeinsame Zukunft für uns«, sagte ich so nachdrücklich wie möglich.

»Wie bitte?« Ihr blieb der Mund offen stehen.

»Ich glaube nicht, dass wir gut füreinander sind.« Zum zweiten Mal innerhalb weniger Wochen vertrat ich, was ich wollte, und das war ein gutes Gefühl.

»Nein, nein, nein, Oliver! Wir passen so gut zusammen! Ich fasse es nicht, dass du das sagst.« Sie riss die Tür auf und schlang die Arme um mich, versuchte verzweifelt so zu tun, als hätte ich das alles gerade nicht gesagt. Sie tat mir so leid, und irgendwie tat ich mir auch leid, weil es wirklich schön gewesen wäre, wenn es mit uns geklappt hätte, aber ich musste auf mein Herz hören. Ich musste mich an meinen Vorsatz halten. Deshalb erwiderte ich die Umarmung nicht; ich *konnte* es nicht.

Dann trat sie von mir zurück, und ihre Haltung änderte sich. Sie stemmte die Hände in die Hüften und sah aus, als wäre sie mitten in einem Duell, und wer zuerst die Waffe zog, hatte gewonnen. »Du meinst es wirklich ernst, oder?«, fragte sie. Ihre Stimme klang leiser, trauriger.

»Es tut mir leid.« Dann sagte ich etwas, was im Rückblick lächerlich klang. »Es war eine schöne Zeit, Caroline, aber hier endet sie.« Als ob wir wirklich Figuren in einem Western wären und ich das letzte Wort hatte. Das einzige Problem war, dass ich nicht wusste, wie die Szene enden sollte und dass kein Regisseur »Schnitt!« rufen würde. Daher musste ich improvisieren. »Ich hoffe sehr, dass du deinen Seelenverwandten findest«, fügte ich hinzu und gab damit Maries Wunsch weiter. »Du verdienst es.«

»O mein Gott, ich kann nicht glauben, dass das gerade passiert«, sagte sie mit zitternden Lippen und ungläubigem Ausdruck in den Augen. Dann schien sie mich nicht länger ansehen zu können. Sie wirbelte herum und warf die Tür so schnell hinter sich ins Schloss, wie fünfhundert Millionen Spermien auf das goldene Ei zurasten, was ein unglücklicher Vergleich war, denn meine Spermien zogen sich nur jubelnd zurück.

»Tut mir leid«, sagte ich noch einmal zur Tür. So unangenehm es war, schlechte Nachrichten überbringen zu müssen, so unendlich erleichtert fühlte ich mich auch, als ich mich zum Gehen wandte. »Danke«, flüsterte ich, an wen auch immer gerichtet. Vielleicht dankte ich mir, weil ich endlich das durchsetzte, was ich wollte, und den Mut hatte, entsprechend zu handeln. Nicht nur das, sondern auch, dass ich verdammt noch mal endlich die richtige Entscheidung getroffen hatte. Ich hatte mich aus eigener Kraft vor einer Frau gerettet, die nicht die richtige für mich war. Ich konnte und würde nicht vierzig werden und an die falsche Frau gekettet sein.

Ich eilte nach Hause und packte die Weinflasche, die noch auf der Arbeitsfläche stand. Es war noch genug übrig für zwei großzügig eingeschenkte Gläser. *Aber wer braucht schon ein Glas,* dachte ich und trank einen Schluck direkt aus der Flasche. *Ha!* Ich trank noch einen. Normalerweise fand ich es ungehobelt, Wein aus der Flasche zu trinken, und hatte meine Meinung dazu auch nicht geändert. Doch jetzt dachte ich, dass ich verdammt noch mal das tun konnte, was ich wollte.

»Auf mich!«, sagte ich laut.

Dann warf ich die Rose und die Vitamine in den Müll (die Lindt-Kugeln behielt ich, weil es Verschwendung gewesen wäre, einwandfreie Schokolade wegzuwerfen, die später noch mal Gelüste befriedigen konnte) und holte das Notizbuch, um endlich einen neuen Eintrag zu beginnen …

Du sollst nicht andere für dich entscheiden lassen.

Du sollst nicht mit der ersten Frau ausgehen, die Interesse an dir zeigt.

Du sollst nicht dein eigenes Glück für das eines anderen Menschen opfern.

Du sollst nie wieder Wein aus der Flasche trinken.

Ich war so glücklich, dass ich mir ein übriges Stück Pizza in der Mikrowelle aufwärmte und nicht darüber nachdachte, wie lange es wohl schon im Kühlschrank gelegen hatte. Es schmeckte ziemlich gut. Nachdem ich mir die Hände diverse Male gewaschen hatte, um das Pizzafett loszuwerden, holte ich das Tagebuch aus meiner Pulloverschublade. Es lag genau da, wo ich es versteckt hatte. Ich drückte es an die Brust und seufzte erleichtert. *Hier sind wir wieder, Marie, hier sind wir wieder.* Ah, die tröstlichen Auswirkungen von Pizza und Maries Worten: *Ich will mit Oliver zusammen sein.* Ich wusste nicht, wie oft ich diesen Eintrag schon gelesen hatte, aber ich konnte nicht genug davon bekommen.

Seufz.

Teil drei

… in dem ich wirklich einige meiner Vorsätze verwirklichen muss.
Ich muss tun, was mir guttut.
Ich muss für mich einstehen.
Ich muss MICH MEINEN ÄNGSTEN STELLEN.

Taschenbücher und Ananas

Am Montag kam ich zutiefst erleichtert in die Arbeit. Ich hatte beschlossen, Caroline in eine imaginäre Schachtel mit der Aufschrift »Vergangenheit« zu packen. Meine Zeit mit ihr konnte man eine lebhafte Erfahrung nennen – ein bisschen Spaß, gemischt mit einigen unerwünschten Angstmomenten. Doch auch dann fiel es mir schwer, mich an meinem Schreibtisch zu konzentrieren, und es war auch keine Hilfe, dass wir keine Todesfälle hatten und niemand nach unseren Diensten verlangte. Der einzige Trost war, dass Edie anrief und erzählte, dass die Kerzen perfekt ausgehärtet waren und unglaublich rochen.

»Ich kann sie vorbeibringen, wann immer du willst«, sagte sie.

Dem Himmel sei Dank für die Ablenkung.

»Großartig, Edie«, antwortete ich. Meine einzige Hoffnung war, dass die Kunden die Kerzen mochten. Ich weiß, ich konnte mich nicht allein darauf verlassen, um unsere Geschäfte anzukurbeln, aber sie schienen das Einzige zu sein, das funktionierte. »Ich gebe den Kunden Bescheid und schaue, ob sie heute vorbeikommen können. Meinst du, du hättest auch Zeit? Wir können dich als die Kerzenmacherin vorstellen.«

»Sehr gern.«

Ich koordinierte Termine, die sowohl Fran und Pete als auch Edie passten und an denen Mum nicht hier sein würde. Ich war so nervös, dass ich meinen Schreibtisch aufräumte und den Notfall-Mars-Riegel und einen halben Peanut-Slab-Riegel aß, die ich beide in der untersten Schublade gefunden hatte. Edie kam fünfzehn Minuten vor dem ersten Termin mit Pete, dessen Mutter immer noch im Kühlfach lag und geduldig auf die Einäscherung wartete. Ich bemerkte, dass sie so strahlend aussah wie ein auf Hochglanz poliertes Skalpell und immer noch ein hervorragendes Gespür für Pünktlichkeit hatte.

»Also«, sagte sie, »wer kommt zuerst?«

»Pete, der Büchermann.«

Sie nickte. »Ich bin nervös.«

»Ich auch. Albern, was?« Wer hätte das gedacht – ich nervös wegen Kerzen? Ich wollte ihr nicht sagen, dass ich mich aus unserem Geschäft zurückziehen würde, sollten Pete und Fran die Kerzen nicht gefallen; dass ich mich Green Light Funerals vielleicht geschlagen geben und nie wieder etwas Neues ausprobieren würde. Aber die wunderschöne, lebhafte Edie brauchte davon nichts zu wissen. »Magst du Bücher?«, fragte ich, um noch irgendetwas anderes zu sagen.

»O ja, ich lese ständig an einem Buch.«

»Ich auch«, antwortete ich und dachte an die Autobiografie auf meinem Nachttisch, die ich wahrscheinlich fertig lesen sollte und nicht jeden Abend in Maries Tagebuch.

»Wenn ich Zeit habe, lese ich auch meinem Vater vor, meistens einmal die Woche«, sagte Edie. »Parkinson hat seine kognitiven Fähigkeiten beeinträchtigt, was furchtbar traurig ist, weil er Bücher immer geliebt hat. Im Moment lesen wir Spionagekrimis.«

»Wenn du Nachschub brauchst, ich habe ein paar Thriller von Jeffrey Archer, die ich dir leihen kann.«

»Danke.« Sie nickte.

»Es ist wirklich schön, dass du das machst«, fügte ich hinzu.

Edie zuckte mit den Schultern. »Er ist schließlich mein Dad.«

Einen Moment lang dachte ich, sie würde zu weinen anfangen, und auch wenn ich sie nur zu gern getröstet und mit meinem umfangreichen Vorrat an Taschentüchern versorgt hätte, war jetzt nicht der richtige Zeitpunkt, weshalb ich das Thema wechselte. »Wie war dein restliches Wochenende?«

»Sehr schön, vielen Dank. Samstagabend habe ich mich mit ein paar Freundinnen getroffen, und am Sonntag habe ich meinen Eltern was Selbstgebackenes vorbeigebracht.«

»Und was hast du gemacht?«

»Cremeschnitten mit Passionsfrucht.«

»Köstlich.«

»Und du?«, fragte sie.

»Oh, dies und das«, meinte ich mit einer Beiläufigkeit in der Stimme, die andeuten sollte, mein Wochenende wäre völlig normal gewesen, und ich hätte nicht die Beziehung zu meiner Freundin beendet und das Tagebuch meiner toten Geliebten noch einmal von vorn bis hinten gelesen.

»Du hast wahrscheinlich oft Rufbereitschaft, nicht wahr?«

»Ja, aber ich versuche mich davon nicht einschränken zu lassen.«

Ich wollte sie gerade fragen, ob sie noch mehr Tortenständer gekauft hatte, als Jean hereinkam. »Er ist da«, verkündete sie.

Edie stand auf. Ich wartete an der Tür, und Pete kam mit großen Schritten herein. Ich stellte die beiden einander vor und überließ Edie die Erklärungen.

»Wir haben überlegt, ob wir uns auf den Geruch eines einzelnen Taschenbuchs konzentrieren sollten oder das Aroma eines ganzen Secondhand-Buchladens«, sagte sie. »Es gibt feine Unterschiede zwischen den beiden, aber die Kerzen sollen Trigger sein, keine exakten Nachbildungen. Wir haben von jeder Duftvariante eine angefertigt, damit Sie eine Auswahl haben.«

Pete musterte nervös die beiden Gläser voller Wachs.

»Wissen Sie, sie hat vor ihrem Tod Dickens gelesen«, sagte er. »*Große Erwartungen.* Es lag aufgeschlagen auf ihrer Brust. Sie hielt es so fest umklammert, dass ich es kaum aus ihren Fingern lösen konnte.« Er schüttelte den Kopf bei der Erinnerung. Ich hielt die Taschentücher bereit. Wartete. Dann war der Moment vorbei. Edie trat zu ihm und erklärte ihm die Kerzen.

»Diese hier soll einen ganzen Laden voller gebrauchter Bücher verkörpern«, sagte sie. »Jeden vergilbten Band und die staubigen Regale, dazu ein Hauch von Muskat, Klee und Sandelholz. Diese Kerze dagegen ist ein einzelnes Taschenbuch, das schon viele Male gelesen wurde, auf das Tee getropft ist, in dem mit fettigen Fingern geblättert wurde. Sie verströmt Gerüche von altem Papier mit einer gewissen Vanillenote. Sind Sie bereit?«

Er nickte. Sie hob den Deckel des ersten Glases. Er beugte sich vor und atmete ein.

»Ah, ja«, sagte er.

Dann die nächste. Edie hielt die Hände, verschränkt wie zum Gebet, an die Lippen, und ich musste den plötzlichen Impuls unterdrücken, sie zu nehmen. Die Nerven machten mir wirklich zu schaffen.

»Verdammt«, stieß Pete hervor.

»Gefallen sie Ihnen?«, fragte Edie.

»Ob sie mir gefallen? Sie sind unglaublich.« Seine Worte schwebten freudig in die Höhe. Er beugte sich wieder vor, kippte die Deckel und hielt die Nase an die Öffnung, als schnupperte er an einer guten Flasche Rotwein. »Es ist unheimlich, wie echt sie riechen.«

Ich musste so breit grinsen, dass meine Wangen schmerzten.

»Welche gefällt Ihnen besser?«, fragte Edie.

»Ich mag beide. Mum hätte beide gemocht.« Wieder schüttelte er den Kopf. Schnupperte noch mal. »Wenn ich wetten würde – was ich nicht tue –, hätte sie sich wahrscheinlich für die erste entschieden. Können Sie zwanzig davon anfertigen?«

Edie und ich konnten ihm gar nicht schnell genug die Hand geben. Wir fabrizierten fast ein dreihändiges Händeschütteln. Pete klopfte mir auf den Rücken und sagte, er könnte es gar nicht erwarten, sie seinen Verwandten zu geben. Unser Unternehmen hätte nicht besser starten können.

Dann kam Fran, gerade als Pete zur Tür hinausging. Sie trug eine goldene Sonnenbrille in den Haaren und goldene Creolen in den Ohren. Ihr Gesicht war abgezehrt und blass, doch ihre Augen funkelten. Wir wiederholten die Vorstellung und die Erklärungen, und Edie stellte eine ihrer Kerzen auf den Tisch. Fran nahm sie und hielt sie dicht an ihre Nase. Sie schloss die Augen und blähte die Nasenflügel. Ich hatte nicht gedacht, dass man so lange an etwas riechen konnte. Eine Träne befeuchtete ihre Wimpern und rollte langsam über ihre Wange.

Schnell, die Taschentücher. Ich zog eines aus der Schachtel und wartete, bis sie die Augen öffnete.

»Himmel«, sagte sie, fächerte sich Luft zu und stellte die Kerze wieder auf den Tisch. Sie nahm das Taschentuch und tupfte sich die Augen ab.

Edie rieb ihr fürsorglich den Arm. Ich merkte, dass sie nicht erwartet hatte, dass Fran so jung sein würde.

»Tut mir leid, ich wollte nicht weinen«, entschuldigte sich Fran.

»Das ist überhaupt kein Problem«, erwiderte ich.

»Wenn man alles rausgeweint hat, geht es einem besser«, fügte Edie hinzu, als hätte sie vor dem Termin Dads Ordner überflogen.

»Ich bin glücklich«, sagte Fran. »Ehrlich.«

Wie seltsam, dass jemand in meinem Büro vor Glück weinte. Ich konnte mich kaum erinnern, wann das das letzte Mal geschehen war. Vielleicht damals, als Jean ein Jahresabo für diverse Zeitschriften gewonnen hatte. Das hier war sehr viel spezieller. Wir hatten Fran eine viel größere Freude bereitet, als Zeitschriften je hervorrufen könnten, und das rührte mich. Es wäre schön, so etwas öfter zu schaffen. »Es ist völlig Ihnen überlassen, warum Sie weinen«, sagte ich.

Sie umarmte erst mich und dann Edie.

»Die restlichen Kerzen sind noch im Wagen«, erklärte Edie.

»Sie meinen, weitere fünfzig Freudentränen?«

»Wissen Sie was? Ich habe noch Duftöl übrig. Ich mache Ihnen gern kostenlos noch ein paar Kerzen mehr«, schlug Edie vor und lächelte mir zu. Innerlich klatschte ich Beifall. Edie stellte sich als wahrlich toller Mensch und wunderbare Geschäftspartnerin heraus.

»Wirklich?«, sagte Fran und begann wieder zu weinen.

»Oh, ich wollte Sie nicht aufregen.« Edie zupfte einige Taschentücher aus der Schachtel in meiner Hand und gab sie Fran.

»Mir geht's gut«, schniefte Fran. »Danke. Ich danke Ihnen beiden so sehr.«

Von meinem Bürofenster aus beobachtete ich, wie Edie Fran an ihrem Auto den Karton mit den Kerzen gab und ihr nachwinkte. Ein weißer Ballon stieg hinter einer Häuserreihe auf und schwebte in den Himmel.

»Hurra«, sagte Edie, als sie zurückkam, Arme und Handflächen ausgestreckt, als würde sie auf unserem gemeinsamen Hoch treiben. Ich tat es ihr aus dem einzigen Grund nach, dass ich nicht wusste, was ich sonst tun sollte. Wir sahen aus, als würden wir gleich zu singen anfangen, vielleicht ein Duett von Dolly Parton und Kenny Rogers. Edie lachte laut. Bevor ich mich zurückhalten konnte, begann ich »Islands In The Stream« zu singen. Ich mochte das Lied nicht mal, und jetzt schmachtete ich es schief und unmelodisch.

»Du darfst gern mitsingen«, forderte ich sie auf. Sie gehorchte, musste aber wieder kichern, worauf ich auch lachte. Wir schafften gerade mal den Refrain, bis wir atemlos vor Lachen und Singen aufhören mussten.

»Das war so lustig«, keuchte sie.

»Ich entschuldige mich für meinen Gesang.«

Sie winkte ab. »Das musst du nicht. Ich bin wohl kaum Dolly Parton.«

Ich lächelte. Nicht weil sie genauso falsch sang wie ich, sondern weil ich in ihrer Gegenwart so entspannt war. Normalerweise sang ich nur allein, und ich hatte mich nicht einmal befangen gefühlt. Auf dieser Basis würde unsere Geschäftsbeziehung wirklich harmonisch werden. Vielleicht konnte ich meiner Liste einen neuen Vorsatz hinzufügen: *Du sollst mehr Zeit mit Edie verbringen und vielleicht sogar mehr Kerzen machen.* Was für ein Knaller!

»Lass uns feiern«, platzte ich heraus. »Aber mit etwas Passenderem als falschem Gequäke und Tee.«

»Oh, Oliver, das würde ich sehr gern, aber ich muss zurück an die Arbeit.«

Natürlich. Was hatte ich mir nur dabei gedacht?

»Aber vielleicht können wir jetzt noch über die Broschüren sprechen? Will dein Freund immer noch Fotos dafür machen?«

»Ja, ich glaube schon. Ich vereinbare einen Termin mit ihm.«

»Und vielleicht könntest du es jetzt auch deiner Mum erzählen«, meinte sie lachend. »Du solltest sie nicht unterschätzen. Ich lasse die Muster hier, damit du sie ihr zeigen kannst. Ihre Reaktion überrascht dich vielleicht. Im Ernst, meine Mutter war auch nicht von Anfang an überzeugt. Und wenn du ihr sagst, dass du gerade siebzig davon verkauft hast, bringst du sie vielleicht auf unsere Seite.«

Ich wusste, dass ich jetzt keinen Vorwand mehr hatte, Mum im Dunkeln zu lassen. Ich musste nur noch einen Weg finden, ihr alles zu erzählen, ohne dass sie gleich alles unfairerweise ablehnte. Das erforderte sorgfältige Planung und eine überlegte Herangehensweise. Heute Abend würde ich darüber nachdenken.

Der rechte Haken

Als ich an diesem Abend in die Wohnung zurückkam, tat ich etwas, das bisher unvorstellbar gewesen war: Ich nahm mir einen Moment Zeit, mein Singledasein zu genießen. Ja, es war ruhig und leer, wie immer, wenn ich nach Hause kam, aber nach der Zeit mit Caroline war mir klar, dass ich lieber Single und einsam als in einer unglücklichen Beziehung war. Und es hatte mir bestätigt, dass ich immer noch liebenswert war, was mir neue Hoffnung gab. Nur weil ich jetzt wieder Single war, musste das ja nicht für immer sein, und ich musste dem nahenden vierzigsten Geburtstag auch nicht so düster entgegensehen. Mir half auch, dass ich Maries Tagebuch wiederbelebt hatte, und ich erlaubte mir, mich darin zu vertiefen, wann immer ich wollte. Ich zündete Maries Kerze an und beschloss, zur Entspannung vor dem Abendessen im Garten herumzuwerkeln, die Töpfe ästhetischer anzuordnen, Unkraut zu zupfen und den Weg zu meiner Haustür zu fegen. Indem ich mich als Tagesausklang um die Außenwelt kümmerte, konnte ich mein Inneres beruhigen – ein physischer Frühjahrsputz analog zu meinem persönlichen. Doch als ich gerade mit dem Besen ein besonders großes Spinnennetz aus einer Ecke der Veranda entfernen wollte, tippte mir jemand auf die Schulter.

Es war Henry. »Ich habe meine Meinung geändert«, sagte er.

»Wie bitte?«

»Ich will das Tagebuch zurückhaben.«

Ich konnte es nicht fassen. Gerade erst hatte ich Marie aus meiner Pulloverschublade zurückerobert und wollte sie nicht zurückgeben. Wieder sagte ich: »Wie bitte?«, wie jemand, der kein Englisch spricht, auch wenn dieser dann wahrscheinlich »Eh?« oder »¿Qué?« gefragt oder gleichzeitig das Gesicht verzogen und mit den Schultern gezuckt hätte, um das Nichtverstehen zu signalisieren.

»Ich will es zurück, weil ich nicht will, dass du es hast. Ich hätte es dir nie geben sollen«, sagte er verwaschen, als versuchte er sich an einem schlechten schottischen Akzent.

»Nun, ich …« Ich wusste nicht, was ich antworten sollte. Was sagte man denn zu jemandem, der ein Geschenk zurückforderte? Eines, das derjenige angeblich sowieso verabscheute und das man selbst behalten wollte?

»Komm schon, du Idiot«, lallte er und schwankte wie ein Metronom, nur nicht so exakt.

»Was ist mit deinem Versprechen, zu den Anonymen Alkoholikern zu gehen?«, fragte ich.

»Scheiß auf AA.«

»Ich finde, wir sollten darüber reden, wenn du nüchtern bist«, erwiderte ich und lehnte den Besen gegen die Wand. Das erschien mir fair. So könnte ich mir meine Antwort zurechtlegen und musste ihm meine Weigerung nicht ins Gesicht sagen, wenn er in so verletzlicher und potenziell streitsüchtiger Stimmung war.

Mein Vorschlag gefiel ihm nicht. »Nein«, sagte er und stolperte in meine Wohnung. Er wühlte unter den Zeitungen auf dem Couchtisch und suchte hinter den Sofakissen.

»Moment mal«, protestierte ich und rückte eilig die Zeitungen gerade. »Du kannst nicht einfach meine Wohnung auf den Kopf stellen.« Je mehr er meine Sachen durchsuchte, desto entschlossener war ich, das Tagebuch zu behalten. Ich wollte Marie schützen und fühlte mich im Recht, das Buch zu besitzen. Henry war nicht klar, wie wichtig es für mich war. Es bedeutete mir alles. Es war meine Gegenwart und meine Vergangenheit und half mir auf dem Weg in die Zukunft. Wenn ich es zurückgab – würde ich das alles dann verlieren? Mein Herz klopfte schneller, und mir brach der Schweiß aus. Ich ertrug den Gedanken nicht, Marie einfach so wegzugeben, es mir gerade stehlen zu lassen, so wie sich Henry gebärdete.

»Ah, ich verstehe«, sagte er und nickte, als ob er mich tatsächlich verstehen würde. »Du willst es auf einen Kampf ankommen lassen.«

»Nein, ich bin kein Kämpfer.«

»Aber ich.« Er wollte mir einen rechten Haken verpassen. Voller Angst duckte ich mich, doch er war mindestens dreißig Zentimeter zu weit entfernt und traf nur die Luft zwischen uns. Er schwang weiter den Arm, bis seine wackligen Beine unter ihm nachgaben und er mit dem Gesicht voran in die Sitzfläche eines Sessels kippte. Er fluchte, sein Arm fiel herunter, und er lag still da, der Oberkörper auf dem Stuhl, die Knie auf dem Teppich.

»Henry?«

Er gab keine Antwort.

Ich wiederholte seinen Namen etwas lauter und nachdrücklicher. Nichts. Schlief er, oder war er – bitte nicht – tot? Auf Zehenspitzen ging ich zu ihm, als ob ich beim Scharadespiel einen Einbrecher darstellen sollte, was völlig übertrieben war, wenn er entweder tot war oder schlief, da ich ja wollte, dass er am Leben und bei Bewusstsein war. Ich klatschte in die Hände und pfiff. Doch auf das Pfeifen hätte nicht einmal ein Hund reagiert, weshalb ich ihn anstupste. Seine Schultermuskulatur war beeindruckend fest und straff, was meinen früheren Verdacht nur bestätigte, dass es nicht gut ausgegangen wäre, hätte sein Haken mich getroffen. Er bewegte sich immer noch nicht. Ich wollte mich gerade noch einmal über ihn beugen und anstoßen, als er plötzlich wieder zum Leben erwachte. Ich wich nach hinten zurück, rutschte auf einem Kissen aus, das Henry vorhin auf den Boden geworfen hatte, schlug hin und landete mit dem Kopf an der Couchtischecke. Schmerz durchzuckte meinen Wangenknochen bis hoch zu meinem Auge.

»Was ist denn los?«, lallte Henry.

Er lebte! Ich rappelte mich auf. »Es war nett, dich zu sehen, Henry«, sagte ich und hoffte, er würde den Hinweis verstehen und gehen und vergessen, warum er überhaupt gekommen war.

»Wirklich?« Sein Gesicht verzog sich in schmerzvoller Verwirrung, dann zuckten seine Mundwinkel, seine Lider, die Brauen, sogar sein Kopf. Er sah aus, als wäre er zwischen zwei Welten gefangen – der der Lebenden und der der Toten –, und ich fragte mich, ob er tatsächlich vor meinen Augen ins Jenseits übertreten würde.

»Du solltest jetzt besser gehen«, sagte ich. Ich musste ihn loswerden, bevor ihm wieder einfiel, warum er hier war.

»Bekomme ich einen Drink?«, fragte er.

Spielte er auf Zeit, hatte er Durst, oder brauchte er etwas Stärkeres, um ins Leben zurückzufinden?

»Klar«, erwiderte ich und ging in die Küche. Ich machte mir nicht die Mühe, ihn nach seinen Wünschen zu fragen. Der hilfsbereite Mensch in mir füllte ihm ein Glas mit Leitungswasser, das er dringend benötigte, und der, der es allen recht machen wollte, fand eine Miniflasche Brandy, die ich manchmal zum Kochen verwendete, normalerweise für eines meiner Lieblingsdesserts – pochierte Birnen mit braunem Zucker, in Brandy abgelöscht. Ich hätte Henry alles gegeben, damit er endlich ging. Doch als ich ins Wohnzimmer zurückkam, war sein Kopf wieder nach vorn gesunken, und er schnarchte. Mir fiel nur eine Lösung ein. Ich rief Andy an.

Fünfzehn Minuten später war er da. Ich legte einen Finger auf die Lippen, damit er leise war. Andy blieb der Mund offen stehen, als er mein Gesicht mit der Beule und dem Blut sah, und unterdrückte ein Lachen beim Anblick des friedlich schlummernden Henry. Er gestikulierte, als wolle er fragen *Was ist los?*; seine Augen waren aufgerissen wie pochierte Eier, obwohl ich ihm eigentlich alles am Telefon erklärt hatte. Ich bedeutete ihm, zu mir zu kommen. Er setzte sich auf die Armlehne des Sessels, und ich flüsterte ihm ins Ohr.

»Wir müssen Henry hier rausbringen, aber ich weiß nicht, ob wir warten sollen, bis er aufwacht, oder ob wir selbst versuchen sollen, ihn aufzuwecken. Ich bin mir nicht sicher, wie er reagieren wird. Er war sehr unberechenbar.«

»Es könnte noch Stunden dauern, bis er von allein aufwacht.«

Wir betrachteten den Schlafenden und dachten über die Optionen nach.

»Ich schlage vor, wir nehmen das Glas Wasser«, sagte Andy.

»Wie bitte?«

»Wir schütten ihm Wasser ins Gesicht. Er wacht auf. Wir heben ihn gemeinsam hoch und bringen ihn zur Haustür, wo ein vorab bezahltes Taxi auf ihn wartet und ihn nach Hause bringt, bevor er überhaupt weiß, wie ihm geschieht.« Andy grinste.

Manchmal fragte ich mich, ob Andy davon träumte, beim

Film zu arbeiten statt als Fotograf, nachdem seine Geschichten und Ideen immer wie für die große Leinwand gemacht schienen.

»Ich weiß nicht recht.«

»Hast du eine bessere Idee?«

Wieder sahen wir zu Henry, dessen Mund offen stand wie ein Glücksspielautomat, aber nur Speichel absonderte.

»Also dann«, sagte ich und wählte die Nummer der Taxizentrale auf meinem Handy. Als das Taxi bestellt war, hatte Andy eine andere Idee.

»Wir öffnen die Haustür und ziehen ihn mit dem Sessel so nah dort hin, dass wir ihn hinausschubsen können.«

Doch das war leichter gesagt als getan. Andy musste den Sessel von hinten anschieben, während ich Henrys in eine Decke gewickelte Beine hochhob und rückwärts Richtung Haustür schlurfte. Ein rasselndes Schnarchen erschreckte mich so sehr, dass ich sie beinahe fallen gelassen hätte. An der Tür angekommen, legte ich erst vorsichtig seine Füße auf den Boden und versuchte dann die Decke zu entfernen. Doch der schlafende Henry wollte sie behalten und zog ein Ende an seine Brust. Ich wollte sie ihm wegnehmen, er klammerte sich daran fest. Ich fürchtete ihn aufzuwecken, bevor wir fertig waren.

»Keine Angst«, flüsterte Andy.

Doch ich mochte die Decke sehr gern und wollte nicht, dass sie als Kollateralschaden endete. Ich blieb hartnäckig, Henry allerdings auch. Das Taxi fuhr vor, und Andy ging nach draußen und bat den Fahrer zu warten. Er kam wieder ins Haus, holte ein zweites Glas mit Wasser aus der Küche und gab mir das vom Couchtisch. Ich hatte Henry die Decke immer noch nicht entwinden können.

»Vergiss die Decke. Wir müssen ihn ins Taxi schaffen«, sagte Andy. »Auf drei. Eins, zwei, drei …«

Ich konnte kaum glauben, dass Andys Plan tatsächlich funktionierte; Wasser spritzte, und ich raffte die Decke an mich, bevor Henry sich darin verfing, als er hochsprang. Unsere Attacke durchnässte Henry mehr, als mir lieb war, aber sie erfüllte ihren Zweck. Das kalte Wasser und unsere über ihm aufragenden Gestalten erschreckten ihn so sehr, dass er durch die Tür schoss – die dank Andys Einfallsreichtum direkt vor ihm war –, ohne dass wir ihn hochheben und hinausbugsieren mussten. Die Geschwindigkeit konnte er in seinem betrunkenen Zustand allerdings nicht lange aufrechthalten. Er stolperte und wäre beinahe mit dem Kopf in einen großen Terrakottatopf gefallen. Andy und ich rannten zu ihm, um ihn zum Taxi zu bringen. Wie erwartet, protestierte er, doch er war immer noch verwirrt und ließ sich leicht mit der kleinen Flasche Brandy, die Andy ihm in weiser Voraussicht vor unserer Wasserattacke in die hintere Hosentasche gesteckt hatte, besänftigen. Wir standen auf dem Gehsteig und sahen dem Taxi nach, wie es davonfuhr. Ich war so sprachlos, dass ich alles erst noch einmal in Ruhe durchgehen musste, um zu verstehen, dass es wirklich geschehen war.

»Also, Kumpel, so kann man einen Montagabend auch verbringen«, sagte Andy und schlug mir auf den Rücken.

Das riss mich aus meinem benebelten Zustand, und wieder durchströmte mich Erleichterung. Marie war in Sicherheit. Weiche, schmutzigweiße Wolken trieben über den Himmel wie ausgebleichte Flaggen. Der Geruch nach köchelndem Curry von den Nachbarn zwei Türen weiter hing in der Luft. Ich dankte Andy den ganzen Weg zurück in meine Wohnung, bis er mir schließlich sagte, ich sollte damit aufhören.

»Natürlich helfe ich dir, Kumpel, das ist doch selbstverständlich.«

Noch sechs Wochen und ein Tag

Während ich Tee kochte, räumte Andy das Wohnzimmer auf, stellte den Sessel wieder an seinen Platz und breitete die Decke zum Trocknen über die Sessellehne. Dann setzten wir uns, und während ich mir eine Packung gefrorener Erbsen an die Wange hielt, erzählte ich Andy die wichtigsten Punkte von Henrys Besuch. Ich sagte ihm, wie gern ich Maries Tagebuch las, ihre Worte, ihre Stimme hörte. Nachdem ich einmal angefangen hatte, konnte ich nicht mehr aufhören. Ich erzählte ihm von Caroline – wie sie meine volle Hingabe verlangt hatte, sogar meine Babys; wie sie das Tagebuch gefunden und gedacht hatte, ich betrüge sie, und wie ich mit ihr Schluss gemacht hatte.

»Ich dachte, es liefe gut bei euch«, sagte Andy.

»Ja, nun … Wir haben einfach nicht zueinander gepasst.«

»Es tut mir leid, dass es nicht geklappt hat, aber immerhin hast du es versucht«, sagte er sanft.

»Das habe ich, aber ich bin froh, dass ich es beendet habe.«

»Warum klammerst du dich dann immer noch an das Tagebuch?«

»Das mache ich doch gar nicht.«

Er warf mir einen ungläubigen Blick zu, der wirklich unnötig war. »Du hättest Henry das Tagebuch zurückgeben können, wenn es ein Teil deiner Trennung von Caroline ist, und dir das Theater erspart, das wir gerade erlebt haben.«

Ich schwenkte den restlichen Tee in meiner Tasse. »Ich will es nicht zurückgeben, Andy. Und das Missverständnis mit Caroline habe ich aufgeklärt.«

»Ich weiß, dass es schön ist, das Tagebuch zu haben, aber es scheint dir ganz schön viel unnötigen Kummer zu bereiten.«

»Ich habe Marie gern um mich.« Ich wusste, dass ich abwehrend klang, aber Andy verstand es offensichtlich nicht. »Habe ich dir die Kerze gezeigt, die Edie von ihr gemacht hat?« Ich holte sie und hielt sie Andy unter die Nase.

Er nickte. »Nicht schlecht.« Er las das Etikett. »Schick.«

»Es ist schön, sie anzünden und spüren zu können, dass sie immer noch bei mir ist. Wie ihr Tagebuch zu lesen und ihre Worte zu hören.«

»Liest du es immer noch so oft?«, fragte Andy.

»Also …« Ich zuckte mit den Schultern. »Es bereitet mir Freude. Daran ist doch nichts Falsches, oder?«

Andy sah mich nachdenklich an und stellte seine Tasse auf den Couchtisch. »Oliver. Darf ich dir etwas sagen?«

»Das weißt du doch.«

»Ich will dir nicht zu nahetreten, aber bist du in Maries Liebe verliebt, wenn du verstehst, was ich meine? Oder bist du tatsächlich in Marie verliebt und glaubst, es ist leicht, sie zu lieben, weil du sie nicht haben konntest?«

Ich zuckte mit den Schultern.

»Nun, ich sehe die Vorteile«, fuhr er fort. »Du kannst die Verliebtheit genießen, auch wenn sie einseitig ist, ohne den Ärger mit einer echten Freundin zu haben.« Wenn er einen lockeren Ton hineinzubringen versuchte, war ich nicht in der Stimmung dafür. »Hör mal, egal, was der Grund ist, ich finde, du solltest das Tagebuch zurückgeben. Du musst dich von Marie lösen. Das heißt nicht, dass du dich nicht an sie erinnern darfst, aber du kannst sie nicht haben. Konntest es nie. Was macht es schon, wenn Henry das Buch bekommt?«

»Es ist ein Trost«, sagte ich, was rückblickend betrachtet wahrscheinlich bemitleidenswert klang, aber es war die Wahrheit.

»Es hält dich zurück«, sagte Andy.

So hatte ich es noch nicht gesehen. Ich kaute an einem Fingernagel. Am Jahresanfang hatte ich den Vorsatz gefasst, Marie um ein Date zu bitten. Es war der einzige Vorsatz in meinem Notizbuch, mit dem es mir bitterernst gewesen war, bei dem ich nur Minuten davon entfernt gewesen war, ihn im echten Leben mit einem realen Menschen in die Tat umzusetzen. Und der mir wahrscheinlich sogar gelungen wäre, hätte mich Maries Enthüllung nicht aus der Bahn geworfen. Mein Traum war so abrupt entzweigeschnitten worden wie ein Apfel mit einem unserer scharfen Skalpelle. Ja, vielleicht klammerte ich mich an das Tagebuch, aber nur wegen der Hoffnung und der Liebe und der Freude, die ich beim Lesen ihrer für mich empfundenen Liebe spürte. Das Tagebuch war die emotionale Rettungsinsel, die mich die letzten Monate über Wasser gehalten hatte. Hatte es mir nicht geholfen, mich auf Edies Kerzen und ein neues Projekt einzulassen, das früher ausgeschlossen gewesen wäre? Hatte es mir nicht geholfen, mich von Caroline zu trennen? Half es mir denn nicht, nach vorne zu schauen?

»Ich verstehe, was dich daran bindet«, sagte Andy, »aber es ist Zeit, dich davon zu trennen.«

»Ich weiß nicht, Andy. Es ihrem schrecklichen Mann zurückgeben?« Bei der Vorstellung wurde mir schlecht.

»Wahrscheinlich ist er gar nicht so schrecklich. Er hat nur ein Alkoholproblem. Wenn man bedenkt, dass er Maries Liebe an dich verloren hat, schlägt er sich ganz gut.«

Ich dachte daran, dass Angst einen Geruch hatte – zumindest hatte Edie das gesagt. Im Moment schmeckte sie nach feuchter Wolle und geronnenem Blut. Ich fürchtete, dass ich Marie verlieren und alles verfluchen würde, was ich in den letzten Wochen erreicht hatte, wenn ich das Tagebuch zurückgab. Dass die Kerzen ein Misserfolg würden oder Caroline etwas Beängstigendes tun würde, etwa mich zu stalken. Ich wusste, dass das lächerlich klang, doch ich wollte es nicht riskieren. Marie war ein Trost, den ich nicht aufgeben wollte. Ich stand auf, um dem Geruch zu entkommen, und legte die Erbsen zurück ins Gefrierfach, bevor sie völlig aufgetaut waren. Eigentlich konnte ich sie später noch für ein Risotto mit Erbsen und Parmesan verwenden. Doch die Angst folgte mir in die Küche. Ich versuchte sie zu ignorieren und rief Andy zu: »Ist es zu früh für ein Bier?«

Als ich die Kühlschranktür aufzog, erschien plötzlich das Bild meiner kleinen Schwester vor mir, wie sie im Gras lag, und überlagerte Hummus, Senf, Bierflaschen und Äpfel. Auf den ersten Blick sah Lily aus, als schliefe sie, doch so war es nicht. Mum hatte erzählt, dass sie den Regen gesehen hatte und draußen tanzen wollte wie unter dem Rasensprenger, den Dad manchmal im Garten aufstellte, nur besser. Mum hatte gerade Kuchenteig in der Küchenmaschine, und ich war zu sehr mit meinen Legosteinen auf dem Boden beschäftigt gewesen, um zu bemerken, wie Lily hinausschlüpfte. Sie war so schnell und geschmeidig, dass Mum sie erst entdeckte, als sie schon enthusiastisch unter Perlenschnüren aus Regen und schwarz aufgeladenen Wolken herumhüpfte. Sie schwenkte die Arme und wackelte mit den Hüften, kicherte, als ob der Regen sie kitzelte, bis ein Blitz von einem

Baum abprallte und sie geradewegs ins Herz traf. Das hatte der Sanitäter erklärt. Geradewegs. Ich sah nur noch Mums flatternde Schürzenbänder und das wippende Haar, als sie durch die Schwingtür aus der Küche in den Garten rannte. Ich hörte nur ihr Heulen. Ein solches Geräusch hatte ich noch nie gehört, abgesehen von Dads Bohrer, den er nicht oft benutzen durfte, da er nicht die handwerklichen Fähigkeiten meines Urgroßvaters geerbt hatte.

»Hey, Kumpel, alles okay da drüben?«, rief Andy.

Zurück in der Gegenwart schloss ich die Kühlschranktür und ging ins Wohnzimmer.

»Tut mir leid, ich wurde abgelenkt.«

»Und du hast das Bier vergessen«, meinte er lachend.

Ich ging zurück in die Küche, befahl mir, mich zusammenzureißen, und zog die Hose als symbolische Geste hoch, auch wenn sie tatsächlich etwas gerutscht war, trotz meiner nicht vorhandenen Diätversuche. Warum hatte mich die Erinnerung plötzlich eingeholt, so klar und deutlich wie ein alter Film, den man digital restauriert hatte? An so viel hatte ich mich nie erinnern wollen. Ich hatte mich überhaupt nicht erinnern wollen. Im Lauf der Jahre hatte ich Gedanken an Lily erfolgreich in eine Schublade verbannt, mit der Aufschrift »Kindheitserinnerungen, die man nie haben wollte«, woraus man einen bitterironischen Comedy-Song mit Gitarrenbegleitung hätte machen können, doch ich wollte sie ja vergessen. Seit Lilys Tod hatte ich vor vielen Dingen Angst. Vor Blitzen zum Beispiel. Oder davor, mit Mum über Lily zu reden. Marie loszulassen. Auf meine Wünsche Rücksicht zu nehmen und meine Entscheidungen zu verteidigen – vor allem Mum gegenüber – und Risiken einzugehen. Jetzt wurde mir klar, dass Mum diejenige war, die fürchtete, ich könnte Risiken eingehen. Ihre Ängste waren zu meinen geworden, was wohl verständlich war, wenn man ein Kind unter solch tragischen Umständen verloren hatte, aber war es nicht auch für sie an der Zeit, loszulassen?

All diese Gedanken strömten durch mein Gehirn wie der Endorphinrausch nach zu vielen Süßigkeiten. Eine Erkenntnis nach der anderen poppte in meinem Kopf auf, zu viele, um sie alle auf einmal zu begreifen. Als Andy wieder nach mir rief und sagte, die Kühlschranktür würde piepsen und ob ich endlich das Bier geholt hätte, musste ich ins Hier und Jetzt zurückkehren. Mit den Getränken ging ich ins Wohnzimmer und wechselte das Thema, indem ich Andy fragte, wann er die Kerzen fotografieren könnte. Dabei überlegte ich die ganze Zeit: War jetzt der richtige Zeitpunkt, mich meinen Ängsten zu stellen?

Nachdem Andy gegangen war, holte ich Maries Tagebuch im Schlafzimmer unter der Matratze hervor. Ich betrachtete den Einband, roch daran, öffnete es jedoch nicht. Auch wenn es immer noch nach Honig und Leder roch, nach gebundenem Papier und Marie, erschien es mir jetzt anders.

»Du warst so gut zu mir, Marie, mehr, als du wissen kannst«, sagte ich laut. »Aber weißt du was? Dein Tagebuch war ganz schön anstrengend.« Ich drückte das Buch an mich und legte mich aufs Bett. Ja, Andy hatte recht. Marie lag tatsächlich in der Vergangenheit. Die Liebe, die wir füreinander empfunden hatten, mochte sich zwar real angefühlt haben – und war vielleicht auch real gewesen –, doch jetzt war sie es nicht mehr. Weil ich mich an das Tagebuch geklammert hatte, konnte ich mich nicht voll auf eine andere Frau einlassen, und ein Ziehen und Zerren mit Henry deswegen war lästig und mühsam. Ich durfte Henrys Liebe zu Marie nicht verurteilen, weil sie von seinem alkoholisierten Gemüt getrübt war, aber ich durfte diese unerwiderte Liebe auch nicht für mich beanspruchen. Ich hatte ihr Tagebuch nur einmal lesen, einen Einblick in ihre Gedanken erhalten wollen, und das war mir jetzt viele Male vergönnt gewesen. War es an der Zeit, es zurückzugeben? War es an der Zeit, mich meinen Ängsten zu stellen und wirklich loszulassen?

Ich setzte mich auf, ließ das Tagebuch auf dem Bett liegen und holte das Notizbuch und einen Stift vom Nachttisch. Ich schlug eine unbeschriebene Seite auf und schrieb in Großbuchstaben darauf: STELL DICH DEINEN ÄNGSTEN. Das »Du sollst« sparte ich mir, da es unpassend förmlich und passiv für diesen Eintrag war. Dieser Vorsatz sollte ein Befehl sein. Ich fügte noch ein Ausrufezeichen hinzu, um die Nachdrücklichkeit zu unterstreichen und mir zu beweisen, dass ich es dieses Mal wirklich ernst meinte.

Dann traf mich die größte Erkenntnis. Es ging nicht nur darum, mich meinen Ängsten zu stellen – hatte Caroline mich nicht überzeugt, schwimmen zu gehen? –, sondern mir treu zu sein und die Dinge zu tun, die gut für mich und mein Geschäft waren. Mein vierzigster Geburtstag war nur noch sechs Wochen und einen Tag entfernt, und es war Zeit, dass ich endlich die richtigen Entscheidungen traf, die mich ausmachten, Oliver Clock. Denn tief im Inneren wusste ich, dass es das Richtige war, das Tagebuch zurückzugeben. Dass es das Richtige war, das Familienunternehmen zukunftssicher zu machen. Dass jetzt der richtige Zeitpunkt war, Mum von den Kerzen zu erzählen, da ich an sie genauso glaubte wie an Edie. Dass ich meine Entscheidung, Cora Mulligan einzustellen, hätte durchsetzen sollen, da sie die richtige Einbalsamiererin für Clock & Son war. Dass Käse und Kuchen mich glücklich machten und ein Verzicht darauf unglücklich. Ich kritzelte so schnell, dass ich erst danach merkte, dass ich fast am Ende des Buchs angekommen war. So viele Vorsätze und so wenig Zeit vor meinem Geburtstag: nur noch sechs Wochen und ein Tag. Ich musste sofort anfangen!

Mit dem letzten Vorsatz sollte es losgehen. Ich würde mir Kuchen kaufen und damit meinen Neuanfang feiern. Schade, dass ich keine Kerzen hatte, die ich daraufstecken konnte. Aber die konnten sicher bis zu meinem Geburtstag warten.

Ich setzte eine Kappe und eine Sonnenbrille auf, um die Wunde an meiner Wange zu verbergen, auch wenn es schon dunkel war. Verstohlen versicherte ich mich, dass Henry nicht an die Wand gedrückt neben meiner Haustür stand oder sich hinter dem Auto versteckte, dann fuhr ich zur Konditorei. Ich hatte Lust auf ein Stück White Chocolate Cheesecake oder vielleicht heißen Kirschkuchen, den ich mit Vanilleeis als Nachtisch essen konnte. Aber als mein Blick auf den letzten Schokoladenganache-Kuchen fiel, dachte ich: *Warum soll ich mir nur ein Stück kaufen und nicht den ganzen Kuchen?* Wieder zu Hause stellte ich Maries Kerze in die Mitte meines runden Esstischs mit den vier Stühlen und schnitt ein »ordentliches Stück«, wie Mum es nennen würde, aus dem Kuchen. Es schmeckte so gut, dass ich noch eines essen musste. Zwei »ordentliche« Stücke.

Da dachte ich wieder an Lily. Ich stand in der Küche auf einem Hocker an der Arbeitsfläche, eine gefaltete Schürze um die Taille gebunden, und roch nach Butter und Mehl. Mum stand neben mir und schwenkte einen klebrigen Holzlöffel, während sie mir zeigte, wie man einen Kuchen backte. Ich befolgte jede Anweisung und wartete ungeduldig auf die Nächste, wollte, dass das Rühren und Ausgießen endlich vorbei war, damit ich den Löffel ablecken konnte. Wir machten einen Kuchen für Lilys zweiten Geburtstag, den wir glasieren und dekorieren wollten, wenn sie ihren Nachmittagsschlaf hielt. Mum hatte alles auf die Minute genau geplant, die pinke Lebensmittelfarbe lag bereit, die Packung Gänseblümchen aus Zuckerguss sowie zwei große Kerzen. Ich pinkelte mir beinahe in die Hose vor Aufregung, ließ es mir aber nicht anmerken, falls ich dann nicht beim Dekorieren dabei sein durfte. Bei der Erinnerung musste ich lachen. So sollte es sein, wenn man an einen Verstorbenen dachte. Ich sollte die Erinnerungen an meine Schwester nicht verdrängen, sondern sie mit Liebe und Freude annehmen. Ich wollte nicht länger so tun, als wäre sie nie da gewesen. Und ich wollte mein Leben nicht so verbringen, als ob auch ich jeden Moment vom Blitz erschlagen werden konnte. Ich schuldete es Lily, etwas dagegen zu tun.

Nachdem ich mir die letzte Gabel voll in den Mund geschoben hatte, öffnete ich wieder das Notizbuch. Auf die vorletzte Seite schrieb ich: *Du sollst dein Leben nicht so leben, als könntest du von einem Blitz getroffen werden.*

Ich hätte mir noch ein drittes Stück gegönnt, wenn mir nicht Edie eingefallen wäre. Warum sie gerade in diesem Moment in meinem Kopf auftauchte, wusste ich nicht, aber sie verdiente ein Geschenk als Dank, dass sie mir die Kerzen vorgestellt und bewiesen hatte, dass sie bei den Kunden einschlagen konnten. Ich könnte ihr etwas von dem Kuchen aufheben. Ja, ich würde ihr morgen zur Feier Kuchen mitbringen – ein bisschen Dekadenz für ihre harte Arbeit. Es war das Mindeste, was ich tun konnte. Ich stellte die Schachtel in den Kühlschrank, in das mittlere Fach neben eine Packung Speck von Weight Watchers und einen Karton mit Eiern, was mich daran erinnerte, dass ich wirklich Lebensmittel kaufen musste, die nicht nur fürs Frühstück gedacht waren.

An diesem Abend ging ich ins Bett und freute mich darauf, der Welt den neuen Oliver Clock zu präsentieren.

Kuchen

Am nächsten Morgen weckte mich die lärmende Müllabfuhr früh, was irgendwie eine Metapher für den gestrigen Abend war, indem der Mülllaster den alten Oliver abtransportierte. Diese Analogie war mir ganz recht. Ich zog meinen liebsten blauen Anzug an und eine weinrote Krawatte mit Sternbildmotiv und frühstückte Eier und Speck, bevor ich die Schachtel aus dem Kühlschrank holte und zur Tür ging. Ich würde mein neues Leben damit anfangen, dass ich Edie auf dem Weg zu Clock & Son Kuchen vorbeibrachte.

Gerade als ich einen Parkplatz gefunden hatte, sah ich Edie, wie sie zur Apotheke ging. Ich ließ das Fenster herunter und rief nach ihr.

»Hi, Oliver«, sagte sie und kam zu mir. »Was machst du denn hier?«

»Ich habe dir Kuchen mitgebracht.«

»Kuchen? Warum denn?«

»Um dir für den Erfolg mit den Kerzen zu danken.«

»Das ist so lieb von dir.«

»Ich würde gern sagen, dass ich ihn gebacken habe.«

Ich reichte ihr die Schachtel durch das Fenster, als sie mein verunstaltetes Gesicht bemerkte. »Ach herrje, was ist denn mit dir passiert?«

»Oh, das.« Ich berührte meine Wange; ich hatte völlig vergessen, dass ich zur Hälfte aussah wie ein Schwede und zur anderen Hälfte wie eine rote Chili. »Eine Auseinandersetzung mit dem Couchtisch.«

»Geht es dir auch wirklich gut?«

»Ging nie besser, wie mein Vater immer zu sagen pflegte.«

Sie musterte mich zweifelnd, was nicht nötig war, denn abgesehen von der Wunde fühlte ich mich gut und jetzt sogar noch besser, weil ich ihr den Kuchen bringen konnte. »Möchtest du reinkommen, und ich gebe dir was für die Wunde? Sie sieht ein wenig entzündet aus«, meinte sie.

»Ich will dich nicht bei der Arbeit stören.«

»Kein Problem. Wir gehen ins Hinterzimmer, und ich koche uns Kaffee. Diana ist schon da.«

»Nun, dann gern. Kaffee ohne Kuchen geht ja schlecht«, sagte ich lachend. Edie schob sich die Schachtel unter den Arm und mich in die Apotheke.

»Setz dich da auf den Stuhl«, sagte sie. »Dann schaue ich mir das mal an.« Sie kam dicht an mein Gesicht heran, was ein wenig peinlich war, doch ich konnte nicht umhin, ihren verführerischen Geruch von köstlichen Bratäpfeln mit braunem Zucker und einer Prise Zimt zu bemerken. Sie tupfte den Riss mit einem feuchten Tuch ab und trug antiseptische Salbe auf. »Das wird ein ordentlicher blauer Fleck«, sagte sie, »aber sonst ist alles in Ordnung. Behalt die Salbe und trag sie in den nächsten Tagen zweimal am Tag auf. Also, dann werfe ich mal die Kaffeemaschine an, und wir widmen uns dem Kuchen.«

Sie klappte den Deckel auf, und sofort wurde der Geruch der Salbe vom kräftigen Duft der Schokolade überlagert. Ich warf einen Blick in die Schachtel und fühlte mich wie ein Idiot. Ich hatte vergessen, wie viel ich tatsächlich am Abend zuvor gegessen hatte.

»Hatte der Kuchen auch eine Auseinandersetzung mit dem Couchtisch?«, fragte Edie lachend.

»Tut mir leid, das hätte ich erwähnen sollen: Ich habe gestern Abend gesündigt.«

Sie musterte mich neugierig, dann fragte sie: »Willst du mir erzählen, was wirklich passiert ist?«

Ich wollte Edie nicht um neun Uhr morgens mit meinen Sorgen langweilen, weshalb ich aufstand. »Es ist eine lange Geschichte und nicht besonders interessant. Vielen Dank, dass du mich verarztet hast, aber ich sollte dich jetzt nicht länger von der Arbeit abhalten.«

»Es ist viel besser, wenn man über Dinge spricht, als sie in sich hineinzufressen, weißt du. Noch habe ich den Kaffee nicht gekocht.«

Edie sah mich so liebevoll und besorgt an, dass ich mich wieder setzte. Bevor ich es mich versah, erzählte ich ihr von Henry und dem Tagebuch, dass Marie seine Frau und es nur allzu verständlich war, dass Henry wütend auf mich war, aber dass wir beide voneinander nicht gewusst hatten, dass wir dasselbe empfanden. Ich ging nicht allzu sehr ins Detail; die gekürzte Version enthielt gerade so viele Informationen, dass sie die Bedeutung des Tagebuchs für mich verstehen konnte, dass es ein wichtiger Trost für mich war. Ich hatte nicht vorgehabt, mich ihr gegenüber zu öffnen, hätte nie gedacht, dass ich irgendwem außer Andy von Marie und dem Tagebuch erzählen würde. Caroline wusste nichts davon, ebenso wenig wie Mum. Selbst mit Marie hatte ich kaum über so etwas geredet. Wir hatten beide nicht unsere tiefsten Ängste, Sorgen oder Gefühle preisgegeben. Doch bei Edie konnte ich es ohne nachzudenken. Es fühlte sich einfach richtig an, was wirklich seltsam war.

Edie reichte mir eine Tasse Kaffee und ein Stück Kuchen. »So etwas hatte ich auch einmal. Ein silbernes Armband, das mir meine Großmutter zum einundzwanzigsten Geburtstag geschenkt hat, ein paar Wochen vor ihrem Tod. Ich trug es jeden Tag, und es fehlte etwas, wenn ich es einmal nicht angelegt hatte. Es fühlte sich falsch an. Als ob irgendetwas Schlechtes passieren könnte, wenn ich es nicht trug, was keinen Sinn ergibt, aber so empfand ich es. Eines Tages habe ich es verloren. Der Verschluss muss irgendwo hängengeblieben sein, und ich habe nicht gemerkt, wie das Armband heruntergefallen ist. Ich habe es nie wiedergefunden. Aber weißt du was? Es ist nichts Schlimmes passiert, auch wenn es nicht mehr an meinem Handgelenk hing«, sagte sie sanft. »Alles hat sich wunderbar entwickelt.«

Das Gespräch mit Andy und alles, was ich mir gestern überlegt hatte, kam mit enervierender Klarheit zurück. »Es ist wirklich lächerlich. Ich muss einfach nur das Tagebuch zurückgeben.« Ich aß einen Löffel voll Kuchen und wurde mir wieder einmal der tröstlichen Eigenschaften von Schokolade bewusst.

»Wenn du magst, begleite ich dich«, bot Edie an. »Zu zweit ist es vielleicht einfacher.« Sie sah mich erwartungsvoll an.

»Das musst du nicht. Ich habe dich genug mit meinen Problemen belastet, das hätte ich nicht tun sollen.« Die Freude darüber, dass ich ihr wichtig genug zu sein schien, dass sie mit mir das Tagebuch zurückbringen wollte, war mindestens so gut – wenn nicht sogar besser – wie ein paar Bissen Schokoladenkuchen. Welche Geschäftspartner machten das schon?

»Ehrlich, es macht mir nichts aus.« Dann leuchteten ihre

Augen auf. »Warum erledigen wir es nicht jetzt gleich? Ich kann dich begleiten und später die Mittagspause auslassen.«

»Ich muss es doch nur in einen Umschlag stecken«, meinte ich lachend. Wie irre das alles klang.

»Na und? Ich komme mit. Mit Warteschlangen auf der Post kenne ich mich aus.«

»Nun …«, begann ich, was sie als eindeutiges Ja interpretierte.

»Wunderbar! Es wird dir gleich viel besser gehen, wenn du es hinter dir hast.«

Sie nahm meine Hand und führte mich durch die Apotheke zu meinem Wagen.

»Du hast schon genug für mich getan, Edie, das weißt du doch, oder?«, sagte ich, während ich ihr folgte. »Und du weißt, dass wir erst zu mir fahren müssen, um das Tagebuch zu holen? Hast du wirklich so viel Zeit?«

»Das macht mir nichts aus.« Sie lächelte. »Im Ernst, ich möchte dir sehr gern helfen.« Dann errötete sie und wandte den Blick ab.

Ich fühlte mich dumm, dass ich sie mitkommen ließ, und doch freute ich mich über ihre Gesellschaft. Wie schön es doch war, wenn sich jemand so viele Gedanken um einen machte, ohne es zu müssen, weil das Verhältnis rein professioneller Natur war. Caroline war nicht so gewesen, und mit ihr hatte ich eine Beziehung gehabt.

Loslassen

Edie wartete im Wagen, während ich in die Wohnung ging, um das Tagebuch zu holen. Aber ich konnte nicht einfach hinein- und wieder hinausrennen. Ich brauchte einen Moment, um mich zu verabschieden. Ich atmete den Geruch des Buchs ein letztes Mal ein. Velvet Rose, weiches Leder, altes Papier, Moschusduft. Ich schloss die Augen und küsste den Einband. Dann war es Zeit.

Ich ging zurück zum Wagen.

»Alles okay?«, fragte Edie.

Ich nickte, sagte stumm *Auf Wiedersehen, Marie*, damit Edie es nicht hören konnte, und ließ den Motor an.

Wir fuhren Richtung Hauptstraße. Auch wenn ich wusste, dass ich das Richtige tat, war ich traurig und ganz schön niedergeschlagen. Hier ging es nicht darum, einfach jemandem etwas zurückzugeben, es einem Postbeamten in die Hand zu drücken. Ich würde die Tür zu einem Leben schließen, um eine andere öffnen zu können. Das war ein wichtiger und symbolträchtiger Moment, den ich mit einer Schweigeminute würdigen wollte. Zum Glück war Edie die große Bedeutung unseres Vorhabens bewusst, und sie schwieg ebenfalls. Rückblickend betrachtet hätte ich wahrscheinlich leichte Konversation machen sollen, sie fragen, wie ihr Morgen gewesen war, ihr noch einmal für die Salbe danken. Aber ich konnte nur an die vor mir liegende Aufgabe denken. Als wir die Hauptstraße erreichten, war das rot-weiße Schild des Postamts in der Ferne zu erkennen, auch wenn wir immer noch drei Ampeln davon entfernt waren.

Dann regte sich plötzlich etwas in mir. Dasselbe Gefühl wie bei der Erkenntnis, dass ich nicht mit jemandem wie Caroline zusammen sein musste, der nicht zu mir passte. Dass der Tod nicht entsetzlich sein musste, sondern einfach ein weiterer Lebensabschnitt war. Dass man nicht sterben wird, wenn man rohen Fisch isst, sondern dass dieser sogar sehr gut schmecken konnte. Als wir an der ersten Ampel warteten und einer Gruppe langhaariger Teenagerjungen in hautengen Jeans nachsahen, die mit schwingenden Hüften und arrogantem Gesichtsausdruck über die Straße ging, hatte ich eine andere Idee. Ich würde das Tagebuch auf meine Art zurückgeben. Ich würde Henry zeigen, dass ich kein Feigling war. Dass *ich* jetzt die Situation in der Hand hatte.

»Tut mir leid, Edie, ich habe meine Meinung geändert.«

»Du kannst jetzt keinen Rückzieher machen«, sagte sie. »Schau, wir sind fast da.«

»Nein, nein, ich mache keinen Rückzieher. Eher einen Vorzieher, wenn man so will.«

Als die Ampel auf Grün schaltete, bog ich in eine Seitenstraße ab, drehte um und genoss das Gefühl einer wilden Autoverfolgungsjagd, auch wenn ich mit moderater Geschwindigkeit fuhr und uns niemand verfolgte. Ich genoss es, wie die Reifen quietschten, als ich an einer Anhöhe beschleunigte. *Scheiß drauf, ich halte nicht mehr bei Gelb an,* dachte ich und fuhr weiter. Mit geröteten

Wangen wegen des Fahrens mit überhöhter Geschwindigkeit und einem Schlingerversuch um eine Kurve hielt ich vor Henrys Haus im Schatten eines Baums.

»Hier ist es also?«, fragte Edie.

»Ja. Macht es dir etwas aus, kurz zu warten? Hoffentlich ist er zu Hause.«

»Kein Problem.«

Ich schob das Tagebuch in meine Jacketttasche, stieg aus dem Wagen, schloss die Tür und musterte mein Ziel. Ich rückte die Krawatte zurecht, lockerte die Schultern und zupfte an meinen Ärmeln. Ich stellte mir vor, ich wäre Paul Newman in *Zwei Banditen,* und ging auf das Tor zu.

Die Klinke war klebrig. Ich versuchte den Zustand des Gartens zu ignorieren, der noch verwilderter aussah als bei meinem letzten Besuch. Zierpflanzen und Unkraut ließen sich nicht mehr voneinander unterscheiden. Abgefallene Kamelienblüten verdorrten in der Sonne. Ich sah zur Seite des Hauses, an der ich mich beim letzten Mal versteckt hatte, und erwog nicht einmal, mich dorthin zu verziehen und meine Meinung zu ändern. Ich ging direkt zur Haustür und klopfte. Als niemand reagierte, klingelte ich und klopfte erneut.

Die Tür wurde geöffnet. Mir war die Tragweite dieses Moments bewusst, den eigentlich orchestrale Filmmusik hätte begleiten müssen. Die Kamera hätte langsam auf unsere Gesichter zoomen sollen, wie Henry mich ansah und ich ihn. Er schwankte wie ein Baum, der sich in einem Sturm aufrechtzuhalten versuchte, seine Augen zuckten wie Murmeln umher. Ich stand unverrückbar da, das Tagebuch verborgen in meiner Tasche. Der alte Oliver Clock wartete, dass Henry etwas sagte, bis ihm klar wurde, dass der neue Oliver Clock zuerst das Wort ergreifen sollte.

»Hallo, Henry.«

Sein Blick fiel auf meine linke Wange. »Dein Gesicht sieht ja nicht so toll aus«, sagte er.

»Ja, dank dir.«

»Das war ich nicht«, erwiderte er empört und hielt sich an der Tür fest.

»Nicht direkt, aber du hast mich bedroht.«

Henry runzelte die Stirn, als versuchte er sich zu erinnern. »Du hast es verdient«, knurrte er. »Warum bist du überhaupt hier?«

»Ich habe das Tagebuch dabei.« Ich klopfte auf meine Tasche.

»Na endlich.«

»Aber ich will zuerst eine Entschuldigung.« Der neue Oliver Clock fand, dass ich wenigstens das verdiente.

»Was?«

»Ich will eine Entschuldigung, weil du in mein Haus gestürmt bist und ich wegen dir mit dem Couchtisch kollidiert bin«, sagte ich.

Wir starrten einander drei Sekunden lang an, bis er schließlich reagierte. »Na gut. Es tut mir leid.«

»Danke.« Ich holte das Tagebuch hervor.

Er riss es mir begierig aus der Hand und drückte es an die Brust. »Danke«, flüsterte er.

Dann wurde ihm die Kehle eng. Das war kein Euphemismus für Tränen, sondern er begann wirklich zu würgen. Ich dachte, er würde an seinen eigenen Tränen ersticken und sich auf der Veranda übergeben wie ein überfließendes Fallrohr. Ich streckte den Arm aus, um ihn zu trösten, wusste aber nicht, was ich damit tun sollte. Die Hand auf seine Schulter zu legen, erschien mir zu vertraut, der Unterarm hingegen zu unpersönlich. So eine Gefühlseruption hatte ich nicht erwartet, und ich verspürte leichte Schuldgefühle, dass ich ihm so lange etwas verwehrt hatte, was er so dringend wollte oder brauchte. Vor lauter Reue, Bedauern und

Verzweiflung schien er sich an alles zu klammern, was mit Marie zu tun hatte.

»Ganz ruhig«, sagte ich. »Hast du jemanden, mit dem du reden kannst?«

Er zuckte mit den Schultern und wischte sich die Nase mit dem Handrücken ab. Er stolperte zum Verandapfosten und stützte sich ab, als seine Knie unter ihm nachzugeben drohten.

»Setz dich doch kurz«, schlug ich vor und half ihm auf die oberste Treppenstufe. Ich setzte mich neben ihn. Wir waren wie die zwei Männer aus *Warten auf Godot;* ich in meinem Anzug, in dem ich vor Hitze umkam, Henry in seinem weiten T-Shirt, den Jogginghosen und mit Schlappen an den Füßen, und wir warteten darauf, dass etwas passierte. Oder vielleicht hielten wir inne und warteten, dass sich die Atmosphäre zwischen uns änderte. Wir schauten über den ungepflegten Garten zu den Häusern auf der anderen Straßenseite. Henry liebkoste immer noch schniefend das Tagebuch an seiner Brust.

»Weißt du«, sagte ich, »eine Freundin hat mir letztens erzählt, dass Angst einen Geruch hat. Aber ich habe beschlossen, dass der Gedanke an den Geruch schlimmer ist als die Realität.«

Henry sah zu mir, zu den Häusern, wieder zu mir und dann auf seine Füße.

»Du wirst das durchstehen«, fuhr ich fort. »Es mag zwar so aussehen, als sei deine Welt zusammengebrochen, aber Trauer hat einen bestimmten zeitlichen Ablauf, und im Gegensatz zu unseren öffentlichen Verkehrsmitteln hält sie sich auch daran, glaub mir.«

Wieder sah er mich an, mit einem eindringlichen Blick, den ich nicht richtig deuten konnte. Ich glaubte nicht, dass er mir völlig verziehen hatte, dass Maries geheime Zuneigung mir gegolten hatte, aber er hatte sich verändert. Vielleicht hatte er eingesehen, dass Wut harte Arbeit war und in seinem Fall auch ziemlich vergeblich. Oder vielleicht hatte er auch beschlossen, dass ich doch ein besserer Kerl war, als ursprünglich gedacht, oder wenigstens jemand, den zu hassen es nicht länger wert war. Wenn ich genauer darüber nachdachte, ging es mir umgekehrt genauso. Wahrscheinlich war er kein so schlechter Ehemann. Nur ein Ehemann, den Marie am Ende nicht mehr geliebt hatte. Ein verlorener und trauriger Mann, den der Alkohol im Griff hatte.

»Okay, Kumpel«, sagte ich. Dass ich ihn »Kumpel« nannte, zeigte, dass sich auch für mich etwas verändert hatte. Ich wusste nicht, ob ich ihn als Freund haben wollte, aber wir schienen einen Waffenstillstand geschlossen zu haben. »Ich fahre mal besser wieder in die Arbeit.«

Er nickte und packte einen Moment mein Knie. »Danke«, sagte er und meinte es dieses Mal wohl auch so.

Zurück im Wagen, ließ Edie mich erst einmal die Krawatte lockern und den Kopf zurücklegen, bevor sie mich fragte, ob er zu Hause gewesen war.

»Und wie er das war«, antwortete ich.

»Ich habe nachgedacht«, sagte sie. »Ich könnte ihm eine Kerze von Marie machen. Würde ihm das gefallen?«

Was für eine großartige Idee! »Weißt du was? Ich glaube, das würde es wirklich. Das ist sehr nett von dir.«

Ich sah zu ihr und lächelte. Es war, als säße mein Talisman in Menschengestalt neben mir, und plötzlich wünschte ich, ich könnte sie küssen anstatt mich mit ihr über der Handbremse abzuklatschen. Was für eine seltsame Wirkung Edie auf mich hatte. Wirklich sehr seltsam.

Ich mach's auf meine Art

Als ich bei Clock & Son ankam, fühlte ich mich ganz schön munter. Es war dasselbe Gefühl, das sich nach dem Kochen und dem Genuss langsam gegarter Lammhüfte, Süßkartoffelbrei mit einem Klecks Knoblauchbutter und Bohnen al dente einstellte. Ich hatte Marie zwar freigegeben, doch es ging mir nicht so schlecht, wie ich erwartet hatte. Tatsächlich ging es mir großartig. Marie übte immer noch eine mächtige Wirkung auf mich aus. Ich würde mein Leben umkrempeln und meine Vorsätze angehen. Ich übernahm das Ruder und schaute nach vorn. Am Empfang blieb ich kurz stehen und ließ den Blick über meine Umgebung schweifen, als hätte ich sie bisher nie richtig wahrgenommen. Auf dem Tisch am Fenster stand die Kristallvase meiner Großmutter, wie immer mit Blumen befüllt, sowie Mums strategisch platzierte Taschentücher mit Eukalyptusduft in mit Rosen bemalten, pseudoasiatischen Kunststoffbehältern, die aufgrund ihrer Unzerbrechlichkeit auch plötzliche Trauerausbrüche aushielten. An den Wänden hingen zwei Gemälde, die ich in einer Kunstgalerie in der Innenstadt gekauft hatte und die ich mir auch in mein eigenes Wohnzimmer hängen würde. Das Sofa, das trotz seines Alters noch nicht durchgesessen aussah, strahlte tröstende Weichheit aus. Jean sorgte immer dafür, dass die Kissen frisch aufgeschüttelt waren und nichts mehr darauf hindeutete, dass hier gerade noch jemand gesessen hatte. Der durchdringende Geruch von Möbelpolitur, der Duft staubfreier Oberflächen und die einzige Konstante: Mitgefühl.

Es ging wirklich nichts über die Integrität von drei Generationen. Manches mochte ja alt sein, aber das Gebäude war solide und robust, Clock & Son achtbar und verlässlich. Es war mein Baby. Das Geschäft hatte mich zwar ausgewählt, doch ohne mich gäbe es keine dritte Generation. Denn Clock & Son war ich, meine Familie, meine Geschichte, meine Gemeinschaft. Ich war der Sohn, ich war Clock, ich war die Vergangenheit, ich war die Gegenwart. Ich war der Mittelsmann zwischen den Lebenden und den Toten. Stolz stieg aus den Tiefen meines Inneren in mir auf und strömte in meine Adern, als ob meine Haut gleich aufbrechen und meine Hemdknöpfe abspringen würden. Ich wollte nicht, dass Clock & Son einen langsamen Tod starb; es sollte weiterleben, und jetzt war es an der Zeit, es ins einundzwanzigste Jahrhundert zu überführen. Heute würde ich einen meiner neuen Vorsätze verwirklichen: Du sollst den Einbalsamierer deiner Wahl anstellen. Hoffentlich suchte Cora Mulligan immer noch nach einem Job.

Ich ging direkt zu meinem Schreibtisch und suchte ihre Nummer. Zuerst musste ich mich für Mums Benehmen entschuldigen und ihr dann erklären, dass es mit dem anderen Kandidaten für die Stelle nicht funktioniert hatte, bevor ich fragen konnte: »Haben Sie zufällig noch Interesse an dem Posten?«

»Schön, von Ihnen zu hören, Mr Clock«, sagte Cora und fügte nach kurzem Zögern hinzu: »Einen Moment, ich gehe nur schnell in die Leichenhalle, dann muss ich nicht flüstern.« Ich wartete, bis sie den Raum verlassen hatte. »Jetzt ist es besser. Wo waren wir? Ach ja, ich wollte gerade etwas Verbotenes sagen.« Sie lachte. »Ehrlich gesagt, könnte Ihr Anruf zu keinem besseren Zeitpunkt kommen. Ich habe eine neue Stelle angetreten, aber ich bin nicht glücklich und würde lieber für Sie arbeiten. Mir hat die Atmosphäre Ihres Instituts gefallen, die Tradition dahinter und die persönliche Betreuung.«

»Das ist sehr nett, dass Sie das sagen«, erwiderte ich. »Tradition und familiärer Service sind unsere Grundwerte. Wir bieten jetzt auch eine ganz besondere, einzigartige und personalisierte Dienstleistung für unsere Kunden, die man sonst nirgends findet. Ich würde Ihnen gern mehr darüber erzählen, wenn Sie für uns arbeiten wollen.«

»Das würde ich sehr gern, vielen Dank. Im Ernst, dieser Laden hier … die Kosteneinsparungen … die Lügen … die zwielichtigen Angebertypen …« Sie flüsterte wieder und sah sich wahrscheinlich dabei verstohlen um. Ich konnte es ihr nachfühlen. Ich wusste, wie es war, wenn einen ein paar Leichen belauschten. Das konnte an die Nerven gehen. »Wissen Sie«, fuhr sie fort, »erst vor ein paar Tagen haben wir alles für eine Beerdigung und eine Aufbahrung vorbereitet, und jemand – ich nenne keinen Namen – hat einem falschen Toten den Anzug des richtigen Klienten angezogen. Als die Familie ihn noch einmal sehen wollte, hat die Ehefrau hyperventiliert, und er hat sich nicht einmal entschuldigt. Er hat ihnen sogar erzählt, dass das nach dem Tod passieren kann. Dass man auf einmal wie jemand anderes aussieht. Können Sie das glauben?«

Nein, das konnte ich nicht. Doch wenn sie bei Green Light Funerals arbeitete, war es wahrscheinlich doch möglich. Aber wie konnte ich das herausfinden, ohne Schweigepflichten zu verletzen? Doch ich hätte mir keine Gedanken machen müssen, denn

Cora brauchte nur wenig Ermunterung. »Ach herrje, wirklich?«, reichte völlig.

»Oh, Sie können sich das nicht vorstellen. Es ist schrecklich. Ich nenne keine Namen, aber das erste Wort des Firmennamens ist eine Farbe.«

Also waren sie es, die dreckigen Schufte. So wütend ich für die armen Kunden war, die solch schlechtes Benehmen hatten ertragen müssen, so sehr freute mich die Nachricht auch. Es war die Bestätigung, dass ehrenwerte und würdevolle Arbeit der richtige Weg war und dass sich Green Light Funerals' abscheuliche Methoden früher oder später herumsprechen würden. Clock & Son würde als Gewinner hervorgehen, als die Konstante, die auch noch in vierter Generation existieren würde, sollte ich je eine hervorbringen.

»Danke für Ihre Ehrlichkeit«, sagte ich und versuchte, professionell und ruhig zu klingen und nicht wie ein Mann, der am liebsten vor Aufregung die Faust in die Luft gestoßen hätte. »Es tut mir leid, dass Sie dort nicht glücklich sind, aber wenn Sie bereit sind, das sinkende Schiff zu verlassen, sozusagen, dann können Sie hier anfangen, sobald Sie wollen.«

Und so bekam ich endlich die Einbalsamiererin, die ich wollte, und entdeckte nebenbei, dass unsere Konkurrenten geradezu in Fehlern ertranken. Ich legte auf und lachte, ein bellendes Gelächter, das Jean und Mum erschreckt hätte, wären sie da gewesen. Doch so musste ich mich nicht zurückhalten und konnte den Raum ungehindert mit Glucksen füllen.

Frischekur für Clock & Son

Ich saß am Schreibtisch und genoss das Gefühl, etwas entscheiden zu können, und wie der neue Oliver Clock zum Vorschein kam. Diesen Übergang und seine Bedeutung wollte ich nicht einfach vorüberziehen lassen. Endlich war ich mir treu. Endlich konnte ich auf mein kleines gelbes Notizbuch stolz sein. Oder sollte ich besser auf mich und meine Taten stolz sein? Ich nahm ein paar tiefe, langsame Atemzüge. Jetzt musste ich mich auf die nächste Aufgabe vorbereiten. Die richtig große. Das Gespräch mit Mum und Jean. Ich brauchte – und wollte – die beiden auf meiner Seite. Es war Zeit, Mum alles zu erzählen. Es war Zeit, den beiden den neuen Oliver Clock zu zeigen.

Mum und Jean unterhielten sich beim Wasserspender. Mum war gerade mit frischen Blumen zurückgekommen, Jean hatte Vorräte eingekauft. »Kann ich bitte mit euch beiden sprechen?«, fragte ich.

Mum drehte sich zu mir um. »Gütiger Himmel, was ist denn mit deinem Gesicht passiert?«

Ich sagte, ich wäre beim Staubsaugen gestolpert und gegen den

Couchtisch geprallt. Ich weiß nicht, ob sie mir glaubte, auch wenn sie den Enthusiasmus kannte, mit dem ich mich normalerweise dem Putzen widmete, was schade war, weil es nur halb gelogen war. »Es geht mir gut. Es sieht schlimmer aus, als es ist.«

»Jean, hol Eis«, sagte Mum.

»Wir haben keins.«

»Dann koche ich Tee.« Mums Allheilmittel.

»Ich brauche keinen Tee, Mum.«

»Aber Kunden dürfen dich nicht so sehen. Ich weiß genau, was du brauchst«, erwiderte sie mit erhobenem Finger und verschwand im Hinterzimmer. Sie kam mit einer Tube der klebrigen Einbalsamierungsgrundierung zurück, mit der wir Farbe und Patina auf geisterartige Gesichter zauberten, und begann sie auf mein Gesicht zu tupfen.

»Mum!« Ich stieß ihre Hand weg.

»Entschuldige, habe ich dir wehgetan?«

»Ich will nicht, dass du mir Make-up ins Gesicht schmierst.«

»Bin fast fertig.«

»Ich bin neununddreißig, Mum.«

»Und?«

Sie sah mich an, als wolle sie sagen: *Was ist denn falsch daran, dass eine siebenundsiebzigjährige Frau ihren neununddreißigjährigen Sohn schminkt?*

Doch jetzt reichte es wirklich. *Du sollst dich gegenüber deiner Mutter behaupten.*

»Bitte tupf mir kein Make-up ins Gesicht. In sechs Wochen werde ich vierzig …«

»Ah, genau«, unterbrach mich Mum. »Ich wollte dich fragen, was du zu deinem Geburtstag möchtest. Und soll ich dir etwas Besonderes kochen?«

»Ich weiß es nicht, Mum. Lass uns wann anders darüber reden.

Jetzt sollt ihr mir bitte zuhören. Ich will einen Neuanfang. Ich will, dass Clock & Son wieder floriert. Es soll wieder so strahlen wie früher, wie es auch heute noch strahlen sollte.«

»So leidenschaftlich hast du schon lange nicht mehr geklungen. Nicht, seit die Konditorei am Ende der Straße aufgemacht hat.«

Jean nestelte an ihrer Silberbrosche in Halbmondform, als wolle sie sie vielleicht zu einem Grinsen verdrehen.

»Ich nehme das als Kompliment, doch es ist mir ernst. Aber ich kann meine Arbeit nicht ordentlich machen, wenn ich nebenher noch Einbalsamieren muss. Deshalb habe ich beschlossen, jemand Neuen dafür einzustellen.«

Natürlich war Mum entsetzt, vor allem, als sie hörte, dass es sich um »das tätowierte junge Ding« handelte. Ich musste sie zum Schweigen bringen, bevor sie sich zu sehr hineinsteigerte, und erklärte, dass es ein Fait accompli sei. Ich weiß nicht, ob schon der französische Ausdruck sie besänftigte, doch Coras Enthüllungen über unseren Konkurrenten taten es auf jeden Fall.

»Das sind in der Tat interessante Neuigkeiten, Oliver, die Gutes für die Zukunft von Clock & Son verheißen, nicht wahr?«

»Womit ich bei meinem nächsten Entschluss wäre«, verkündete ich und erzählte von Edie und den Kerzen. »Ich weiß, das klingt erst einmal seltsam, aber wir haben schon siebzig Stück an zwei verschiedene Kunden verkauft. Die Kerzen sollen unser ganz spezielles Angebot werden, das man nur hier bei uns bekommt.«

»Das klingt widerwärtig. Und du hast bereits welche verkauft! Warum hast du mir nicht vorher davon erzählt?«

»Sie sind nicht widerwärtig, Mum. Ich habe dir nichts gesagt, weil ich dir beweisen wollte, dass sie Anklang finden, dass wir damit neue Kunden anlocken können. Und Edie ist so ...« Ich suchte nach dem richtigen Wort, um sie zu beschreiben, während mir so viele passende Beschreibungen durch den Kopf gingen.

»Edie ist entzückend«, vollendete Jean den Satz.

»Du wusstest davon, Jean?« Allmählich klang Mum, verständlicherweise, etwas verstimmt. Ich war nicht überrascht; einen besseren Verlauf des Gesprächs hatte ich mir gar nicht erst erhofft.

Jean nickte.

»Du hast mich also hintergangen.«

»Nein ... Also ... Vielleicht ein bisschen?«, gab ich zu.

Mum schnappte nach Luft. Ich musste ruhig und standhaft bleiben.

»Hör mal, ich wollte dich nicht aufregen. Aber bevor du sie kategorisch ablehnst, lass mich dir bitte die Kerzen zeigen und dir Edie vorstellen.«

»Das ist ja auch das Mindeste, was du unter den Umständen tun kannst«, erwiderte Mum.

»Wenn es dich tröstet, sie werden uns keinen Cent kosten.«

»Man ist ja schon für kleine Dinge dankbar.« Mum klang eindeutig sarkastischer, als ich es mir gewünscht hätte. Sie legte eine Hand auf die Brust und sah zur Decke, als ob jemand angesichts meiner Ankündigungen da oben ein Mindestmaß an gesundem Menschenverstand schicken möge. »Aber glaub nicht, dass ich sie einfach so absegnen werde. Wenn du das wirklich willst, werde ich sie ertragen. Kann ich mich jetzt um die Blumen kümmern?«

»Zwei Sachen noch, Mum. Wir haben über eine Renovierung von Clock & Son gesprochen, aber bisher nichts unternommen. Ich finde, es ist Zeit. Wir müssen nicht alles auf den Kopf stellen und riesige Kosten verursachen, aber wir sollten genug machen, damit das Geschäft immer noch traditionsbewusst, aber trotzdem relevant ist. Es geht darum, in die Zukunft zu investieren. Und ich verspreche die Holzvertäfelung und die Familienerbstücke nicht anzurühren.«

Jean nickte. »Ich hole gern Angebote für einen neuen Anstrich und einen neuen Teppich ein, wenn du möchtest, damit wir uns daran orientieren können.«

»Wunderbar, Jean, vielen Dank. Doch was wir als Erstes brauchen, ist ein neues Schild, und das ist nicht verhandelbar.«

»Himmel, Oliver, das ist viel zu viel für eine Besprechung«, sagte Mum. »Wir hätten jeden Punkt einzeln diskutieren sollen. Das ist sehr viel Stoff zum Nachdenken.«

»Das stimmt, und ich wollte dich auch nicht damit überfallen, aber ... Sagen wir, ich möchte die Vierziger anders beginnen als die Dreißiger.«

»Als Nächstes erzählst du mir, dass du dir einen roten Sportwagen kaufst.«

»Sei nicht albern.«

»Gut, weil ich mir dich nicht in einem Cabriolet vorstellen kann.«

Jean unterdrückte ein Lachen. Mum wandte sich zum Gehen.

»Moment, eins noch«, sagte ich. Meine letzte Bekanntmachung.

»Ja?«

»Ich erlaube euch, in Rente zu gehen.«

Mum schnappte nach Luft.

»Ich bitte euch nicht darum, weil ihr beide von unschätzbarem Wert für das Unternehmen wart. Wenn ihr euch aber zurückziehen möchtet, dürft ihr das gern.«

»*Mon Dieu*«, rief Mum. »Ich habe nie an den Ruhestand gedacht.« Sie sah auf ihre faltigen Hände.

»Du bist siebenundsiebzig.«

»Bowls oder Bridge hat mir nie Spaß gemacht. Ich bin gern hier. Ihr seid meine Familie.«

Ich ging zu ihr und drückte ihre Schulter. Sie schüttelte mich nicht ab. »Und das sind wir immer noch«, sagte ich. »Du kannst immer noch herkommen. Du könntest im Vorstand sein und an monatlichen Meetings teilnehmen, oder ich könnte dich auszahlen, und du kannst mit dem Geld reisen. Nach Frankreich, Französisch üben oder etwas Neues ausprobieren. Wolltest du nicht immer diese japanische Kunst des Blumenarrangierens lernen?«

»Ikebana«, sagte sie wehmütig.

»Wann wäre ein besserer Zeitpunkt als jetzt, solange du noch fit und gesund bist?«

Sie kaute an ihrer Lippe, wirkte aber nicht verärgert.

»Schau, ich zwinge keine von euch zum Ruhestand. Ihr sollt nur wissen, dass ich das Unternehmen allein führen und meine eigenen Entscheidungen über seine Zukunft treffen kann. Alles wird gut laufen. *Mir* wird es gut gehen.«

»Danke, Oliver.« Jean lächelte verschmitzt, als hätte man sie gerade auf die Broschenabteilung in einem Juwelierladen losgelassen.

»Denkt darüber nach«, fügte ich hinzu, auch wenn die beiden offensichtlich bereits nachdachten. Die Luft vibrierte geradezu vor Überlegungen zu einer neuen Welt, die nun in Reichweite schien.

»Also gut, wenn das alles war, setze ich jetzt Wasser auf«, sagte Mum.

Einen besseren Start für meine neuen Vorsätze hätte ich mir nicht wünschen können. Und es kam noch besser. Später hörte ich, wie Jean Mum von einer Kreuzfahrt erzählte, die sie mit ihrem Mann unternehmen wollte.

»Es ist eine Boutique Cruise im Südpazifik«, sagte Jean über das Brodeln des Wasserkochers hinweg. »Höchstens zweiundsiebzig Passagiere. Ich mag zu viele Menschen auf einmal nicht, aber Bill hat da keine Hemmungen. Wahrscheinlich teilt er alle Passagiere in Teams für irgendwelche Turniere ein, und wenn es nur Bingo ist. Mir gefällt die Vorstellung, dass ich mich um nichts kümmern muss. Was für ein Luxus.«

Mum sagte, das klänge hervorragend, und fragte, ob sie sich anschließen dürfe. Ihr Lachen klang ganz anders als sonst. Es war schön, dass die beiden sich fröhlich über etwas anderes als das Bestattungsgeschäft unterhielten, und ich fragte mich, ob ich mich wohl bald auch nach neuen Verwaltungskräften umsehen musste.

Als Mum sich mit einem frischen Strauß beschäftigte – kirschrote asiatische Lilien –, die Stiele beschnitt und die Blumen sorgfältig arrangierte, fiel es mir wie Schuppen von den Augen. Ich weiß nicht, wie viele Liliensträuße ich im Lauf der Jahre bei Clock & Son gesehen hatte – Hunderte, wenn nicht gar Tausende –, und doch war es mir nie klar geworden. Warum hatte ich nicht schon früher daran gedacht? Ich eilte zurück in mein Büro, um Edie zu schreiben.

Kaltakquise

Die richtigen Entscheidungen zu treffen ist sehr gut für die Haltung. In den nächsten Tagen ging ich definitiv aufrechter als sonst, und ich fragte mich beim nächsten Treffen mit Edie, ob ich sie etwas mehr überragte als ursprünglich gedacht. Wir trafen uns ein paar Tage später nach der Arbeit in Andys Studio zu dem Kerzenshooting. Edie brachte eine der Extrakerzen mit, die sie für Fran gemacht hatte, damit Andy ein frisches und makelloses Exemplar fotografieren konnte. Ich freute mich, dass Andy sich auf diese Weise selbst davon überzeugen konnte, dass die Erfinderin von Kerzen, die nach den Toten rochen, weder eine Warze am Kinn hatte noch mit einer Waffe herumfuchtelte. Im Gegenteil, Edie sah entzückend aus in ihrem blaugrauen Kleid, das um ihre Knie schwang und diese hin und wieder entblößte. Wir mussten nicht viel tun, hätten Andy sogar allein lassen können. Er war Experte für Produktfotografie vor einem weißen Hintergrund und mit vorteilhafter Ausleuchtung. Doch wir blieben und wechselten uns ab, den Kerzendeckel abzunehmen und ihn in verschiedenen Winkeln zu arrangieren, damit wir später eine Motivauswahl hatten. Einmal beugten Edie und ich uns gleichzeitig über die Kerze, und ich atmete einen Hauch ihres Parfüms oder einer Seife an, den ich nicht sofort zuordnen konnte. Reife Nektarinen? Lanolin? Baiser? Oder war es einfach ihr eigener Duft, den sie in einer Kerze verarbeiten würde, sollte sie eine für sich selbst anfertigen? Dann sagte Andy, wir sollten aus dem Bild gehen, und ich hatte das Rätsel immer noch nicht gelöst.

Nach einer Stunde war Andy fertig. Er sagte, er würde die Bilder noch digital nachbearbeiten und uns morgen die besten Fotos schicken. Nachdem ich die Druckerei, bei der Clock & Son seine Broschüren drucken ließ, schon informiert und ihr Edies Layout geschickt hatte, würden wir unsere Broschüren in ein paar Tagen bekommen.

Danach gingen Andy und ich ins Pub. Das hatten wir schon länger nicht mehr gemacht, und ich wollte ihm ein Bier für seine Hilfe mit den Fotos ausgeben. Die Sieben-Uhr-Nachrichten liefen auf dem großen Bildschirm bei unserem Tisch und übertönten uns. Wir hätten uns andere Plätze suchen können, aber hier saßen wir schon, seit ich mich erinnern konnte, und ich sah keinen Grund, daran etwas zu ändern. Ich holte Andys Lieblingsbier und zwei Packungen Chips mit Essig und Salz. Als Andy die erste Packung aufriss, kündigte die Wettervorhersage Sturm mit starken Böen sowie Rekordmengen Regen für die nächsten vierundzwanzig Stunden an. Er brachte mich wegen Lucy auf den neuesten Stand, der es »immer noch dreckig ging«, und dass sie beim Ultraschall waren und das Baby sich den Finger in die Nase gesteckt hatte.

»Willst du mal sehen?«, fragte er und holte den Ausdruck aus seiner Brieftasche.

Schweigend bewunderten wir ein paar Sekunden lang ein ungeborenes Baby, wie es in der Nase bohrte, dann sagte ich, ich hätte ebenfalls Neuigkeiten und erzählte ihm, wie ich Henry das Tagebuch zurückgegeben und wir auf der Veranda Frieden geschlossen hatten.

»Gut gemacht, Kumpel«, antwortete Andy, und wir stießen mit unseren Bierflaschen an. »Ich bin stolz auf dich, dass du dich aus deiner Komfortzone herausgewagt hast und so.«

Ich erfreute mich an der Erkenntnis, dass ich tatsächlich meine Komfortzone verlassen hatte und mir dabei nicht einmal schwindelig geworden war. Ich hatte das Tagebuch zurückgegeben, und bisher lief alles gut. Ich war noch keinen Abgrund hinabgestürzt, und es war nichts Schlimmes passiert. Ganz im Gegenteil.

»Edie ist auch nett«, fuhr Andy fort. »Die Kerzen sind jetzt nicht mehr so verrückt, nachdem ich mehr über sie weiß. Du hast gerade einen ganz schönen Lauf, mit den ganzen Veränderungen. Was willst du noch angehen?«

Ich lachte und fragte, ob er noch ein Bier wollte. Regen prasselte auf das Dach über uns, und durch das Fenster bei der Bar sah ich, wie Blitze über den Himmel peitschten. Ich zuckte nicht einmal zusammen.

Als die Broschüren fertig waren, begannen wir mit der Kaltakquise. Wir hatten eine Liste mit den zehn wichtigsten Seniorenwohnanlagen, Pflegeheimen und Blumenläden, denen wir unsere Geschäftsidee persönlich vorstellen wollten. Wenn die Kaltakquise erfolgreich war, würden wir eine weitere Liste erstellen und bei diesen Adressen hoffentlich Interesse wecken. So würde sich unsere Idee herumsprechen. Ich sagte Edie nicht, dass ich mir schon eine flotte Krawatte ausgesucht hatte, die ich für unseren Auftritt im Frühstücksfernsehen kaufen wollte – sie war aus hellblauem Leinen, mit leuchtend bunten Blumen als Muster –, und überlegte, ob sie ein dazu passendes Kleid mit Blumenmuster hatte.

Ich würde sie im richtigen Moment fragen, wenn sie nicht mehr glaubte, dass meine Werbetrommelfantasie »überstürzt« war.

Mit der Schachtel voller Broschüren auf dem Rücksitz holte ich Edie ab und kaufte ihr auf dem Weg in letzter Minute noch einen Strauß gelber Tulpen.

»Sie passen zu deiner Haustür«, sagte ich, als ich bei ihr war.

Sie lachte. »Dulux Löwenzahngelb, um genau zu sein«, meinte sie. »Ich kann dir nicht sagen, wie viele Gelbtöne ich ausprobiert habe, bis ich den richtigen gefunden habe. Die Blumen sind wundervoll, danke.«

»Sieh sie als zusätzliches Dankeschön«, sagte ich, auch wenn es nicht wirklich Sinn ergab, aber ich hatte keine andere Erklärung, warum ich sie gekauft hatte, außer aus einem unkontrollierbaren Drang heraus, der einfach nicht verschwinden wollte.

»Wir haben erst zwei Leuten Kerzen verkauft, das weißt du«, mahnte sie. »Wir sollten nicht übermütig werden.«

»Ich werde nicht übermütig«, antwortete ich. »Manchmal ist ein Geschenk ohne Anlass das beste Geschenk.«

Ihr Kleid war ein Stück ihren Oberschenkel hinaufgerutscht, und ich gab vor, nicht hinzusehen, auch wenn es mir schwerfiel, nicht sie im Ganzen anzustarren und nicht nur ihre Beine. Stattdessen überreichte ich ihr eine Broschüre.

»Großartig«, sagte sie. »Sie sehen richtig professionell und geschäftsmäßig aus. Also los, machen wir Geschäfte.«

Der erste Blumenladen, bei dem wir es versuchten, wies uns sofort ab, mit der Begründung, man habe bereits zu viele Kerzen. Die Besitzerin hörte uns nicht einmal an. Der Geschäftsführer des zweiten Ladens gab ermunternde Mhm-Laute von sich und ließ sich eine Broschüre geben. So arbeiteten wir uns langsam voran, mit geringem Erfolg. Die Clareville-Seniorenwohnanlage bereitete uns den besten Empfang. Eine Gruppe schnatternder

Pflegerinnen versammelte sich um uns und wollte alles wissen, und jede nahm eine Broschüre, als ich sie verteilte.

»Die Idee ist verrückt, aber so etwas lieben wir hier«, sagte die Managerin.

»Ich würde gerne eine von der alten Dulcie machen lassen«, sagte eine andere Frau.

»Sie war so eine Persönlichkeit, und hat sie nicht immer toll gerochen? Welches Parfüm hat sie immer getragen?«

»Poison.«

Alle lachten. Wir lachten mit ihnen, und sie versprachen, allen von den Kerzen zu erzählen.

Gegen Mittag hatten wir sechs Adressen abgehakt und einen ordentlichen Stapel Broschüren verteilt. Auch wenn wir gemischte Rückmeldungen erhalten hatten, waren genügend positive Kommentare dabei, um uns nicht zu entmutigen.

»Werbung ist erst mal das Wichtigste, nicht wahr?«, sagte Edie. »Mundpropaganda wird sicher das Beste sein. Wir müssen die Leute dazu bringen, über uns zu reden.«

Ich stimmte ihr zu. Meinetwegen konnte Edie so lange reden, wie sie wollte.

Als ich an diesem Tag nach Hause fuhr, fragte ich mich, ob es so etwas wie einen rückwirkenden Vorsatz gab. In der Wohnung holte ich sofort das Notizbuch vom Nachttisch und öffnete es auf der letzten Seite. *Warum nicht,* dachte ich und begann zu schreiben. *Du sollst dich auf ein neues und unerwartetes Abenteuer einlassen, das das Geschäft befeuern wird, bei dem du Gerüche verstorbener Klienten einfängst und sie in Kerzenform verkaufst.* Es klang absurd, und dennoch tat ich es, und es schien zu funktionieren. Ich setzte zwei Haken dahinter und einen Stern. Dann erinnerte ich mich an Mums Frage vor ein paar Tagen, was ich mir zum Geburtstag wünschte. Zum ersten Mal fühlte ich mich bereit, darüber nachzudenken und sogar zu feiern – aber nicht nur mit ein paar Supermarktkerzen auf einem fertig gekauften Kuchen, den Mum und ich zusammen aßen. Es musste nichts Extravagantes sein, nur etwas Angemessenes für den Mann, in den ich mich hoffentlich verwandelte. Eine schöne Feier, dass ich ein turbulentes Jahr überlebt und nicht nur überstanden hatte, sondern verjüngt daraus hervorging.

Sofort wollte ich etwas für mich Ungewöhnliches tun, wie zum Beispiel meine zusammengelegten Socken auseinanderzupfen und daraus nicht zueinander passende Paare bilden. Oder den Inhalt meines Vorratsschranks dezidiert nicht alphabetisch ordnen. Mein Bettzeug zerwühlen, sodass ich mich später in ein ungemachtes Bett legen würde. Ha! Genau das würde ich jetzt machen, dachte ich, es gab kein Zurück. Wie wunderbar sorglos ich mich dadurch fühlte. Ich verspürte ein ungekanntes Gefühl der Freiheit. Der Freiheit, jemand Neues zu sein.

Das Geschenk

Genau fünf Wochen vor meinem vierzigsten Geburtstag – an diesem Freitag – würde Mum Edie kennenlernen. Ich bat Jean, auch länger zu bleiben, ohne ihr den Grund dafür zu nennen. Es sollte eine Überraschung werden. Ich war so aufgeregt, dass ich den Inhalt meiner Büromaterialschublade zum dritten Mal an diesem Tag neu sortierte.

Jean saß an ihrem Tisch und sah ab und zu zur Tür, und Mum sorgte wie immer am Abend für Ordnung – rückte Bilder zurecht, die ein wenig schief hingen, schüttelte Kissen auf, goss Blumenwasser nach, strich zerknitterte Armlehnenüberzüge glatt, zupfte Taschentücher in Form. Wie immer machte sie alles sehr penibel, und man hätte nie gedacht, dass hier überhaupt Menschen gewesen waren. Erwartung lag in der Luft wie tief hängender Nebel.

Um Viertel nach sechs kam Edie endlich, das Haar zu einem lockeren Knoten geschlungen, an den Ohrläppchen winzige Stecker in Macaron-Form.

»Mum«, sagte ich. »Ich möchte dir gern Edie vorstellen.«

»Hallo, Mrs Clock.« Edie streckte eine Hand aus. »Ich freue mich so, dass wir uns endlich kennenlernen.«

»Guten Tag, meine Liebe«, antwortete Mum. »Ja, ich habe von Ihnen und Ihren Kerzen der Toten gehört.« Mum klang peinlich herablassend.

»Nun, ich würde Ihnen gern mehr darüber erzählen«, sagte Edie und ignorierte Mums Tonfall. Dann tat sie etwas, was nur wenige wagten: Sie nahm Mums Hand und führte sie zum Sofa. Ich wusste, ich konnte Edie trauen, dass sie Mums Skepsis zerstreuen würde. »Sehen Sie, Mrs Clock, die Kerzen sollen nicht makaber sein, sondern Erinnerungen hervorrufen. Sie helfen in Ihrem Beruf Menschen zu trauern, und daher wissen Sie, wie wichtig es ist, sie darin zu bestärken, Freude an der Erinnerung an geliebte Menschen zu finden. Meine Kerzen sollen genau das bewirken. Sie sollen Trost spenden, Zuspruch und Zufriedenheit. Denn was bleibt uns denn am Ende noch außer Erinnerungen?«

Das hatte Edie bei unserer ersten Begegnung auch zu mir gesagt. Da hatte ich diesen Satz noch nicht richtig gewürdigt und nahm mir vor, ihn zu Dads Ordner hinzuzufügen. Wir könnten sogar einen ganzen Abschnitt für die Kerzen anlegen.

»Bevor ich Ihnen ein paar Muster zeige, wollen Oliver und ich Ihnen etwas geben.«

Mum sah mich fragend an. »Oliver, du weißt doch, dass ich keine Überraschungen mag, und in letzter Zeit lässt du mir damit keine Ruhe.«

»Das hier soll eine schöne Überraschung sein.«

»Das entscheide ich dann.«

»Ich hoffe, Sie mögen sie, Mrs Clock.« Edie zog eine Kerze aus ihrer Tasche und gab sie Mum.

»Oh, Doreen!«, rief Jean.

»Ich hoffe, das ist nicht das, wofür ich es halte. Ich kann mir nicht vorstellen, wonach ich riechen könnte. Nicht auszudenken.« Mum starrte mich aufgebracht an. »Außerdem bin ich noch nicht tot.«

»Das ist keine Kerze von Ihnen, Mrs Clock«, erklärte Edie. »Sondern von jemandem, den Sie vielleicht nicht vergessen wollen.«

Mum sah die Kerze an, als würde sie gleich zu ticken beginnen. Wir warteten. Hofften. Langsam und bedacht legte sie ihre Handtasche auf die Sofaarmlehne und verknitterte wieder den Überzug, dann holte sie ihre Lesebrille heraus.

»Die brauchst du nicht, Mum«, sagte ich. »Es geht nur um den Geruch.«

»Es ist sogar besser, wenn Sie die Augen schließen«, empfahl Edie. »Sie müssen nur schnuppern. Oder Sie lassen den Geruch zu Ihnen kommen. Wenn Sie bereit sind, fächle ich ihn zu Ihnen herüber.«

»Fächeln? Macht man das nicht bei schlechten Gerüchen?« Mum sah erst zu mir, dann zu Jean und wieder zu Edie. Als keiner von uns reagierte, seufzte sie. »Na gut, also schön. Ich bin bereit.« Sie schloss die Augen. Edie hob den Deckel und bewegte das Glas im Kreis. Mums Nase zuckte.

»Fächeln Sie noch mal«, sagte sie, die Augen immer noch geschlossen, ihr Mund war vor Konzentration zusammengepresst. »Und noch mal.«

Edie warf mir einen Blick zu. Ich zuckte mit den Schultern; ich wusste nicht, ob es ein gutes oder ein schlechtes Zeichen war, dass Mum immer wieder an der Kerze roch. Noch weitere drei Male schwenkte Edie das Glas vor Mums Nase. Wir hielten den Atem an. Wenn man die Bewegung von Luft hören konnte, dann übertönte sie gerade die Stille.

Dann sprach Mum.

»*Mon Dieu*«, sagte sie, setzte sich aufrecht hin und öffnete die Augen. »*Das* hätte ich nicht erwartet.« Mum sah in die Ferne und war nicht mehr bei uns. Niemand wagte es zu sprechen, falls sie sonst nie wieder zurückkäme. Ihre Gedanken schienen in ein weit entferntes, fremdes Land zu streifen. Sehr weit entfernt. Schließlich kehrte sie zu uns zurück. Sie sah erst mich an, dann wieder ins Leere.

»Als ich sie gefunden habe«, sagte sie, »lag sie wie eine Marionette auf dem Boden, deren Fäden man nur ziehen müsste, und dann würde sie sich wieder bewegen.« Sie wirkte verträumt, als sei die Vorstellung von Lily als Marionette beruhigend. »Ich versuchte sie wiederzubeleben, doch ohne Erfolg. Sie war schlaff und schwer in meinen Armen. Ich wollte sie nie wieder loslassen.« Ihre Stimme senkte sich zu einem kaum hörbaren Flüstern. »An diesem Tag hat mir deine Großmutter einen Strauß Lilien geschenkt. Ich rieche immer noch den Regen und die Lilien im Wohnzimmer.« Sie wischte sich ein Auge. »Lieber Himmel …«

Ich setzte mich neben sie und legte eine Hand auf ihre. »Wir wollten dich nicht traurig machen, Mum.«

»Das bin ich nicht. Ich bin in die Vergangenheit gereist.«

»Ich fand, wir mussten Lily zurückbringen«, sagte ich. »Sie sollte wieder ein Teil unseres Lebens sein.«

»Weißt du, Oliver, das wollte ich jahrelang. Aber dein Vater … Er wollte nicht darüber reden. Oder vielleicht konnte er es auch nicht. Deshalb habe ich auch geschwiegen. Wir haben unsere Gefühle eingeschlossen wie Flaschenschiffe.«

Edie holte die Schachtel mit den Taschentüchern und ließ sie wie einen Kollektebeutel herumgehen. Wir alle nahmen ein Taschentuch und putzten uns die Nase. Der schnaubende Chor brachte uns zum Lachen. Dann fragte Mum: »Kann ich sie behalten?«

»Natürlich«, sagte Edie. »Sie ist ein Geschenk.«

Ich legte Mum den Arm um die Schultern, und sie lehnte sich an mich. Das kam einer Umarmung zwischen uns bisher am nächsten. In diesem Moment gab es nur Mum und mich, wie wir wieder eine Bindung zueinander aufbauten, was wir schon längst hätten tun sollen.

»Das reicht jetzt«, sagte sie schließlich und richtete sich wieder auf. »Jetzt würde ich gern das Etikett lesen.« Sie setzte ihre Brille auf. »La Lumière de Lily«, las sie vor. »Auf Französisch klingt es einfach schön, nicht wahr?« Dann spähte sie über ihre Brille. »Ihr habt nicht zufällig Zeit, auch eine für deinen Vater zu machen, Oliver?«

Wir sahen Mum nach, wie sie zu ihrem Auto ging und die Kerze dabei wie eine Krone auf einem Samtkissen hielt. Ein runder Schatten auf einer spärlich beleuchteten Straße. Eine Windböe kam auf und erstarb wieder, als hätte ein Staubsauger sie eingesaugt. Jean klopfte mir auf den Rücken und gratulierte uns.

»Ihr habt eine schwierige Kundin überzeugt«, sagte sie. »Ich denke, Doreen wird euch jetzt ohne Vorbehalte unterstützen.«

Dann sahen wir Jean nach, wie sie ging, die Handtasche in der Ellenbogenbeuge, der Stoffgürtel ihres Kleids winkte uns zum Abschied zu. Ich schloss die Tür und drehte das Schild auf »Geschlossen«, während der Empfang in dunkelblauer Dämmerung versank. Schweigend genossen wir die Stille und ließen den Erfolg mit Mums Kerze Revue passieren, bis Edie sagte:

»Das mit deiner Schwester tut mir leid. Dass man nie über sie gesprochen hat.«

Ich zuckte mit den Schultern, wollte keine große Sache daraus machen. »Mir ist selbst erst kürzlich klar geworden, was Schweigen nach einer Tragödie mit Menschen anrichtet. Die meisten

Leute, die ich kenne, wissen nicht einmal, dass ich eine Schwester hatte.«

Sie berührte meinen Arm. Ich starrte auf ihre Hand. Dann passierte es wieder. Ich vertraute Edie meine geheimsten Gefühle an und erzählte ihr von Lily auf eine Art und so detailliert wie noch nie zuvor. Nicht einmal Andy wusste so viel. Ich erzählte ihr, wie Lily gestorben war, wie nie darüber gesprochen wurde, wie über *sie* nie gesprochen wurde. Wie ich mich oft fragte, was für ein Mensch Lily gewesen wäre, was für eine Schwester, und wer ich wohl gewesen wäre, wäre ich mit einem Geschwisterkind aufgewachsen. Wie ich für Mum hätte da sein können, wenn ich von Dads verbissenem Schweigen gewusst hätte. Wie wir heimlich miteinander reden und uns erinnern hätten können, über den Spielzeugelefanten lachen, den ich stibitzt hatte. Wie wir uns bei einem Gewitter gegenseitig hätten trösten können.

Edie drückte meine Hand. »Es tut mir sehr leid, aber ich bin wirklich froh, dass ich helfen konnte. Und ich höre immer zu, wenn du reden willst.«

Ich wandte mich ab und räusperte mich. »Also schön«, sagte ich und fasste mich wieder. »Genug von mir. Wie geht es deinem Vater? Alles so weit in Ordnung?«

»Er hat gute und schlechte Tage.« Sie zuckte mit den Schultern.

»Bist du mit seiner Kerze schon weitergekommen?«

»Ich habe so viele Varianten ausprobiert, die alle mit seiner Liebe zum Angeln und Campen zu tun hatten. Der Fischsmoker im Garten, Seetang, Insektenspray, Bäume und Zigarren, aber es war nie richtig.«

»Es wird dir gelingen«, sagte ich. »Dir kommt die richtige Idee, wenn du sie am wenigsten erwartest.«

»Ich weiß. Aber weißt du was? Ich habe beschlossen, damit zu warten. Du hast recht, ich sollte mich darauf konzentrieren, bei ihm zu sein und mir nicht jetzt schon Gedanken über sein Andenken machen.« Sie sah nach unten.

»Es eilt ja nicht, oder?«, fragte ich.

»Ich habe allerdings daran gedacht, eine Kerze für dich zu machen.«

»Für mich?«

»Ich habe Schokoladenkuchen, frisch gebügelte Wäsche, dein Aftershave und Marmelade vermischt.« Sie legte den Kopf zur Seite, als ob sie die Gerüche zwischen uns heraufbeschwören wolle.

»Marmelade?«

»Du wirkst auf mich wie jemand, der Marmelade mag.«

Da wurde ich mir über die seltsame Wirkung, die Edie auf mich hatte, klar. Ich bewunderte nicht nur ihre Fähigkeit, Kerzen in etwas viel Bedeutsameres zu verwandeln, oder ihr entspanntes, freundliches Wesen. Oder ihre Beine. Ich verliebte mich in sie, so rasant, dass ich ein Polster brauchen würde, das meine Landung abfederte. Der Gedanke war furchterregend. Schweiß bildete sich an meinen Schläfen. Meine Lippe begann zu zucken. Wir würden miteinander arbeiten. Man durfte Arbeit und Vergnügen nicht vermischen. Es war dumm. Unsinnig. Riskant. Ich wollte wegrennen. Durch die Tür hinaus und sie nicht meine Furcht sehen lassen. Die Wirkung, die sie auf mich ausübte. Mein Herz schlug schneller, mein Mund wurde staubtrocken, die Zunge wie Klebeband.

Dann erinnerte ich mich an den neuen Oliver Clock. Der Oliver Clock, der immer mal wieder seine Komfortzone verlassen und sich eine neue erarbeiten konnte. Der Oliver Clock, der Entscheidungen danach treffen konnte, was gut für ihn war, dessen Mutter seine Wunden nicht mit Einbalsamierschminke überdecken oder der nicht mit Leichen reden musste, um seine Gedanken zu ordnen. Der Oliver Clock, der loslassen und sich seinen Ängsten stellen konnte. Ich wischte mir die Stirn ab und sah Edie an, deren grüne Augen gelbe Flecken hatten wie die Federn eines Papageis. Sie lächelte. Ich glaube, ihre Lippen hatten sich bewegt. Hatte sie etwas gesagt?

»Oliver?«

»Wie bitte?«

»Möchtest du, dass ich eine Kerze von dir mache?«

Als ich wie ein Schatten in dem dunkler werdenden Raum stand, konnte ich bereits die Strahlen der morgigen Sonne spüren, die eine neue Zukunft herbeiwinkten. »Also, das ist sehr nett«, sagte ich, »aber ich glaube, ich bin noch nicht bereit, in einer Kerze unsterblich gemacht zu werden.«

»Nicht einmal, wenn sie wie Schokoladenganachekuchen mit Kirschen riecht?« Sie lachte.

»Nicht einmal dann. Ich muss erst noch eine Weile leben.«

Und der neue Oliver Clock fasste einen brandneuen Vorsatz, den er auch gleich in die Tat umsetzen wollte: *Du sollst die Verfolgung aufnehmen und dir das Mädchen schnappen.*

Danksagung

Eine der großen Freuden des Schreibens ist die Möglichkeit, ganz in die eigene Fantasie und Vorstellungskraft einzutauchen. Doch eine Geschichte in die Welt hinauszubringen erfordert darüber hinaus noch so viel mehr. Dieses Buch hätte nicht zum Leben erweckt werden können ohne die Hilfe, den Rat und die Ermutigung folgender Personen. Ich danke meiner Agentin Ariella Feiner, deren Enthusiasmus und positive Einstellung ansteckend ist und deren aufmerksames Lektorenauge Wunder gewirkt hat; außerdem Georgina Le Grice und Molly Jamieson von United Agents, die sich von Anfang an für mein Buch eingesetzt haben. Ich danke der wunderbaren Sammia Hamer und dem Team bei Lake Union Publishing sowie Sophie Wilson für ihre großartige Arbeit an meinem Text. Außerdem gilt der überaus energischen Kathryn Heyman mein Dank für ihren kreativen Rat und ihr rigoroses Mentoring.

Außerdem danke ich meinen Erstleserinnen und unabsichtlichen Unterstützerinnen: Sandy Leen, Catriona Ling, Sandra Rigby, Nicola Gates und Jane Liggins. Ich danke meiner Mum

Joceline Wilson, die schon früh Wert auf grammatikalische Korrektheit und die Liebe zu Büchern gelegt hat, sowie meinem Dad Dennis Wilson, der die unglaublichsten Gutenachtgeschichten und alberne Limericks erfinden kann und der mir den ganz speziellen »Wilson-Humor« vererbt hat. Ich danke Simon Tebbutt, dass er mich Paul Tobin vorgestellt hat, der mich mit Insiderwissen aus der Welt der Bestattungen versorgt hat. Ich danke meinen Töchtern Hannah und Amy Riley, die meine erfundenen Briefe von der Zahnfee sehr viel länger akzeptiert haben, als glaubhaft war.

Vor allem aber danke ich Will Riley. Sein unerschütterlicher Glaube an mich von dem Moment an, in dem ich die Finger zum ersten Mal auf die Tastatur gelegt habe, sowie sein ehrliches Feedback haben mich nicht nur ermutigt, die verrückten Charaktere in meinem Kopf Wirklichkeit werden zu lassen, sondern hat auch die Geburt meines dritten Kindes ermöglicht.